三國演義

(2)

三國演義 (2)

초판 1쇄 발행 ▪ 2014년 11월 20일
초판 2쇄 발행 ▪ 2016년 1월 27일

저 자 ▪ 나관중 원저, 모종강 평론 개정
역 자 ▪ 박기봉
펴낸곳 ▪ 비봉출판사
주 소 ▪ 서울 금천구 가산디지털2로 98. 2동 808호(롯데IT캐슬)
전 화 ▪ (02)2082-7444
팩 스 ▪ (02)2082-7449
E-mail ▪ bbongbooks@hanmail.net
등록번호 ▪ 2007-43 (1980년 5월 23일)
ISBN ▪ 978-89-376-0410-2 04820
         978-89-376-0408-9 04820 (전12권)

값 13,500원

ⓒ 이 책의 판권은 본사에 있습니다.
본사의 허락 없이 이 책의 복사, 일부 무단전제, 전자책 제작 유통 등
저작권 침해 행위는 금지됩니다.

모종강본 원문대역

三國演義

天下動亂 / 천하동란

(2)

나관중 원저
모종강 평론·개정
박기봉 역주

비봉출판사

차 례

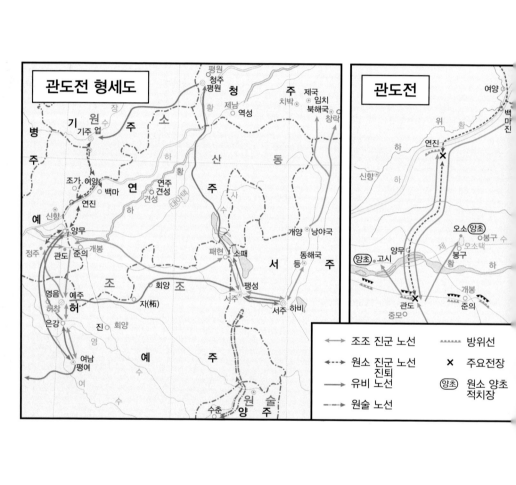

관도전 형세도

평원
청주
평원 청 주
제남 주
역성 제국 임치
치박 북해국
창락

기 원 주 소 주
업 산 동 주
기주
조가·여양
백마 연 연주 연성
연진 건성 베이터
예 신향
양무 사 수
정주 양무 개봉 개양 낭야국
관도 준의 패현
조 조 소패
회양 서 주
자(柘) 팽성 동해국
예 서주 등 주
영음 예주 서주 하비
허창 허
은강 진 회양 예 주
여남
평여
원 술
수춘 양 주

관도전

여양
위 황 백마진
하 신향 연진
오소 양초
양무 제 봉구 수
양초 고시 오소택
관도 봉구 황 하
중모 준의 개봉

⟷ 조조 진군 노선	ᴧᴧᴧᴧ 방위선
⟵--► 원소 진군 노선 진퇴	× 주요전장
━ 유비 노선	양초 원소 양초 적치장
━·━ 원술 노선	

제 16 회

여포, 영문에서 화극 쏘아 맞히고
조조, 적장의 처를 탐하다 장남과 조카 잃다

〖 1 〗한편 양대장楊大將은 계책을 올려 유비를 치려고 했다.

원술이 물었다: "그 계책이란 어떤 것인가?"

양대장曰: "유비의 군사들은 소패小沛에 주둔하고 있으므로 그를 취하기는 쉽지만, 저 여포가 서주徐州에 범처럼 떡 버티고 있는 게 문제입니다. 전번에 우리는 그에게 황금과 비단, 양식과 말을 주겠다고 약속해 놓고는 지금까지 주지 않고 있으므로 그가 이에 앙심을 품고 유비를 도와주려고 나설까봐 두렵습니다. 그러니 이번에 군량을 보내주어 그의 마음을 붙잡아 놓아야만 합니다. (*전번에는 외상이었는데, 이번에는 현금으로 해야 한다.) 그리하여 그가 군사를 움직이지 않게 된다면 유비를 사로잡을 수 있습니다. 만약 유비부터 사로잡은 후에 여포를 도모한다면, 서주를 손에 넣을 수 있습니다."

원술은 기뻐서 즉시 곡식 20만 섬을 마련하여 한윤韓胤으로 하여금 밀서와 같이 가지고 가서 여포를 만나보도록 했다. 여포는 매우 기뻐하며 (*물건을 떼이면 곧바로 화를 내고 물건을 얻으면 곧바로 기뻐하니, 참으로 어린애와 같다.) 한윤을 융숭하게 대접했다.

한윤이 돌아가서 원술에게 보고하자, 원술은 곧 기령紀靈을 대장으로 삼고 뇌박雷薄과 진란陳蘭을 부장副將으로 삼아서 수만 명의 군사들을 거느리고 가서 소패를 치도록 했다.

현덕이 이 소식을 듣고 여러 사람들을 모아놓고 상의했다. 장비는 나가서 싸우자고 주장했다.

손건曰: "지금 소패에는 군량도 부족하고 군사도 적은데 어떻게 저들을 막아낸단 말입니까? 서신을 써서 여포에게 위급한 사정을 알리는 게 좋겠습니다."

장비曰: "그 새끼가 어찌 오려고 하겠소?"

현덕曰: "손건의 말이 맞다."

곧바로 편지를 써서 여포에게 보냈다. 그 내용은 대략 다음과 같다:

"장군께서 보살펴 주시어 이 유비로 하여금 소패에 몸을 붙이고 있도록 해주셨는데, 그 은혜는 실로 높고도 두텁습니다. 이번에 원술이 개인적인 원수를 갚겠다고 기령으로 하여금 군사를 거느리고 가서 본 현을 치도록 하였는바, 저희들의 존망存亡이 조석朝夕에 달려 있습니다. 저희들의 이 위급한 처지를 구해줄 수 있는 사람은 장군밖에 없습니다. 바라옵건대 한 부대의 군사를 보내시어 거꾸로 매달려 있는 듯한 우리의 이 위급한 상황을 구해 주신다면 더할 바 없는 다행이겠습니다!"

여포는 편지를 읽고 나서 진궁과 상의하며 말했다: "전번에 원술이 우리에게 양식을 보내주고 또 밀서를 전한 것은 나더러 현덕을 구해

주지 말라는 뜻이었소. 그런데 지금 현덕이 또 구원을 청해 왔소. 내 생각에는 현덕이 소패에 군사를 주둔하고 있는 것이 우리에게 끝내 해가 될 것 같지는 않소. 만약 원술이 유비를 삼켜버리고 나면, 그는 북으로 태산의 여러 장수들과 손을 잡고 나를 치려고 할 텐데, 그렇게 되면 나는 안심하고 잠을 잘 수가 없을 것이오. 아무래도 현덕을 구해 주는 게 좋을 것 같소."(*종래 여포에겐 자신의 주장이라곤 없었는데 이번에만은 스스로 정한 주견主見을 가지고 있다.)

마침내 군사들을 점검하여 출발했다.

〖 2 〗 한편 기령은 군사를 일으켜 거침없이 나아가서 패현沛縣 동남쪽에 이르러 영채를 세웠다. 낮에는 겹겹이 늘어선 정기旌旗들이 산천을 가렸고, 밤에는 횃불을 밝히고 북을 치니 환한 가운데 천지가 진동했다. 현덕은 성 안에 군사라고는 겨우 5천여 명밖에 없었지만, 마지못해 그들을 이끌고 나가서 진을 치고 영채를 세워야만 했다.

그때 갑자기 여포가 군사를 이끌고 현에서 한 마장(里) 떨어진 곳에 와서 서남쪽에다 영채를 세운다는 보고가 들어왔다. 기령은 여포가 유비를 구원하려고 군사를 거느리고 온 것을 알고는 급히 사람을 시켜서 여포에게 글을 보내어 그의 신의信義없음을 나무랐다. (*원술이 먼저 신의 없는 짓을 해놓고선 지금 와서 여포를 책망하다니, 그럴 수는 없다.)

여포가 웃으며 말했다: "나에게 원씨袁氏와 유씨劉氏 두 집이 모두 나를 원망하지 않도록 할 계책이 있다."

그리고는 즉시 사자를 기령과 유비의 영채로 보내서 두 사람더러 술 마시러 오라고 청했다.

현덕은 여포가 오라고 청한다는 말을 듣고 곧바로 가려고 했다. 관우와 장비가 말했다: "형님께서는 가셔서는 안 됩니다. 여포는 틀림없이 딴 생각을 하고 있을 겁니다."

현덕曰: "내가 그를 박하게 대하지 않았으니 그도 틀림없이 나를 해치지는 않을 것이다."

그리고는 곧바로 말에 올라서 갔다. (*가려면 담대해야 한다.) 관우와 장비도 그를 따라 갔다. 여포의 영채에 이르러 들어가서 보자, 여포가 말했다: "내 이번에 특히 공의 위급함을 풀어드리려고 하오. (*잠시 위급함을 푸는 방법은 분명히 말하지 않고 있다.) 훗날 뜻을 이루게 되거든 잊어버리지나 마시오."(*훗날 백문루白門樓에서의 일과 서로 대응된다.)

현덕은 고맙다고 말했다. 여포는 현덕에게 자리에 앉으라고 청했다. 관우와 장비는 칼을 잡고 현덕의 등 뒤에 서 있었다. 그때 기령이 도착했다고 알려왔다.

현덕이 크게 놀라서 몸을 피하려고 하자, 여포가 말했다: "내가 특별히 두 분을 오라고 청해서 같이 만나 의논을 하려는 것이니 의심 같은 것은 하지 마시오."

현덕은 그의 뜻을 알 수 없어 마음이 놓이지 않았다. 이때 기령도 말에서 내려 영채 안으로 들어왔다가 뜻밖에도 현덕이 막사 안에 앉아 있는 것을 보고 크게 놀라서 몸을 빼서 곧바로 돌아가려고 했다. (*동시에 놀랐으나 기령이 더 심했다.) 좌우 사람들이 그를 말렸으나 듣지 않았다. 여포가 앞으로 나아가서 그를 잡아당겨 돌려세웠는데, 마치 어린아이를 잡아끌듯이 했다.

기령이 말했다: "장군께선 이 기령을 죽이려고 하십니까?"

여포曰: "아니오."

기령曰: "그러면 저 귀 큰 애를 죽이려는 겁니까?"

여포曰: "그 역시 아니오."

기령曰: "그러면 뭘 하실 작정입니까?"

여포曰: "현덕과 나는 형제간이요. 그가 지금 장군 때문에 곤경에 처해 있다기에 구해 주려고 온 것이오."

기령曰: "그렇다면 나를 죽이겠다는 것입니까?"

여포曰: "그럴 리야 없지요. 나는 평생 동안 싸우기를 좋아하지 않고 오직 싸움 말리는 것만 좋아했소. 이번에도 두 집안을 위해서 싸움을 말리려고 하는 것이오."

기령曰: "대체 어떤 방법으로 싸움을 말리겠다는 것인지 물어봐도 되겠습니까?"(*문 안으로 들어가기에 앞서 묻고 있다. 그 정경이 눈에 선하다.)

여포曰: "내게 한 가지 방법이 있는데, 그것은 하늘이 결정해 주는 대로 따르는 것이오."

그리고는 기령을 끌고 막사 안으로 들어가서 현덕과 서로 인사를 시켰다. 두 사람은 각각 의구심을 품고 경계했다. 여포는 자신은 한가운데 앉고 기령은 왼편에, 현덕은 오른편에 앉도록 한 다음, (*본래 주인이 가운데 앉고 손님들은 좌우에 앉는 법인데, 이는 여포 스스로 큰형인 체한 것이다.) 술상을 내와서 술잔을 돌리도록 했다.

〖 3 〗 술이 몇 순배 돌자 여포가 말했다: "당신들 두 집에서는 내 얼굴을 봐서라도 모두 각자 군사를 물려주시오."

현덕은 아무 말도 하지 않았다.

기령이 말했다: "나는 주공의 명을 받들어 십만 명의 군사들을 이끌고 오로지 유비를 붙잡으러 왔는데, 어떻게 이대로 군사를 물린단 말입니까?"

장비가 크게 화를 내면서 칼을 뽑아 손에 들고 호통을 쳤다: "우리는 비록 군사 수는 적어도 너희 따위를 마치 어린애들 장난처럼 보고 있다. (*여포가 그를 마치 어린애 끌듯이 끌자, 장비는 그들을 마치 어린애들 장난처럼 보았다.) 너희는 자신들이 백만 황건적에 비해 어떻다고 생각하느냐? 네가 감히 우리 형님을 해칠 수 있겠느냐?"(*현덕이 아무 말도

하지 않으니 장비가 화를 낼 수밖에 없다.)

관우가 급히 말리며 말했다: "일단 여 장군이 어떤 생각을 가지고 있는지 보도록 하자. 그런 다음에 각자 영채로 돌아가서 싸우더라도 늦지 않을 것이다."(*장비가 화를 내니 관공은 그를 말릴 수밖에 없다.)

여포曰: "내가 두 집을 이리로 청한 것은 싸움을 말리려는 것이지 절대로 싸움을 붙이려는 게 아니오."

이쪽에서는 기령이 화가 나서 펄펄 뛰었고, 저쪽에서는 장비가 한사코 싸우려고 별렀다. (*정경이 눈에 선하다.) 여포는 크게 화를 내며 좌우에 지시했다: "내 화극畵戟을 가져 와라!"

여포가 손에 화극을 잡자 기령과 현덕은 모두 안색이 하얘졌다.

여포曰: "나는 그대들 두 집안이 서로 싸우지 말라고 권하지만, 사실 싸우게 되건 싸우지 않게 되건 모든 것은 천명天命에 달려 있소."

그는 좌우의 군사들에게 화극을 가지고 영문 밖 멀찍이 가서 꽂아놓도록 했다. 그리고는 기령과 현덕을 돌아보며 말했다: "영문은 이곳 막사에서 150보 떨어져 있소. 내가 화살 하나를 쏘아서 만약 화극의 작은 가지에 맞히면 양쪽에서는 군사를 물리고, (*이제야 비로소 싸움 말리는 방법을 설명하고 있다.) 만약 맞히지 못하면 각자 영채로 돌아가서 싸울 준비를 하시오. 내 말을 듣지 않는 사람이 있으면 힘을 합쳐서 나는 그와 대적할 것이오."

기령은 속으로 생각했다: "화극이 일백오십 보步나 떨어져 있는데 어떻게 맞힐 수 있겠어? 우선 그렇게 하겠다고 대답해 놓고 그가 맞히지 못하기를 기다렸다가 그때 가서 내 맘대로 쳐들어가 한바탕 싸우면 되겠지."(*한 사람은 맞히지 못할 것으로 예상한다.)

그는 곧바로 허락했다.

현덕은 허락하지 않을 수 없었다. 여포는 모두 자리에 앉도록 하여 다시 각각 술을 한 잔씩 마시도록 했다. 술을 다 마신 후에 여포는 활과 화살을 가져오라고 지시했다. 현덕은 속으로 빌었다: "제발 그가 쏘아 맞혔으면 좋겠는데…."(*한 사람은 꼭 맞히기를 빌고 있다. 두 사람이 속으로 바라는 것을 그림처럼 그려내고 있다.)

그리고 문득 보니 여포가 전포戰袍의 소매 자락을 걷어 올리고 시위에 화살을 메겨 활을 끝까지 당기더니 소리 질렀다: "좋았어!" 이야말로:

활 당기는 모습 마치 중천에 가을 달 가는 듯　　弓開如秋月行天

화살은 마치 유성이 땅에 떨어지듯 날아갔다.　　箭去似流星落地

여포가 쏜 화살은 바로 화극의 작은 가지에 명중했다. 그러자 막사 안팎에 있던 모든 장교들은 일제히 소리를 지르고 박수를 쳤다.

〖 4 〗 후세 사람이 이를 칭찬하여 지은 시가 있으니:

여포의 신묘한 활솜씨 세상에 드물어　　溫侯神射世間稀

원문 향해 화살 쏘아 싸움을 말렸도다.　　曾向轅門獨解危

해를 쏘아 떨어뜨린 후예后羿도 그만 못했고　　落日果然欺后羿

원숭이 울렸던 양유기養由基보다 뛰어났네.　　號猿直欲勝由基

범 같은 힘으로 시위 당겨 활을 쏘자　　虎筋弦響弓開處

수리깃털로 만든 화살 힘차게 날아갔네.　　雕羽翎飛箭到時

방천화극에 꽂히자 화살 요동치며　　豹子尾搖穿畫戟

강대한 십만 대군 싸움을 말렸다네.　　雄兵十萬脫征衣

여포는 활을 쏘아 화극의 작은 가지에 명중시키고 나서 곧바로 껄껄 크게 웃으며 활을 땅에 내던지고 기령과 현덕의 손을 잡고 말했다: "이것은 하늘이 그대들 둘한테 군사를 물리도록 명하는 것이오."

그리고는 군사들에게 큰소리로 지시했다: "술을 따라라! 각기 큰 잔으로 마십시다!"

현덕은 은근히 다행이라고 생각했다. (*앞에서 속으로 빌었던 일과 대응한다.) 기령은 한동안 묵묵히 있다가, (*앞에서 속으로 헤아렸던 것과 대응한다.) 여포에게 말했다: "장군의 말씀을 감히 듣지 않을 수는 없지만, 내가 이대로 돌아간다면 우리 주군께서 어떻게 내 말을 믿으려 하시겠소?"

여포曰: "내가 직접 글을 써서 보고하면 되잖소."(*화살 하나로 곡식 20만 섬을 허공에 날려버린 꼴이 되고 말았다.)

술이 또 몇 순배 돌고 나서 기령은 여포에게 글을 써 달라고 해서 먼저 돌아갔다.

여포가 현덕에게 말했다: "내가 아니었으면 공은 위태로울 뻔했소."

현덕은 고맙다고 인사를 하고 관우·장비와 함께 돌아갔다.

다음날, 세 곳에서 온 군사들은 모두 흩어졌다. 현덕은 소패성으로 들어가고 여포는 서주로 돌아간 것에 대해서는 말하지 않겠다.

〖 5 〗 한편 기령은 회남淮南으로 돌아가서 원술을 보고 여포가 원문轅門에 화극을 세워놓고 그 작은 가지를 쏘아 맞혀서 양쪽을 화해시킨 일을 설명한 후 여포가 써준 서신을 올렸다.

원술은 크게 화를 내며 말했다: "여포는 내가 보내준 수많은 양식을 받았으면서,(*정식으로 대어줘야 할 군량조차 내어주지 않으려고 했던 그가 이번에는 20만 섬이나 쓸데없이 보내주고 말았으니 어찌 화가 나지 않겠는가?) 반대로 이따위 애들 장난 같은 짓으로 유비만 보호해 주다니! 내 직접 대군을 거느리고 가서 유비도 치고 아울러 여포도 쳐야겠다!"

기령曰: "주공께서는 서두르지 마십시오. 여포는 용기와 힘이 남들보다 뛰어난데다 겸하여 서주 땅까지 차지하고 있습니다. 만약 여포가 유비와 더불어 머리와 꼬리처럼 서로 호응한다면 도모하기 쉽지 않습니다.

제가 듣기로는 여포의 처 엄씨嚴氏에게 시집보낼 나이(及笄: 즉, 여자의 나이 만 15세)가 다 된 딸 하나가 있다고 합니다. 주공께는 아드님 한 분이 계시니 사람을 시켜서 여포에게 청혼을 해보시지요. 그래서 여포가 만약 자기 딸을 주공께 시집보내 준다면 그때는 반드시 유비를 죽일 터이니, 이것이 곧 '소불간친지계(疎不間親之計: 서로 사이가 먼 사람이 서로 사이가 가까운 사람을 이간시킬 수 없다는 인간의 정리를 이용한 계책)'라는 것입니다."

원술은 그 말에 따라 당일로 한윤韓胤을 중매쟁이로 삼아 예물을 가지고 서주로 가서 청혼을 하도록 했다.

한윤이 서주에 이르러 여포를 보고 그를 칭찬하여 말했다: "저의 주공께서는 장군을 우러러 흠모하시어 장군의 따님(令愛)을 며느리로 삼으시어 영구히 사돈 간의 두터운 정의(秦晉之好)를 맺고 싶어 하십니다."

여포는 안으로 들어가서 아내 엄씨와 의논했다.

원래 여포에게는 아내 둘과 첩 하나가 있었다. 먼저 엄씨에게 장가들어 본처로 삼았고, 나중에 초선貂蟬을 첩으로 삼았다. 그리고 소패에 있을 때 또 조표의 딸을 둘째 아내로 맞아들였다. 그러나 조씨는 자식을 낳지 못하고 먼저 죽었고, 초선 역시 자식이 없었다. 다만 엄씨가 딸 하나를 낳아서 여포는 그 딸을 특별히 사랑하고 있었다. (*보충 설명이 좋다.)

그때 엄씨가 여포에게 말했다: "내가 듣기로는, 원공로(袁公路: 원술의 자字)는 오랫동안 회남을 지키고 있으면서 군사도 많고 양식도 많아서 조만간 천자가 될 것이라고 하더군요. 만약 대사가 이루어진다면 우리 딸은 장차 황후나 황비가 될 가망이 있어요. 다만 그가 아들을 몇이나 두었는지는 모르겠네요."

여포曰: "아들은 단 하나뿐이오."

아내曰: "그렇다면 당장 혼인을 허락합시다. 설령 황후가 못 되더라도 우리 서주로서는 걱정할 게 없어요."(*인가人家에서 혼인은 대부분 부인들이 결정한다. 시집이 부귀하기만 하면 선뜻 응하는 것은 옛날이나 지금이나 마찬가지다.)

여포는 마침내 뜻을 정하고, 한윤을 후히 대접하고 혼인을 허락했다. 한윤이 돌아가서 원술에게 보고하자, 원술은 즉시 빙례(聘禮: 혼인할 때 신랑 집에서 신부 집으로 보내는 예물)를 준비하여 다시 한윤을 시켜 서주로 보내주었다. 여포는 그것을 받고 나서 잔치를 벌여 한윤을 대접한 다음, 역관에 머물러 쉬도록 했다.

〖 6 〗 다음날 뜻밖에도 진궁이 역관으로 가서 한윤을 방문했다. 서로 인사를 한 다음 자리에 앉았다.

진궁은 곧바로 좌우 사람들을 물리치고 한윤을 보고 말했다: "누가 이런 계책을 올려서 원공袁公으로 하여금 봉선奉先과 사돈 맺도록 했습니까? 그 의도는 유현덕의 머리를 취하려는 데 있지요?"

한윤은 질겁하고 일어나서 사과한 다음 말했다: "제발 공대公臺께서는 이 일을 누설하지 말아 주십시오."

진궁曰: "내 입으로 직접 누설하지는 않겠지만, 다만 일을 오래 끌다가는 틀림없이 남들이 알게 될까봐 두렵소. 그리 되면 일이 중간에 틀어지고 말 거요."

한윤曰: "그렇다면 어떻게 하면 좋겠소? 부디 좋은 방도를 가르쳐 주시오."

진궁曰: "내가 봉선을 만나보고 당장 딸을 보내서 혼사를 치르도록 하는 게 어떻겠소?"

한윤은 크게 기뻐하면서 고맙다고 인사를 하면서 말했다: "만약 그

렇게만 해주신다면 원공袁公께서도 공의 은덕에 적잖이 감복할 것입니
다."

진궁은 곧바로 한윤과 작별하고 나와서 그 길로 들어가서 여포를 보
고 말했다: "듣기로는, 장군께서 따님을 원공로에게 시집보내기로 하
셨다던데, 아주 잘 된 일입니다. 다만 언제 혼례를 치르기로 정하셨는
지 모르겠습니다."

여포曰: "나중에 천천히 의논할까 하오."

진궁曰: "옛날에는 빙례를 받고 나서부터 혼례를 치르기까지의 기
간에 각각 정해진 예가 있었습니다. 천자는 일 년, 제후는 반년, 대부
大夫는 석 달, 서민은 한 달이었습니다."

여포曰: "원공로는 하늘이 내려준 국보(國寶: 전국옥새)를 가지고 있
으니 조만간 황제가 될 것이오. 그러니 지금 천자의 예를 따라도 되지
않을까요?"(*이게 도대체 무슨 말인가! 엄씨와 똑같은 말을 하고 있다니.)

진궁曰: "그건 안 됩니다."

여포曰: "그렇다면 아무래도 제후의 예를 따라야겠군요?"

진궁曰: "그것 역시 안 됩니다."(*반년을 기다릴 수는 없다.)

여포曰: "그렇다면 경대부卿大夫의 예를 따라야 할까요?"

진궁曰: "그 역시 안 됩니다."(*한 계절(3개월)을 기다릴 수는 없다.)

여포가 웃으면서 말했다: "공은 어찌하여 내가 서민의 예를 따르기
를 바라는 것이오?"

진궁曰: "그것도 아닙니다."(*한 달도 기다릴 수가 없다.)

여포曰: "그렇다면 도대체 공의 뜻은 어떻게 하자는 것이오?"

진궁曰: "지금은 바야흐로 천하의 제후들이 서로 자웅을 겨루고 있
는 상황입니다. 지금 장군께서 원공로와 사돈을 맺으신다면 제후들 가
운데 이를 질투하는 자가 없을 것이라고 장담할 수 있습니까? 만약 혼
인 날짜를 멀찌감치 잡는다면 혹시 혼례를 치르는 날을 노려서 중도에

군사를 매복시켜 놓았다가 신부를 탈취해 가는 일이 발생한다면 어떻게 하겠습니까? 지금 취할 수 있는 계책은, 혼인을 허락하지 않는다면 그만이지만, 이미 허락을 하신 마당에는 제후들이 모르고 있을 때 곧바로 따님을 수춘壽春으로 보내서 그곳 별관別館에서 따로 거처하도록 하고, 그런 후에 길일吉日을 택해서 혼례를 치르도록 하신다면 만에 하나도 잘못되는 일이 없을 것입니다."

여포가 기뻐하며 말했다: "공대의 말씀이 지당하오."

여포는 즉시 안으로 들어가서 엄씨에게 보고했다.

그날 밤으로 혼수를 장만하고 보마寶馬와 향거香車를 수습한 다음 송헌宋憲과 위속魏續으로 하여금 한윤과 함께 신부를 배행陪行해 가도록 했다. 일행의 행차는 북소리 음악소리가 하늘을 울리는 가운데 성 밖으로 나갔다. (*속담에 이르기를: "아침에 나무를 심고 저녁에는 그 나무그늘에서 쉬려고 한다(朝種樹, 晚乘凉)"라고 했다. 뜻밖에도 시집장가 보내는 일을 이와 같이 하고 있으니, 참으로 가소롭다.)

〖 7 〗 이때 진원룡陳元龍의 부친 진규陳珪는 관직에서 물러나 집에서 노후를 보내고 있었는데, 북소리와 음악소리가 나는 것을 듣고 곁에 있는 사람에게 물어보았다. 그들은 사실대로 말해 주었다.

진규曰: "이것은 바로 '소불간친지계(疎不間親之計: 사이가 먼 사람이 서로 사이가 가까운 사람을 이간시킬 수 없다는 계책)'이다. 현덕이 위험하구나!"

그는 곧바로 병을 무릅쓰고 여포를 찾아가 보았다.

여포曰: "대부께서는 무슨 일로 오시었소?"

진규曰: "장군께서 죽게 되었다는 말을 듣고 조문을 하려고 일부러 왔소이다."

여포가 놀라서 물었다: "그게 무슨 말씀이오?"

진규曰: "전번에 원공로가 금은비단을 공에게 보내주고 유현덕을 죽이려고 했었지만 공께서 화극을 쏘아서 그들을 화해시켰지요. 그러자 이번에 또 갑자기 찾아와서 공과 사돈을 맺으려고 하는데, 그 속뜻은 공의 따님을 볼모로 잡아놓고 곧바로 현덕을 쳐서 소패小沛를 취하려는 것입니다. 소패가 망하면 서주도 위험해집니다. 그뿐 아니라 그가 와서 혹은 식량을 꾸어 달라, 혹은 군사를 빌려 달라고 할 때마다 만약 공께서 그 요구를 들어주신다면 그 일로 공은 지치게 되고 또한 많은 사람들의 원성까지 듣게 될 것입니다. 만약 들어주지 않는다면 사돈간의 정의를 내버리고 서로 싸우게 될 것입니다. (＊원술이 장차 서주를 공격하게 될 것이란 말이다.) 더군다나 내가 듣기로는, 원술은 스스로 황제가 되려는 뜻을 품고 있다고 하던데, 이는 곧 반역입니다. 그가 만약 반역을 한다면 공은 곧 역적의 친척이 되는 것인데, 어찌 천하 사람들이 공을 용납하려 하겠습니까?" (＊천하가 다 장차 서주를 공격하게 될 것이란 말이다.)

여포가 크게 놀라서 말했다: "진궁이 나를 그르쳤군!"

여포는 급히 장료張遼로 하여금 군사들을 이끌고 쫓아가도록 했다. 장료가 30리 밖까지 쫓아가서 여포의 딸을 빼앗아 돌아왔는데, (＊한 고조가 사람을 관직에 임명하기 위해 인장을 새겼다가 금방 녹여버린 일에서는 바로 그의 결단력을 볼 수 있고, 여포가 딸을 시집보내려고 했다가 곧바로 딸을 빼앗아온 일에서는 바로 그의 주견 없음을 볼 수 있다.) 한윤도 같이 잡아와서 감금시켜 놓고 돌려보내 주지 않았다. 그런 다음 원술에게 사람을 보내서, 딸애의 혼수가 미처 마련되지 못해서 그러는데, 다 마련되는 대로 곧 보내겠다고 보고하도록 했다. 진규는 또 여포에게 한윤을 허도(許都: 하남성 허창許昌 동쪽)로 압송하라고 권했다. 그러나 여포는 머뭇거리며 결단을 내리지 못했다.

〖 8 〗 그때 갑자기 보고가 들어왔다: "현덕이 소패에서 군사를 모집하고 말을 사들이고 있는데, 무슨 의도인지는 모르겠습니다."

여포曰: "그런 일이야 장수 된 사람이면 응당 해야 할 일인데 이상할 게 무엇이냐?"

한창 이야기하고 있을 때 송헌宋憲과 위속魏續이 도착해서 여포에게 보고했다: "저희 둘이 장군의 명을 받들고 말을 사러 산동山東으로 가서 좋은 말 3백여 필을 샀습니다. 그런데 돌아오다가 패현沛縣 경계에 이르러 강도떼를 만나서 그 반을 빼앗기고 말았습니다. 그런데 알아봤더니 바로 유비의 아우 장비가 산적으로 위장하여 말을 빼앗아갔다는 것입니다."(*이때는 정신이 말짱한 상태에서 한 짓이고 술 취해서 한 짓은 아니다.)

여포는 보고를 듣고 나서 크게 화를 내면서 장비와 싸우려고 군사를 점검하여 소패로 갔다. 현덕은 그 소식을 듣고 크게 놀라서 황급히 군사들을 거느리고 맞이하러 나갔다.

양군이 마주보고 둥그렇게 진을 친 후 현덕이 말을 타고 나가서 말했다: "형께서는 무슨 일로 군사를 거느리고 여기 오셨습니까?"

여포는 손가락으로 그를 가리키며 욕을 했다: "내가 원문轅門에서 화극을 쏘아 네 큰 어려움을 구해 주었거늘, 너는 어찌하여 내 말을 빼앗아 갔단 말이냐?"

현덕曰: "제가 말이 모자라서 사람을 시켜서 사방에서 말을 사들이도록 했지만, 제가 어찌 감히 형의 말을 빼앗을 수 있습니까?"

여포曰: "너는 장비를 시켜서 내 좋은 말을 150필이나 빼앗아갔으면서도 아직도 잡아떼려는 것이냐?"

장비가 창을 꼬나들고 말을 달려 나와서 말했다: "그래, 내가 네 좋은 말들을 빼앗았다. 그렇다고 네가 지금 나를 어쩌겠다는 게냐?"

여포가 욕을 하며 말했다: "이 고리눈을 한 도적놈아! 네가 여러 차례 나를 깔보는구나!"

장비曰: "내가 네 말을 빼앗았다고 너는 곧바로 화를 내면서, 너는 우리 형님의 서주를 빼앗아 놓고도 왜 아무 말을 하지 않는 게냐?" (*솔직하고 공평한 말이다.)

여포는 화극을 꼬나들고 장비와 싸우려고 말을 달려 나왔다. 장비 역시 창을 꼬나들고 나가서 맞이하여 두 사람은 1백여 합이나 진탕 싸웠으나 승부가 나지 않았다. 현덕은 장비가 자칫 실수라도 할까봐 염려되어 급히 징을 쳐서 군사를 거두어 성 안으로 들어갔다. 여포는 군사를 나누어 성을 사방으로 에워쌌다.

현덕은 장비를 불러서 책망했다: "이 모두가 네가 남의 말을 빼앗았기 때문에 일어난 일이다. 지금 그 말들은 어디에 있느냐?"

장비曰: "전부 각 절에다 맡겨두었소."

현덕은 곧바로 사람을 시켜서 성을 나가 여포의 영채로 가서 자초지종 사정을 설명하고 말들을 돌려보낼 테니 서로 군사를 물리자고 청하도록 했다. 여포는 그 청을 들어주려고 했다.

진궁曰: "이번에 유비를 죽이지 않으면 먼 훗날 반드시 그에게 해를 당하게 될 것입니다."(*이 역시 백문루白門樓에서 있게 될 일에 대한 복선이다.)

여포는 그 말을 듣고 유비의 청을 들어주지 않고 더욱 다그쳐서 성을 공격하도록 했다.

현덕은 미축과 손건과 더불어 상의했다.

손건曰: "조조가 미워하는 자는 바로 여포입니다. 차라리 이참에 이 소패 성을 버리고 허도로 달려가서 조조를 찾아가 군사를 빌려서 여포를 치도록 합시다. 이게 상책입니다."

현덕曰: "누가 앞장서서 포위망을 뚫고 나갈 수 있을까?"

장비曰: "내가 죽기로 싸워 보겠습니다."

현덕은 장비로 하여금 앞장서서 포위망을 뚫도록 하고 관운장으로 하여금 뒤에서 적의 추격을 막도록 한 다음, 자기는 가운데서 늙은이와 어린이들을 보호하며 가기로 했다. 이날 밤 삼경(三更: 밤 11시부터 새벽 1시 사이)에 달이 밝은 때를 틈타 북문을 나서서 달아났다.

이들이 북문을 나서자마자 송헌과 위속의 군사들과 마주쳤으나 장비가 그들과 한바탕 싸워서 물리치고 겹겹이 쳐진 포위망을 뚫고 나갔다. 뒤에서 장료가 쫓아왔으나 관운장이 그를 막아냈다. 여포는 현덕이 떠나가는 것을 보고도 뒤를 쫓지 않고 곧바로 소패성 안으로 들어가서 백성들을 안심시킨 다음 고순에게 소패성을 지키도록 한 후 자기는 그대로 서주로 돌아갔다. (*현덕은 서주를 잃고 또 소패까지 잃어버렸다. 비록 이 모두가 익덕 때문에 일어난 일이기는 하지만, 사실은 진궁이 꾸민 일이다.)

〚 9 〛 한편 현덕은 허도로 달려가서 성 밖에 이르러 영채를 세우고 먼저 손건으로 하여금 조조를 찾아가서 만나보고 여포의 핍박을 받아 어쩔 수 없이 몸을 의탁하러 왔다는 뜻을 전하도록 했다.

조조曰: "현덕과 나는 형제이다."

그리고는 곧바로 성 안으로 들어와서 만나보자고 청했다.

다음날, 현덕은 관우와 장비를 성 밖에 남겨두고 손건과 미축을 데리고 들어가서 조조를 만나보았다. 조조는 그를 귀한 손님을 맞는 예로 대우했다. 현덕은 여포의 일을 자세히 이야기해 주었다.

조조曰: "여포는 의리 없는 놈이니 나와 아우님이 힘을 합쳐 그놈을 죽여 버리도록 합시다."(*유비를 보고 아우님이라 부르는 사람이 또 한 사람 있다. 다행히도 이때는 장비가 옆에 있지 않았다.)

현덕은 고맙다고 인사를 했다. 조조는 잔치를 베풀어 그를 대접하고 밤이 되어서야 보내주었다.

순욱이 들어와서 조조에게 말했다: "유비는 영웅입니다. 지금 빨리 죽여 버리지 않으면 후에 가서 반드시 우환거리가 될 것입니다."

조조는 대답하지 않았다. 순욱이 나가자 곽가郭嘉가 들어왔다.

조조曰: "순욱은 나더러 현덕을 죽이라고 권하는데 어떻게 하면 좋겠는가?"

곽가曰: "안 됩니다. 주공께서 의병義兵을 일으키신 것은 백성들을 위해 포악한 무리를 없애려는 것으로, 오직 신의信義로써 불러 모아도 오히려 빼어난 호걸들이 찾아오지 않을까봐 걱정입니다. 현덕은 평소 영웅으로 이름난 인물인데, 지금 곤궁한 처지에 있어서 주공을 찾아와 몸을 의탁하려는 것입니다. 이럴 때 만약 그를 죽인다면 이는 현자賢者를 해치는 것입니다. 천하의 지모智謀가 뛰어난 인사들이 이 소식을 들으면 스스로 의구심을 품고 주공께로 찾아오려던 발걸음조차 멈추고 오지 않을 것이니, 그렇게 되면 주공께서는 누구와 더불어 천하를 안정시키겠습니까? 이는 한 사람의 후환을 없애기 위해 천하의 신망을 막아버리는 것으로, 천하가 안정되느냐 천하가 위험에 빠지느냐의 관건關鍵이 이 한 가지 일에 달려 있으므로 잘 살피시지 않으면 안 됩니다."(*이 여러 마디 말들은 유비를 위해서가 아니라 실은 조조를 위해서 한 말이다.)

조조가 크게 기뻐하며 말했다: "그대 말은 바로 내 마음과 꼭 같다."

다음날 조조는 곧바로 표문을 올려 유비에게 예주목豫州牧을 겸하게 하도록 천거했다.

정욱이 간했다: "유비는 끝내 남의 밑에 있을 사람이 아닙니다. 일찌감치 없애버리는 편이 낫습니다."

조조曰: "지금은 바로 영웅을 쓸 때이므로 한 사람을 죽임으로써 천하 모든 사람들의 마음을 잃어서는 안 된다. 이 문제에 대해서는 곽봉

효(郭奉孝: 곽가)도 나와 같은 생각이다."(*조조가 유비를 죽이고 싶어 하지 않았던 것은 아니다. 다만 여포로 하여금 그를 죽이도록 하고자 했고, 원술로 하여금 그를 죽이도록 하고자 했으며, 자기 자신이 직접 죽이고자 하지 않았을 뿐이다. 그야말로 간웅, 간웅이다.)

조조는 끝내 정욱의 말을 듣지 않고 군사 3천 명과 군량 1만 섬을 현덕에게 보내주어 예주로 가서 부임한 후, 군사를 이끌고 소패로 가서 주둔하고 있으면서 흩어진 원래의 군사들을 불러 모아 여포를 치도록 했다. 현덕은 예주에 도착한 후 사람을 허도로 보내서 조조와 함께 여포를 치기로 약속했다.

〖 10 〗 조조가 막 군사를 일으켜 직접 여포를 치러가려고 했다. 그때 갑자기 통신병이 달려와서 보고했다: "장제가 관중(關中: 섬서성 관중 분지)에서 군사를 이끌고 와서 남양南陽을 치다가 빗나간 화살에 맞아 죽었습니다. 장제의 조카 장수張繡가 그 무리들을 대신 거느리고 가후賈詡를 모사로 삼아 유표와 손을 잡고, 완성(宛城: 하남성 남양시南陽市)에 군사들을 주둔시켜 놓고 기병하여 궁궐을 침범해서 천자를 빼앗으려 하고 있습니다."

조조는 크게 화를 내면서 군사를 일으켜 그를 치고자 했으나 또 여포가 혹시 허도로 쳐들어올까봐 염려되어 순욱에게 계책을 물었다.

순욱曰: "이는 쉬운 일입니다. 여포는 무모한 자인지라 이익(利)을 보면 틀림없이 기뻐할 것입니다. 명공께서는 사자를 서주로 보내시어 여포에게 더 높은 버슬과 상을 내려주시면서 현덕과 화해하라고 하십시오. (*순욱은 전에는 두 사람을 서로 싸우도록 하려고 하더니, 지금은 또 두 사람을 화해시키려고 한다. 변화가 몹시 심하다.) 여포는 기뻐하면서 먼 장래의 일 같은 것은 도모할 생각조차 하지 않을 것입니다."

조조曰: "좋다."

조조는 곧바로 봉군도위奉軍都尉 왕칙王則으로 하여금 여포에게 벼슬을 내리는 천자의 조령詔令과 현덕과의 화해를 권고하는 서신을 가지고 서주로 떠나도록 한 후, 한편으로는 군사 15만 명을 일으켜 직접 장수를 치러 나섰다.

조조는 군사들을 세 방면으로 나누어 진군하도록 하면서 하후돈을 선봉으로 삼았다. 조조의 군사들은 육수(淯水: 하남성 관내의 백하白河)에 이르러 영채를 세웠다.

가후가 장수에게 권했다: "조조군의 세력이 커서 대적하기 어려우니 차라리 군사들을 다 데리고 투항하는 게 낫습니다."

장수는 그의 말을 따라서 가후로 하여금 조조의 영채로 가서 투항할 뜻을 전하도록 했다. 조조는 가후가 모든 질문에 흐르는 물처럼 막힘없이 대답하는 것을 보고 그가 몹시 마음에 들어 자기 모사로 삼고 싶었다.

가후曰: "저는 전에 이각을 따라다니며 천하에 죄를 졌습니다. 지금은 장수를 따라다니는데, 제가 하는 말은 다 들어주고 제가 올리는 계책은 다 써주므로 차마 그를 버릴 수가 없습니다."(*아래 글에서 조조를 공격하게 되는 계기가 된다.)

그리고는 조조에게 인사를 하고 돌아갔다.

다음날 가후가 장수를 데리고 와서 조조를 만나보자, 조조는 그들을 매우 후하게 대접했다. 가후와 장수는 군사를 이끌고 완성으로 들어가서 주둔하고, 나머지 군사들은 성 밖에 나누어 주둔시켜 놓았는데, 영채의 울타리가 10여 리에 이어졌다. 그로부터 계속 며칠 동안 머물면서 장수는 날마다 연석을 베풀어 조조를 초청했다.

〖 11 〗 하루는 조조가 술이 취해 침소로 들어가서 은밀히 좌우에게 물었다: "이 성 안에는 기녀가 없느냐?"

조조의 형의 아들 조안민曹安民이 조조의 뜻을 알아채고 대답했다: "지난밤에 이 조카가 관사 옆집을 몰래 들여다보았더니 한 부인이 있는데 엄청 미인이었습니다. 그래서 누구인지 물어보았더니 바로 장수의 숙부 장제의 아내였습니다."

조조는 그 말을 듣고 곧바로 조안민에게 갑병甲兵 50명을 거느리고 가서 그녀를 데려오라고 했다. 잠시 후에 막사로 데려왔다. 조조가 보니 과연 미인이었다.

조조가 성을 물어보자 부인이 대답했다: "첩은 장제의 아내로 추씨鄒氏라고 합니다."

조조日: "부인은 내가 누구인지 아시오?"

추씨日: "승상의 위명威名을 들은 지는 오래 됐지만, 오늘 밤 이렇게 만나 뵙게 되어 영광입니다."

조조日: "내 부인을 생각해서 특별히 장수의 항복을 받아주었던 것이오. 그렇지 않았으면 일족一族을 몰살시켜 버렸을 거요."

추씨는 절을 하며 말했다: "죽을 목숨 다시 살려주신 은혜 참으로 감사하옵니다."

조조日: "오늘 부인을 만나볼 수 있게 된 것은 실로 천행이오. 오늘밤 나와 잠자리를 같이 하고 나를 따라 허도로 돌아가서 편히 부귀를 누려보는 게 어떻겠소?"

추씨는 고맙다고 말했다.

이날 밤, 두 사람은 막사 안에서 같이 잤다. (*곽사의 처는 투기妬忌했고, 장제의 처는 음탕했다. 모두 악당들의 업보이다.)

추씨日: "성 안에 오래 머물러 있으면 시동생(즉, 장수)이 틀림없이 의심을 품게 될 뿐만 아니라 또한 남들의 뒷공론도 두렵습니다."

조조日: "내일 부인과 함께 영채로 가서 그곳에서 지내기로 합시다."

다음날, 성 밖으로 옮겨 안심하고 지내면서 전위典韋를 불러 중군 막사 밖에서 밤낮으로 호위하도록 하고, 다른 사람들은 부르기 전에는 함부로 들어오지 못하도록 했다. 이 때문에 막사 안팎이 서로 통하지 못하게 되었다. 조조는 매일 추씨와 더불어 재미를 보면서 돌아갈 생각을 하지 않았다. (*조조와 같은 간웅도 이런 상황에서는 역시 재미에 넋을 잃고 돌아갈 생각조차 하지 않으니, 여색女色이 사람에게 끼치는 작용은 참으로 대단하다!)

〖 12 〗 장수의 집 하인이 은밀히 이 일을 장수에게 알리자, 장수는 크게 화를 내며 말했다: "조조 이 도적놈이 나를 욕보이는 게 너무 심하다!"(*장수는 그래도 염치가 있다. 만약 그가 권세와 이익을 좇으면서 부끄러움을 모르는 자였다면 당연히 조조를 계숙繼叔으로 여겼을 것이다.)

그리고는 곧바로 가후를 오라고 청하여 상의했다.

가후曰: "이 일은 절대 누설해서는 안 됩니다. 내일 조조가 군무軍務를 의논하기 위해 막사에서 나올 때를 기다렸다가 여차여차 하도록 하십시오."

다음날, 조조가 막사 안에 앉아 있을 때 장수가 들어가서 보고했다: "새로 항복한 군사들 가운데 도망가는 자들이 많아서 그러니 제발 중군 안으로 옮겨서 주둔하고 있도록 해주십시오."

조조는 그의 요청을 들어주었다.

장수는 이에 군사들을 중군 안으로 옮겨서 네 영채에 나누어 놓고 때를 정하여 거사하기로 했다. (*가후의 계획은 매우 세밀했다.) 그러나 전위가 워낙 용맹해서 급히 접근할 수 없다는 점이 무서웠다. 그래서 편장偏將 호거아胡車兒와 상의했다. 이 호거아란 자는 5백 근의 무게를 등에 짊어지고 하루에 7백 리를 갈 수 있는 힘이 있는 기인이었다.

그는 당장 장수에게 계책을 올렸다: "전위가 무서운 것은 그가 쌍철극雙鐵戟을 쓰기 때문입니다. 주공께서는 내일 그에게 술 마시러 오라고 청하여 그가 진탕 취해서 돌아가도록 하십시오. 그때 제가 그와 같이 온 군사들 틈에 섞여서 몰래 막사 안으로 들어가서 먼저 그의 쌍철극을 훔치겠습니다. 그것만 없애면 이 사람도 무서울 게 없습니다."

(*기왕에 청해 와서 술을 먹인다면 왜 곧바로 술에 독을 타지 않는가? 기왕에 몰래 막사 안으로 들어간다면 왜 곧바로 전위를 찔러죽이지 않는가? 또 왜 끝내 조조를 찔러죽이지 않는가? 호거아의 생각이 이에 미치지 못한 것은 아마도 하늘이 조조를 죽이고 싶어 하지 않았기 때문일 것이다.)

장수는 매우 기뻐하며 미리 활과 화살, 갑옷과 무기들을 준비해 놓고 각 영채에 알렸다. 때가 되자 가후로 하여금 전위에게 인사를 드리면서 영채로 오도록 청해서 정성껏 술을 대접했다. 전위는 어둑해서야 술에 잔뜩 취해 돌아갔다. 이때 호거아는 여러 사람들 틈에 섞여서 곧바로 조조가 있는 본채(大寨) 안으로 들어갔다.

이날 밤, 조조가 막사 안에서 추씨와 술을 마시고 있는데 갑자기 막사 밖에서 사람들이 말하는 소리와 말들이 우는 소리가 들렸다. 조조는 사람을 시켜서 살펴보도록 했다. 그가 돌아와서 보고하기를, 장수의 군사들이 야간 순찰을 돌고 있기 때문이라고 했다. 그래서 조조는 의심을 하지 않았다.

이경(二更: 밤 9시에서 11시 사이)이 가까웠을 무렵 갑자기 영채 뒤에서 고함 소리가 들리더니, 마초馬草를 실은 수레에 불이 났다고 보고해 왔다.

조조曰: "군사들이 실수해서 불이 난 것이니 놀라 소동피우지 말라."

잠시 후 사방에서 불이 일어나자 조조는 그제야 비로소 놀라 허둥대며 급히 전위典韋를 불렀다.

전위는 마침 술에 취해 눕자마자 잠이 들었는데 꿈결에 징소리, 북소리, 고함소리가 요란하게 들려서 자리에서 벌떡 뛰어 일어나서 아무리 찾아봐도 쌍철극이 보이지 않았다. 이때 적병들은 이미 원문轅門 앞까지 당도했으므로 전위는 급히 보졸이 허리에 차고 있는 칼을 빼서 손에 들었다. 그때 문득 보니 영문 앞에서는 무수한 군마軍馬들이 각기 긴 창을 꼬나들고 영채 안으로 짓쳐들어오고 있었다. 전위는 있는 힘을 다해 앞으로 달려 나가며 20여 명이나 베어 죽였다.

　마군馬軍들을 겨우 물리치자 이번에는 보군步軍들이 또 닥쳤는데, 양쪽으로 늘어선 창들이 마치 갈대 대열 같았다. 전위는 몸에 갑옷을 걸치지 않아서 위아래로 수십 군데나 창에 찔렸지만 여전히 죽기 살기로 싸웠다. 적을 베느라 칼날이 듬성듬성 이가 빠져서 더 이상 쓸 수 없게 되자, 전위는 칼을 내버리고 두 손으로 군사 둘을 번쩍 들어 흔들면서 적을 맞이했다. (*쌍철극雙鐵戟 대신에 두 사람(雙人)을 쓰고 있다. 매우 기이한 광경이다.) 그렇게 쳐서 죽인 자가 8~9명이나 되었다. (*사람으로 사람을 다스렸다(以人治人)고 말할 만하다.) 도적의 무리들은 감히 다가오지 못하고 다만 멀찍이에서 화살을 쏘아댔는데, 화살이 마치 소나기 쏟아지는 듯했다. 그런데도 전위는 죽기를 무릅쓰고 영채 문을 막고 있었다. 그러나 어찌하랴, 적군들은 이미 영채 뒤로 들어와서 창으로 전위의 등을 콱! 찔렀다. 전위는 두세 번 큰소리를 지르고는 땅에다 흥건히 피를 쏟으며 죽었다. 그가 죽고 나서 한참 지났으나 여전히 감히 앞문으로 들어오는 자는 한 사람도 없었다. (*죽은 전위가 살아있는 적군을 막아낼 수 있었다.)

〖 13 〗 한편 조조는 전위가 영채 문을 막아준 덕에 영채 뒤로 해서 말을 타고 도망갈 수 있었는데, 조안민曹安民은 혼자서 걸어서 뒤따라 갔다. 조조는 오른팔에 화살 한 대를 맞았고, 그가 탄 말 역시 화살을 세 대나 맞았으나 다행히 그 말은 출산지가 대원(大宛: 고대 서역의 나라

이름. 좋은 말의 출산지로 유명했다.)인 양마良馬였으므로 고통을 참으면서 빨리 달렸다. 달리고 달려서 막 육수淯水 강가에 이르렀을 때 적병들이 추격해 와서 조안민을 칼로 베어 마구 짓이겨 죽였다.

조조는 급히 말을 몰아 물결을 헤치고 강을 건너갔다. 간신히 강기슭에 올랐을 때 적병이 쏜 화살이 말의 눈에 정통으로 맞아 그 말은 그만 땅에 넘어지고 말았다.

조조의 맏아들 조앙曹昻은 즉시 자기가 타고 있던 말을 조조에게 바쳤다. 조조는 그 말을 타고 급히 달아났고, 조앙은 반대로 마구 쏘아대는 화살에 맞아 죽고 말았다. (*사랑하는 말과 사랑하는 자식들이 모두 한 부인의 손에 죽은 셈이 되었다.) 조조는 계속 달아나서 마침내 적의 추격에서 벗어났다. (*자기는 달아나서 죽음에서 벗어날 수 있었지만, 추鄒 부인의 행방은 알지 못했다.) 길에서 여러 장수들을 만나 패잔병들을 거두었다.

이때 하후돈이 거느리는 청주(青州: 산동성 치박시淄博市 임치 북쪽)의 군사들은 혼란한 틈을 타서 시골로 내려가 민가民家를 약탈하고 다녔다. 평로교위平虜校尉 우금于禁은 즉시 휘하 군사들을 데리고 길에서 청주 군사들을 쳐 죽이고 백성들을 안심시켰다. (*백성들을 위해 군사들을 죽였는데, 그야말로 진정한 장군이다.) 달아난 청주 군사들이 조조에게 돌아가 땅에 엎드려 울면서 말했다: "우금이 반란을 일으켜 청주 군사들을 쫓아와 죽였습니다."

조조는 크게 놀랐다. 잠시 후 하후돈과 허저, 이전, 악진 등이 모두 당도했다.

조조曰: "우금이 반란을 일으켰다고 하니, 군사를 정돈해서 그를 맞아 싸우도록 하자."

〖 14 〗 한편 우금은 조조 등이 모두 오는 것을 보고는 군사를 이끌고

사수射手들을 진의 모서리에 배치하여 막도록 하고 참호를 파고 영채를 세우도록 했다. (*이는 엄연히 적을 대비하는 모습이다.)

누군가가 그에게 말했다: "청주 군사들이 장군께서 반란을 일으켰다고 말해서 지금 승상께서 이미 당도하셨는데, 왜 해명할 생각은 하시지 않고 먼저 영채부터 세우고 계십니까?"

우금曰: "적의 추격병이 뒤에서 언제 들이닥칠지 모르는데, 만약 미리 대비해 두지 않으면 어떻게 적을 막아내겠느냐. 잘잘못을 가리는 것은 작은 일이고 적을 물리치는 것은 큰일이다(分辨小事, 退敵大事)."(*적을 물리치는 것 자체가 바로 잘잘못을 가리는 일이다.)

영채를 세우는 일이 막 끝났을 때 장수張繡의 군사들이 두 방면으로 짓쳐왔다. 우금이 몸소 앞장서서 적을 맞이하러 영채를 나가자 장수는 급히 군사를 뒤로 물렸다. 조조 좌우의 여러 장수들은 우금이 적과 싸우러 앞으로 나가는 것을 보고는 각기 군사를 이끌고 나가서 적을 쳤다. 장수의 군사는 대패했다. 조조의 군사들은 그 뒤를 짓쳐가며 1백여 리나 쫓아갔다. 장수는 형세도 궁지에 몰리고 도움 받을 곳도 없어지자 패잔병들을 이끌고 유표에게 몸을 의탁하러 그를 찾아갔다. (*후문을 위해 깔아둔 복선이다.)

조조가 군사를 거두고 장수들을 점고할 때 우금이 들어와서 조조를 보고 그간의 사정을 자세히 이야기했다: "청주 군사들이 멋대로 다니면서 노략질을 하므로 백성들의 원성이 자자하기에 제가 그들을 죽였습니다."

조조曰: "그런 사정을 나에게 말하지 않고 먼저 영채부터 세운 이유는 무엇이냐?"

우금이 앞에서 말한 대로 대답했다.

조조曰: "장군은 한창 바쁜 중에도 군사를 정돈하여 방비를 든든히 하고, 남의 비방과 수고를 감내하면서 끝내 패전을 승전으로 돌려놓을 수 있었으니, 비록 옛날의 이름난 장수라 할지라도 어찌 이보다 뛰어 날 수 있겠느냐?"

이에 우금에게는 금으로 만든 그릇 한 벌을 내려주고 동시에 익수정 후益壽亭侯에 봉했다. 그리고 하후돈에겐 군사를 엄하게 다스리지 못한 잘못을 책망했다. 또한 제물을 차려서 전위典韋를 제사지내 주었다. 조 조는 친히 곡을 하면서 영전靈前에 술잔을 따라 올린 다음, 여러 장수 들을 돌아보고 말했다: "내가 첫째 아들과 사랑하는 조카를 잃은 것은 그리 애통하지 않으나, 유독 전위를 잃은 것이 매우 애통하기 때문에 이처럼 소리 내어 울었던 것이다!"(*이런 점이 조조가 사람들의 마음을 얻는 부분이다. 그러나 자기 입으로 직접 설명하고 있으므로 이것이 가짜임을 곧바로 알 수 있다.)

모든 사람들은 다 감탄했다.

다음날, 조조는 회군 명령을 내렸다. 조조가 허도로 회군한 것에 대 해서는 더 이상 이야기하지 않겠다.

〖 15 〗 한편 왕칙王則이 조서를 가지고 서주로 가자, 여포는 그를 영 접해서 부중府中으로 들어갔다. 조서를 펴서 읽어보니 여포를 평동장 군平東將軍에 봉하고 특별히 인수를 내려준다는 내용이었다. 왕칙은 또 조조의 사신私信을 꺼내 주면서 여포의 면전에서 조공曹公이 그를 매우 공경하고 있다는 취지로 극력 칭찬해 주자 여포는 크게 기뻐했다.

그때 갑자기 원술이 보낸 사람이 왔다고 보고해 왔다. 여포가 그를 불러들여서 물어보았다.

사자曰: "원공袁公께서는 조만간 황제의 자리에 오르시게 되므로 동 궁東宮을 세우려 하시니 빠른 시일 내에 황비(皇妃: 동궁비)를 회남으로 보내 달라고 재촉하고 계십니다."

여포는 크게 화를 내며 말했다: "역적 놈이 어찌 감히 이따위 짓을 한단 말이냐!"

그는 곧바로 원술이 보낸 사자를 죽이고 한윤의 목에 칼(枷)을 씌운 다음, 진등陳登에게 사은의 표문을 가지고 한윤을 왕칙과 함께 허도로 압송해 가서 조정에서 내려준 은혜에 감사를 표하도록 했다. 아울러 조조에게도 답장을 보내면서 실제로 서주목徐州牧을 제수해 달라고 청하게 했다. 조조는 여포가 원술과의 혼인을 파기해 버린 것을 알고 크게 기뻐하면서 곧바로 한윤을 저잣거리로 끌고 가서 목을 베라고 했다.

진등이 조조에게 은밀히 말했다: "여포는 시랑豺狼 같은 자입니다. 용맹하기는 하나 꾀가 없고(勇而無謀), 거취를 경솔히 하여 이리 붙었다 저리 붙었다 하는(輕於去就) 자이오니,(*이 두 마디 말이 여포에 대한 정론定論이다.) 일찌감치 처치해 버리셔야 합니다."

조조日: "나도 오래 전부터 여포는 그 본성이 이리 새끼처럼 아무리 은혜를 베풀어도 끝내 배반하고 마는 자이므로(狼子野心) 오래 두고 기르기 어려운 줄 잘 알고 있소. 그러나 그대 부자가 아니고는 그 실정을 자세히 알아낼 수 있는 사람이 없으니 공은 부디 나를 위해 꾀를 내어 주시오."

진등日: "승상께서 만약 군사를 움직이신다면 제가 마땅히 안에서 호응하겠습니다."

조조는 기뻐하면서 진규에게는 중이천석中二千石의 봉록을 주고, 진등은 광릉태수廣陵太守에 임명했다.

진등이 하직인사를 하고 돌아가려고 하자, 조조가 그의 손을 잡고 말했다: "동쪽 지방의 일은 다 공에게 부탁하오."

진등이 머리를 끄덕이며 그리 하겠다고 했다.

진등이 서주로 돌아와서 여포를 보자, 여포가 일이 어찌되었는지 물었다.

진등曰: "부친께서는 봉록을 받으셨고, 저는 태수가 되었습니다."

여포가 크게 화를 내며 말했다: "너는 나를 위해 서주목 자리를 달라고 해보지는 않고 도리어 너희 자신의 작록俸祿만 구했단 말이냐! 네 부친은 나더러 조공과 손을 잡고 원공로와의 혼인을 파기하라고 권했었는데, 지금 내가 요구한 것은 끝내 하나도 얻지 못하고 너희 부자들만 모두 높은 자리에 올랐으니, 나는 너희 부자들에게 이용만 당하고 말았구나!"

곧바로 칼을 빼어들고 그의 목을 치려고 했다.

진등은 큰소리로 웃으며 말했다: "장군께서는 어찌하여 그리도 사리에 밝지 못하십니까!"

여포曰: "내가 어째서 사리에 밝지 못하다는 것이냐?"

진등曰: "제가 조공曹公을 보고 말했습니다: '장군을 기르는 것은 비유하자면 범을 기르는 것과 같습니다. 항상 배부르게 고기를 먹여주어야지, 배가 부르지 않으면 사람을 물게 될 것입니다' 라고. 그러자 조공은 웃으면서 말했습니다: '공의 말은 맞지 않소. 나는 온후溫侯 대하기를 마치 매를 기르듯이 한다오. 여우와 토끼가 아직 없어지지 않았는데 어떻게 감히 매의 배부터 먼저 부르게 해준단 말이오. 매란 굶주려야 부릴 수 있지 배가 부르면 날아가 버린다오' 라고요. (*범과 매와 사냥개 같은 자라고 욕을 하고 있는데도 여포는 그것을 깨닫지 못한다. 진등은 참으로 묘한 사람이다.) 그래서 제가 물었습니다: '도대체 누구가 여우와 토끼입니까?' 그러자 조공은 말했습니다: '회남의 원술, 강동의 손책, 기주冀州의 원소, 형양荊襄의 유표, 익주(益州: 사천성 성도成都)의 유장劉璋, 한중(漢中: 섬서성 한중시漢中市 동쪽)의 장노張魯 (*이 두 사람은 앞에서는 나오지 않았는데 여기에서 처음 등장한다.) 등이 다 여우와 토끼들이오' 라고요."

여포는 칼을 내던지고 웃으며 말했다: "조공이 나를 알아주는 군."(*정말 바보 멍청이다.)

한창 이야기하고 있을 때 갑자기 원술의 군사들이 서주를 치러 왔다는 보고가 들어왔다. 여포는 그 말을 듣고 깜짝 놀랐다. 이야말로:

사돈지간 못 되자 서로 원수 되어 싸우네,　　　秦晉未諧吳越鬪

혼인을 맺으려다 싸움만 불러왔네.　　　　　　婚姻惹出甲兵來

끝내 뒷일이 어찌되려는가? 다음 회를 읽어보기 바란다.

제16회 모종강 서시평序始評

(1). 춘추시대의 일을 두루 살펴본 적이 있는데, 혼인을 한 나라들은 매번 적국이 되었다. 진영(辰嬴: 진왕秦王의 딸로 후에 진문공晉文公의 비첩妃妾)이 진晉에 있을 때 진秦은 진晉을 공격한 적이 있으며, 목희(穆姬: 진晉 헌공의 딸로 진목공秦穆公에게 시집갔다.)가 진秦에 있을 때 진晉은 진秦과 절교한 적이 있다. 하물며 여포에게는 그 아비도 없는데 어찌 그 사위가 있겠는가? 원술에게는 그 동족의 형도 없는데 어찌 이성의 친척이 있을 수 있겠는가? 그런데 어찌 '소불간친(疏不間親: 소원한 사이는 친한 사이를 이간시킬 수 없다)'이란 게 있을 수 있겠는가? 혹자는 이를 풀이하여 말하기를: 천하 사람들은 모두 부모에게는 배반을 해도 그 자식들은 친애하며, 형제간에는 배반을 해도 외척과는 친하게 지내는데, 인정의 거꾸로 뒤집혀짐(顚倒)이 왕왕 이와 같다. 이것이 바로 진궁이 혼인을 권하려고 했던 이유이며, 진규가 반드시 막으려고 했던 이유이다.

(2). 춘추시대 때 모수毛遂는 초왕楚王에게 말했다: "합종合縱을 하려는 것은 초楚나라를 위해서이지 조趙나라를 위해서가 아닙니다." 여포는 원술이 소패小沛를 취하면 서주가 위험해질까봐 두려

워서 둘이 화해하기를 권했던 것으로, 이는 자신을 위해서이지 유비를 위해서가 아니었다. 진규陳珪는 원술과 여포가 혼인하여 힘을 합치면 유비에게 불리하고 조조에게도 역시 불리할까봐 두려워서 그들의 혼인을 막으려고 했던 것으로, 이 역시 유비와 조조를 위해서였지 여포를 위해서가 아니었다.

(3). 조조는 유비를 미워해서 먼저는 여포를 시켜서 그를 죽이려고 했고, 후에는 또 원술을 시켜서 그를 공격하도록 했다. 그러나 결코 자신이 유비를 죽이려고 하지는 않았는데, 악인惡人의 역할을 남에게 떠넘기기 위해서였다. 그것은 사람들의 신망이 자기 자신에게 돌아오도록 하고, 자신이 현자를 죽였다는 소리는 피하고 싶었기 때문이다. 그야말로 간웅의 극치이자 절정이라 할 수 있다.

창부(倉父: 鄙賤之夫: 무식한 사람)는 이러한 이치도 모르고 책을 읽다가 이에 이르러서 자신도 모르게 감탄하면서 "조조 역시 좋은 점이 있다!"고 하였는데, 이야말로 조조가 비웃을 일이다.

(4). 동탁도 여자를 좋아했고, 조조 역시 여자를 좋아했지만, 동탁은 여포의 손에 죽은 반면 조조는 장수張繡의 손에 죽지 않았다. 그 이유는 무엇인가?

그 이유는: 동탁의 죽음은 심복맹장心腹猛將의 마음을 잃었기 때문이고, 조조가 죽지 않은 것은 심복맹장의 도움을 얻었기 때문이다. 흥망과 성패는 다만 사람을 쓸 줄 아느냐 모르느냐에 달린 것이지 어찌 여색을 밝히느냐 밝히지 않느냐에 달린 것이겠는가!

춘추시대 때 오왕吳王이 오자서伍子胥를 쓰지 않았더라면 비록 서시西施가 없었더라도 망했을 것이며, 오왕이 오자서를 끝까지 쓸 줄 알았더라면 비록 서시가 있은들 무슨 해가 되었겠는가? 원중랑

袁中郎 선생은 〈영암기靈岩記〉란 책을 쓰면서 말했다: "예전에 제齊나라 왕으로 여자를 좋아한 환공桓公이 있었는데, 여자를 좋아하는 것은 패자가 되는 데 전혀 방해가 되지 않는다고 중부(仲父: 관중)는 말했으며; 촉蜀에는 경국지색傾國之色의 미인이 없었는데도 촉제 유선劉禪은 끝내 포로가 되고 말았다." 이야말로 천고에 타당한 풍류風流의 묘론妙論이다.

제 17 회

원술, 칠군七軍을 일으키고
조조, 세 장수를 모으다

〖 1 〗 한편 원술은 회남에 있으면서, 그곳의 땅도 넓고 양식도 넉넉한데다 또 손책이 저당잡혀 놓은 옥새까지 갖게 되자, 마침내 멋대로 황제라 불리고(僭稱) 싶은 생각이 들었다.

그는 부하들을 전부 모아놓고 의논했다: "옛날 한 고조는 사상(泗上: 강소성 북부와 안휘성 동북부 지역)의 일개 정장亭長에 불과했으면서도 천하를 차지했다. 그 후 4백년을 지내오는 동안 한漢의 운세가 다해서 지금 나라 안은 솥의 물이 끓듯이 요동치고 있다. 우리 가문으로 말하면 4대에 걸쳐서 삼공三公을 배출해 낸 집안으로서 백성들의 신망을 받고 있다. 나는 이제 하늘의 뜻과 인심에 따라서 제위帝位에 오르고자 하는데, 여러분들의 뜻은 어떠한가?"

주부主簿 염상閻象이 말했다: "안 됩니다. 옛날 주周의 시조 후직后稷

은 덕을 쌓고 공을 많이 세웠으며, 그 자손 문왕文王 때에 이르러서는 천하의 삼분지이三分之二를 차지하고 있었으면서도 여전히 은殷 왕실을 섬겼습니다. 명공의 가문이 비록 대대로 귀한 집안이라고는 하나 주周처럼 흥성하지 못했고, 한漢 황실이 비록 쇠미해졌다고는 하나 은殷의 마지막 왕 주紂처럼 포학한 적이 없습니다. 이 일은 결코 해서는 안 됩니다."(*이 일은 조조 역시 감히 실행할 수 없어서 그 후대 사람을 기다려서 해야만 했는데, 그 이유는 바로 이런 의론을 겁냈기 때문이다.)

원술이 화를 내며 말했다:

"우리 원씨袁氏 성은 본래 진陳에서 나왔는데, 진은 바로 순舜임금의 후예이다. (*그러므로 우리 가문은 사세삼공四世三公뿐만이 아니다.) 내가 지금 하려는 이 일은 토(土: 순임금의 후예 진씨陳氏)로써 화(火: 한의 유씨劉氏)를 대신하는 것이 되므로 바로 그 운세에 맞으며, 또 예언서에서도 이르기를: '한漢을 대신할 자는 도고塗高이다' 라고 하였는데, 나의 자字가 공로公路, 즉 나라에서 닦은 길이란 뜻이니 바로 그 예언과도 맞아떨어진다. (*본래 도고塗高란 위魏 대궐을 가리킨 것으로 이는 조조에 대한 예언이다. 그런데 원술이 이를 어떻게 함부로 자신을 가리킨 것이라 말할 수 있는가?) 게다가 나는 전국옥새傳國玉璽까지 가지고 있다. 그런데도 만약 내가 황제가 되지 않는다면 이는 천도天道를 배반하는 것이 된다. 내 뜻은 이미 정해졌으니 다시 여러 말 하는 자는 목을 벨 것이다!"

마침내 원술은 연호를 중씨仲氏로 정하고, 조정에는 상서대尙書臺와 여러 성省을 비롯한 부서와 관직을 두고, 용과 봉황이 그려진 황제 전용 수레를 타고, 성의 남쪽과 북쪽의 교외에서 하늘과 땅에 제사를 지냈다. 아내 풍방씨馮方氏를 황후로 삼고, 그 아들을 태자, 즉 동궁東宮으로 삼았다. 그런 다음 사자에게, 여포의 딸을 데려와서 동궁비東宮妃로 삼도록 하라고 재촉했다. 그런데 여포가 이미 한윤을 허도로 압송했는데 조조가 그를 죽여 버렸다는 소식을 듣고는 크게 화를 내고는 마침내 장훈張勳을 대장군으로 삼아 20여만 명의 대군을 거느리고 일곱 방면으로 나누어 진군해서 서주를 치려고 했다.

첫째 방면으로는 대장 장훈이 가운데서 나아가고,

둘째 방면으로는 상장上將 교유橋蕤가 왼편에서 나아가고,

셋째 방면으로는 상장上將 진기陳紀가 오른편에서 나아가고,

넷째 방면으로는 부장副將 뇌박雷薄이 왼편에서 진군하고,

다섯째 방면으로는 부장副將 진난陳蘭이 오른편에서 진군하고,

여섯째 방면으로는 항장降將 한섬韓暹이 왼편에서 진격하고,

일곱째 방면으로는 항장 양봉楊奉이 오른편에서 진격하도록 했다.

이들은 각각 수하의 건장健將들을 거느리고 서둘러 출발했다.

원술은 연주자사 김상金尙을 태위太尉로 삼아서 그로 하여금 일곱 방면으로 진군하는 전체 군사들의 군수품과 군량의 수송을 감독하라고 했으나 김상이 명령에 따르지 않자 그를 죽여 버리고 기령紀靈을 전체 군사의 지원 책임자(七路都救應使)로 삼았다.

원술 자신은 군사 3만 명을 이끌고 이풍李豊, 양강梁剛, 악취樂就를 군사들의 진격을 재촉하고 감독하는 최진사催進使로 삼아서 전체 군사들을 지원하도록 했다.

〖 2 〗 여포가 사람을 시켜서 원술 군의 동정을 탐지해 오도록 했는데, 장훈의 군사들은 큰 길로 곧장 서주로 쳐들어오고, 교유의 군사들은 소패로 쳐들어오고, 진기의 군사들은 기도(沂都: 산동성 임기臨沂)로 쳐들어오고, 뇌박의 군사들은 낭야(琅琊: 산동성 임기 북쪽)로 쳐들어오고, 진난의 군사들은 갈석(碣石: 산동성 남부)으로 쳐들어오고, 한섬의 군사들은 하비(下邳: 강소성 비현邳縣 남쪽)로 쳐들어오고, 양봉의 군사들은 준산(浚山: 산동성 준수浚水 부근의 산)으로 쳐들어오는데, 일곱 방면의 군사

들은 하루에 50리씩 행군하면서 길에서 백성들을 약탈하며 오고 있다고 보고해 왔다. (*좋은 황제의 군사들이다!) 이에 여포는 급히 모사들을 불러 모아서 상의했다. 진궁과 진규 부자도 다 왔다.

진궁曰: "서주가 직면한 지금의 화禍는 진규 부자가 불러온 것입니다. 저희가 작위와 봉록을 얻기 위해 조정에 아첨하느라 지금의 화를 장군께 가져다준 것이니, 저들 둘의 머리를 베어서 원술에게 바친다면 그 군사들은 스스로 물러갈 것입니다."(*이때 설령 진규 부자를 죽이더라도 원술은 틀림없이 군사를 물리지 않았을 것이다. 진궁의 이 계책은 잘못된 것이었다.)

여포는 그 말을 듣고 즉시 진규와 진등을 붙잡으라고 명했다.

진등이 큰소리로 웃으며 말했다: "어찌하여 이리도 겁이 많으십니까? 제 눈에는 일곱 방면으로 쳐들어오는 적병들이 마치 일곱 개의 썩은 풀 더미처럼 보이는데, 신경 쓸 필요가 어디 있습니까!"

여포曰: "네게 만약 적을 쳐부술 계책이 있다면 네 죽을 죄를 용서해 주겠다."

진등曰: "장군께서 만약 이 사람의 말대로만 해주신다면 서주를 지켜내는 일은 걱정할 필요가 없습니다."

여포曰: "어디 한 번 말해 봐라."

진등曰: "원술의 군사들은 비록 그 수는 많아도 전부 다 오합지졸烏合之卒들이므로, 평소 그는 그들을 친하게 대하지도 않고 신임하지도 않고 있습니다. 우리가 정식 군사들로 성을 지키고 있으면서 기습군을 보내서 저들을 물리친다면 성공하지 못할 리가 없습니다. 게다가 제게 또 한 가지 계책이 있는데 그대로만 하신다면 서주를 안전하게 지킬 뿐만 아니라 원술까지도 사로잡을 수 있습니다."

여포曰: "어떤 계책이냐?"

진등曰: "한섬과 양봉은 본래 한 나라의 옛 신하들인데, 조조가 무서워서 달아났다가 몸을 의탁할 곳이 없자 잠시 원술에게로 찾아간 것입니다. 그러나 원술은 틀림없이 그들을 무시하고 있을 것이고, 그들 역시 원술을 위해 싸우는 것을 즐거워하지 않을 것입니다. 만약 서신 한 통을 보내서 그들과 손을 잡아 안에서 호응하도록 하고, 또 유비와 손을 잡아 밖에서 호응하도록 한다면, 틀림없이 원술을 사로잡을 수 있을 것입니다."

여포曰: "그러면 자네가 직접 한섬과 양봉한테 가서 서신을 전하도록 하라."

진등은 그리 하겠다고 대답했다.

〖 3 〗 여포는 곧 표문을 써서 허도로 올려 보내고, (*후에 조조가 원술을 공격하게 되는 계기가 된다.) 다시 편지를 써서 예주豫州로 보낸 다음, (*후에 운장이 여포를 돕게 되는 계기가 된다.) 진등에게 마군馬軍 몇 기를 이끌고 먼저 하비下邳로 가는 길로 나가서 그곳에서 한섬을 기다리도록 했다. 진등은 한섬이 군사들을 이끌고 와서 영채를 다 세우고 난 다음 들어가 만나보았다.

한섬이 물었다: "그대는 여포의 사람이면서 여기는 뭣 하러 왔는가?"

진등이 웃으며 말했다: "나는 대한大漢의 공경公卿인데 어찌 여포의 사람이라고 하십니까? 장군이야말로 옛날에는 한의 신하였던 분이 지금은 역적의 신하가 되어서 옛날 관중에서 천자의 어가를 보호했던 공로조차 모두 무위無爲로 돌아가게 하시는데, 내가 장군이라면 결코 이렇게 하지는 않을 것입니다. (*그가 전에 세운 공로를 들어서 그의 가려운 곳을 긁어준다.) 더욱이 원술은 극히 의심이 많은 사람인지라 장군께서는 후에 반드시 그에게 해를 당하게 될 것입니다. 지금 속히 도모하지 않는다면 후회해도 소용없을 것입니다." (*후환을 말함으로써 아픈 곳을 찌르고 있다.)

한섬이 한탄하면서 말했다: "나도 한漢의 신하로 돌아가고 싶으나 다만 돌아갈 길이 없는 게 한스럽소."

진등은 이에 여포의 서신을 내놓았다. 한섬은 서신을 다 읽어보고 나서 말했다: "내 알았으니 공은 먼저 돌아가시오. 나는 양楊 장군과 함께 창끝을 거꾸로 돌려서 원술을 치겠으니, 불이 일어나는 것을 보거든 그것을 암호로 알고 온후溫侯께서는 군사를 이끌고 와서 호응해 주면 좋겠소."

진등은 한섬과 작별하고 급히 돌아와서 여포에게 보고했다.

여포는 이에 군사를 다섯 방면으로 나누어 진군하도록 했는데;

고순에게는 일군一軍을 이끌고 소패小沛로 나아가서 교유橋蕤를 대적하도록 하고,

진궁에게는 일군을 이끌고 기도沂都로 나아가서 진기陳紀를 대적하도록 하고,

장료와 장패에게는 일군을 이끌고 낭야琅琊로 나아가서 뇌박雷薄을 대적하도록 하고,

송헌과 위속에게는 일군을 이끌고 갈석碣石으로 나아가서 진난陳蘭을 대적하도록 하고,

여포 자신은 한 떼의 군사를 이끌고 서주徐州로 나아가서 장훈張勳을 대적하기로 했다.

이들은 각기 1만 명의 군사들을 거느리고 가도록 하고, 남은 자들은 성을 지키도록 했다. 여포는 성에서 30리 밖으로 나가서 영채를 세웠다. 장훈의 군사들이 당도했으나 여포를 당해내지 못할 것으로 짐작하고 일단 20리 뒤로 물러나서 군사를 주둔시킨 다음, 사방에서 지원해 줄 군사들이 당도하기를 기다렸다.

〖 4 〗이날 밤 이경(二更: 밤 9시 ~ 11시) 무렵 한섬과 양봉은 군사를 나누어 도처에 불을 지르고, 여포의 군사들을 지원하여 장훈의 영채로 들어갔다. 장훈의 군사들은 크게 어지러워졌다. 여포가 그 기세를 타고 들이치자 장훈은 패해서 달아났다. 여포는 날이 밝을 때까지 뒤쫓아 갔는데 마침 응원하러 온 기령紀靈과 마주쳤다. (*전날에는 남의 싸움을 대신 중재해 주었으나, 오늘은 자신이 적수가 되어 싸우고 있다.)

양편 군사들이 서로 맞붙어 싸우려고 할 때 마침 한섬과 양봉의 군사들이 두 방면에서 달려왔다. 기령은 크게 패하여 달아났다.

여포가 군사를 이끌고 추격해 갈 때 산 뒤에서 한 떼의 군사들이 당도했는데, 진 앞의 문기門旗가 좌우로 갈라지더니 요란하게 차린 한 부대의 군사들이 모습을 드러냈다. 그들은 용과 봉황, 해와 달을 수놓은 깃발(龍鳳日月旗)과 가로 길이가 4자, 세로 길이가 5자나 되는 큰 깃발, 끝이 참외 모양으로 된 창(金瓜)과 끝이 도끼 모양으로 된 창(銀斧), 군권을 상징하는 금색 칠을 한 큰 도끼(黃鉞)와 흰털 소의 꼬리를 단 깃발(白旄: 전군을 지휘하는 데 사용함)을 흔들어 댔다. 그런 가운데 누런 비단에 금실을 두른 일산日傘 아래 몸에 금색 갑옷(金甲)을 걸치고 팔에 두 자루 칼을 걸친 원술이 나타났다.

그는 진 앞으로 나와서 말을 세우며 여포를 보고 큰소리로 꾸짖었다: "주인을 배반한 이 종놈아!"

여포가 화를 내며 화극을 꼬나들고 앞으로 뛰쳐나가자 원술의 장수 이풍李豊이 창을 꼬나들고 나와서 맞이했다. 서로 어우러져 싸우기를 3합도 못 되어 이풍은 여포의 화극에 손을 찔려 창을 내던지고 달아났다. 여포가 군사들을 휘몰아 들이치자 원술의 군사들은 큰 혼란에 빠졌다. 여포는 군사들을 이끌고 그 뒤를 추격해 가서 말과 갑옷 등을 무수히 빼앗았다.

원술은 패한 군사들을 이끌고 달아났으나 몇 마장(里) 가지 않았을 때 산 뒤로부터 한 떼의 군사들이 뛰쳐나와 길을 막았는데, 앞장선 장수는 곧 관운장이었다. (＊전날 호뢰관에서 일개 마궁수馬弓手라고 매도했던 바로 그 사람이다.)

운장이 큰소리로 외쳤다: "역적놈이 아직도 죽지 않았느냐!"

원술은 정신없이 달아났다. 그 바람에 나머지 군사들도 사방으로 흩어져 도망치다가 운장의 칼에 맞아 죽은 자들이 많았다. 원술은 패잔병들을 수습하여 달아나서 회남으로 돌아가 버렸다.

여포는 싸움에 이기자 관운장과 양봉, 한섬 등 일행의 군사들을 서주로 가자고 청하여 크게 잔치를 베풀어 대접하고 군사들에게는 모두 상을 내리고 음식을 차려 위로했다.

다음날, 운장은 작별인사를 하고 돌아갔다. 여포는 조정에 한섬은 기도목沂都牧으로, 양봉은 낭야목琅琊牧으로 천거하면서도 서주徐州에 남아 있도록 하려고 했다.

진규曰: "안 됩니다. 한섬과 양봉 두 사람이 산동을 점거하고 있으면 1년 안에 산동의 성들은 모두 장군의 소속으로 될 것입니다."

여포는 그 말을 옳게 여기고, 곧바로 두 장수를 보내면서 잠시 기도 및 낭야 두 곳에 주둔해 있으면서 조정으로부터 관직 임명장(恩命)이 내려오기를 기다리도록 했다. (＊후에 현덕이 이 두 사람을 죽이게 되는 계기가 된다.)

진등이 은밀히 자기 부친을 보고 물었다: "왜 두 사람을 서주에 남아 있도록 해서 여포를 죽일 바탕으로 삼지 않으십니까?"

진규曰: "그랬다가 만약 두 사람이 여포와 손을 잡게 되면, 이는 도리어 범에게 발톱과 어금니를 붙여주는(爲虎添爪牙) 꼴이 되기 때문이다."

진등은 자기 부친의 고견에 탄복했다.

〖 5 〗 한편 원술은 패하여 회남으로 돌아간 후 사람을 강동으로 보내서 손책에게, 복수하려고 그러는데 군사를 빌려주겠느냐고 물어보도록 했다.

손책이 화를 내며 말했다: "네놈은 내 옥새를 떼어먹고는 황제를 참칭僭稱하고, 한 황실을 배반하고, 대역무도한 짓을 하고 있다. 내 마침 군사를 일으켜서 네 죄를 물으려고 하던 참인데 어찌 도리어 네놈 역적을 도와주려고 하겠느냐?"

그리고는 곧바로 서신을 보내서 그의 요구를 거절했다. (*달빛 아래서 통곡하던 때를 생각하면 오늘에야 비로소 그 분을 조금이라도 풀 수 있게 되었다.)

사자가 손책의 서신을 가지고 돌아가서 원술에게 보이자, 원술은 다 읽어보고 나서 화를 내며 말했다: "입에서 젖비린내 나는 이 어린새끼(黃口孺子)가 어찌 감히 이렇게 나온단 말이냐! 내 우선 이놈부터 쳐야겠다!"

장사長史 양대장楊大將이 극력 말리자 그때서야 그만두었다.

한편 손책은 답서를 띄워 보낸 후 원술의 군대가 쳐들어오는 것을 방비하려고 군사를 점검하여 장강의 어귀를 지키고 있었다. 그때 갑자기 조조의 사자가 당도해서 손책을 회계會稽 태수에 제수하면서 군사를 일으켜서 원술을 치도록 하라고 했다. 손책은 이에 여러 사람들과 의논한 후 즉시 군사를 일으키려고 했다.

장사 장소張昭가 말했다: "원술이 비록 이번에 패했지만, 그에게는 아직도 군사가 많고 군량도 넉넉하므로 결코 가볍게 대적해서는 안 됩니다. 그보다는 차라리 조조에게 글월을 보내서 그에게 남쪽으로 쳐내려오도록 권하고 우리는 뒤에서 호응하여 양쪽 군대가 서로 돕는다면 원술의 군사는 틀림없이 패배할 것입니다. 그렇게 한다면 만에 하나 잘못 되는 일이 있더라도 조조의 구원을 바랄 수가 있습니다."

손책은 그의 말을 좇아서 사자를 조조에게 보내서 이러한 뜻을 전하도록 했다.

〖 6 〗 한편 조조는 허도로 돌아가서도 전위典韋를 추모하여 사당을 세워 제사를 지내주고, 그의 아들 전만典滿을 중랑中郞으로 삼아 부중府中에서 근무하도록 해주었다. 그때 갑자기 보고가 들어오기를, 손책이 사자를 보내서 서신을 올렸다고 했다. 조조가 그 글을 다 보고나자 이번에는 또 다른 사람이, 원술은 양식이 떨어져서 진류陳留에서 백성들의 재물을 약탈하고 있다고 보고해 왔다. (*약탈을 일삼고 있는데, 이는 강도나 할 짓이지 황제가 할 일은 아니다.)

조조는 원술의 빈틈을 타서 공격하려고 마침내 군사를 일으켜 남정南征을 하기로 결심했다. 그러면서 조인으로 하여금 허도를 지키도록 하고 나머지 사람들은 모두 정벌 길에 따라 나서도록 했는데, 마군과 보군이 17만 명이나 되었고 군량과 군수물자를 실은 짐수레(輜重)가 1천여 대나 되었다.

그는 또 한편으로 사람을 손책과 유비, 여포에게 먼저 보내서 합세하기로 약속했다. 조조의 군사가 예주豫州 경계에 이르렀을 때 현덕은 진즉에 군사를 이끌고 와서 그를 맞이했다. 조조는 그를 영채로 들어가자고 청했다. 서로 인사를 하고 나서 현덕이 수급 두 개를 바쳤다.

조조가 놀라서 물었다: "이건 누구의 수급이오?"

현덕曰: "한섬과 양봉의 수급입니다."

조조曰: "이걸 어떻게 얻었소?"

현덕曰: "여포가 이 두 사람에게 당분간 기도沂都와 낭야琅琊로 가서 주둔해 있도록 했습니다. 그런데 뜻밖에도 두 사람은 군사들을 풀어놓아 백성들을 맘대로 노략질하도록 해서 백성들 사이에 원성이 자자했습니다. 그래서 제가 술자리를 마련해 놓고 거짓말로 상의할 일이 있다면서 청해 와서는 술을 마시는 사이에 술잔 던지는 것을 신호로 관우, 장비 두 아우로 하여금 이들을 죽이도록 했던 것입니다. 그러자 그 수하의 무리들은 모두 항복해 왔습니다. 그래서 지금 일부러 와서 죄를 청하는 바입니다."

조조曰: "그대가 나라를 위하여 해악을 제거하였으니 이야말로 큰 공로인데 어찌 죄라고 말하시오?"

그리고는 현덕을 크게 칭찬해 준 다음, (*군사를 풀어놓아 멋대로 백성들을 노략질하도록 한 죄로 우금于禁은 그 군사들을 다스렸으나 현덕은 그 장수를 다스렸으니 더욱 통쾌한 일이다. 크게 칭찬해주는 것은 당연하다.) 군사들을 한데 모아 가지고 서주 지경地境으로 들어갔다. 여포도 영접하러 나와서 조조는 여포를 좋은 말로 위로해주고 그를 좌장군에 봉하면서 후에 허도로 돌아가서 좌장군의 인수印綬를 바꿔 주겠다고 약속했다. 여포는 크게 기뻐했다. 조조는 즉시 여포의 군사를 왼편에서, 현덕의 군사를 오른편에서 진군하도록 하고, 자신은 그 가운데서 직접 대군을 거느리고 진군해 가면서 하후돈과 우금을 선봉으로 삼았다.

〖 7 〗 원술은 조조의 군사가 쳐들어온 것을 알고는 대장 교유橋蕤에게 군사 5만을 이끌고 선봉에 서도록 했다. 양쪽 군대는 수춘(壽春: 안휘성 수현壽縣) 경내로 들어가는 어귀에서 만났다. 교유가 먼저 말을 타고 나가 하후돈과 싸웠으나 채 3합도 못 싸우고 하후돈의 창에 찔려 죽었다. 원술의 군사는 대패하여 수춘성으로 도망쳐 돌아갔다. 그때 문득 보고가 들어오기를, 손책은 배를 출발시켜 강변의 서쪽을 공격하고, 여포는 군사를 이끌고 동쪽을 공격하며, 유비와 관우, 장비는 군사를 이끌고 남쪽을 공격해 오고, 조조는 스스로 군사 17만 명을 이끌고 북쪽을 공격해 오고 있다고 했다. 원술은 크게 놀라서 급히 문무 관원들을 모아놓고 상의했다.

양대장曰: "수춘은 해마다 홍수 아니면 가뭄이 들어서 사람들은 먹을 것이 없는데 이제 또 군사를 움직여서 백성들을 소란하게 해서 백성들이 원망하는 마음이라도 품게 되면, 적의 군사들이 이르렀을 때 적을 막아내기가 어렵습니다. 차라리 군사들을 수춘에 남겨 두시되 적과 싸우지 않도록 하는 편이 낫습니다. 그리하여 적에게 군량이 떨어지기를 기다리십시오. 그렇게 되면 적의 정세에 무슨 변화가 생겨날 것입니다. 폐하께서는 잠시 어림군御林軍을 거느리고 회수淮水를 건너가십시오. 이렇게 하시면, 첫째로는 익숙한 지역으로 가시게 되고, 둘째로는 잠시 적의 날카로운 창끝을 피할 수 있게 됩니다."

원술은 그 말에 따라 이풍, 악취樂就, 양강梁剛, 진기 네 장수들에게 군사 10만을 나눠주어 수춘성을 굳게 지키도록 한 다음 자기는 나머지 장병들과 재물 창고에 보관되어 있는 금은주옥金銀珠玉 등 온갖 보물들을 전부 수습해 가지고 회수를 건너가 버렸다.

〖 8 〗 한편 조조의 군사 17만 명이 매일 소비하는 양식이 엄청나게 많은데다가 여러 고을에 또 가뭄이 들어서 군량미를 제때에 보급할 수가 없었다. 조조는 군사들에게 속히 싸우도록 독촉했으나, 이풍 등은 성문을 굳게 닫아놓고 싸우러 나오지 않았다. 조조의 군사들은 한 달 넘게 적과 대치하고 있느라 군량이 곧 다 떨어질 형편이어서 손책에게 서신을 보내서 군량 10만 섬을 빌려왔으나 그것으로는 모든 군사들에게 충분히 나누어 줄 수가 없었다.

이때 군량 관리 책임자인 임준任峻의 부하로 있는 창고 관리관 왕후王垕가 들어와서 조조에게 물었다: "군사는 많고 군량미는 적으니 어찌해야 되겠습니까?"

조조曰: "작은 말(小斛)로 나눠주어 잠시 위급한 처지를 넘겨보도록 하라."

왕후曰: "만약 군사들이 원망하면 어떻게 합니까?"

조조曰: "나에게 달리 계책이 있느니라."

왕후는 조조가 시킨 대로 작은 말로 나누어 주었다. 조조가 은밀히 사람을 시켜서 각 영채로 가서 사정을 살펴보도록 했는데, 원망하지 않는 자가 없었으며, 모두들 승상이 자신들을 속였다고 말한다는 것이었다.

조조는 곧바로 왕후를 은밀히 불러들여서 말했다: "내가 자네한테서 물건 하나를 빌려서 그것으로 군사들의 마음을 진정시켜 보려고 하는데, 자네는 빌려주는 데 인색해서는 안 된다."

왕후曰: "승상께서는 어떤 물건을 빌리시려 하십니까?"

조조曰: "네 머리를 빌려서 군사들에게 보여주려고 한다."(*손책한테서 양식을 빌렸으나 부족하자 이번에는 왕후의 머리를 빌리려고 한다. 양식이야 빌릴 수 있지만 머리를 어떻게 빌린단 말인가? 빌리려면 빌릴 수 있다 하더라도, 언제 갚을 수 있을지는 알 수 없다.)

왕후가 깜짝 놀라서 말했다: "사실 저는 아무 죄도 없습니다."

조조曰: "나 역시 네가 무죄임을 알고 있다. 다만 너를 죽이지 않으면 군사들의 마음이 변할 것이다. 네가 죽은 후 네 처자식들은 내가 잘 돌봐줄 테니 너는 염려하지 말거라."

왕후가 다시 말을 하려고 했을 때에는 이미 조조가 도부수를 불러서 그를 문밖으로 끌어내서 한 칼에 목을 베도록 했다. 그 머리를 장대 끝에 높이 매달아 놓고 방을 내다붙여 널리 알렸다:

"왕후는 일부러 작은 말로 양식을 나눠주고 군량을 도적질했다. 그래서 군법에 따라 처단한 것이다."

이렇게 해서 군사들의 원망하던 마음이 비로소 풀어졌다.

〖 9 〗 다음날 조조는 각 영채의 장령들에게 명을 전했다: "만약 사

흙 안으로 힘을 합쳐서 성을 깨뜨리지 못하면 모조리 목을 벨 것이다."

조조는 직접 성 아래로 가서, 군사들이 흙과 돌을 날라다가 해자 메우는 일을 독려했다. 그때 성 위로부터 화살과 돌이 비 오듯이 퍼붓자 비장裨將 두 명이 겁을 먹고 피해서 돌아왔다. 조조는 칼을 빼서 성 아래에서 직접 그들의 목을 쳤다. 그리고는 말에서 뛰어내려 직접 흙을 받아 날라서 구덩이 메우는 일을 거들었다.

이리하여 대소大小 모든 장수들과 군사들이 한 명도 예외 없이 앞으로 나아가 군대의 위세를 크게 떨치자, 성 위에서는 이들을 막아낼 수가 없었다. 조조의 군사들은 앞 다투어 성 위로 올라가서 성문의 빗장을 깨부수고 성문을 활짝 열어 제치고 많은 병력이 일제히 성안으로 몰려 들어갔다.

이풍, 진기, 악취, 양강 등은 모두 사로잡혔는데, 조조는 그들을 모두 저자로 끌고 가서 목을 베도록 했다. 그리고 황궁을 모방해서 지은 궁실과 전당들과 궁정 안의 모든 물건들을 모조리 불태워버렸다. 수춘 성 안은 약탈을 당하여 완전히 텅 비었다. (*거두어들이고 약탈한 것 역시 '빌렸다'고 말할 수는 없는가?)

조조는 군사들을 이끌고 회수를 건너가서 원술의 뒤를 계속 추격하는 문제를 상의했다.

순욱이 말리며 말했다: "근년에 가뭄이 들어서 군량 조달이 어렵습니다. 이럴 때 만약 다시 군사를 출병시킨다면 군사들도 고생하고 백성들도 손실을 입게 되어 이로울 게 없습니다. 차라리 일단 허도로 돌아가서 내년 봄에 밀이 익어 군량이 충분히 마련되기를 기다렸다가 그때 가서 다시 출전하는 것이 좋겠습니다."

조조는 주저하면서 결단을 내리지 못했다.

그때 갑자기 정탐꾼이 들어와서 보고했다: "장수가 유표에게 몸을 의탁해 있으면서 다시 미친 듯이 날뛰자 남양南陽과 강릉(江陵: 호북성 강릉)의 여러 현縣들에서 다시 반란이 일어났습니다. 조홍曹洪은 적들을 막아내지 못하고 수차례 싸움에서 연달아 패했으므로 지금 특별히 와서 위급함을 고하는 것입니다."

조조는 곧 손책에게 글을 띄워 그로 하여금 장강 양쪽에 걸쳐 진을 치고 있도록 해서 유표가 의심을 품고 감히 함부로 움직이지 못하게 했다. 그리고 자신은 그날로 군사를 돌려서 장수를 치는 일을 따로 의논했다.

출발하기에 앞서 조조는 현덕에게 이전처럼 소패小沛에 군사를 주둔시켜 놓고 여포와 형제의 의를 맺어 서로 구조해 주면서 다시는 서로 침범하는 일이 없도록 하라고 지시했다. 여포는 군사를 거느리고 따로 서주로 돌아갔다.

조조는 현덕에게 은밀히 말했다: "내가 그대에게 소패에 군사를 주둔시켜 놓으라고 한 것은 바로 '굴을 파놓고 호랑이가 빠지기를 기다리는(掘坑待虎)' 계책이오. (*앞에서 '호랑이 두 마리가 서로 먹이를 다투게 하는(二虎競食)' 계책과 '호랑이를 몰아서 이리를 삼키도록 하는(驅虎呑狼)' 계책에 대해서는 이미 배웠다.) 공은 다만 진규 부자와만 상의하여 실수하는 일이 없도록 하오. 나는 공을 위하여 밖에서 지원하도록 하겠소."(*겉으로는 화합하라고 하면서 속으로는 헤어지라고 하는바, 심히 간교하다.)

말을 마치자 그는 떠나갔다.

〖 10 〗 한편 조조가 군사를 이끌고 허도로 돌아오니 어떤 관리가 보고하기를, 단외段煨는 이각을 죽이고 오습伍習은 곽사를 죽여서 그 수급들을 가지고 와서 바쳤으며, 단외는 이각의 남녀노소 친족 2백여 명을 산 채로 허도로 압송해 왔다고 하였다. 조조는 그들을 각 성문에

나누어 보내서 목 베도록 하고 그 수급들은 많은 사람들이 보도록 높이 매달도록 했다. 그것을 본 백성들은 다 통쾌하다고 말했다.

천자는 전당에 올라 문무백관을 모아놓고 태평연太平宴을 열고, 단외를 탕구蕩寇 장군으로, 오습은 진로殄虜 장군으로 삼아 각각 군사를 이끌고 가서 장안을 지키도록 했다. 두 사람은 사은謝恩의 재배를 하고 물러갔다.

조조는 즉시 천자에게 장수가 난을 일으켰으므로 마땅히 군사를 일으켜 쳐야 한다고 아뢰었다. 천자는 이에 친히 난가鑾駕를 타고 조조의 군사들이 싸우러 나가는 것을 배웅했다. 때는 건안 3년(서기 198년. 신라 나해 이사금 3년) 4월이었다. (*바로 밀이나 보리를 수확할 때이다.)

〔 11 〕 조조는 순욱을 허도에 남겨두어 병력의 조달과 보충병 파병 등의 일을 책임지도록 하고 자신은 직접 대군을 거느리고 출발했다.

행군하면서 보니 길가의 밀들은 이미 다 익었는데 백성들은 군사가 오는 것을 보고 감히 밀을 베지 못하고 밭에서 나와 피해 도망갔다.

조조는 사람들을 보내서 멀고 가까운 마을의 부로父老들과 각처를 지키는 수비(守境) 관리들에게 두루 알리도록 했다:

"나는 천자의 조서를 받들어 역적을 치고 백성을 위해 해로운 자들을 없애려고 출병하는 길이다. 지금은 밀이 익었을 때이지만 부득이해서 군사를 일으킨 것이다. 대소大小 장교들 가운데 밀밭을 지나가면서 밀을 발로 밟는 자가 있으면 모조리 목을 벨 것이다. 군법이 매우 엄하니 너희 백성들은 놀라거나 의심하지 말라."(*군주는 백성을 하늘로 여기고, 백성들은 먹는 것을 하늘로 여기는바, 조조는 곧 하늘을 알았던 하늘(知天之天)이라고 말할 수 있다.)

백성들은 이 말을 듣고 모두들 기뻐하면서 조조를 칭송했다. 멀리서 먼지를 일으키면서 군사들이 오는 것을 보면 길을 막고 서서 절을 했다. 관군官軍들은 밀밭을 지나갈 때에는 전부 말에서 내려 손으로 밀포기를 붙잡고 그것을 차례로 뒷사람에게 넘겨주면서 지나갔으며, 감히 발로 밟는 자는 전혀 없었다.

조조가 말을 타고 한창 가고 있을 때 갑자기 밀밭 속에서 비둘기 한 마리가 놀라서 날아오르자 낯선 광경을 본 말이 그만 놀라서 그대로 밀밭 속으로 뛰어 들어가 밀밭 한 떼기를 온통 짓밟아서 결딴을 내버렸다. 조조는 곧 행군주부行軍主簿를 불러서 자신이 밀밭을 짓밟은 죄를 논의하도록 했다.

주부曰: "승상에 대해 어찌 죄를 논할 수 있습니까?"

조조曰: "내 자신이 법을 정해 놓고 내 스스로 그것을 범했는데, 어떻게 해야만 군사들이 복종하도록 할 수 있겠느냐?"

즉시 차고 있던 칼을 빼서 자기 목을 찌르려고 했다. (*귀여운 속임수이다.) 여러 사람들이 급히 말려서 멈추도록 했다.

곽가曰: "옛날 〈춘추春秋〉의 대의大義에 따르면, 법은 지존至尊에게는 적용되지 않는다고 했습니다. 승상께서는 대군 전체를 통솔하고 계시는데 어찌 스스로를 해칠 수 있습니까?"

조조는 한동안 생각하다가 말했다: "기왕에 〈춘추〉에 '법은 지존에게는 적용되지 않는다'고 하였다니, 내 일단 죽음은 면했구나."

그리고는 칼로 자기의 머리카락을 잘라서 땅에다 내던지며 말했다: "머리카락 자르는 것으로 일단 목 자르는 것을 대신하기로 하겠다." (*귀여운 속임수다.)

그리고는 사람을 시켜서 그 머리카락을 전군에 돌려가며 보이면서 이렇게 말하도록 했다: "승상께서 밀을 밟았는데, 본래는 마땅히 목을 베어 많은 사람들이 보도록 해야 하지만, 지금은 머리카락 자르는 것으로 이를 대신한다."

이에 모든 군사들은 두려워 떨면서 군령을 엄격히 지키지 않는 자가

하나도 없었다. 후세 사람이 이 일을 평론하여 지은 시가 있으니:

십만 명의 용사들에 십만 가지 마음 있어	十萬貔貅十萬心
한 사람 호령으로 많은 사람 단속하기 어렵다.	一人號令衆難禁
칼 빼서 머리카락 잘라 잠시 머리 대신하니	拔刀割髮權爲首
이로써 조조의 속임수 깊음을 알겠네.	方見曹瞞詐術深

〖 12 〗한편 장수는 조조가 군사를 이끌고 오는 것을 알고는 급히 유표에게 글을 보내서 후원해 달라고 청하고, 한편으로는 뇌서雷敍와 장선張先 두 장수들과 함께 군사들을 거느리고 적을 맞으러 성 밖으로 나갔다. 양군이 서로 마주보고 진을 치고 나서 장수가 말을 타고 나가 손으로 조조를 가리키며 꾸짖었다: "너는 겉으로는 인의仁義를 내세우지만 실상은 염치없는 놈이니, 금수禽獸와 무엇이 다르냐!"(*은연중에 자기 숙모의 일을 원망하고 있다.)

조조가 크게 화를 내며 허저에게 말을 타고 나가서 싸우라고 했다. 장수는 장선에게 나가서 맞이해 싸우라고 했다. 단 3합에 허저가 장선을 칼로 베어 말 아래로 떨어뜨렸다. 장수의 군사들은 대패하여 달아났다. 조조는 군사를 이끌고 남양성 아래까지 쫓아갔다. 장수는 성으로 들어가서 성문을 닫아 놓고 싸우러 나가지 않았다.

조조는 성을 에워싸고 공격했으나 해자가 심히 넓고 또 물도 깊어서 급히 성에 접근하기가 어려웠다. 그래서 조조는 군사들에게 흙을 날라다가 해자를 메우도록 하고, 또 흙 포대와 나뭇단과 풀들을 서로 섞어가며 성 옆에다 층층으로 높이 쌓도록 하고, 또 사닥다리를 세워놓고 그 위에 올라가서 성안을 살펴보도록 했다. 조조 자신은 말을 타고 성을 돌면서 이리저리 살펴보았다.

그렇게 하기를 사흘, 그는 군사들에게 서쪽 성문 모퉁이에다 나뭇단을 쌓아올리도록 하고는 여러 장수들을 모아 놓고 그곳으로 해서 성 위로 올라가라고 했다.

성 안에 있던 가후가 이런 광경을 살펴보고 나서 곧 장수에게 말했다: "나는 이미 조조의 속셈을 알아냈습니다. 이제부터 저들이 쓰려는 계책을 우리가 역이용하도록 합시다(將計就計)." 이야말로:

강한 자 위에 달리 또 강한 자 있어   强中自有强中手

속이려고 해도 알아채는 자가 있다네.   用詐還逢識詐人

그 계책이 어떤 것인지 모르겠거든 다음 회를 읽어보도록 하라.

제 17 회 모종강 서시평序始評

(1). 살찐 순록과 호랑이 가죽은 많은 화살들의 표적이 된다. 원술이 일단 황제를 참칭하자 천하가 함께 일어나서 그를 공격했다. 조조가 꾸물거리면서 황제의 자리를 차지하지 않았던 것은 천자라는 지위를 가벼이 여겨서가 아니라 바로 천하 사람들을 겁내서 감히 그러지 못했던 것이다. 하물며 군왕이 되는 것의 즐거움은 천하를 호령할 수 있는 권력을 갖고 있기 때문이다. 그 권력은 전적으로 자기가 가지고 있고 천자라는 명칭은 당시 황제에게 돌렸던 것이니, 조조의 모책謀策은 좋았다. 조조는 그 명칭은 사양하고 그 실질을 취했으나, 원술은 실질은 없으면서 그 명칭만을 덮어쓰려고 했으니, 이 어찌 조조의 계책은 교묘했고 원술의 계책은 졸렬했던 것이 아니겠는가.

(2). 어떤 사람이 말했다: 촉蜀과 오吳와 위魏는 후에 와서 모두 황제를 칭했는데, 유독 원술만이 황제를 칭해서는 안 되는 이유가 무엇인가?

나는 말한다: 정말로 황제가 될 수 있는 자는 언제나 먼저 있지

않고 후에 있는 법이다. 정통正統이 되어 천하를 통일하는 황제는 반드시 천하가 어느 정도 평정되고, 사방에서 복종해 오고(賓服), 여러 신하들이 황제의 자리에 오르기를 권하고, 제후들이 황제로 추대하기를 기다린 후에도 두 번, 세 번 사양한 다음 더 이상 사양할 수 없게 되었을 때 비로소 도성의 남쪽 교외에서 하늘에 제사지내고 황제의 자리에 올라 연호를 바꾸는 것이다.

이처럼 황제의 자리에 천천히 오를수록 그 자리를 더욱 든든히 지킬 수 있다. 이미 정통正統이 아닌 윤통閏統으로서 나라의 일부만 다스리는 황제인 경우, 작은 나라들을 모두 겸병兼倂하여 큰 나라가 한두 개만 남아 있고, 밖으로는 이웃하고 있는 국경에서 다툼이 사라지고, 안으로는 인민들이 기꺼이 귀부歸附하고, 그러면서도 제후에서 왕으로, 왕에서 황제로 차례로 올라가야만 비로소 황제의 자리를 후손에게 물려줄 수 있고 다음 세대에서도 뽑히지 않을 기업을 세울 수 있는 것이다.

(3). 병사들만 사랑하고 백성들은 사랑하지 않는 자는 장수가 될 수 없고, 장수만 사랑하고 백성들은 사랑하지 않는 자는 군왕이 될 수 없다. 그러므로 군사들을 잘 거느리는 자는 반드시 군사들을 다스릴 수 있으며, 겸하여 남의 군사들도 잘 다스릴 수 있는바, 우금于禁이 바로 그런 사람이다. 장수들을 잘 거느리는 자는 반드시 장수들을 잘 다스릴 수 있으며, 겸하여 다른 사람의 장수도 잘 다스릴 수 있는데, 유비가 바로 그런 사람이다. 조조는 장수張繡의 군사들을 공격하러 가면서 손으로 보리를 붙들어 세우며 지나갔는데, 이로써 조조는 장수가 될 수 있는 자임을 알 수 있다. 원술은 서주의 장수들을 공격하러 가면서 도중에 백성들의 재물을 강제로 약탈하면서 갔으니, 이로써 원술은 군왕이 될 수 없는 자임을 알 수

있다. 백성은 나라의 근본이다(民爲邦本). 그래서 본 회에서는 이런 뜻을 세 번이나 이야기하고 있는 것이다.

(4). 조조는 유비를 몹시 싫어했고 여포도 몹시 싫어했다. 그래서 그 둘이 서로 연합하려고 하면 은밀히 그들을 모함하여 갈라놓았으며, 그들이 이미 갈라져 있을 때에는 또 그 중 어느 하나를 공격하기 이전에 다른 한 쪽과 잠시 연합하였으니, 겉으로는 연합하고 또 몰래 서로 의지하는 듯한 태도를 보임으로써 끝내는 그들을 갈라놓으려고 했던 것이다. 그렇게 하기 위해서 조조는 처음에는 "두 호랑이가 서로 먹이를 다투게 하는 계책(二虎爭食之謀)"을 썼고, 이어서 또 "호랑이를 몰아서 이리를 삼키도록 하는 계책(驅虎呑狼之計)"을 썼으며, 마지막에는 "굴을 파 놓고 호랑이가 빠지기를 기다리는 계책(掘坑待虎之計)"을 쓰는 등, 여러 가지 나쁜 마음을 품었던 것이다. 여포는 그것을 모르고 놀아났으나, 유비는 그것을 알면서도 잠시 그의 명령에 따랐던 것이다. 조조 역시 유비가 틀림없이 자신의 속셈을 알고 있다는 것을 분명히 알고 있었으면서도 다만 둘 다 서로 모르는 체하고 있었던 것이니, 참으로 재미있는 사람들이다.

(5). 조조의 일생에서 그가 빌려 쓰지 않은 것은 없다. 천자의 권위를 빌려서 제후들을 호령했고, 제후들의 힘을 빌려서 제후들을 공격했으며, 심지어 군사들의 마음을 안정시키기 위해 다른 사람의 머리까지 빌렸으며, 군령을 세우기 위해서는 자기의 머리카락 역시 빌릴 수 있었다. 그 빌리는 모책이 기이할수록 그것을 빌리는 기술도 더욱 환상적이었는바, 그야말로 천고에 제일가는 간웅이었다.

제 **18** 회

가후, 적의 동정 살펴서 승리하고
하후돈, 화살 뽑아 자기 눈알 삼키다

〚 1 〛 한편 가후賈詡는 조조의 의도를 알아차리고 즉시 그의 계책을 역이용하려고 장수張繡에게 말했다: "내가 성 위에서 보니 조조가 지난 3일 동안 성을 빙 돌면서 자세히 관찰하던데, 그는 성의 동남쪽 모서리의 벽돌 빛이 원래의 것과 새로 쌓은 것들이 서로 다른데다가 나무로 사슴뿔처럼 만든 방어용 목책, 즉 녹각(鹿角)들도 태반이나 부서진 것을 보고는 그리로 해서 쳐들어올 생각을 하면서도 반대로 서북쪽에다 나뭇단과 풀들을 쌓아놓고 거짓으로 쳐들어올 듯한 형세를 하고 있습니다. 이는 곧 우리를 속여서 군사들을 거두어 서북쪽을 지키도록 하려는 것입니다. 그래 놓고 저들은 밤에 어둠을 타서 동남쪽 모퉁이로 올라와서 쳐들어오려는 것입니다."(* "허한 곳은 채우고, 실한 곳은 비운다(虛者實之, 實者虛之)"는 전략이 진즉에 가후에게 간파되어 버렸다.)

장수曰: "그렇다면 어떻게 하면 되겠소?"

가후曰: "이는 쉬운 일입니다. 내일 정예병들을 배불리 먹이고 가벼운 차림을 하도록 해서 전부 동남쪽에 있는 집들 안에 숨겨두십시오. 그런 다음 백성들을 군사로 분장시켜 거짓으로 서북쪽을 지키는 것처럼 해서 밤에 적들로 하여금 동남쪽에서 성을 기어오르도록 내버려두십시오. 저들이 성을 타넘어 왔을 때를 기다렸다가 포砲 소리를 신호로 복병들이 일제히 들고 일어난다면 조조를 사로잡을 수 있습니다."(*속임수를 쓰는 자를 같은 속임수로 대하는 것이 바로 장계취계將計就計이다.)

장수는 기뻐하며 그 계책대로 따랐다.

진즉에 정탐꾼이 이런 정황을 조조에게 보고했다: "장수가 군사들을 모조리 거두어다가 서북쪽에 배치시켜 고함을 지르면서 성을 지키도록 하는 바람에 반대로 성 동남쪽은 텅 비어 있습니다."

조조曰: "나의 계책에 놈들이 걸려들었군."(*반대로 저쪽의 계책에 걸려든 줄 누가 알았으랴.)

그리고는 즉시 군중에 명을 내려 은밀히 가래와 큰 괭이 같은 성을 타고 넘는 데 쓸 기구들을 준비하도록 했다. 그리고 낮에는 군사들을 이끌고 서북쪽만 공격했다. 밤 이경(二更: 밤 9시~11시)쯤 되었을 때 정병들을 거느리고 동남쪽으로 가서 해자를 건너 성을 타고 올라가서 방어용 목책(鹿角)들을 다 부숴버렸다. 그런데도 성안에서는 전혀 아무런 움직임도 없었으므로 모든 군사들은 일제히 몰려 들어갔다.

바로 그때 난데없이 포 소리가 울리더니 복병들이 사방에서 들고 일어났다. 조조의 군사들이 급히 뒤로 물러나는데, 등 뒤에서 장수가 직접 용장들을 휘몰아 쳐들어왔다. 조조의 군사들은 크게 패해서 물러나 성 밖으로 나와서 수십 리나 달아났다. 장수는 그대로 짓쳐오다가 날이 훤히 밝을 녘이 되어서야 군사들을 거두어 성 안으로 들어갔다.

조조가 패한 군사들을 점검해 보니 이미 5만여 명이나 잃어버렸고

치중輜重들도 무수히 많이 잃어버렸다. 여건呂虔과 우금于禁도 다 몸에 상처를 입었다. (*이 모두가 성 안에 꾀주머니(智囊) 가후가 있었기 때문이다.)

〖 2 〗 한편 가후는 조조의 군사들이 패하여 달아나는 것을 보고 급히 장수에게, 유표에게 글을 띄워서 그로 하여금 군사를 일으켜 조조가 도망가는 길을 끊도록 하라고 권했다.

유표가 글을 받아보고 즉시 군사를 일으키려고 할 때, 갑자기 정탐꾼이 와서 보고하기를, 손책이 호구(湖口: 소호구巢湖口. 안휘성 소현巢縣)에 군사를 주둔시켜 놓았다고 했다. (*앞서 조조의 지시와 대응한다.)

괴량曰: "손책의 군사들이 호구에 주둔하고 있는 것은 조조의 계책입니다. 그러나 조조는 방금 패했는데, 이 기세를 타고 그를 치지 않는다면 반드시 후환이 있을 것입니다."(*괴량蒯良의 지모 역시 가후보다 못하지 않다.)

이에 유표는 황조黃祖로 하여금 요충지를 굳게 지키도록 하고 자기는 군사를 거느리고 조조의 퇴로를 끊으려고 안중현(安衆縣: 하남성 등현鄧縣 동북)으로 가면서, 한편으로는 장수와 만나기로 약속했다. 장수는 유표가 이미 군사를 일으켜서 출발한 것을 알고는 즉시 가후와 함께 조조의 뒤를 습격하기 위해 군사를 이끌고 갔다.

한편, 조조의 군사들은 서서히 행군하여 (*일부러 천천히 가고 있었으니, 곧 무슨 계책을 갖고 있음을 알 수 있다.) 양성(襄城: 하남성 등현鄧縣) 지경에 있는 육수淯水 가에 이르렀는데, 그때 조조가 갑자기 말 위에서 목 놓아 대성통곡을 했다. 모두들 놀라서 그 이유를 물어보았다.

조조曰: "작년에 이곳에서 나의 대장 전위典韋를 잃었던 것이 생각나서 나도 몰래 울음이 나왔던 것이다."

그는 즉시 군사들을 멈추도록 하더니 제물을 성대하게 갖추어 전위의 망혼亡魂에 제사를 지냈다. 조조가 친히 향을 손에 잡고 절을 하며 곡을 하자, 전군에 감탄하지 않는 자가 없었다. (*그가 친히 향을 손에 잡고 곡을 하고 절을 한 것은 바로 모든 군사들로 하여금 감탄하지 않는 자가 없도록 하기 위해서였다.) 조조는 전위에게 제사를 지내고 난 다음에야 비로소 조카 조안민曹安民과 맏아들 조앙曹昻 및 싸움에서 죽은 모든 군사들에게 제사를 지내주고, (*죽은 사람을 위해서가 아니라 살아있는 사람들을 위해서였다.) 이어서 화살을 맞고 죽은 대원산 말(大宛馬)에게도 다 제사를 지내주었다. (*말을 사랑해서가 아니라 바로 사람들을 감동시키기 위해서였다.)

다음날 갑자기 순욱이 사람을 보내어 보고했다: "유표가 장수를 도와주기 위하여 안중에다 군사를 주둔시켜 놓고 우리의 퇴로를 끊으려고 합니다."

조조는 순욱에게 답서를 써주며 말했다: "우리가 하루에 겨우 몇 마장(里)씩 천천히 행군하고 있는 것은 적들이 우리 뒤를 쫓아오고 있다는 것을 몰라서가 아니다. 내가 이미 계책을 세워 놓았는데, 안중에 도착하면 반드시 장수를 격파하고 말 테니 공들은 염려하지 말라."

그리고는 곧바로 군사들을 재촉하여 안중현의 지경 경계에 이르렀다. 이때 유표의 군사들은 이미 당도해서 요충지들을 지키고 있었고, 장수도 뒤따라 군사들을 이끌고 쫓아왔다.

조조는 이에 군사들로 하여금 캄캄한 밤에 험한 산을 뚫어 길을 내도록 한 다음 몰래 기습병을 숨겨 놓았다. (*앞서는 캄캄한 밤에 성을 기어 올라갔다가 적의 복병에 걸려들었는데, 이날은 캄캄한 밤에 험한 산길을 뚫어 적들이 이쪽의 복병에 걸려들도록 하려는 계책이다. 참으로 기묘하다.) 날이 어슴푸레 밝아올 무렵 유표와 장수의 군사들이 한 곳에 모였다. 그들은 조조의 군사수가 적은 것을 보고는 조조가 도망갔다고 생각하며 함께 군사를 이끌고 뒤를 치기 위해 험한 산길로 들어섰다. 이때 조조가 기습병을 일제히 내보내서 장수와 유표의 군사들을 크게 격파했다.

조조의 군사들은 안중 지경에서 나가 요해처 밖에다 영채를 세웠다. 유표와 장수는 각기 패잔병을 정돈해서 다시 만났다.

유표曰: "반대로 조조의 간계에 빠질 줄이야 어찌 알았나!"

장수曰: "나중에 다시 도모합시다."

이리하여 양군은 안중에 모였다.

〖 3 〗 한편. 순욱은 원소가 군사를 일으켜 허도를 침범하려고 한다는 정보를 탐지하여 그날 밤으로 글을 띄워 조조에게 보고했다. 조조는 글을 받아보고 당황해서 그날로 군사를 돌렸다. 첩자가 이런 사정을 알아 가지고 장수에게 보고하자, 장수는 그 뒤를 추격하려고 했다.

가후曰: "쫓아가서는 안 됩니다. 쫓아가면 반드시 패합니다."

유표曰: "오늘 쫓아가지 않으면 가만히 앉아서 기회를 놓쳐버리고 말 거요."

그리고는 극력 장수에게 권하여 함께 군사 1만여 명을 이끌고 조조의 뒤를 추격했다. 약 10여 리쯤 갔을 때 조조의 후미 부대後隊를 따라 잡았다. 그러나 조조의 군사들이 힘껏 맞붙어 싸우는 바람에 장수와 유표의 군사들은 크게 패하고 돌아왔다.

장수가 가후에게 말했다: "공의 말을 듣지 않았다가 과연 이렇게 패하고 말았소."

가후曰: "지금 군사를 정돈해서 다시 추격하면 됩니다."(*농담처럼 기이한 말이다.)

장수와 유표가 같이 말했다: "방금 패해서 돌아왔는데 어찌 다시 추격하라고 하시오?"

가후曰: "이번에 추격하면 반드시 대승을 거둘 것입니다. 만약 이기지 못하면 내 목을 치시오."

장수는 그의 말을 믿었다. 그러나 유표는 의심하면서 끝내 같이 가려고 하지 않았다. 그래서 장수는 혼자서 일군―軍을 이끌고 추격하러 갔다. (*장수는 가후의 말을 깊이 믿어 주었기 때문에 가후는 차마 그를 버릴 수 없었던 것이다.)

조조의 군사들은 과연 대패하여 군마軍馬와 짐 실은 수레(輜重)들을 길 바닥 위에 어지러이 버려두고 달아났다. (*싸움 자체는 얘기하지 않고 단 지 패배한 모습만 얘기하는데, 이러한 문장 기법을 생필법省筆法이라고 한다.)

장수가 한창 조조군의 뒤를 추격해 가고 있을 때, 갑자기 산 뒤에서 한 떼의 군사들이 몰려나왔다. 장수는 감히 계속 추격할 수가 없어서 군사들을 거두어 안중으로 돌아왔다.

유표가 가후에게 물었다: "저번에는 우리가 정예병으로써 퇴각하는 군사를 추격하는데도 공은 우리가 반드시 패할 것이라고 말했고, 이번 에는 패배한 군사로써 승리한 군사를 치는데도 공은 우리가 반드시 이 길 것이라고 말했소. 그리고 그 결과는 다 공의 말처럼 되었는데, 어찌 하여 앞뒤의 사정이 다른데도 공의 말씀이 다 들어맞았소? 부디 공은 우리가 이해할 수 있도록 자세히 가르쳐 주시오."

가후曰: "이것은 알기 쉬운 일입니다. 장군께서 비록 용병을 잘하신 다고 해도 조조의 적수는 못 됩니다. 조조의 군사들은 비록 패했지만 반드시 용장勇將을 후미에 배치하여 추격병을 막도록 할 것입니다. 우 리 군사가 비록 정예병이라 하더라도 그들을 당해낼 수는 없으므로, 그래서 반드시 패할 줄 알았던 것입니다. 조조가 저렇듯 서둘러 퇴군 하는 이유는 틀림없이 허도許都에 무슨 일이 생겼기 때문일 것입니다. 저들은 우리의 추격병을 깨뜨린 뒤에는 틀림없이 수레의 짐을 가볍게 하여 급히 돌아가느라 다시 방비를 하지 않을 것입니다. 우리가 저들 이 방비를 하지 않는 틈을 타서 다시 뒤를 추격했기 때문에 이길 수 있었던 것입니다."(*반드시 지고 반드시 이긴다(必敗必勝)고 말한 이유를 여기에서 비로소 설명하고 있다. 앞서는 추격해 올 것을 조조가 예상하고 있었기 때문이고, 후에는 추격해 올 것을 조조가 예상하지 못했기 때문이다.)

유표와 장수는 그의 고견에 감복했다.

가후는 유표에게 형주荊州로 돌아가기를 권하고 장수에게는 양성襄城을 지킴으로써 입술과 이빨처럼 서로 의존하는 관계를 만들라고 권했다. 이에 양군은 각기 흩어졌다.

〖 4 〗 한편, 조조가 한창 가고 있을 때 후군이 장수의 추격을 받고 있다는 보고를 받고 급히 여러 장수들을 이끌고 몸을 되돌려서 구원하러 갔으나, (*앞에서 미처 언급하지 못한 것을 보충 설명하고 있다.) 장수의 군사들은 이미 물러가버리고 보이지 않았다.

싸움에서 패한 군사가 돌아와서 조조에게 보고했다: "만약 산 뒤에서 한 떼의 군사들이 나타나 중간에서 막아주지 않았더라면 저희들은 모두 사로잡혔을 것입니다."

조조가 급히 그게 누구냐고 묻자 그 사람이 창을 잡고 말에서 내려 조조에게 절을 했는데, 그는 곧 진위중랑장鎭威中郎將으로 있는 강하(江夏: 호북성 무창武昌 서남) 평춘平春 사람으로 성은 이李, 이름은 통通, 자는 문달文達이라고 했다.

조조가 어떻게 왔느냐고 물었다.

이통曰: "근래 여남(汝南: 하남성 평여현平輿縣 북쪽)을 지키고 있던 중에 승상께서 장수·유표와 싸우고 계신다는 말을 듣고 일부러 도와드리려고 왔습니다."

조조는 기뻐하면서 그를 건공후建功侯에 봉하고 여남 서쪽 지경을 지켜서 유표와 장수를 막도록 했다. 이통은 인사하고 돌아갔다.

조조는 허도로 돌아와서 손책의 공로를 상주上奏하여 그를 토역장군討逆將軍·오후吳侯로 봉하도록 했다. 그리고 사자를 강동으로 보내서 손책에게 유표의 침공을 방어하는 한편으로 그를 초멸剿滅하라는 내용의 조서를 전하도록 했다.

조조가 승상부丞相府로 돌아오자 모든 관원들이 찾아와서 인사를 했다. 인사가 끝나자 순욱이 물었다: "승상께서는 천천히 행군하시면서 안중安衆까지 가셨는데, 어떻게 역적의 군사들과 싸워 반드시 이길 것을 아셨습니까?"

조조曰: "그들은 물러가려고 해도 돌아갈 길이 없으므로 반드시 죽기 살기로 싸우려 들 것이다. 그런 그들을 천천히 유인해서 기습병을 써서 공격하려고 했고, 그렇게 한다면 우리가 반드시 이길 것이라고 생각했던 것이다."

순욱은 탄복했다. 그때 곽가가 들어왔다.

조조曰: "공은 왜 이리 늦게 오는가?"

곽가는 소매 속에서 서신 한 통을 꺼내더니 조조에게 설명했다: "원소가 사람을 보내서 승상께 글을 올렸는데, 그 내용은 군사를 내어 공손찬을 치고자 하니 특별히 양식과 군사를 빌려 달라는 것입니다."

조조曰: "내가 듣기로는 원소가 허도를 치려고 했다던데, 지금 내가 돌아온 것을 보고는 또 다른 소리를 하고 있구먼."

그리고는 곧바로 서신을 뜯어서 읽어보니 그 언사가 교만했다. 그래서 곽가에게 물었다: "원소가 무례하게도 이처럼 제멋대로 굴고 있는데, 내 그를 치고 싶으나 힘이 모자라는 게 한이다. 어찌 하면 좋겠는가?"

〖 5 〗 곽가曰: "한 고조 유방劉邦이 항우項羽의 적수가 되지 못했던 것은 공께서도 아시는 바입니다. (*은연중에 조조를 유방과 같이 대하고 있다.) 그러나 고조께서는 지혜가 뛰어나셨기에 항우는 비록 세력은 강했으나 끝내 사로잡히는 신세가 되고 말았습니다. 지금 원소에게는 공에게 패할 이유가 열 가지(十敗) 있고, 공에게는 원소를 이길 이유가

열 가지(十勝) 있습니다. 따라서 원소의 군사들이 비록 강성하다고 하더라도 겁낼 게 없습니다.

그 첫째는, 원소는 매사에 번거롭고 잡다한 예절과 의식(繁禮多儀) 갖추기를 좋아하지만, 공께서는 매사의 처리를 자연스럽게 하시기를 좋아하시니(體任自然), 이는 도道에 있어서 그를 이길 이유이며, (*큰 영웅은 세절細節에 구애되지 않는다.)

그 둘째는, 원소의 행위는 하늘과 백성들의 뜻에 거스르는 것이지만, 공께서는 매사를 하늘과 백성들의 뜻에 따라서 행동하시니, 이는 의義에 있어서 그를 이길 이유이며, (*천자를 끼고 제후들을 호령하고 있으므로 그 명분이 도리에 맞는 것이다.)

그 셋째는, 환제와 영제 이래 이 나라의 정치가 잘못되게 된 것은 기강이 해이해졌기 때문인데도 원소는 그것을 관대함으로써 바로잡으려고(以寬濟) 하지만, 공께서는 엄히 다잡음으로써 바로잡으려고(以猛糾) 하시니, 이는 다스리는 방법(治)에 있어서 그를 이길 이유이며, (*이전에는 춘추시대 때 정鄭 나라 자산子産이 나라를 다스릴 때 이렇게 한 적이 있고, 이후에는 공명孔明이 촉蜀을 다스릴 때 이렇게 하였는데, 모두 엄히 다잡음으로써 풀어진 기강을 바로잡는 방법(猛以濟寬)을 썼던 것이다.)

그 넷째는, 원소는 겉으로는 너그러운 체해도 속으로는 꺼리면서 기피하는 바가 많아서 중요한 직책은 대부분 자기 친척들에게만 맡기고 있지만, 공께서는 밖으로는 대범하시고 안으로는 밝히 살피시어 사람을 쓰실 때는 오직 그 재능을 보아서 하시니, 이는 사람을 헤아려 씀(度)에 있어서 그를 이길 이유이며,(*원소가 맹주로 있을 때 원술이 손견에게 군량을 공급하지 않은 것을 책망하지 않았으나, 조조는 용병을 함에 있어서 우금于禁을 칭찬하고 하후돈을 책망했다.)

그 다섯째는, 원소는 모책은 많아도 결단력이 부족하지만, 공께서는 계책을 정하시면 곧바로 그대로 실행하시니, 이는 모책(謀)에 있어서 그를 이길 이유이며,(*이 점에서 원소와 조조의 우열이 가장 잘 판가름 난다.)

그 여섯째는, 원소는 오로지 명예를 얻는 데만 전념하지만, 공께서는 지성으로 사람을 대하시니, (*꼭 그렇다고 할 수 없다.) 이는 덕德에 있어서 그를 이길 이유이며, (*조조는 겉으로는 비록 사람을 지성으로 대하는 것 같아도 속으로는 실은 속임수를 쓰므로, 그에게 덕德이 있다고 하기 어렵다.)

그 일곱째는, 원소는 자기와 가까운 사람은 잘 돌봐주고 관계가 먼 사람은 홀대하지만, 공께서는 친소親疎를 불문하고 두루 염려해주고 보살펴 주시니, 이는 사람들을 사랑함에(仁) 있어서 그를 이길 이유이며, (*조조에게 무슨 남을 사랑하는 게 있는가? 다만 재주가 뛰어났다고 말할 수 있을 뿐이다.)

그 여덟째는, 원소는 참소의 말을 들으면 곧바로 미혹되어 헷갈리지만, 공께서는 참소의 말을 들어도 그대로 받아들이지 않으시니, 이는 사리 밝음(明)에 있어서 그를 이길 이유이며, (*원소는 매번 전풍田豊과 저수沮授를 의심하였으나 조조는 곽가와 순욱을 깊이 신뢰한 것이 이것이다.)

그 아홉째는, 원소는 시비是非를 잘 가리지 못하지만, 공께서는 법도가 엄하고 밝으시니, 이는 문(文)에 있어서 그를 이길 이유이며, (*번다한 예절과 의식은 문文이 아니다. 법도가 엄하고 밝은 것이 곧 문文이다.)

그 열째는, 원소는 허세부리기만 좋아하고 병법의 핵심 내용은 모르지만, 공께서는 적은 군사로 대적을 이기시고 용병하심이 마치 귀신같으시니(用兵如神), 이는 무(武)에 있어서 그를 이길 이유입니다. (*뒤에 나오듯이, 원소는 조조를 치려고 격문을 돌려놓고도 군사를 멈춰놓고 진격하지 않았지만, 조조는 10만 명의 군사로 원소의 80만 대군을 깨뜨릴 수 있었던 것이 이것이다.)

공께서는 이처럼 원소를 이길 이유 열 가지(十勝)가 있으므로 이러한 이유로 원소를 쳐서 깨뜨리기는 어렵지 않습니다."

조조가 웃으면서 말했다: "공이 말한 것들이야 어찌 내가 그에 해당될 수 있겠는가."

순욱曰: "곽 봉효(奉孝: 곽가)의 열 가지 이길 수 있는 이유와 열 가지 패배할 이유에 관한 설명(十勝十敗之說)은 바로 제 생각과 똑같습니다. 원소의 군사가 비록 많다고 해도 겁낼 게 못 됩니다."

곽가曰: "서주의 여포는 사실 몸속의 큰 병과 같습니다. 이제 원소가 북쪽으로 공손찬을 치러 가겠다고 하니, 우리는 그가 멀리 나간 틈을 타서 먼저 여포를 쳐서 동남 각지를 소탕한 다음에 원소를 도모하는 게 상책입니다. 그렇게 하지 않으면, 우리가 원소를 한창 치고 있을 때 여포는 틀림없이 빈틈을 타고 허도를 침범하러 올 텐데, 그렇게 되면 그 피해가 적지 않을 것입니다."(*독자들은 십승십패지설(十勝十敗之說)을 설명한 후에는 틀림없이 원소를 치러 갈 것으로 예상했을 것이다. 그런데 갑자기 원소를 내버려두고 여포를 치러 가자고 하니, 매우 뜻밖이다.)

조조는 그 말을 옳게 여기고 곧바로 동쪽으로 여포를 치러 갈 일을 의논했다.

순욱曰: "먼저 유비에게 사자를 보내서 약속을 정하시고, 그 회답을 기다려서 군사를 움직이도록 해야 합니다."(*뒤에 가서 서신이 누설되는 일의 복선이다.)

조조는 그 말에 따라서 한편으로는 현덕에게 글을 띄우고, 한편으로는 원소에게서 온 사자를 후히 대접하면서 천자에게 상주하여 원소를 대장군·태위太尉로 봉하고 기주, 청주, 유주, 병주 네 주州의 도독都督을 겸하도록 했다. 그리고 원소가 보내온 서신에 대해 비밀서신으로 답하기를: "공은 공손찬을 치도록 하시오. 내 마땅히 도와드리겠소."라고 했다. (*간교奸巧하다.) 원소는 조조의 글을 받아보고 크게 기뻐하며 마침내 공손찬을 치기 위해 출병했다. (*이것이 바로 원소의 지모가 조조보다 못한 점이다.)

〖 6 〗 한편, 여포가 서주에서 빈객들을 모아놓고 연회를 베풀 때마다 진규陳珪 부자는 반드시 여포의 공덕을 한껏 칭송했다. (*여포를 모실 때는 반드시 이렇게 해야 한다.) 진궁은 불쾌해서 틈이 날 때 여포에게 말했다: "진규 부자가 장군의 면전에서 아첨을 하는데 그 속마음을 헤아릴 수 없습니다. 조심하셔야 할 것입니다."(*무릇 면전에서 아첨을 하는 자는 틀림없이 속에 다른 꿍꿍이속이 있는 자이다. 진규 부자가 곧 그 예다.)

여포가 화를 내며 꾸짖었다: "당신은 왜 아무 근거도 없이 참소의 말로 좋은 사람을 해치려 드는가?"(*충고의 말을 듣고는 화를 내면서 참소의 말로 생각하고, 아첨의 말을 듣고는 그가 좋은 사람이라 믿으니, 여포는 매우 멍청한 사람이다. 그러나 세상에 여포와 같은 자는 정말이지 적지 않다.)

진궁은 밖으로 나와서 탄식했다: "충언忠言을 받아들이지 않으니 우리는 틀림없이 재앙을 당하겠구나!"

진궁은 이참에 여포를 버리고 다른 데로 가버리고 싶은 마음이었으나 차마 그러지를 못 하겠고 또 그냥 있자니 남의 비웃음을 살 것이 두려웠다. (*이때 떠나간다고 누가 당신을 비웃겠는가? 결단을 내리지 못하는 것이 가소로울 뿐이다.) 이에 그는 하루 종일 답답하고 우울했다.

하루는 진궁이 몇 명의 기병들을 데리고 소패小沛 땅으로 가서 사냥을 하면서 우울한 심사를 풀고 있는데, 문득 대로(官道) 위로 역마驛馬 하나가 나는 듯이 달려가고 있는 것이 보였다. 진궁은 의심이 생겨서 사냥을 포기하고 기병들을 이끌고 지름길로 해서 그 뒤를 쫓아가서 붙잡아서 물어보았다: "너는 어느 곳의 사자냐?"

그 사자는 이들이 여포의 부하 사람들인 것을 알고 당황해서 대답을 하지 못했다.

진궁이 그의 몸을 뒤져 보도록 했더니 현덕이 조조에게 회답하는 밀서 한 통이 나왔다. 진궁은 즉시 그 자를 잡아 가지고 돌아가서 편지와 함께 여포에게 보였다.

여포가 그 연유를 물어보자, 사자가 대답했다: "조 승상께서 저를 유예주劉豫州께로 보내서 서신을 전해 주도록 하셨기에 왔다가 지금 답서를 받아 가지고 돌아가는 길입니다. 이 답서 안에 무슨 내용이 적혀 있는지는 모르겠습니다."

여포가 편지를 뜯어서 자세히 읽어보니, 그 내용은 대략 다음과 같았다:

"여포를 도모하시고자 하는 명공明公의 분부를 받들고 어찌 감히 밤낮으로 신경을 쓰지 않을 수 있습니까? 다만 이 유비에게는 군사와 장수가 적어서 감히 가벼이 움직일 수가 없습니다. 승상께서 만약 대병을 일으키신다면 저는 마땅히 선봉이 되겠습니다. 삼가 군사들과 무기를 단단히 준비해 놓고 명공의 분부만을 기다리고 있겠습니다."

여포가 보고 나서 큰소리로 욕을 했다: "조조 이 역적놈이 어찌 감히 이럴 수 있단 말이냐!"

그는 곧바로 사자의 목을 벤 다음 먼저 진궁과 장패臧覇로 하여금 태산의 손관孫觀, 오돈吳敦, 윤예尹禮, 창희昌狶 등의 도적들과 손을 잡고 (*가짜 황제 원술과 관계를 끊고 진짜 강도들과 손을 잡는다.) 동쪽으로 나아가 산동과 연주의 여러 군郡들을 치도록 하고, 고순과 장료로 하여금 소패 성의 현덕을 치도록 하고, 송헌과 위속으로 하여금 서쪽으로 나아가 여남汝南과 영천潁川을 치도록 하고, 여포 자신은 중군中軍을 거느리고 세 방면으로 나아가는 군사들을 지원하기로 했다.

〖 7 〗한편, 고순 등이 군사들을 이끌고 서주를 나가서 소패에 도착하려 할 즈음, 이 소식이 현덕에게 알려졌다. 현덕은 급히 여러 사람들과 상의했다.

손건曰: "빨리 조조에게 이 위급한 사정을 알리는 게 좋겠습니다."

현덕曰: "누가 허도로 가서 이 위급한 사정을 알리겠는가?"

계단 아래에서 한 사람이 나서며 말했다: "제가 가고자 합니다."

현덕이 보니 자기와 동향인으로 성은 간簡, 이름은 옹雍, 자를 헌화憲和라 하는 자였는데, 당시 그는 현덕의 막료로 있었다.

현덕은 즉시 글월을 써서 간옹에게 주면서 밤낮 없이 허도로 달려가서 구원을 청하도록 하고, 한편으로는 성을 지킬 병기들을 정비하도록 했다. 현덕 자신은 남문을 지키고, 손건은 북문을 지키도록 하고, 운장은 서문을 지키도록 하고, 장비는 동문을 지키도록 하고, 미축과 그의 아우 미방糜芳에게는 중군을 수호하도록 했다.

원래 미축에게는 누이가 하나 있었는데 현덕에게 시집가서 둘째 부인(次妻)이 되었다. 그래서 현덕과 그들 형제는 처남매부 사이(郎舅之親)이므로 그들에게 중군을 지키며 처자식들을 보호하도록 한 것이다.

고순의 군사가 성 아래에 이르자, 현덕이 성 위 망루(敵樓)에서 물었다: "나와 봉선奉先은 서로 틀어진 일이 없는데 무슨 연유로 군사들을 이끌고 이곳에 왔는가?"

고순曰: "네가 조조와 결탁하여 우리 주인을 해치려 한 일이 이미 다 들통 났다. 어찌하여 빨리 결박을 받지 않느냐!"

말을 마치자 곧바로 군사들로 하여금 성을 공격하도록 했다. 현덕은 성문을 닫아놓고 싸우러 나가지 않았다.

다음날, 장료가 군사를 이끌고 와서 서문을 쳤다.

운장이 성 위에서 그에게 말했다: "공은 풍채가 속俗되지 않은데 무슨 연유로 도적들과 함께 있는 거요?"

장료는 고개를 숙이고 아무 대꾸도 하지 않았다.

운장은 이 사람에게 충의의 기개가 있음을 알고는 다시 욕을 하지도 않고 또한 싸우러 나가지도 않았다. 장료는 군사들을 이끌고 물러가 동문으로 갔는데, 장비가 곧바로 맞이해 싸우러 뛰쳐나가려고 했다. 진작 어떤 사람이 이 일을 관공에게 알려주었다. 관공이 급히 동문으로 달려와서 보니, 장비가 성에서 막 나오고 있었고 장료의 군사들은 이미 물러가고 있는 상황이었다. 장비가 그 뒤를 추격하려고 하자, 관공이 급히 불러서 성안으로 다시 들어갔다.

장비曰: "그가 겁을 먹고 물러가는데 왜 쫓지 말라는 거요?"

관공曰: "아니야. 그 사람은 무예가 나나 자네보다 못해서 물러가는 게 아니야. 내가 바른 말로 일깨워 주었더니 자못 뉘우치고는 우리와 싸우려고 하지 않았을 뿐이야."

장비는 그제야 깨닫고 군사들에게 성문을 굳게 지키도록 하고 다시는 싸우러 나가지 않았다.

〖 8 〗 한편, 간옹은 허도에 이르러 조조를 만나보고 사정을 자세히 말했다. 조조는 즉시 여러 모사들을 모아놓고 상의했다: "나는 여포를 치고 싶은데, 원소가 우리 발목을 잡을 염려는 없으나, 다만 유표와 장수가 우리 배후를 공격하려고 노리지나 않을지 염려된다."

순유曰: "그들 둘은 방금 패하였으므로 감히 가벼이 움직이지 못할 것입니다. 그러나 여포는 사납고 용맹해서 만약 그가 다시 원술과 손을 잡고 회수淮水와 사수泗水 지방을 횡행하게 되는 날에는 급히 쳐부수기가 어려울 것입니다."(*원소와 장수의 연합은 걱정할 게 없으나 여포와 원술의 연합은 염려된다.)

곽가曰: "저들이 갓 반기를 들어서 많은 사람들의 마음이 아직 저들에게 붙지 않은 이때에 빨리 가서 치도록 해야 합니다."

조조는 그 말을 좇아 즉시 하후돈에게 하후연, 여건, 이전과 함께 군사 5만 명을 거느리고 먼저 출발하도록 하고, 자신은 대군을 거느리고 뒤이어 출발했는데, 간옹도 그를 따라갔다.

진즉 이 소식을 정탐꾼이 고순에게 보고하자, 고순은 나는 듯이 여포에게 보고했다. 여포는 먼저 후성, 학맹, 조성曹性에게 2백여 기를 이끌고 가서 고순을 지원하되 소패성에서 30리 떨어진 곳에서 조조의 군사를 맞이해 싸우라고 하고는 자기도 대군을 이끌고 뒤따라가서 지원하기로 했다.

현덕은 소패성 안에 있다가 고순이 물러가는 것을 보고는 조조의 군사들이 이른 것으로 알고 이에 손건만 남겨두어 성을 지키도록 하고, 미축과 미방에게는 가속들을 보호하도록 한 다음, 자기는 관우, 장비 두 사람과 함께 군사들을 데리고 전부 성 밖으로 나가서 각각 나뉘어 영채를 세우고 조조의 군사를 지원하기로 했다. (*성을 완전히 비워두고 성 밖으로 나가서 주둔한 것이 실책이다.)

〖 9 〗 한편, 하후돈은 군사를 이끌고 앞으로 나아가다가 고순의 군사들과 만나서 곧바로 창을 꼬나들고 말을 달려나가 싸움을 걸었다. 고순이 그를 대적했다. 두 필 말이 서로 어우러져 4~50합을 싸웠는데, 고순은 마침내 당해 내지 못하고 패하여 자기 진으로 달려갔다. 하후돈이 말을 몰아 그 뒤를 바짝 추격하고 있어서 고순은 진으로 들어가지 못하고 진 밖을 돌면서 달아났다. 하후돈은 포기하지 않고 그 역시 진을 돌면서 추격했다.

이때 조성이 진 앞에서 이 광경을 보고는 가만히 활을 잡고 화살을 메겨 정확하게 조준하여 화살을 쏘았는데, 하후돈의 왼쪽 눈을 명중시켰다. 하후돈이 외마디 악! 소리를 크게 지르더니 급히 손으로 화살을 쑥 뽑았는데, 뜻밖에도 눈알까지 같이 뽑혀 나왔다.

이에 하후돈은 큰소리로 말했다: "부모님께서 주신 정기와 피를 내버려서는 안 되지!"

그리고는 뽑혀 나온 눈알을 입에다 넣고 삼켰다. 그러고 나서 다시 창을 꼬나들고 말을 몰아서 곧바로 조성에게 달려들었다.

조성이 미처 막기도 전에 창이 얼굴을 관통하여 그대로 말 아래로 떨어져 죽었다. 이를 본 양편 군사들은 전부 크게 놀랐다. 하후돈이 조성을 죽이고 말을 달려 돌아오는데, 고순이 그의 등 뒤로부터 쫓아와 군사들을 휘몰아 덤벼들어서 조조의 군사들은 크게 패했다.

하후연은 자기 형을 구호하여 달아났고, 여건과 이전은 패한 군사들을 데리고 제북(濟北: 산동성 평음현平陰縣 동북)으로 물러가서 영채를 세웠다.

고순은 승리를 거두자 곧바로 군사를 이끌고 돌아가서 현덕을 치려고 했는데, 그때 마침 여포의 대군 역시 도착했다. 여포는 장료, 고순과 함께 군사를 세 방면으로 나누어 현덕, 관우, 장비의 세 영채를 협공했다. 이야말로:

눈알 씹어 먹는 맹장 비록 잘 싸운다 해도　　　　　啖睛猛將雖能戰
화살 맞은 선봉이 오래 버티기는 어려웠다.　　　　中箭先鋒難久持
현덕의 승부가 어찌될지 모르겠거든 다음 회를 읽어보도록 하라.

제18회 모종강 서시평序始評

(1). 장수의 본령은 그 용맹에 있지 않고 그 책략에 있다. 가후賈詡는 지피지기知彼知己와 승부의 결단에 참으로 뛰어났다. 곽가郭嘉가 원소와 조조의 우열優劣을 논하여 조조의 의심을 없애준 것은 회음후(淮陰侯: 서한西漢 장군 한신)가 대장으로 임명될 당시에 유방에게 한 몇 마디 말보다 못하지 않다. 하후돈이 화살을 뽑아 자기 눈알을 삼킨 것은 일개 무부武夫의 능력에 불과하므로 더 이상 말할 것도 없다.

십승십패(十勝十敗)의 말은 모두 정확하지만 단지 조조가 인仁과 덕德에서 원소보다 뛰어나다는 말은 논란의 여지가 있다. 조조에게 무슨 인仁과 무슨 덕德이 있다는 것인가? 흉내를 낸 인仁, 즉 가인假仁은 인仁이 아니며, 이익을 바라고 덕을 파는 것, 즉 시덕市德은 덕德이 아니다. 단지 조조가 원소보다 재주(才)와 술수(術)에서 뛰어났다고 말해야 할 것이다.

(2). 조조가 전위典韋의 무덤 앞에서 곡을 한 것은 전위를 위해서 한 곡이 아니다. 이미 죽은 전위를 곡함으로써 죽지 않은 많은 전위들을 감격시키기 위해서였다. 이는 조조의 충후忠厚스러운 면모가 아니라 바로 조조의 간웅으로서의 면모를 드러낸 것이다. 혹자는 말한다: 간웅이 비록 간사하다고 하더라도 어찌 이렇게 갑작스럽게 눈물을 흘릴 수 있는가? 이에 나는 대답한다: 그가 입으로는 전위를 위해 곡한다고 했지만 마음속으로는 자기 죽은 아들과 죽은 조카를 생각하며 곡을 했던 것인 줄 내가 어찌 알겠는가!

(3). 조조의 계책은 참으로 교묘했다. 원술이 바야흐로 여포를 공격할 때에는 여포를 도와서 원술을 공격했는데, 이는 여포가 원술과 강화할까봐 겁냈기 때문이다. 여포가 이미 원술을 깨뜨린 다음에는 유비와 약속하여 여포를 공격했는데, 원술이 더 이상 여포와 화해하지 않을 줄 알았기 때문이다. 유비와 여포의 연합은 조조에게는 큰 우환거리이지만 원술과 여포의 연합은 더욱 심한 우환거리이다. 이제 유비와 여포가 이미 갈라졌고, 원술 역시 여포와 갈라졌으므로, 그런 후에는 조조가 여포를 도모할 수 있다. 조조의 뛰어난 계략과 깊은 계산은 참으로 다른 사람으로서는 미칠 수가 없다.

三國演義

제 19 회

조조, 하비성에서 적군 무찌르고
여포, 백문루에서 참수당하다

〖 1 〗 한편 고순高順은 장료張遼를 이끌고 관공의 영채를 치고, 여포
는 직접 장비의 영채를 공격하자, 관공과 장비가 각기 나가서 그들을
맞아 싸웠다. 현덕은 군사를 이끌고 양쪽을 지원했다. 그때 여포가 군
사를 나누어 등 뒤로부터 짓쳐오는 바람에 관공과 장비의 양군은 모두
패배하여 뿔뿔이 흩어져버리고 말았다. 현덕은 수십 기를 이끌고 소패
小沛 성으로 급히 달아났는데, (*오늘 낭패를 당하여 도망쳐 돌아오게 되었
는데, 전날 모두 성 밖으로 나가서 주둔하지 말았어야 했음을 알 수 있다.)
여포가 그 뒤를 쫓아왔다.

현덕은 급히 성 위에 있는 군사들을 불러서 조교弔橋를 내리라고 했
다. 그러나 여포도 그 뒤를 바짝 쫓아와서 성 위에서는 활을 쏘려고
해도 잘못하면 현덕을 맞힐까봐 두려워서 쏘지 못하고 있는 사이에 여

포가 그 틈을 타고 성문으로 짓쳐왔다. 문을 지키던 장병들은 그를 막 아내지 못하고 전부 사방으로 달아나버리고 말았다.

여포가 군사들을 불러서 성 안으로 들어가자 현덕은 형세가 이미 위 급하게 된 것을 보고는 집에 들를 새도 없이 처자식들을 내버려둔 채, (*본회에서는 현덕이 처자식을 내버리고, 유안劉安은 아내를 죽이고, 여포는 아내에게 연연하는 모습들이 서로 대비를 이루고 있다.) 그대로 성내를 가 로질러 서문으로 달려 나가 단기필마로 도망갔다. (*또 소패성을 잃어버 렸다. 이로써 이 성을 세 번 얻고 세 번째 잃어버린다.)

여포가 현덕의 집 앞에 이르자, 미축이 나와서 그를 맞이하며 말했 다: "제가 듣기로는, 대장부는 남의 처자를 해치지 않는다고 했습니 다. 장군과 더불어 천하를 다투는 자는 조공입니다. 현덕은 언제나 장 군께서 원문에서 화극을 쏘아 곤경에서 벗어나게 해주신 은혜를 생각 하고 있기 때문에 감히 장군을 배반할 수 없습니다. 다만 지금은 부득 이한 사정으로 조조에게 몸을 의탁하고 있는 형편이니, 장군께서는 이 를 이해해 주십시오."

여포曰: "나와 현덕은 오랜 친구인데, 어찌 차마 그의 처자를 해치 겠는가?"

그리고는 곧바로 미축에게 현덕의 가솔들을 이끌고 서주로 가서 편 히 지내도록 했다. (*후에 미축이 성 위에 올라가서 여포가 서주성 안으로 들어오지 못하도록 하는 복선을 깔아놓고 있다.)

여포 자신은 군사들을 이끌고 산동의 연주兗州 지경으로 가면서 고 순과 장료로 하여금 남아서 소패성을 지키도록 했다. 이때 손건은 이 미 성 밖으로 도망쳤으며, 관공과 장비 두 사람 역시 각자 약간의 군사 들을 수습해 가지고 산속으로 들어가서 그곳에 머물렀다.

〖 2 〗 한편 현덕이 단기필마로 도망가고 있을 때 등 뒤에서 한 사람

이 쫓아왔는데, 돌아보니 바로 손건이었다.

현덕曰: "나는 지금 두 아우의 생사조차 모르고 또한 처자식들까지 잃어버렸으니 이를 어찌하면 좋겠는가?"

손건曰: "일단 조조를 찾아가서 몸을 의탁하고 있으면서 차후의 계책을 찾아보는 것이 좋겠습니다."

현덕은 그 말에 따라 작은 길을 찾아서 허도로 찾아갔다. 가는 도중에 식량이 떨어져서 마을로 들어가서 먹을 것을 구했는데, 가는 곳마다 유劉 예주의 소식을 듣고는 모두들 앞 다투어 음식을 바쳤다.

하루는 어느 한 집에 이르러 투숙했는데, 그 집의 한 젊은이가 나와서 절을 했다. 현덕이 그 성명을 물어보니, 사냥꾼 유안劉安이라고 했다. 유안은 예주목사 현덕이 왔다는 소문을 듣고는 당장 사냥한 고기를 구해서 대접하고 싶었으나, 갑자기 구할 수가 없었다. 그래서 그는 자기 처를 죽여서 현덕에게 먹도록 했다. (*현덕은 자기 처를 의복에 견준 적이 있는데, 이 사람은 자기 처를 음식으로 여긴다.)

현덕曰: "이건 무슨 고기인가?"

유안曰: "이리 고기입니다."

현덕은 의심을 하지 않고 곧바로 한 끼 식사를 배불리 먹었다. 날이 저물어 그 집에서 잤다. (*이날 밤 유안이 어떻게 잠들 수 있었는지 모르겠다.) 이튿날 새벽에 길을 떠나기 위해 말을 끌어내 오려고 뒤뜰로 가면서 언뜻 보니 부엌 안에 한 부인이 죽어 있었는데 팔의 살들이 다 발라지고 없었다. 현덕이 깜짝 놀라서 유안에게 물어보고서야 비로소 어제 저녁에 자기가 먹은 것이 바로 그 처의 살이었음을 알게 되었다. 현덕은 가슴이 너무 아파서 눈물을 흘리며 말에 올랐다.

유안이 현덕에게 말했다: "본래는 사군使君을 따라가고 싶지만, 노모老母께서 집에 계시니 감히 먼 길을 떠날 수가 없습니다."

현덕은 고맙다고 인사를 하고 헤어져서 양성梁城으로 가는 길에 올

랐다. 그때 갑자기 먼지가 자욱히 일어나 해를 가리면서 한 떼의 대군
이 당도했다.

현덕은 그것이 조조의 군사들임을 알고 손건과 함께 곧바로 중군기
中軍旗 아래로 가서 조조를 만나 소패성을 잃은 일과, 두 아우와 헤어
지고 처자식이 적의 수중에 떨어지고 만 일들을 이야기했다. 조조는
그 말을 듣고 눈물을 흘렸다. 현덕은 또 유안이 자기 처를 죽여서 자기
에게 먹인 이야기를 해주었다. 조조는 이에 손건에게 백 냥의 금을 내
주며 가서 유안에게 주도록 했다. (*유안은 이 돈으로 또 아내를 얻을 수
도 있겠지만, 다만 그에게 시집가겠다는 사람은 없을 것이다. 왜냐하면, 그가
또 사냥고기라고 하면서 손님들을 청할까봐 두렵기 때문이다.)

〖 3 〗 조조의 군사들이 행군하여 제북(濟北: 산동성 평음현 서북, 장청현
長淸縣 남쪽)에 이르렀을 때 하후연 등이 나와 조조를 맞이하여 영채 안
으로 들어가서 자기 형 하후돈이 싸우다가 한쪽 눈을 잃고 병상에 누
워 있는데 아직 다 낫지 않았다는 것을 자세히 말했다. 조조는 하후돈
의 병상으로 가서 보고는 먼저 허도로 돌아가서 몸조리를 하도록 하
고, 한편으로는 사람을 시켜서 여포가 지금 어디에 있는지 알아보도록
했다.

정탐꾼이 되돌아와서 보고했다: "여포는 진궁, 장패臧覇와 함께 태
산의 산적들과 결탁하여 연주의 여러 군郡들을 공격하고 있습니다."

조조는 즉시 조인으로 하여금 병사 3천 명을 이끌고 가서 소패성을
치도록 하고, 자신은 직접 대군을 거느리고 현덕과 함께 여포와 싸우
러 갔다.

앞으로 산동으로 나아가다가 소관(蕭關: 안휘성 소현蕭縣 서북) 가까이
이르자 손관孫觀, 오돈吳敦, 윤예尹禮, 창희昌豨 등 태산의 산적들이 군
사 3만 명을 거느리고 나와서 가는 길을 막았다. 조조가 허저로 하여

금 그들을 맞아 싸우도록 하자 저쪽 네 명 장수들도 일제히 말을 달려 나왔다. 허저가 있는 힘을 다해 죽기로 싸우자 네 장수들은 당해내지 못하고 패하여 각자 달아났다. 조조는 그 기세를 타고 짓쳐 들어가며 소관까지 쫓아갔다.

적의 정탐꾼이 나는 듯이 달려가서 이 소식을 여포에게 보고했다. 이때 여포는 이미 서주로 돌아와 있었는데, 진등과 함께 가서 소패성을 구하려 하면서 진규로 하여금 서주를 지키도록 했다.

진등이 떠나려고 할 때 진규가 말했다: "전에 조공께서는 동방의 일들은 전부 너한테 맡기겠다고 말씀하신 적이 있다. 이제 여포는 머잖아 망할 터이니 이번에 그를 도모하는 게 좋을 것 같다."

진등曰: "바깥일은 제가 알아서 하겠습니다. 만약 여포가 패해서 돌아오거든 아버님께서는 미축에게 함께 성을 지키자고 청하시어 여포를 성 안에 들여오지 못하게 하십시오. 저는 그로부터 벗어날 계책이 따로 있습니다."

진규曰: "여포의 처자식들이 이곳에 있고 그의 심복들도 상당히 많은데 어찌하면 좋겠느냐?"

진등曰: "그것에 대해서도 제게 계책이 있습니다."

진등은 그 길로 들어가서 여포를 보고 말했다: "서주는 사방에서 적의 공격을 받게 되어 있고, 조조는 틀림없이 전력을 다해 공격해올 것이므로, 우리는 마땅히 먼저 물러날 곳을 생각해 두어야 합니다. 군사 물자와 군량(錢糧)을 하비성으로 옮겨다 놓으면 설령 서주가 포위되더라도 하비성에 군량이 있으므로 구원할 수가 있습니다. 주공께서는 어찌하여 빨리 계책을 세우시지 않으십니까?"

여포曰: "원룡(元龍: 진등)의 말이 매우 옳다. 내 당장 가솔들까지 함께 옮겨다 놓아야겠다."

마침내 여포는 송헌과 위속으로 하여금 자기 처자식들을 보호하여

전량과 함께 하비성으로 옮겨다 놓도록 하는 한편, 자신은 군사들을 이끌고 진등과 함께 소관을 구하러 갔다.

〖 4 〗 길을 반쯤 갔을 때 진등이 말했다: "제가 먼저 소관에 가서 조조 군사의 내막을 탐지해 오도록 허락해 주십시오. 주공께서는 그런 다음에 가도록 하시지요."

여포는 이를 허락하였다. 진등이 이에 먼저 소관 위로 올라가자 진궁 등이 그를 맞아들였다.

진등曰: "온후溫侯께서는 공들이 나아가 싸우려고 하지 않는 것을 괴이하게 생각하시면서 가서 벌을 주겠다고 하셨습니다."

진궁曰: "지금은 조조 군사의 세력이 커서 가벼이 대적할 수가 없소. 우리는 관을 굳게 지키고 있을 테니 그대는 주공께 소패성을 굳게 지키고 있는 게 상책이라고 권해 주시오."

진등은 그의 말에 예, 예, 하고 대답했다. 이날 저녁에 진등이 관 위로 올라가서 바라보니, 조조의 군사가 관 바로 아래까지 쳐들어와 있었다. 그래서 그는 어둠을 틈타 편지 세 통을 써서 화살에 매달아 연달아 관 아래로 쏘아 보냈다. (*편지에서는 방화를 신호로 관 안으로 쳐들어오라는 약속이 쓰여 있었다. 그러나 이곳에서는 아직 설명하지 않고 있다.)

다음 날 진등은 진궁과 작별한 뒤 나는 듯이 말을 달려가서 여포를 보고 말했다: "관 위로 가보니 손관孫觀 등이 전부 관을 조조에게 바치고 항복하려고 하기에 제가 진궁에게 남아서 단단히 지키고 있도록 해놓았습니다. 장군께서는 황혼 때 쳐들어가서 구원하도록 하십시오."

여포曰: "공이 아니었으면 이 소관을 잃고 말았을 거야!"

그리고는 곧바로 진등으로 하여금 말을 타고 먼저 소관으로 가서 진궁과 내응하기로 약속을 하되, 봉화를 신호로 삼도록 했다.

진등은 곧장 진궁에게 가서 보고했다: "조조의 군사는 이미 지름길로 해서 소관으로 들어갔는데, 장차 서주를 잃을까봐 두렵소. 공들은 어서 빨리 돌아가도록 하시오."

진궁은 곧바로 모든 군사들을 이끌고 관을 버리고 나가려고 했다. 진등은 관 위로 올라가서 봉화를 올렸다. 그것을 본 여포는 어둠을 틈타 군사를 몰고 짓쳐갔다. 이리하여 진궁의 군사와 여포의 군사들은 캄캄한 가운데 서로 붙어 싸우면서 죽였다. 조조의 군사들이 봉화 신호를 보고는 일제히 짓쳐가서 기세를 타고 공격했다. 손관 등의 무리는 각자 사방으로 흩어져 도망쳐버렸다.

여포는 날이 훤히 밝아올 무렵까지 싸운 다음에야 계책에 걸려들었음을 알고, 급히 진궁과 함께 서주로 돌아갔다. 그가 성 가까이 이르러 성문을 열라고 외치자 성 위에서 화살이 빗발치듯 쏟아지더니 미축이 성 위의 망루에 나타나서 큰소리로 외쳤다: "네가 우리 주공의 성을 빼앗았으니 이제는 마땅히 우리 주공께 돌려드려야지. 너는 다시는 이 성에 들어오지 못한다."(*진규가 나서지 않고 미축이 대답하는 것이 매우 절묘하다.)

여포가 크게 화가 나서 외쳤다: "진규는 어디 있느냐?"

미축曰: "내 이미 그를 죽여 버렸다!"(*물론 거짓말이다. 이렇게 말하지 않으면 진등이 여포의 군중에서 해를 당할까봐 두려웠던 것인데, 진등이 이때에는 벌써 몸을 빼서 달아난 것을 몰랐기 때문이다.)

여포는 진궁을 돌아보고 물었다: "진등은 어디 있느냐?"(*그는 이미 고순과 장료를 속이려고 소패성으로 가버렸다.)

진궁曰: "장군은 아직도 미혹에 빠지시어 그 간사한 도적놈을 찾으십니까?"(*참으로 바보멍청이다.)

여포는 군사들 속을 다 뒤져서라도 진등을 찾아내도록 했다. 그러나 그는 어디에도 보이지 않았다. 진궁이 여포에게 급히 소패성으로 가자고 권하자, 여포는 그 말을 따랐다.

〖 5 〗 소패로 가는 길에 올라 반쯤 갔을 때 한 떼의 군사들이 급히 달려오는 게 보였는데, 자세히 보니 고순과 장료였다.

여포가 그들에게 어찌된 일인지 물어보자, 그들이 대답했다: "진등이 와서 알리기를, 주공께서 적에게 포위되셨다면서 저희들더러 급히 가서 구해드리라고 했습니다."(*진등의 편에서 설명하지 않고 여포 쪽에서 설명하고 있는데, 이러한 방식을 문장 기법에서는 "허필虛筆"이라고 한다.)

진궁曰: "이 또한 그 간사한 도적놈의 계략입니다."

여포가 크게 화를 내며 말했다: "내 반드시 이 도적놈을 죽이고야 말 것이다."

그리고는 급히 말을 달려 소패로 갔으나, 막상 이르러 보니 소패성 위에는 모조리 조조 군사의 기치들이 꽂혀 있었다. 이렇게 된 것은, 조조가 앞서 조인으로 하여금 소패성을 습격한 후 군사들을 이끌고 가서 지키도록 했기 때문이다.

여포는 성 아래에서 큰소리로 진등을 욕했다. 그러자 진등이 성 위에서 여포에게 손가락질을 하며 욕을 했다: "나는 한漢의 신하인데 어찌 너 같은 역적놈을 섬길 수 있겠느냐?"

여포가 크게 화를 내며 막 성을 공격하려고 하는데 갑자기 등 뒤에서 함성이 크게 일어나며 한 떼의 군사들이 들이닥쳤다. 앞장 선 장수는 바로 장비였다. 고순이 말을 달려 나가서 맞이해 싸웠으나 이기지 못하자 여포가 직접 나가서 그와 붙어 싸웠다. 한창 싸우고 있을 때 진 밖에서 함성이 다시 일어났다. 조조가 직접 대군을 거느리고 짓쳐 들어온 것이었다. 여포는 대적해 내기 어렵겠다고 생각하여 군사를 이끌고 동쪽으로 달아났다. 조조의 군사들은 그 뒤를 바짝 쫓아갔다. 여포는 계속 달아나느라 사람도 말도 다 지칠 대로 지쳤다. 그때 갑자기 또 한 떼의 군사들이 나타나더니 앞길을 가로막았는데, 앞장 선 장수가 말을 세우고 칼을 비껴들고 크게 외쳤다: "여포는 도망가지 말라. 관운장이 여기 있다!"

여포는 황급히 그와 붙어 싸웠다. 그때 등 뒤에서 장비가 쫓아왔다. 여포는 더 이상 싸울 마음이 없어져서 진궁 등과 달아날 길을 뚫어 곧장 하비성을 향해 달아났다. 그때 마침 후성侯成이 군사들을 이끌고 와서 그를 맞이하여 같이 달아났다.

〖 6 〗 관우와 장비는 만나서 각기 눈물을 뿌리면서 그간 흩어진 후 지내온 일들을 이야기했다.

운장曰: "나는 그간 해주(海州: 강소성 동해東海 남쪽, 연운항시連雲港市) 가는 길에 군사를 주둔시키고 있다가 소식을 듣고 이곳으로 달려왔네."

장비曰: "이 아우는 그동안 망탕산(芒碭山: 지금의 강소성 탕현碭縣 동남) 에 들어가 있었는데, 오늘 다행히 서로 만나게 되었네요."(*두 사람의 그간의 종적을 두 사람의 입으로 직접 설명하고 있는데, 이러한 문장 기법을 "생필법省筆法"이라고 한다.)

두 사람은 이야기를 끝내고 함께 군사를 이끌고 가서 현덕을 보고는 땅에 엎드려 울면서 절을 했다. 현덕은 슬픔과 기쁨이 착잡하게 교차하는 가운데 두 사람을 데리고 조조를 찾아가서 만나본 다음, 곧 조조를 따라서 서주 성으로 들어갔다. 미축이 나와서 그들을 접견하고 가솔들이 모두 무사하다고 말해 주자 현덕은 매우 기뻐했다.

진규 부자 역시 찾아와서 조조에게 절을 했다. 조조는 크게 연석을 베풀어 여러 장수들을 위로했는데, 조조 자신은 한가운데 앉고, 진규는 왼편에, 현덕은 오른편에다 앉히고, (*이 역시 여포의 좌법坐法을 배운 것인가? 예법대로라면 현덕이 왼편에 앉고 진규가 오른편에 앉아야 맞다.) 그 밖의 장수들은 각각 관등 차례로 앉았다. 연석이 끝나자 조조는 진규 부자의 공로를 칭찬해 주면서 그에게 열 개 현縣의 봉록(祿)을 더해 주고, 진등에게는 복파장군伏波將軍이란 벼슬을 내려주었다.

〖 7 〗 조조는 서주를 얻고 나서 마음속으로 크게 기뻐하며, (*그가 연주에 있을 때에도 서주를 잠시도 잊은 적이 없었음을 알 수 있다.) 다시 군사를 일으켜 하비성 칠 일을 의논했다.

정욱曰: "여포는 지금 하비성 하나밖에 가지고 있지 않은데 만약 우리가 그를 너무 급하게 몰아붙인다면 그는 틀림없이 죽기 살기로 싸우고 원술을 찾아갈 것입니다. 만약 여포와 원술이 힘을 합친다면 그 세력은 공격하기 어려울 것입니다. 지금은 유능한 사람으로 하여금 회남淮南으로 통하는 길을 지키도록 하고, 안으로는 여포를 막고 밖으로는 원술을 방비하도록 해야 합니다. 하물며 지금 산동에는 아직도 장패와 손관의 무리들이 귀순하지 않고 있으니, 이들에 대한 방비 역시 소홀히 해서는 안 됩니다."

조조曰: "산동으로 통하는 여러 길들은 내가 직접 맡을 테니 회남으로 통하는 길은 현덕께서 좀 맡아주시겠소?"(*현덕으로 하여금 원술과 여포가 왕래하는 요충지를 맡도록 한 것 역시 호랑이를 몰아서 이리를 삼키도록 하려는(驅虎呑狼) 계책이다.)

현덕曰: "승상의 명을 제가 어찌 감히 어길 수 있겠습니까."(*현덕은 이때 조조의 말을 듣지 않을 수가 없었다.)

다음날, 현덕은 미축과 간옹簡雍을 서주에 남겨두고 손건과 관우, 장비를 데리고 군사를 이끌고 회남으로 통하는 길을 지키러 갔다. 조조는 직접 군사를 이끌고 하비성을 치러 갔다.

〖 8 〗 한편 여포는 하비성에 있으면서 양식이 넉넉히 갖춰진데다 또한 사수(泗水: 사수현 동몽산東蒙山 남쪽 기슭에서 발원하여 노교진魯橋鎭 이하 남

쪽으로 돌아 남양호南陽湖를 거쳐 남쪽으로 흘러서 강소성 패현 동쪽, 하비 등지를 지나 회하로 흘러들어감)의 지형이 험한 것을 믿고 편안히 앉아서 지킨다면 아무 근심이 없을 것으로 생각했다.

진궁曰: "지금 조조의 군사가 막 도착했으니, 저들이 아직 영채를 세우기 전에 충분히 휴식을 취한 우리 군사들로 하여금 행군해 오느라 지친 저들의 군사들을 공격한다면(以逸擊勞) 틀림없이 승리할 것입니다."

여포曰: "우리는 지금 여러 차례 패한 뒤이므로 경솔하게 싸우러 나가서는 안 되오. 저들이 와서 공격하기를 기다렸다가 그 후에 친다면 놈들을 모조리 사수에 빠뜨려 죽일 수 있을 것이오."

여포는 끝내 진궁의 말을 듣지 않았다. 여러 날이 지나 조조의 군사들이 영채를 다 세운 다음, 조조는 여러 장수들을 거느리고 성 아래로 와서 큰소리로 외쳤다: "여포는 나와서 대답하라!"

여포가 성 위에 올라가 서자, 조조가 말했다: "봉선奉先은 또 원술과 자식들을 혼인 맺으려 한다는 말을 들었기에 내가 군사를 거느리고 여기에 온 것이오. 저 원술은 반역대죄를 범한 자이고, 공은 동탁을 친 공로가 있는데, 지금 어찌하여 예전의 공로를 버리고 역적을 따르려고 하는 거요? 성이 일단 함락되는 날에는 후회해도 늦을 것이오! 만약 일찍이 항복하고 나와 함께 왕실을 돕겠다고 한다면 봉후封侯의 벼슬을 잃지 않을 것이오."(*이 말은 여포를 유인하기 위한 것이 아니라 실제로 그는 여포를 쓰려고 했었다. 현덕이 백문루白門樓에서 여포를 구해주려고 하지 않았던 것은 바로 이런 사태를 우려했기 때문이다.)

여포曰: "승상은 일단 물러가 계시오. 나중에 다시 상의하도록 합시다."

그때 마침 진궁이 여포의 곁에 있다가 조조를 보고 크게 꾸짖었다: "이 간사한 도적놈아!"

그리고는 활을 쏘아 조조를 가리고 있던 일산(麾蓋)을 맞추었다. (*이 날 성 위에서 화살 하나를 쏘기보다는 이전에 객점客店에서 생각했던 것처럼 칼 한 번 찌르는 것이 더 나았을 것이다.)

조조는 분해서 손가락으로 진궁을 가리키며 말했다: "내 맹세코 네 놈을 죽여 버리고 말 것이다."(*백문루에서 있을 일에 대한 복선이다.)

조조는 곧바로 군사들을 이끌고 성을 공격했다.

〖 9 〗진궁이 여포에게 말했다: "조조는 멀리서 왔으므로 오래 지탱해 낼 수 없습니다. 장군께서는 보병과 기마병들을 성 밖에 주둔시켜 놓고 저는 성 안에서 남은 무리들을 데리고 성문을 굳게 닫아놓고 지키고 있다가, 조조가 만약 장군을 공격하면 제가 군사들을 이끌고 나가서 그 배후를 치고, 만약 그가 와서 성을 공격하면 장군께서 배후에서 구원해 주십시오. 그렇게 한다면 열흘도 못 가서 조조의 군사들은 먹을 양식이 떨어지고 말 것이니, 그때 우리는 단 한 차례의 공격으로도 조조를 깨뜨릴 수 있습니다. 이것이 바로 의각지세(犄角之勢: 병력을 다른 장소에 갈라놓아 적을 견제하거나 협공하기 편하도록 하는 것)라는 것입니다."(*현덕은 성 밖에 주둔하고 있다가 소패성을 잃어버렸는데, 그것은 관우와 장비까지 다 나가서 성 안을 텅 비워놓았기 때문이다. 만약 여포가 지금 진궁의 말대로 한다면 이는 참으로 좋은 계책이다.)

여포曰: "공의 말이 지극히 옳소."

곧바로 여포는 부중으로 돌아가서 무장을 수습했는데, 때는 바야흐로 엄동嚴冬이었는지라, 여포는 따르는 자들에게 솜옷을 많이 입고 가도록 분부했다.

여포의 처 엄씨嚴氏가 이 말을 듣고 문 밖으로 나와서 말했다: "장군께서는 어디 가시려고 그러십니까?"

여포는 진궁의 계책을 말해 주었다.

엄씨曰: "장군께서 성 전체를 남에게 맡기시고 또 처자식들까지 내버리고 적은 군사들만 데리고 멀리 나가셨다가 만약 일단 무슨 변고라도 생기는 날에는 첩이 어찌 장군의 처로 남아있을 수 있겠습니까?" (*만약 죽으려고만 한다면 어떻게 남의 처가 될 수 있겠는가? 이 단 한 마디 말로 이 여자는 정숙한 부인(貞婦)이 아님을 알 수 있다.)

여포는 그 말을 듣고 주저하며 결단을 내리지 못한 채 사흘 동안이나 문밖으로 나오지 않았다.

진궁이 들어가서 보고 말했다: "조조의 군사가 사면으로 성을 포위하고 있는데, 만약 빨리 나가지 않으면 반드시 곤경에 빠지게 될 것입니다."

여포曰: "내 생각에는 멀리 나가는 것은 아무래도 굳게 지키는 것보다 못할 것 같소."

진궁曰: "근자에 들으니, 조조 군에는 군량이 부족하여 사람을 허도로 보내서 가져오도록 했는데 조만간 도착할 것이라고 했습니다. 그러니 장군께서 정예병을 이끌고 가서 적의 군량 운반로(糧道)를 끊어버리도록 하십시오. 이는 아주 절묘한 계책입니다."

여포는 그 말을 옳게 여기고는 다시 안으로 들어가서 엄씨를 보고 이 일을 설명해 주었다. (*혼인에 관한 일은 부인과 상의할 수도 있지만, 군사에 관한 일은 부인에게 말해서는 안 되는 것이다.)

엄씨가 울면서 말했다: "장군께서 만약 성 밖으로 나가신다면 진궁과 고순이 어떻게 성을 지켜낼 수 있겠습니까? 만약 잘못되는 일이라도 생기게 되면 그때는 후회해도 소용없을 것입니다! 첩이 전에 장안에 있을 때에도 이미 장군께 버림을 받았다가 다행히 방서龐舒가 첩을 숨겨주어 다시 장군을 만나 뵙게 되었던 것입니다. 그런데 이번에 또 장군께서 첩을 버리고 가버리려고 하실 줄이야 누가 알았겠습니까? 그러나 장군께선 앞길이 만리萬里나 되시는 분이시니, 첩 따위는 생각지 마시기 바랍니다!"

말을 끝내고는 통곡을 했다. (*처음에는 위험하다는 말로 그의 마음을 움직이려 했고, 다음에는 애처로운 말로 움직이려 했고, 그런 다음에 이어서 울음으로써 움직이려고 한다. 장부로서 들어주지 않고 배길 수 있겠는가?)

여포는 그 말을 듣고 다시 마음이 슬프고 우울해져서 결단을 못 내리고 초선한테 들어가서 이 일을 이야기했다. (*초선은 그간 안녕하셨는가? 기왕에 본처와 상의해 놓고 또 첩과 상의하다니, 결국 자기주장이라고는 없는 사람이다.)

초선曰: "장군께서는 소첩의 주인이십니다. 단출하게 말을 타고 성 밖으로 나가지는 마세요."

여포曰: "너는 염려하지 말거라. 내게는 방천화극과 적토마가 있는데 누가 감히 내게 접근하겠느냐?"(*화극과 적토마를 자랑하고 있는데, 바로 다음에 가서 화극과 적토마를 도둑맞게 되는 일을 반대로 돋보이도록 하려는 문장기법으로 이것을 "반츤법反衬法"이라고 한다.)

그리고는 밖으로 나가서 진궁에게 말했다: "조조 군의 군량이 도착한다는 것은 거짓말이오. 조조란 놈은 워낙 속임수가 많은 놈이므로 나는 섣불리 움직일 수가 없소."

진궁은 밖으로 나와 탄식했다: "우리는 죽어도 몸이 묻힐 땅조차 없게 되겠구나!"(*이유李儒가 동탁을 원망하면서 한 말과 완전히 똑같다.)

여포는 이리하여 하루 종일 집안에 틀어박혀서 나가지 않고 오직 엄씨와 초선과 함께 술로 답답한 심사를 풀었다.

〖 10 〗 모사 허사許氾와 왕해王楷가 들어가서 여포를 보고 계책을 올렸다: "지금 원술은 회남에서 크게 위세를 떨치고 있습니다. 장군께서는 지난 번 그와 혼인을 약속한 적이 있으신데, 지금 어찌하여 다시 한 번 그 일을 추진해 보시지 않으십니까? 만약 원술의 군사들이 와서

안팎으로 협공을 한다면 조조를 깨트리는 일은 어렵지 않습니다."

여포는 그 계책을 좇아서 당장 그날로 서신을 써서 두 사람에게 주어 가져가도록 했다.

허사曰: "한 떼의 군사들이 앞장서서 인도하면서 짓쳐나가는 게 좋을 것입니다."

여포는 장료와 학맹 두 장수로 하여금 군사 1천 명을 이끌고 그들을 요충지 어귀 밖까지 호송해 주도록 했다. 이날 밤 이경(二更: 밤 9시에서 11시 사이), 장료는 앞장을 서고 학맹은 뒤에서 허사와 왕해를 보호하면서 성을 짓쳐나가서 현덕의 영채를 에둘러 지나갔다. 그때 현덕 휘하의 여러 장수들이 뒤를 추격했으나 그들이 이미 요충지 어귀 밖으로 빠져나간 후였기 때문에 따라잡지 못했다. 학맹은 군사 5백 명을 거느리고 허사, 왕해와 함께 계속 가고, 장료는 남은 군사 반을 데리고 되돌아왔다. (*일군이 갑자기 둘로 나눠져서 반은 떠나가고 반은 되돌아왔다.) 장료가 요충지 어귀에 이르렀을 때 관운장이 길을 막고 섰다. 두 사람이 미처 칼을 겨루기도 전에 고순이 성에서 군사들을 이끌고 짓쳐 나와서 장료를 구원하여 성 안으로 들어가 버렸다.

〖 11 〗 한편 허사와 왕해는 수춘壽春에 이르러 원술을 배알한 후 서신을 올렸다.

원술曰: "전번에는 내가 보낸 사자를 죽이고 나와의 혼인을 깨어버리더니, 이제 또 와서 서로 안부를 묻는 것은 무슨 까닭인가?"

허사曰: "그것은 조조의 간계에 빠져 잘못했던 것이오니, 명공께서는 부디 살펴주시기 바라옵니다."

원술曰: "너희 주인이 조조 군사 때문에 위급한 처지에 있지 않다면 어찌 딸을 내게 주려고 하겠느냐?"

왕해曰: "명공께서 지금 만약 구해 주지 않으신다면 이는 곧 '입술이 없어지면 이가 시리다(脣亡齒寒)'란 말처럼 될까봐 두렵습니다. 그렇게 되면 명공께도 역시 복福이 되지 않을 것입니다."

원술曰: "봉선은 변덕스럽기 그지없어 믿을 수가 없다. 딸부터 먼저 내게 보내주면 그 다음에 군사를 보내주겠다."(*손책이 군사를 빌리려고 하자 옥새를 저당 잡았고, 여포가 군사를 빌리려고 하자 또 딸을 저당 잡으려고 한다. 하나는 죽은 보물이고 하나는 살아있는 보물이다.)

허사와 왕해는 하는 수 없이 하직인사를 하고 학맹과 함께 귀로에 올랐다. 그들이 현덕의 영채 옆에 이르렀을 때 허사가 말했다: "낮 사이에는 여기를 지나갈 수 없다. 밤중에 우리 두 사람이 먼저 지나갈 테니, 학장군은 뒤를 끊어주시오."

이렇게 서로 의논을 한 후, 밤에 현덕의 영채를 지나갔다. 허사와 왕해는 먼저 지나가고 그 뒤를 따라 학맹이 지나가고 있을 때 장비가 영채에서 나와 길을 가로막았다. 학맹은 그와 싸웠으나 단 한 합 만에 장비에게 사로잡혀 버렸고, 그 수하의 5백 명 군사들은 모조리 풍비박산이 되고 말았다.

장비가 학맹을 압송해 가서 현덕에게 보였다. 현덕은 그를 묶은 채 조조가 있는 본채로 가서 조조에게 보였다. 학맹은 여포가 원술에게 구원을 청하기 위해 그에게 딸을 주기로 언약한 일들을 사실대로 전부 말했다.

조조는 크게 화가 나서 학맹을 군문에서 참수하고, 사람을 시켜서 각 채에 지시하기를, 각별히 방비에 신경을 쓰도록 하되, 만약 여포나 그의 수하 군사들이 방비를 뚫고 지나가도록 하는 자가 있으면 군법에 따라 그 죄를 다스릴 것이라고 했다. (*그 약속과 처벌의 대상에는 현덕 역시 포함된다.) 각 영채의 장병들은 그 지시를 받고 모두들 무서워 벌벌 떨었다.

현덕은 영채로 돌아와서 관우와 장비에게 분부했다: "우리가 맡고 있는 이곳은 바로 회남으로 통하는 요로要路이니, 두 아우들은 부디 조심하여 조공의 군령을 위반하는 일이 없도록 하게."

장비曰: "적장 하나를 사로잡아 바쳤는데도 조조는 무슨 포상을 해줄 생각은 하지 않고 도리어 으르고 겁만 주는데, 이런 법이 어디 있소?"

현덕曰: "그렇지 않다. 조조는 많은 군사들을 통솔하고 있는데, 엄한 군령으로 하지 않는다면 어떻게 사람들을 복종시킬 수 있겠느냐. 아우는 절대로 군령을 범하지 말라."(*현덕의 뜻은, 지금은 조조의 처마 밑을 지나가고 있으므로 고개를 숙이지 않을 수 없다는 것에 불과하다. 그러나 만약 그런 말로 장비에게 권한다면 장비는 틀림없이 불복할 것이므로, 그래서 군령을 핑계로 엄한 말로 타이른 것인데, 아마도 이는 거짓말일 것이다.)

관우와 장비는 그렇게 하겠다고 대답하고 물러갔다.

〖 12 〗한편 허사와 왕해는 돌아가서 여포를 보고 원술이 먼저 신부부터 얻은 후에야 군사를 일으켜 구원해 주겠다고 한 말을 자세히 전했다.

여포曰: "어떻게 보내지?"

허사曰: "지금 학맹이 붙잡혔으니 조조는 틀림없이 우리 사정을 알고 미리 준비하고 있을 겁니다. 만약 장군께서 몸소 호송하시지 않는다면 누가 겹겹으로 쳐진 포위망을 뚫고 나갈 수 있겠습니까?"

여포曰: "오늘 곧바로 보내는 게 어떨까?"

허사曰: "오늘은 일진日辰이 흉하므로 가서는 안 됩니다. 내일은 크게 길하니 술시(戌時: 오후 7~9시)와 해시(亥時: 밤 9~11시) 사이에 가시는 게 좋습니다."(*중매를 설 수 있을 뿐만 아니라 택일까지 할 줄 안다.)

여포는 장료와 고순에게 명했다: "그대들은 3천 명의 군사들을 이끌고 작은 수레 한 대를 준비해 놓도록 하라. 내가 직접 2백 리 밖까지 호송해줄 테니, 그리고 나서는 자네들 둘이서 호송해 가도록 하라."

다음날 밤 이경(二更: 밤 9~11시: *이때는 술시戌時 말에서 해시亥時 초이다) 무렵 여포는 딸을 솜으로 둘둘 말고 갑옷으로 싸서 등에 업은 다음, 화극을 들고 말에 올랐다. 성문을 활짝 열고 여포가 앞장서서 성을 나가고 장료와 고순이 그 뒤를 따랐다. 막 현덕의 영채 앞에 이르려 할 즈음 북소리가 한 번 울리더니 관우와 장비 두 사람이 가는 길을 가로막으며 큰소리로 외쳤다: "도망치지 말라!"

여포는 싸울 마음이 없어서 오직 달아날 길을 찾아 가려고 했다. 현덕이 직접 한 떼의 군사들을 이끌고 짓쳐 와서 양쪽 군사들은 혼전을 벌였다. 여포는 비록 용맹하기는 해도 결국 등에 업고 있는 딸이 혹시 다치게 될까봐 염려되어 감히 겹겹이 쳐진 포위망을 뚫고 나가지 못했다. 그때 뒤에서 서황, 허저가 같이 짓쳐 오면서 모든 군사들이 큰소리로 외쳤다: "여포가 달아나지 못하게 하라!"

여포는 군사들이 매우 급하게 쫓아오는 것을 보고는 그대로 물러나서 성 안으로 들어갈 수밖에 없었다. 현덕도 군사를 거두었고, 서황 등도 각각 영채로 돌아갔다. 이래서 여포의 군사는 결국 한 사람도 포위망을 뚫고 나가지 못했다. 여포는 성 안으로 돌아오자 마음이 우울해서 그저 술만 마셔댔다.

〖 13 〗 한편 조조는 성을 공격했으나 두 달이 다 되도록 함락시키지 못했다. 그때 문득 보고가 올라왔다: "하내태수 장양張楊이 동시(東市: 하남성 심양현沁陽縣의 동시)로 군사를 보내서 여포를 구하려고 했는데, 부장副將 양추楊醜가 그를 죽였습니다. 그가 수급을 승상께 바치려고 하다가 도리어 장양의 심복장수 혜고睢固에게 죽었고, 혜고는 반대로 견성犬城으로 찾아갔다고 합니다."

조조는 이 소식을 듣고 즉시 사환史渙을 보내서 혜고를 쫓아가서 그를 죽이도록 했다. 그리고는 여러 장수들을 모아놓고 말했다: "장양은 비록 다행히 자멸自滅했지만, 그러나 북쪽에는 아직도 원소가 있고 동쪽에는 유표와 장수가 있는데 모두 두통거리들이다. 하비성을 오래 포위하고 있지만 함락시키지 못하고 있으니, 나는 여포를 버려두고 허도로 돌아가서 잠시 싸움을 쉴까 하는데, 어떻겠는가?"

순유가 급히 말리며 말했다: "안 됩니다. 여포는 여러 차례 패해서 이미 사기가 꺾였습니다. 군대는 장수를 위주로 하는데 장수가 쇠약해지면 군사들은 싸울 마음을 잃게 됩니다. 저 진궁은 비록 지모는 있다고 하지만 결단을 내리는 데는 더딥니다. 지금 여포가 기운을 회복하지 못하고 있고 진궁이 계책을 정하지 못하고 있는 이때에 빨리 공격한다면 여포를 사로잡을 수 있습니다."

곽가曰: "제게 하비성을 당장에 깨뜨릴 계책이 하나 있는데, 군사 20만 명을 쓰는 것보다 나을 것입니다."

순욱曰: "혹시 기수沂水와 사수泗水의 제방을 터뜨리자는 것 아니오?"

곽가가 웃으며 말했다: "바로 그런 생각입니다."

조조는 크게 기뻐하며 즉시 군사들에게 두 강의 제방을 터뜨리도록 했다.

조조의 군사들은 모두 높은 언덕에 자리 잡고 앉아서 물이 하비성으로 흘러들어가는 것을 구경했다. (*복양성濮陽城 안에서는 여포가 조조에게 불을 선사했고, 하비성에서는 조조가 그 답례로 물을 선사하고 있는데, 결국 불은 물을 이길 수 없다.) 하비성 전체에는 다만 동문東門에만 물이 없고 (*뒤에서 후성侯成이 적토마를 훔쳐서 동문으로 달아나게 되는 것의 복선이다.) 그 밖의 각 성문들은 모두 물에 잠겼다.

군사들이 나는 듯이 달려가서 여포에게 보고하자, 여포가 말했다:

"나의 적토마는 물 건너가기를 마치 평지 달리듯 하는데 겁낼 게 뭐냐!"(*여포야 겁나지 않는다 하더라도 처자식들은 어찌할 것인가? 그들을 전부 적토마 등에 태울 수는 없지 않은가?)

그리고는 날마다 처첩妻妾들과 같이 맛있는 술만 마셔댔다. 술과 여색이 지나쳐 몸을 상한 그의 외모는 갑자기 초췌해졌다.

하루는 거울을 가져다가 자기 얼굴을 비춰보고 크게 놀라서 말했다: "주색으로 내 몸이 많이 망가졌구나. 오늘부터는 삼가도록 해야겠다."

그리고는 성 안에 명을 내려서 술을 마시는 자들은 모조리 목을 벨 것이라고 했다. (*여색은 삼가지 않고 술만 삼가며, 또 술 때문에 몸을 상한 것은 자신이면서도 도리어 남들에게 술을 마시지 못하게 하다니, 가소롭다.)

〖 14 〗 한편 후성侯成에겐 말 15필이 있었는데, 마부가 훔쳐가서 현덕에게 갖다 바치려고 하는 것을, (*장차 후성이 여포의 말을 훔쳐서 조조에게 바치는 것을 묘사하기 전에 먼저 마부가 말을 훔쳐서 현덕에게 바치려는 것을 묘사하는데, 자연스럽고 기묘하다.) 후성이 알고 나서 쫓아가 마부를 죽이고 말을 도로 빼앗아 왔다. 여러 장수들이 찾아와서 후성에게 치하했다.

후성은 술 대여섯 말을 담가놓고 여러 장수들과 모여서 마시려고 하다가 여포에게 죄책을 당할까봐 두려워서 먼저 술 다섯 병을 들고 여포의 부중으로 찾아가서 아뢰었다: "장군의 범 같은 위엄(虎威) 덕분에 잃었던 말을 도로 찾아왔습니다. 여러 장수들이 모두 와서 치하를 하기에 제가 술을 좀 담갔습니다. 그러나 감히 저희끼리 마실 수가 없어서 특별히 먼저 장군께 저의 작은 성의를 바치고자 합니다."

여포가 크게 화를 내며 말했다: "내 방금 술 마시는 것을 금지했는데도 네가 도리어 술을 빚어놓고 모여서 마시려 하다니, 이는 나를 치기 위하여 공모하려는 것 아니냐?"

여포는 그를 끌어내서 목을 베라고 명했다. 송헌, 위속 등 여러 장수들이 다 들어가서 그를 용서해 달라고 빌었다.

여포日: "일부러 내 명을 어겼으니 마땅히 참수해야 할 것이로되, 지금은 여러 장수들의 낯을 보아서 일단 곤장 1백 대만 치도록 하라!"

여러 장수들이 또 빌어서 결국 곤장 50대를 때린 후 돌려보냈다. 여러 장수들은 모두 기가 죽었다. 송헌과 위속이 위문 차 후성의 집으로 가서 보니, 후성이 울면서 말했다: "공들이 아니었으면 나는 이미 죽었을 것이오!"

송헌日: "여포는 오로지 제 처자식들만 생각하고 우리들은 초개같이 여기고 있어."

위속日: "적군은 성 아래를 포위하고 있고 물은 성 해자를 둘러싸고 있으니, 우리가 죽을 날도 머지않았어."

송헌日: "여포는 인仁도 없고 의義도 없는 자이니, 우리가 그를 버리고 달아나는 게 어떻겠는가?"

위속日: "그래서는 장부라 할 수 없소. 차라리 여포를 생포해서 조공께 바치는 것만 못하오."

후성日: "나는 말을 되찾아 왔다가 벌을 받았는데, 여포가 믿고 있는 것은 적토마뿐이오. (*말馬 때문에 벌어진 일이므로 말馬을 생각하게 된 것이다.) 그대 둘이서 과연 성을 바치고 여포를 생포할 수 있다면, 나는 먼저 그의 말을 훔쳐 가지고 가서 조공을 만나봐야겠소." (*말을 도둑맞은 일로 인하여 말을 훔칠 생각을 하게 된 것이다.)

세 사람은 상의를 마쳤다.

〖 15 〗이날 밤 후성은 말을 묶어 두는 마원(馬院)으로 몰래 들어가

적토마를 훔쳐내서 나는 듯이 달려 동문으로 갔다. (*동문에만 물이 없었기 때문이다.)

위속은 곧바로 성문을 열어주어 나가도록 해놓고는 짐짓 그 뒤를 쫓아가는 시늉을 했다. 후성은 조조의 영채로 가서 말을 바치고, 송헌과 위속이 백기를 꽂아 신호로 삼아 성문을 열기로 준비되어 있다는 것을 자세히 말해 주었다. 조조는 이 말을 듣고 방문榜文 수십 장을 작성하여 서명까지 해서 화살에 매달아 성 안으로 쏘아 보냈다. (*이렇게 한 이유는, 첫째는 군인들의 마음을 감동시키려는 것이고, 또 하나는 몰래 송헌과 위속 두 사람과 약속해 두려는 것이었다.) 그 방문에는 다음과 같이 씌어 있었다:

"대장군 조曹는 특히 황제의 칙명(明詔)을 받들어 여포를 치는 것이다. 만약 대군에 항거하는 자가 있으면 성이 함락되는 날에는 멸문지화滅門之禍를 당할 것이다. 그러나 위로는 장교로부터 아래로는 서민에 이르기까지 여포를 사로잡아 바치거나 혹은 그 수급을 바치는 자가 있으면 관직과 상금을 후히 내릴 것이다. 이에 방문으로써 알리는 바이니, 각자는 마땅히 알아서 하라."

다음날 새벽, 성 밖에서 함성이 땅을 뒤흔들었다. 여포는 크게 놀라 화극을 들고 성 위로 올라가서 각 성문들을 살펴본 결과 위속魏續이 후성이 달아나도록 한 일과 적토마를 잃어버린 것을 알고 그를 질책하면서 치죄治罪하려고 했다. 그러나 성 아래에서 조조의 군사들이 성 위에 백기가 꽂혀 있는 것을 바라보고 있는 힘을 다해 성을 공격했으므로, 여포는 직접 나서서 적을 막아 싸울 수밖에 없었다. 새벽부터 싸우기 시작하여 정오가 되자 조조의 군사들은 조금 물러갔다. (*이때 송헌과 위속 두 사람이 즉시 성을 바치지 않은 것은 여포의 용맹을 겁냈기 때문이다.)

여포는 문루門樓에서 잠시 휴식을 취했는데, (*이 문루가 곧 백문루白門

樓이다.) 자신도 모르게 의자에 앉은 채 깜빡 잠이 들고 말았다. (*술에 취한 것이 아니라면 왜 잠이 들었을까?)

이때 송헌이 여포 좌우에 있는 자들을 쫓아버리고는 먼저 화극부터 훔친 다음, 곧바로 위속과 같이 손을 써서 여포를 밧줄로 동여매고 단단히 결박했다. (*여포가 이 두 사람에게 결박당할 줄은 생각도 못했다. 이 두 사람이 여포를 결박할 수 있었던 것이 아니라, 여포는 실은 자기 스스로 그 처첩들에게 결박당한 것이다.) 여포가 꿈을 꾸다가 깜짝 놀라서 깨어나 급히 좌우를 불렀으나 그들은 전부 두 사람에 의해 쫓겨나고 없었다. 백기를 한번 흔들자 조조의 군사들이 일제히 성 아래로 왔다.

위속이 큰소리로 외쳤다: "이미 여포를 사로잡았다."

하후연은 여전히 그의 말을 믿어주지 않았다. 송헌이 성 위에서 여포의 화극을 아래로 던지고 (*전위典韋가 죽은 것은 쌍극이 먼저 없어졌기 때문이고, 여포가 사로잡힌 것은 화극이 먼저 성 아래로 떨어졌기 때문이다.) 성문을 활짝 열었다. 조조의 군사들이 한꺼번에 성 안으로 우르르 몰려 들어갔다.

고순과 장료는 서문西門을 지키고 있었는데 물에 둘러싸여 나가지 못하다가 조조의 군사들에게 사로잡혔고, 진궁은 남문까지 달아났으나 서황에게 붙잡혔다.

〖 16 〗 조조는 성으로 들어가자 즉시 명을 내려 두 강을 터트려서 성안으로 들어온 물들을 전부 빼고 방문을 내걸어서 백성들을 안심시키도록 했다. 그리고 한편으로 현덕과 함께 백문루白門樓 위에 자리를 잡고 앉았고, 관우와 장비는 그의 곁에서 모시고 서 있었다. 그리고 사로잡은 한 무리의 사람들을 끌어내 오도록 했다. 여포는 비록 기골이 장대했지만 밧줄에 꽁꽁 묶이니 하나의 덩어리처럼 되었다.

여포가 외쳤다: "묶은 게 너무 꽉 죄이니 좀 늦춰 주게."(*이미 결박

당해 죽을 목숨인데 어찌 완급緩急을 따진단 말인가?)

조조曰: "호랑이를 묶는데 단단히 묶지 않을 수 없지."

여포는 후성, 위속, 송헌이 모두 조조 곁에 서 있는 것을 보고 그들에게 말했다: "내 여러 장수들을 박대하지 않았는데, 너희들은 어떻게 차마 배반을 한단 말이냐?"

송헌曰: "처첩의 말만 듣고 장수들이 올리는 계책은 듣지 않았으면서 어찌 박대하지 않았다고 하는가?"

그 말에 여포는 입을 꾹 다물었다. (＊사실은 말 할 수가 없었다.)

잠시 후 여러 군사들이 고순을 끌고 왔다.

조조가 물었다: "네 무슨 할 말이 있느냐?"

고순은 아무 대답도 하지 않았다. 조조는 화가 나서 그를 끌어내어 목을 베라고 했다. 서황이 진궁을 붙잡아서 데려 왔다.

조조曰: "공대(公臺: 진궁)는 그간 무고하셨소?"

진궁曰: "당신의 마음씨가 바르지 못하기에 내 일부러 당신을 버렸던 것이오!"

조조曰: "내 마음이 바르지 못해서 그랬다면, 공은 또 어찌하여 여포는 섬겼소?"

진궁曰: "여포는 비록 지모는 없지만 당신처럼 거짓말로 속이고 간사하고 음험하지는 않소."

조조曰: "공은 스스로 지모가 뛰어나다고 말했는데, 지금은 결국 어떻게 되었소?"(＊조롱하고 있다.)

진궁은 여포를 돌아보며 말했다: "이 사람이 내 말을 듣지 않은 게 원망스럽소! 만약 내 말만 들었으면 이처럼 사로잡히지는 않았을 것이오."

조조曰: "오늘 일은 어떻게 했으면 좋겠소?"

진궁이 큰소리로 말했다: "오늘은 죽음이 있을 따름이다."(＊조조가 이렇게 물으니 진궁으로서는 이렇게 대답할 수밖에 없었다. 그러나 만약 조조가 양심이 있는 사람이라면, 그가 옛날 자신을 살려준 은혜를 생각하여 그를 풀어주었을 것이다. 풀어주어도 항복하지 않는다면 끝내 마음대로 가도록 하고, 그렇게 했는데도 나중에 또 자기를 죽이려고 한다면, 또다시 사로잡은 후, 그가 자살하도록 해야 했다. 이렇게 하는 것이 어진 군자의 마음씨인데, 조조는 그런 종류의 인간이 아니었다.)

조조曰: "공은 그렇게 한다고 치고, 공의 노모와 처자는 어떻게 할 텐가?"

진궁曰: "내 듣기로, 효孝로써 천하를 다스리는 사람은 남의 어버이를 죽이는 법이 없고, 천하에 인정仁政을 베푸는 사람은 남의 제사를 끊지 않는다고 했소. 내 노모와 처자의 생사 또한 명공의 손에 달려 있소. 내 몸은 이미 사로잡혔으니 곧바로 죽여 주시오. 마음에 걸리는 건 전혀 없소."

조조에게는 그를 살려주고 싶은 마음이 있었다. 그러나 진궁은 일어나더니 곧장 문루 아래로 걸어갔는데, 좌우 사람들이 잡아끌었으나 그는 멈추지 않았다. 조조는 일어나서 눈물을 흘리며 그를 보냈으나, 진궁은 전혀 뒤돌아보지 않았다.

조조는 자신을 따르는 자들에게 말했다: "즉시 공대의 노모와 처자를 허도로 돌아가서 편히 지낼 수 있도록 보살펴 드려라. 만약 이를 소홀히 하는 자는 목을 베겠다."

진궁은 그 말을 듣고도 역시 입을 열지 않고 목을 늘여서 칼을 받았는데, 이를 보는 사람들은 모두 눈물을 흘렸다. 조조는 관棺에다 그의 시신을 넣어 허도로 가져가서 장사지내 주었다. 후세 사람이 진궁의 죽음을 탄식해서 지은 시가 있으니:

생사의 갈림길에서도 처음 뜻 안 바꾸니   生死無二志
장부의 기개 얼마나 장한가.   丈夫何壯哉

뛰어난 계책이라도 들어주지 않으면	不從金石論
동량의 재목도 쓰일 데 없네.	空負棟梁材
주인을 보필할 땐 참으로 공경했고	輔主眞堪敬
어버이 하직할 땐 참으로 애달팠다.	辭親實可哀
백문루에서 죽을 때의 그 태도	白門身死日
그 누가 공대처럼 의연할 수 있을까.	誰肯似公臺

〖 17 〗 조조가 진궁을 보내고 나서 문루에서 막 내려가려고 할 때, 여포가 현덕에게 말했다:

"공은 상객上客으로 앉아 있고 나는 계단 아래 꿇어앉은 죄수가 되었는데, 어찌하여 나를 위해 말 한마디 해서 풀어주게 하지 않는가?"

현덕은 머리만 끄덕였다. 조조가 문루로 올라오자, 여포가 큰소리로 외쳤다:

"명공의 우환거리로 이 여포보다 더한 자가 없었는데, 내가 지금 이미 항복했소. 공은 대장이 되고 이 여포가 부장副將이 되어 돕는다면 천하를 평정하기가 어렵지 않을 것이오."(*여포가 이처럼 말했기 때문에 유비는 더욱 그를 용서해 주자고 부탁하려 하지 않았던 것이다.)

조조가 현덕을 돌아보며 물었다: "어떻게 하면 좋겠소?"

현덕이 대답했다: "공은 정건양丁建陽과 동탁의 일을 보지 않으셨소?"(*절묘하다. 완전히 조조를 위해서 하는 말처럼 보인다.)

여포가 눈으로 현덕을 흘겨보며 말했다: "저 자식이 가장 신의 없는 놈이다!"

조조는 그를 문루에서 끌고 내려가서 목을 매서 죽이도록 했다. 여포가 현덕을 돌아보며 말했다: "이 귀 큰 놈아, 원문轅門에서 내가 화극을 쏘았던 때의 일을 잊었느냐?"(*설령 그가 원문에서 화극을 쏘지 않았더라도 유비가 반드시 죽는 것은 아니다.)

그때 갑자기 한 사람이 큰소리로 외쳤다: "여포 이 못난 자식아! 죽으면 죽는 거지 뭘 그리 겁을 내느냐!"

모두들 보니, 도부수가 장료를 끌고 왔다. 조조는 여포를 목매어 죽이도록 한 다음 그 머리를 잘라 높이 매달도록 했다. 후세 사람이 이를 탄식하는 시를 지었으니:

큰 물결 출렁이며 하비성 잠기자	洪水滔滔淹下邳
바로 그해에 여포 사로잡혔다.	當年呂布受擒時
하루 천리 달린다는 적토마 소용없었고	空言赤兎馬千里
방천화극 한 자루 무슨 쓸모 있으랴.	漫有方天戟一枝
묶인 범 풀어 달라 애걸하니 너무 비겁했고	縛虎望寬今太懦
매는 배불리 먹이지 말라던 말 의심 않았지.	養鷹休飽昔無疑
진궁의 말 듣지 않고 처첩한테 빠졌다가	戀妻不納陳宮諫
귀 큰 아이 은혜 모른다고 욕한들 뭣하랴.	枉罵無恩大耳兒

또한 현덕에 대하여 논한 시가 있으니:

사람 해치는 굶주린 범 느슨히 묶지 말라	傷人餓虎縛休寬
동탁과 정건양의 피 아직 안 말랐다.	董卓丁原血未乾
현덕은 그가 아비 잡아먹는 줄 알았으면서	玄德旣知能啖父
왜 살려두어 조조 죽이도록 하지 않았을까?	爭如留取害曹瞞

〖 18 〗 한편 무사들이 장료를 끌고 오자, 조조가 손으로 그를 가리키며 말했다: "이 사람은 어딘지 낯이 매우 익구나."

장료曰: "복양성 안에서 만났었는데 어찌 잊었단 말이냐?"

조조가 웃으며 말했다: "그러고 보니 너도 잊지 않고 있었구나."

장료曰: "그때 일이 애석할 따름이다!"

조조曰: "뭐가 애석하단 말이냐?"

장료曰: "그날 불이 약해서 너 같은 역적 놈을 태워죽이지 못한 것이 애석하단 말이다!"

조조가 크게 화를 내며 말했다: "패장이 어디 감히 나를 욕한단 말이냐!"

그리고는 칼을 빼어들고 자신이 직접 가서 장료를 죽이려고 했다. 그러나 장료는 겁내는 기색이 전혀 없이 목을 늘이고 그가 죽이기를 기다렸다. 바로 그때 조조의 등 뒤에서 한 사람은 그의 팔을 잡고, 또 한 사람은 그의 앞으로 와서 무릎을 꿇고 말했다: "승상께선 잠시 손을 멈추십시오!" 이야말로:

목숨 구걸한 여포에겐 구해주는 이 없고 乞哀呂布無人救

역적이라 욕한 장료는 반대로 살아나네. 罵賊張遼反得生

결국 장료를 구해준 사람은 누구일까? 다음 회를 읽어보도록 하라.

제19회 모종강 서시평序始評

(1). 만약 유비의 서신이 누설된 후 소패에서의 싸움에서 유비가 여포에게 죽었다면, 조조는 틀림없이 이렇게 말할 것이다: "그를 죽인 것은 내가 아니라 여포다." 조조가 유비에게 회남의 요충지를 막도록 했는데 만약 유비가 여포를 놓쳐 보내서 조조가 그 책임을 물어 유비를 죽이게 된다면, 조조는 틀림없이 이렇게 말할 것이다. "그를 죽인 것은 내가 아니라 군령軍令이다."

조조는 남으로 하여금 유비를 죽이도록 하고 싶었으나 그럴 틈이 없었다. 그러나 여포를 끌어들인다면 그럴 틈이 생길 것이다. 자기 자신이 유비를 죽이려고 해도 그럴 명분이 없었는데, 그가 군령을 위반한다면 그럴 명분이 생길 것이다. 조조의 마음속으로는 매 걸음마다 현덕을 해치고 싶었으면서도 겉으로는 도리어 곳곳에서 현덕을 보호해주는 척했고, 현덕 또한 마음속으로는 매 걸음마다 조조를 대비하면서도 겉으로는 곳곳에서 그에게 아첨하고 환심을 사려고 했다. 두 영웅들이 서로 만나 지모智謀로 상대함으로써 책을 읽는 독자들의 마음은 놀라게 하지만 글을 읽는 눈은 즐겁게 해준다.

(2). 혹자는 말했다: "현덕은 이미 정원丁原과 동탁의 일을 알고 있으면서 왜 조조에게 여포를 살려주라고 권하여 후에 조조를 도모할 근거로 삼지 않았는가?"

내가 말했다: "그렇지 않다. 조조를 정원이나 동탁과 비교할 수는 없다. 조조가 여포를 죽이지 않는다면 반드시 그를 쓸 것이며, 여포를 쓴다면 반드시 그에 대한 방비도 할 것이다. 그는 이미 이익으로써 여포를 튼튼히 묶어둔 다음 자신을 위해 쓰이도록 할 수도 있고, 또한 술수로써 그를 단단히 가둬 놓아 자신에게 해가 되지 않도록 할 수도 있을 것이니, 이렇게 되면 바로 호랑이에게 날개를 달아주는 셈이 된다. 조조는 정원이나 동탁처럼 엉성하지 않고 주도면밀했다. 현덕은 이런 점까지 내다보았던 것이다."

(3). 장차 여러 사람들과 함께 계주(戒酒)하기 위해 먼저 사람들을 초청하여 술을 마시려는 것이니, 장비는 얼마나 예의바른가. 사람들을 청하여 술을 마신 적도 없으면서 공연히 사람들에게 술을 끊으라고 하니, 여포는 얼마나 무정한 사람인가. 자신이 술을 마시려고 다른 사람이 술을 마시지 않는다고 책망하니, 장비의 책망은 고상한 마음씨의 발로이지만, 자신이 술을 마시지 않으려고 반대로 남이 술을 마신다고 화를 내니, 여포가 화를 낸 것은 몰취미한 행동이다. 술을 보내준 것은 호의好意에서이다. 후성侯成이 만약 장비

를 만났다면 장비는 틀림없이 그를 끌고 와서 자기 복심腹心으로 삼았을 것이다. 권하는 술을 거부한 것은 바보 같은 짓으로 조표와 여포는 과연 그 장인에 그 사위라고 부를 만하다.

먼저 술을 마시고 난 후에 곤장을 맞는다면 취한 사람이 취한 사람이 치는 곤장을 맞는 것으로 조표의 고통도 충분히 참을 만했을 것이다. 그러나 술을 바쳤다고 책망을 받고 또 책망의 곤장까지 맞는 것은 곧 맨 정신인 상태에서 맨 정신으로 때리는 매를 맞는 것이므로 후성侯成의 원한은 해소하기 어려웠다.

장비는 조표를 빌려 여포를 때린 것으로, 사실상 조표를 때린 것이 아니다. 여포는 여러 장수들을 대신하여 한 사람을 때린 것으로, 이는 분명히 여러 장수들을 때린 것이다.

제 20 회

조조, 허전에서 황제의 활로 사냥하고
동승, 공신각에서 천자의 비밀조서를 받다

〖 1 〗 한편, 조조가 칼을 들어 장료를 죽이려고 하자 현덕은 그의 팔을 붙잡고 운장은 그 앞에 무릎을 꿇었다.

현덕曰: "이처럼 거짓 없는 참된 마음을 지닌 사람은 살려두어 쓰셔야 합니다."

운장曰: "저는 전부터 문원(文遠: 장료)이 충의지사忠義之士임을 알고 있었습니다. 부디 그의 목숨을 보전토록 해주십시오."(*뒤에 가서 장료가 토산 위로 올라가서 관운장을 구해주게 되는 장본이다.)

조조는 칼을 던지고 웃으며 말했다: "나 역시 문원이 충의지사인 줄 알고 있었으므로 일부러 장난을 해본 것이오."(*다른 사람이 인정을 베풀까봐 자신이 장난을 쳤다고 말한 것이다. 간웅의 임기응변은 참으로 남들이 따라가기 어렵다.)

그리고는 직접 그의 결박을 풀어주고 자기 옷을 벗어서 그에게 입혀준 다음 그를 이끌어 상좌에 앉혔다. 장료는 그 호의에 감동해서 마침내 항복했다. 조조는 장료를 중랑장中郞將에 임명하고 관내후關內侯 벼슬을 내려주었다. 그리고는 그에게 장패藏覇를 귀순시키도록 하라고 했다. 장패는 여포는 이미 죽었고 장료까지 이미 항복했다는 소문을 듣고는 마침내 자신도 휘하 군사들을 이끌고 와서 투항했다. 조조는 그에게 후한 상을 내렸다.

　장패는 또 손관孫觀·오돈吳敦·윤예尹禮를 설득해서 조조에게 항복해오도록 했는데, 유독 창희昌豨만은 귀순하려고 하지 않았다. 조조는 장패를 낭야상琅琊相으로 봉하고, 손관 등에게도 각각 관직을 높여주어 청주와 서주 등 연해沿海 지방을 지키도록 하고, 여포의 처와 딸은 수레에 실어서 허도로 돌려보냈다. (*초선貂蟬 역시 이 안에 포함되었는지 여부는 알 수 없다. 이후부터의 초선의 행방은 더 이상 알 수 없다.)

　조조는 전체 군사들에게 많은 음식을 내려 위로한 다음 영채를 거두어 회군하였다. 회군하는 도중 서주를 지날 때 백성들이 향을 피우며 길을 막고서는 유劉 사군(使君: 지방 장관을 부르는 존칭)을 남겨두어 서주목徐州牧으로 삼아 달라고 청했다.

　조조曰: "유 사군의 공로가 크므로 우선 천자를 배알하고 벼슬을 제수 받은 다음 돌아오더라도 늦지 않을 것이다."(*조조는 자신이 서주를 취하고 싶었으므로 서주를 유비에게 주려고 하지 않았음이 분명하다.)

　백성들은 머리를 조아리며 고맙다고 인사했다. 조조는 거기장군車騎將軍 차주車冑를 불러서 당분간 서주를 다스리도록 했다. (*이 때문에 후문에서 관공이 차주를 죽이게 된다.) 조조의 군사가 허창許昌으로 돌아오자, 출정한 인원들에게 벼슬과 상을 내리고, 현덕은 상부相府 근처에 있는 저택에 머물며 쉬도록 했다.

〖 2 〗 다음날 헌제獻帝가 조회를 열었는데, 조조는 표문을 올려 현덕의 군공을 보고하고는 현덕을 이끌고 황제를 만나보러 갔다. 현덕은 조복朝服을 갖추어 입고 단지(丹墀: 궁전 앞의 돌계단. 그 위를 붉은 색으로 칠해 놓았으므로 단지라 했다.) 아래에서 절을 하자, 헌제는 그를 전 위로 불러올린 후 물었다: "경의 조상은 누구인가?"

현덕이 아뢰었다: "신은 중산정왕中山靖王의 후손이옵고, 효경孝景 황제 각하閣下의 먼 후손이오며, 유웅劉雄의 손자이옵고, 유홍劉弘의 자식이옵니다."

헌제가 유씨劉氏 족보를 가져오라고 해서 찾아보고는 종친의 일을 맡아보는 종정경宗正卿에게 낭독하도록 했다:

"효경孝景 황제께서는 열네 아들을 두셨는데, 그 일곱째 아드님이 곧 중산정왕 유승劉勝이옵니다. 승勝은 육성정후陸城亭侯 유정劉貞을 낳았고, 정貞은 패후沛侯 유앙劉昂을 낳았습니다. 앙昂은 장후漳侯 유록劉祿을 낳았고, 록祿은 기수후沂水侯 유연劉戀을 낳았습니다. 연戀은 흠양후欽陽侯 유영劉英을 낳았고, 영英은 안국후安國侯 유건劉建을 낳았습니다. 건建은 광릉후廣陵侯 유애劉哀를 낳았고, 애哀는 교수후膠水侯 유헌劉憲을 낳았습니다. 헌憲은 조읍후祖邑侯 유서劉舒를 낳았고, 서舒는 기양후祁陽侯 유의劉誼를 낳았습니다. 의誼는 원택후原澤侯 유필劉必을 낳았고, 필必은 영천후潁川侯 유달劉達을 낳았습니다. 달達은 풍령후豊靈侯 유불의劉不疑를 낳았고, 불의不疑는 제천후濟川侯 유혜劉惠를 낳았습니다. 혜惠는 동군범령東郡范令 유웅劉雄을 낳았고, 웅雄은 유홍劉弘을 낳았는데, 홍弘은 벼슬을 하지 않았습니다. 유비劉備는 곧 유홍의 자식이옵니다."

헌제가 족보를 따져보니 현덕은 곧 헌제의 숙부뻘이었다. 헌제는 크게 기뻐서 현덕을 편전으로 들어오라고 청하여 숙질叔姪의 예를 올렸다. 헌제는 속으로 생각했다: "조조가 권력을 제멋대로 행사하고 있어서 나라 일이 전부 내 뜻과는 상관없이 결정되고 있는데, 이제 이런 영웅 숙부를 얻었으니 내게도 도와줄 사람이 생겼구나!"

그리고는 현덕을 좌장군左將軍·의성정후宜城亭侯로 봉한 다음 잔치를 베풀어 환대했다. 잔치가 파하자 현덕은 사은謝恩하고 조정에서 물러나왔다. 이로부터 사람들은 모두 그를 "유 황숙皇叔"이라고 불렀다.

〖 3 〗 조조가 상부相府로 돌아오니 순욱 등 여러 모사謀士들이 들어와서 말했다: "천자께서 유비를 숙부로 인정하셨는데, 아무래도 이 일은 명공께 이롭지 못할 것 같습니다."

조조曰: "그가 이미 황숙皇叔으로 확인되었으니, 내가 천자의 명령이라고 하면서 그에게 명령을 내린다면 그는 더욱 복종하지 않을 수가 없을 것이다. 하물며 내가 그를 허도에 머물러 있도록 했으니, 그가 명색은 황제와 가까운 사이라고 하나 실제로는 내 손아귀에 들어 있는 셈인데 내가 뭘 겁내겠는가? (*조조가 유비를 서주에 남아있지 못하게 한 것은 바로 이런 의도이다.)

내가 염려하는 것은 태위 양표楊彪가 원술의 친척인지라, 만약 그가 두 원씨(원소와 원술)와 내통한다면 적잖이 해가 될 것이니 이 자를 당장 없애버려야겠다."

그리하여 은밀히 사람을 시켜서 양표가 원술과 내통하고 있다고 무고하도록 해서, 마침내 양표를 붙잡아다 옥에 가두어 놓고 만총滿寵으로 하여금 그 죄를 다스리도록 했다. (*전에 황제에게 조조를 불러들이라고 권한 것은 사실 양표인데, 지금은 조조가 양표를 해치려고 한다. 이 역적 놈은 지금의 자신이 있게 해준 근본을 망각하고 있다.)

이때 북해태수北海太守 공융孔融은 허도에 와 있었는데, 이 일로 들어가서 조조에게 간했다: "양공楊公은 4대에 걸쳐 청렴하기로 이름난 가문의 사람인데 어찌 원씨袁氏의 일 때문에 그에게 죄를 줄 수 있습니까?"

조조曰: "이는 조정의 의견이오."

공융曰: "만약 주周 성왕成王이 소공召公을 죽이려고 한다면, 주공周公이 자신은 모르는 일이라고 말할 수 있겠습니까?"

조조는 어쩔 수 없이 양표의 관직을 박탈하여 그를 시골로 돌려보내는 것으로 끝냈다. (*양표는 다행히 화를 면했으나, 이때부터 조조는 공융을 미워하기 시작했다.) 의랑議郎 조언趙彦은 조조가 권력을 전횡하는 것에 분개하여, 상소문을 올려 조조가 천자의 칙명을 받들지 않고 제멋대로 대신을 잡아 가둔 죄를 탄핵했다. 조조는 크게 화를 내며 즉시 조언을 붙잡아 와서 죽여 버렸다. 이 일로 인해 관원들 중에 조조를 무서워하지 않는 자는 하나도 없었다.

〖 4 〗 모사謀士 정욱程昱이 조조에게 말했다: "지금 명공의 위명威名은 나날이 높아 가는데, 어찌하여 이때를 틈타 왕패의 일(王覇之事: 제왕이나 패자가 되기 위한 계책. 황제의 자리를 차지하라는 권고의 말이다)을 하지 않으십니까?"

조조曰: "조정에는 아직도 중신重臣들이 많으므로 가벼이 움직여서는 안 되오. 내가 천자에게 사냥을 가자고 청하여 여러 대신들의 동정을 살펴봐야겠소."(*동정을 살펴본다는 것은 좌우 사람들이 자기를 따를지 거역할지를 살펴본다는 것이다.)

이리하여 좋은 말과 이름난 매(鷹)와 뛰어난 사냥개와 활과 화살 등을 좋은 것으로 골라서 갖춘 다음, 먼저 군사들을 성 밖에 모아놓고 조조는 궁 안으로 들어가서 천자에게 사냥하러 가자고 청했다.

헌제曰: "사냥은 황제로서는 정도正道가 아닐 것 같소."

조조曰: "옛날의 제왕들도 춘수春蒐·하묘夏苗·추선秋獮·동수冬狩라고 해서 봄·여름·가을·겨울 각 계절마다 교외로 나가서 사냥을 함으로써 천하에 무위를 떨쳐 보이셨습니다. 지금은 나라 안 전체가 한창 어지러운 때이므로 사냥을 명분으로 무예를 연마(講武)하심이 마땅하옵니다."

헌제는 조조의 말을 감히 듣지 않을 수 없어서, 곧바로 산책할 때 타는 소요마逍遙馬를 타고, 그림을 새겨 넣은 활(寶雕弓)과 금을 박아 넣은 화살(金鈚箭)을 가지고 천자가 행차할 때 타는 수레 난가(鑾駕)를 타고 성 밖으로 나갔다. 현덕과 관우, 장비도 각자 활과 화살을 가지고, 가슴 부위를 보호하는 엄심갑掩心甲을 겉옷 속에다 입고, 손에는 병장기를 들고, 수십 명의 기병들을 이끌고 천자의 수레를 따라 허창許昌을 나갔다.

이날 조조는 말 발굽이 누렇고 번개처럼 빨리 달린다는 뜻의 조황비전마(爪黃飛電馬)에 올라타고 10만 명의 군사들을 이끌고 천자와 같이 허전許田으로 가서 사냥을 했다. 군사들이 사냥터를 둘러쌌는데 그 둘레가 2백여 리나 되었다.

조조가 천자와 말을 나란히 하고 가는데 겨우 말머리 하나 정도의 거리만큼 뒤처졌을 뿐이었고, 그 뒤로는 전부 조조의 심복 장교들이었다. (*이때는 조조를 죽이려고 해도 죽일 수 없음을 알 수 있다.) 문무백관들은 모두 멀찍이 떨어져서 따라갈 뿐 아무도 감히 앞으로 가까이 가지 못했다.

이날 헌제가 말을 달려 허전에 당도하니, 유현덕이 길가에 서서 인사를 했다.

헌제曰: "짐은 오늘 황숙께서 사냥하는 것을 보고 싶소."

현덕이 명을 받고 말에 오르자 갑자기 풀숲 속에서 토끼 한 마리가 뛰어나왔다. 현덕이 그 토끼를 쏘았는데, 단 한 번 쏘아서 그 토끼를 정통으로 맞혔다. 헌제는 갈채喝采를 보냈다.

토산 비탈을 돌아갈 때 갑자기 가시덤불 속에서 큰 사슴 한 마리가 뛰어나왔다. 헌제는 연달아 화살 세 대를 쏘았으나 맞히지 못하자 조조를 돌아보고 말했다: "경이 저걸 쏘아 보시오."

조조는 천자에게 보조궁寶雕弓과 금비전金鈚箭을 빌려달라고 해서는 활을 잔뜩 당겨서 쏘자 그대로 사슴의 등에 박혔고, 사슴은 풀 속에 쓰러졌다. (*한漢의 천자가 놓친 사슴이 조조에게 잡혔다. 이는 바로 위魏가 한漢을 대체할 징조이다.)

많은 신하들과 장교들은 사슴의 몸에 금비전이 꽂혀 있는 것을 보고는 천자가 쏘아 맞힌 줄로 알고 모두들 펄쩍펄쩍 뛰면서 황제를 향해 "만세!"를 불렀다. 바로 그때 조조가 곧바로 말을 달려와서 천자의 앞을 가로막고 서서 그 만세의 환호를 자신이 받았다. 사람들은 모두 얼굴빛이 새하얗게 변했다.

현덕의 등 뒤에 있던 관운장은 크게 화를 내며 누에가 누워있는 모습의 눈썹(臥蠶眉)을 치뜨고 붉은 봉의 눈(丹鳳眼)을 부릅뜨고는 칼을 잡고 말을 박차고 뛰쳐나가 조조를 베려고 했다. 현덕이 그것을 보고 황급히 손을 흔들고 눈짓을 보냈다. 관공은 형이 그러는 것을 보고 참고 가만히 있을 수밖에 없었다.

현덕은 몸을 굽히고 조조에게 치하하면서 말했다: "승상의 귀신같은 활 솜씨는 세상에 따라갈 자 드물 것입니다."

조조는 웃으며 말했다: "이는 다 천자의 홍복洪福이지요."

그리고는 곧바로 천자를 향해 말머리를 돌려 치하했다. 그러면서도 끝내 천자의 활은 돌려드리지 않고 자기 등 뒤에다 걸었다.

사냥이 끝나고 허전에서 연회를 열었다. 연회가 끝나자 천자의 어가는 허도로 돌아갔고, 모든 사람들은 각각 자기 집으로 돌아가서 쉬었다.

운장이 현덕에게 물었다: "조조 이 역적 놈이 천자를 무시하기에(欺

君罔上) 내가 그놈을 죽여서 나라의 화근을 없애버리려고 했는데, 형님께선 왜 나를 말리셨습니까?"

현덕曰: "'쥐를 때려잡고 싶어도 자칫 그릇 깰까봐 참는다(投鼠忌器)'는 말이 있다. 조조와 천자가 서로 말 머리 하나 거리밖에 안 떨어져 있고, 조조의 심복들이 그 주위를 뺑 둘러싸서 모시고 있는 판에, 만약 아우가 일시적인 화를 못 참아 경솔하게 움직였다가 혹시 일을 성공시키지 못하고 천자가 다치게 되는 날에는 우리가 그 죄를 뒤집어쓸 것이다."

운장曰: "오늘 이 역적을 죽이지 않은 것이 훗날 틀림없이 화가 될 것입니다."

현덕曰: "당분간 이 일은 비밀로 해두고 가벼이 발설해서는 안 된다."

〖 5 〗 한편 헌제는 환궁하여 복伏 황후를 보고 울면서 말했다: "짐이 즉위한 이래 간웅들이 한꺼번에 일어나서 먼저는 동탁의 재앙을 당했고, 나중에는 이각과 곽사의 난亂을 만나 보통 사람들은 당하지 않는 고통을 나와 당신만 당했소. 후에 조조를 얻어 종묘사직을 떠받들 훌륭한 신하(社稷之臣)인 줄 알았는데, 뜻밖에도 이 자는 나라의 권세를 독차지해 가지고 위복威福을 제멋대로 하고 있소. 나는 매번 그 자를 볼 때마다 내 등이 마치 까끄라기와 가시에 찔리고 있는 것 같소. 오늘 사냥터에서 자기가 나서서 신하들의 하례를 대신 받는데, 그 무례함은 이미 극에 달하였소. 그는 조만간 틀림없이 모반할 것이니, 이제 우리 부부는 어떻게 죽을지 모르게 되었소!"(*후에 조조가 흉측한 일을 하면서 먼저 동비董妃를 죽이고 그 다음에 복황후를 죽인다: 그러나 이때의 헌제의 밀모密謀는 복황후로 인해 일어난 것인데 그 화가 동비에게 미치게 된 것이다.)

복황후曰: "조정에 가득한 공경들은 모두 한漢의 녹을 먹고 있는데도 끝내 이 나라의 어려움을 구할 수 있는 자가 한 사람도 없단 말입니까?"

미처 말이 끝나지 않았을 때 갑자기 한 사람이 밖에서 들어오며 말했다: "황제 폐하와 황후 폐하께서는 근심하지 마옵소서. 제가 나라의 화를 제거할 수 있는 사람 하나를 천거하겠나이다."

헌제가 보니 복 황후의 부친 복완伏完이었다. 헌제가 눈물을 감추고 물었다: "황장(皇丈: 황제의 장인)께서도 조조 이 역적놈의 전횡 사실을 알고 있었소?"

복완曰: "허전에서 사냥할 때 사슴 쏜 일을 보지 않은 사람이 어디 있나이까? 다만 조정에 가득한 공경들과 백관들은 전부 조조의 종족 아니면 그의 문하 사람들이니, 만약 국척國戚이 아니면 누가 충성을 다해 역적을 치려고 하겠나이까? 이 늙은 신하는 권세가 없어서 이 일을 실행하기 어렵사옵니다. 거기장군인 국구(國舅: 황후나 귀비의 형제) 동승董承이라면 이 일을 부탁해 볼 만하옵니다."

헌제曰: "동董 국구는 나라의 어려움을 당해 온몸을 던졌던 사람임을 저 역시 일찍부터 알고 있습니다. 그를 궐내로 불러와서 함께 대사를 의논해 보도록 합시다."

복완曰: "폐하의 좌우에서 모시고 있는 자들은 모두 조조 역적의 심복들이옵니다. 만약 일이 누설되는 날에는 적지 않은 화를 당할 것이옵니다."

헌제曰: "그렇다면 어떻게 하면 좋겠소?"

복완曰: "신에게 한 가지 계책이 있나이다. 폐하께서는 옷 한 벌과 옥대玉帶 하나를 만드시어 은밀히 동승에게 내려주시되, 옥대 속 천에다가 비밀조서(密詔)를 넣어서 꿰맨 후 그에게 하사해 주소서. 그가 집에 돌아가서 그것을 보고 밤낮으로 계책을 꾸미도록 한다면 귀신도 모르게 할 수 있을 것이옵니다."(*의대조衣帶詔의 일은 본래 복완이 생각해 낸 것이지만 복완의 이름은 동승의 7인 명단 안에 들어있지 않고 오히려 나중에 살아남아서 다른 일을 벌이게 되는데, 독자들로서는 짐작할 수가 없다.)

황제는 그렇게 하는 게 좋겠다고 말했다. 복완은 인사를 하고 물러갔다.

〖 6 〗 헌제는 이에 직접 비밀 조서 한 통을 작성한 다음, 손가락 끝을 깨물어서 피를 내어 그것을 썼다. (*신하가 피로써 상소문을 쓴 일은 있어도 천자가 피로써 조서를 쓴 일은 없었다. 이 역시 천고에 기이한 일이다.) 그리고는 몰래 복 황후에게 주어 옥대의 자주색 비단 받침 속에다 그 비밀조서(密詔)를 집어넣고 꿰매도록 했다. 그런 다음 자신이 비단 겉옷(錦袍)을 입고 옥대를 띠고서 내사內史로 하여금 동승을 궐내로 불러오도록 했다.

동승이 들어와서 황제를 보고 예를 마치자, 헌제가 말했다: "짐이 간밤에 황후와 더불어 전에 패하覇河에서 고생한 일을 이야기하다가 국구의 큰 공이 생각나서 특별히 불러와서 그때의 수고를 위로하려는 것이오."

동승은 머리를 조아리며 사례했다. 헌제는 동승을 이끌고 궁전을 나가 태묘(太廟: 임금의 조상을 모신 사당)로 간 다음 옆으로 돌아서 공신각(功臣閣: 개국공신들의 화상을 그려 전시해 둔 전각) 안으로 들어갔다. 헌제는 분향재배의 예를 마치자 동승을 데리고 그 안에 걸려 있는 화상畵像들을 구경했다. 중간에 한 고조의 얼굴을 그린 그림이 있었다.

헌제曰: "우리 조상 고황제高皇帝께서는 어느 곳에서 몸을 일으키셨지요? 그리고 어떻게 창업을 하셨지요?"(*장차 자기 이야기를 하기 위해 먼저 고황제에 대해 묻고 있다.)

동승이 깜짝 놀라며 아뢰었다: "폐하께서는 신에게 농담을 하시는 것이옵니까? 성조聖祖의 일을 제가 어찌 모르겠습니까? 고황제께서는 사상泗上의 정장亭長으로 계시다가 몸을 일으키시어 석 자(三尺) 길이의 검을 들어 백사白蛇를 베어 죽이시고 의로운 군사를 일으키시어 천하를 종횡으로 누비셨습니다. 3년 만에 진秦을 멸망시키시고, 5년 만에 초楚를 멸하심으로써 마침내 천하를 차지하시어 만대에 길이 전해질 기업을 세우셨나이다."

헌제曰: "짐의 조상은 그처럼 훌륭하신 영웅이셨는데 그 자손은 이처럼 나약하니 어찌 한탄하지 않을 수 있겠소!"

그리고는 고황제의 화상 좌우에 있는 두 중신의 화상을 손으로 가리키며 말했다: "이 두 사람은 유후留侯 장양張良과 찬후酇侯 소하蕭何가 아니오?"

동승曰: "그러하옵니다. 고조께서 터전을 닦아 창업을 하셨던 것은 실로 이 두 사람의 힘이 큽니다."

헌제가 돌아보니 좌우에서 모시던 자들이 저만큼 멀리 떨어져 있었다. 이에 은밀히 동승에게 말했다: "경도 이 두 사람처럼 짐의 옆에서 있어 주시오."

동승曰: "신은 한 치의 공로도 없는데 어찌 그런 영광을 감당할 수 있겠나이까?"

헌제曰: "짐은 경이 서도西都에서 짐의 행차를 구해준 공로를 생각하고 잊은 적이 전혀 없지만, 경에게 내려줄 게 아무것도 없었소."

이렇게 말하면서 입고 있던 금포와 옥대를 가리키며 말했다: "경은 짐의 이 금포를 입고 짐의 이 옥대를 띠고서 항상 짐의 좌우에 있는 듯이 해주어야 하오."

동승은 머리를 조아리며 사례했다. 헌제는 금포와 옥대를 풀어 동승에게 하사하면서, (*뜻은 단지 옥대에 있으면서 도리어 금포로써 그것을 동반하게 하고 있다.) 은밀히 말했다: "경은 돌아가서 이것들을 자세히 살펴보고 짐의 뜻을 저버리지 않도록 하시오."

동승은 그 뜻을 알아듣고 금포를 입고 옥대를 띤 다음 헌제에게 인사를 하고 공신각을 나왔다.

〖 7 〗 진즉에 누군가가 이 일을 조조에게 알려주었다: "황제께서 동승과 함께 공신각에 올라가서 이야기를 나누고 계십니다."

조조는 즉시 입궐하여 보려고 갔다. 동승이 공신각에서 나와서 막 궁문을 지나자마자 그때 마침 들어오고 있던 조조와 마주쳤다. 그는 급작스런 상황에서 몸을 피하지 못하고 그냥 길가에 비켜서서 인사를 하는 수밖에 없었다.

조조가 물었다: "국구國舅께서는 어떤 일로 오셨소?"

동승曰: "천자께서 부르시더니 금포와 옥대를 하사하셨습니다."

조조가 물었다: "무슨 이유로 그것을 주셨지요?"

동승曰: "제가 전에 서도西都에서 어가를 구해 드린 공을 생각하시고 이것을 하사하셨습니다."

조조曰: "그 옥대를 풀어서 내게 좀 보여주시오."

동승은 속으로 금포와 옥대 속에는 틀림없이 비밀조서가 들어 있을 것이라고 생각하고 조조가 그것을 간파할까봐 겁이 나서 시간을 끌고 풀어주지 않았다. 조조는 좌우 사람들에게 빨리 풀어오라고 호통을 쳤다.

조조가 옥대를 한참이나 살펴보고 나서 웃으며 말했다: "과연 좋은 옥대로군. 다시 금포를 벗어 내게 보여주시오."

동승은 마음속으로 겁이 났으나 감히 따르지 않을 수 없어서 마침내 금포를 벗어서 조조에게 주었다. (*옥대는 스스로 벗지 않았는데 금포는 오히려 스스로 벗어주고 있다. 겁을 먹고 있는 모습을 마치 그림처럼 형용하고 있다.)

조조는 직접 손으로 펼쳐들더니 햇빛에 비춰가며 자세히 살펴보았다. 다 보고 나서 그 금포를 자기 몸에 걸치고 그 위에 옥대를 맨 다음 좌우를 돌아보며 말했다: "옷 길이가 어떠냐?"

좌우 사람들이 잘 맞는다고 대답했다.

조조가 동승에게 말했다: "국구께서는 이 금포와 옥대를 다시 내게 주지 않겠소?"

동승이 사정했다: "군주께서 하사하신 것을 어찌 감히 다시 남에게 줄 수 있습니까? 제가 나중에 따로 한 벌 지어서 바치겠습니다."

조조曰: "국구께서는 이 의대衣帶를 받으셨는데, 혹시 그 속에 무슨 음모가 들어 있는 것은 아닌가요?"

동승이 깜짝 놀라 말했다: "제가 어찌 감히? 승상께서 요구하신다면 여기에 두고 가겠습니다."

조조曰: "공이 받은 군왕의 하사품을 내가 어찌 빼앗겠소, 내 잠시 농담했을 따름이오."

그리고는 금포와 옥대를 벗어서 동승에게 돌려주었다.

〖 8 〗 동승은 조조와 헤어져 집으로 돌아와서 밤이 될 때까지 혼자 서재 안에서 금포를 꺼내놓고 몇 번이나 자세히 살펴보았다. 그러나 아무것도 보이지 않았다.

동승은 생각했다: "천자께서 나에게 이 금포와 옥대를 하사하시면서 자세히 살펴보라고 하셨는데, 거기에는 틀림없이 무슨 뜻이 있을 것이다. 그러나 지금 아무런 흔적도 찾아볼 수 없으니 어찌된 까닭인가?"

그리고는 다시 옥대를 손에 들고 살펴보았다. 옥대는 백옥白玉이 영롱한데 그 위에 작은 용 한 마리가 꽃 사이를 뚫고 지나가는 모습이 새겨져 있고, 뒤쪽은 자주색 비단을 안받침 해서 꿰맸는데 단정하게 꿰매서 역시 아무것도 눈에 띄지 않았다.

동승은 속으로 의아하게 생각하고는 그것을 탁자 위에 놓고 반복해서 이리저리 찾아보았다. 한참 그러다가 몹시 지쳐서 탁자에 엎드려 자려고 했다. 바로 그때 갑자기 등잔 심지의 불똥이 옥대 위에 떨어져서 뒤의 안받침이 불에 탔다. 동승은 깜짝 놀라서 손으로 불똥을 문질러 껐으나, 이미 한 군데가 타서 속의 흰 비단이 살짝 드러났는데, 그 비단에서 피 흔적이 희미하게 보였다.

그가 급히 칼을 가지고 그곳을 헤치고 꺼내보았더니, 그것은 곧 천자가 피로 쓴 비밀조서였다. (*자기 힘으로 찾지 못하고 반대로 등잔 불똥이 태워서 드러나도록 한다. 곡절曲折이 심하다.)

그 조서에서 이르기를:

"짐이 듣기로, 인륜人倫 중에서 가장 중대한 것은 부자父子 관계이고, 존비尊卑가 다른 것 중에서 가장 중대한 것은 군신君臣 관계라고 하였다. 근래 조조 역적이 권력을 농락하며 군부君父를 무시하고 억누르며, 무리를 지어서 나라의 기강을 파괴하고 있다. 상을 내리고 벌을 주는 것을 모두 짐이 주장하지 못하고 있다. 짐은 밤낮으로 이를 근심하고 있는바 천하가 장차 위태로워질까 두렵다. 경은 나라의 대신이자 짐의 지극히 가까운 인척(至戚)이니, 마땅히 고조 황제의 창업의 어려움을 생각하고 충의忠義를 겸비한 열사들을 규합하여 간사한 무리들을 소멸시켜서 사직을 다시 안전케 한다면 조종祖宗에 대하여 심히 다행한 일일 것이다. 이에 짐은 손가락을 깨물어 피를 내서 조서를 써서 경에게 부치니, 경은 재삼재사 이를 삼감으로써 짐의 뜻을 저버리지 말도록 하라. 건안 4년(서기 199년) 춘삼월, 조서를 내리노라."

동승은 다 읽고 나서 눈물을 줄줄 흘리면서 밤새도록 한 잠도 잘 수가 없었다. (*아래 글에서 탁자에 기대어 자게 되는 것의 복선이다.)

새벽에 일어나서 다시 서재로 가서 조서를 재삼 읽어보았으나 아무런 계책도 생각나지 않았다. 그래서 조서를 탁자 위에 놓고 조조를 없애버릴 계책을 궁리했다. 그러다가 미처 그 계책을 정하지도 못한 채 탁자에 기댄 채 잠이 들었다. (*밤새도록 한 잠도 자지 못했기 때문이다.)

〖 9 〗 그때 갑자기 시랑侍郎 왕자복王子服이 찾아왔는데, 문지기는 왕자복이 동승과 교분이 두터운 줄 알고 있었으므로 감히 막지 않고 곧장 서재로 들여보냈다. 그가 들어가 보니 동승은 탁자 위에 엎드려 잠들어 있었는데, 그의 소맷자락 밑에 흰 비단 한 조각이 눌려 있고 거기에 '짐(朕)'이란 글자가 살짝 드러나 보였다.

왕자복은 의아하게 생각하여 그것을 가만히 빼내서 보고는 그것을 자기 소매 속에 감추고 동승을 불러 깨웠다: "국구는 참으로 태평도 하시군! 자네가 이런 상황에서 어찌 잠을 잘 수 있단 말인가!"

동승이 깜짝 놀라서 잠을 깨어 보니 조서가 보이지 않았다. 그는 넋이 나가서 손과 발을 마구 덜덜 떨었다.

왕자복曰: "자네가 조공을 죽이려고 하니, 내 마땅히 고발을 해야겠네."

동승이 울면서 사정했다: "만약 형이 그리 한다면 한 황실은 이제 끝장이오."

왕자복曰: "내가 농담을 했네! 우리 조상들도 대대로 한의 녹을 먹어온 터에 어찌 나에겐들 충성심이 없겠는가! 자네를 위해 내 작은 힘이나마 도울 테니 우리 함께 역적을 죽여 버리도록 하세!"

동승曰: "형이 그런 마음을 갖고 계시니 이 나라의 큰 행운이오!"

왕자복曰: "밀실에 들어가서 함께 의장(義狀: 충의를 맹세하는 글)을 작성하여 각자 삼족을 버릴 각오로 한漢의 군주에게 보답하도록 하세!"

동승은 크게 기뻐하며 흰 비단 한 폭을 가져와서 먼저 자기 이름을 쓴 다음 수결手決을 하고, 왕자복 역시 즉각 이름을 쓴 다음 수결을 했다. 서명이 끝나자 왕자복이 말했다: "오자란吳子蘭 장군과 나는 극히 가까운 사이이니 함께 이 일을 도모할 수 있을 것이네."

동승曰: "조정의 수많은 대신들 가운데 다만 장수교위長水校尉 충집種輯과 의랑議郞 오석吳碩만이 나의 심복들인데, 틀림없이 우리와 함께 일을 할 수 있을 것이오."

한창 두 사람이 상의하고 있을 때 가동家僮이 들어와서 충집과 오석이 찾아왔다고 아뢰었다.

동승曰: "이야말로 하늘이 우리를 돕고 있는 것이오!"

그리고는 왕자복에게 잠시 병풍 뒤에 숨어 있으라고 했다. 동승이 두 사람을 맞이하여 서재로 들어와서 자리를 잡고 차를 다 마시고 나자, 충집이 말했다: "허전에서 사냥할 때 있었던 일에 대해 공 역시 분개하셨습니까?"

동승曰: "비록 분개하기는 했지만 어찌할 수가 없네."

오석曰: "내 맹세코 이 역적놈을 죽여 버리고 싶은데, 나를 도와줄 사람이 없는 게 한입니다."

충집曰: "나라를 위해 해로운 놈을 없앨 수만 있다면, 비록 죽는다 해도 무슨 한이 있겠습니까?"

그때 왕자복이 병풍 뒤에서 나오며 말했다: "너희 두 사람이 조 승상을 죽이려고 하는데, 내 가서 고발을 해야겠네. 동 국구가 바로 이 일의 증인일세."

충집이 화를 내며 말했다: "충신은 죽음을 두려워하지 않는 법이다. 우리가 죽어서 한漢의 귀신이 되더라도 역적놈에게 아부하는 당신보다는 낫다."

동승이 웃으면서 말했다: "우리도 마침 이 일을 위하여 두 사람을 만나보려고 했네. 왕 시랑의 말은 농담이었네."

그리고는 곧바로 소매 속에서 천자의 비밀조서를 꺼내서 두 사람에게 보여주었다. 두 사람은 조서를 읽고 계속 눈물을 쏟았다. 동승이 마침내 그들에게 청하여 의장에다 서명하도록 했다.

왕자복曰: "두 분은 여기서 잠시 기다리고 계시오. 내 가서 오자란을 청해 오겠소."

왕자복이 나간 지 얼마 안 되어 오자란과 같이 와서, (*두 사람은 스스로 왔고 한 사람은 불러서 왔다. 온 동기가 각각 다르다.) 여러 사람들과 서로 만나보고 그 역시 의장에다 서명을 했다. 동승은 그들을 후당으로 안내하여 그곳에서 함께 술을 마셨다.

〖 10 〗 그때 갑자기 서량西涼 태수 마등馬騰이 찾아왔다고 알려왔다.

동승曰: "내가 병이 났다고 핑계 대고 만나볼 수 없다고 하거라."

문지기가 나가서 그대로 전했다.

마등이 크게 화를 내며 말했다: "지난 밤 동화문東華門 밖에서 그가 금포와 옥대를 걸치고 나오는 것을 내 눈으로 직접 봤는데 어찌하여 병을 핑계 대는 것이냐. 내가 일 없이 그냥 온 게 아닌데 왜 만나주지 않겠다는 것이냐!"

문지기가 다시 안으로 들어가서 마등이 화를 낸 일을 자세히 말했다. 동승이 자리에서 일어나며 말했다: "여러분은 잠시 기다리고 계시오. 내 잠깐 나갔다 오겠소."

그는 곧바로 대청으로 나가서 그를 맞이했다. 인사를 마치고 자리에 앉자, 마등이 말했다: "나는 궁에 들어가서 천자를 뵙고 돌아가려는 길에 대감께 하직인사차 왔는데, 어찌하여 저를 만나주려고 하지 않으셨습니까?"

동승曰: "내 갑자기 병이 나서 제대로 영접하지 못했는데, 참으로

죄송하오."

마등曰: "얼굴색이 좋은 걸 보니 아무래도 병환은 아니신 것 같습니다."

동승은 대답할 말이 없었다. 마등은 소매를 떨치고 곧바로 일어나더니 계단을 내려가면서 탄식하며 말했다: "모두들 나라 구할 인물들은 못 되는구나!"

동승은 그 말에 감동되어 얼른 그의 소매를 붙잡아 멈추며 물었다: "공은 누구를 가리켜 나라 구할 인물이 못 된다고 하셨소?"

마등曰: "허전에서 사냥할 때의 일을 생각하면 나는 아직도 분해서 가슴이 답답한데, 공은 천자의 지척至戚이면서 오히려 주색에 빠져 역적을 칠 생각은 하지도 않고 있으니, 어찌 황실을 위하여 재난을 구제할 인물이라 할 수 있겠소?"

동승은 혹시 그가 자기 속을 떠보려고 거짓말을 하고 있는 것은 아닌지 두려워서 짐짓 놀라는 체하고 말했다: "조 승상으로 말하자면 나라의 대신이자 온 조정이 기대고 의지하는 사람인데, 공은 어찌 이런 말씀을 하시오?"

마등이 크게 화를 내며 말했다: "당신은 여전히 조조 역적놈을 좋은 사람이라 생각하고 있는 것이오?"

동승曰: "남의 이목耳目이 매우 가까이 있으니 공은 목소리를 낮추시오."

마등曰: "살기를 탐하고 죽기를 두려워하는 무리와는 대사를 논할 수 없소."

말을 마치고는 또 출발하려고 했다. 동승은 마등이 충의지사忠義之士라는 걸 알고 나서 말했다: "공은 우선 노여움을 푸시오. 내가 공에게 보여드릴 물건이 하나 있소."

마침내 마등을 서재로 안내해 들어가서 조서를 꺼내 보여주었다. 마등은 조서를 다 읽고 나자 머리털이 곤두서고 이를 갈며 입술을 깨물어 입에 피가 가득해 가지고 동승에게 말했다: "공이 만약 거사를 하신다면 나는 즉시 서량의 군사들을 거느리고 밖에서 호응하겠소."

동승은 마등을 청하여 후당으로 들어가서 여러 사람들과 만나보게 한 다음, 의장義狀을 꺼내서 마등에게 서명을 하도록 했다. 마등은 술잔을 잡고 피를 타서 마시면서 맹세했다: "우리 모두 죽는 한이 있어도 약속한 바를 저버리지 맙시다."

그리고는 자리에 앉아 있는 다섯 사람을 가리키며 말했다: "열 사람만 모은다면 대사를 충분히 성공시킬 수 있소."

동승曰: "충의지사忠義之士를 그렇게 많이 모을 수는 없소. 만약 함께 할 수 없는 사람을 잘못 끌어들였다가는 도리어 큰 화를 입게 되오."

마등은 현직에 있는 문무백관들의 이름과 직위 및 관등을 정연하게 정리해 놓은 인명부인 〈원행로서부鴛行鷺序簿〉를 가져오라고 해서 찬찬히 훑어보다가 유씨劉氏 종족 부분에 이르러 손뼉을 치며 말했다: "왜 이 사람과 함께 상의해 보지 않는 거요?"

여러 사람들이 일제히 그게 누구냐고 물었다. 마등은 서두르지 않고 천천히 그 사람에 대해 말했다. 이야말로:

국구가 천자의 비밀조서를 받은 일로　　　　本因國舅承明詔
또 종친이 나타나서 한 황실을 돕게 되네.　　又見宗潢佐漢朝

결국 마등이 말하는 사람은 누구일까? 다음 회를 읽어보도록 하라.

제 20 회 모종강 서시평序始評

(1). 진황秦皇 2세 때의 간신 조고趙高는 황제 앞에서 사슴을 가리켜 말이라고 우기면서(指鹿爲馬) 중신들이 자기 말을 따르는지 거

역하는지를 살펴보았고, 조조는 황제의 화살로 사슴을 쏨으로써 여러 사람들이 자기를 따르는지 거역하는지를 시험했는데, 간신들의 심사는 그 전후가 어찌 이다지도 마치 한 구멍에서 나온 것처럼 똑 같은가! 심지어 활을 빌리고도 돌려주지 않았는데, 처음에는 빌린다는 것이었으나 나중에 가서는 실제로 받는 것이 되어버렸으니, 어찌 다만 활의 경우만 그러하겠는가! 천자의 자리 역시 이와 같았다.

춘추시대에 진晉의 중이(重耳: 후에 진 문공)는 하양河陽에서 사냥을 하면서 신하의 신분이면서 천자를 오라고 불렀으며, 허전許田에서 사냥할 때에는 헌제獻帝가 윗사람의 신분으로 아랫사람인 조조를 따라갔으니 모두 천자의 뜻이 아니었다. 그러나 중이는 제후들을 거느리고 가서 천자에게 조근朝覲을 했고, 조조는 천자를 대신하여 축하를 받았으니, 조조는 이 점에서는 다시 중이보다도 못하다.

(2). 운장이 조조를 죽이려고 했던 것은 신하로서 대의大義를 밝힌 것이며; 현덕이 그를 죽이려고 하지 않았던 것은 군부君父를 위해 만전을 기한 것이다. 군주 측근의 악인을 제거하기가 가장 어려우니, 전후좌우가 모두 그의 복심腹心들이자 호위무사(爪牙)들이기 때문이다. 그를 죽이려다가 화가 자신의 몸에 미치는 것은 그래도 괜찮지만, 만약 그를 죽이려다가 화가 도리어 군부君父에게 미친다면 첫째가는 공(首功)이 아니라 가장 큰 죄(罪之魁)를 짓는 것이 되는데 어찌 신중하지 않을 수 있겠는가!

(3). 조조의 눈에 임금이 보이지 않는 죄(無君之罪)는 허전에서 사슴을 쏠 때 이미 완전히 밝혀졌고 잘 드러났다. 남의 신하된 자로 자기 위로 받들어 모시는 사람이 없는 경우, 받들어 모셔야 할

사람이 있으면 반드시 그를 죽이게 된다.

원술이 황제를 참칭한 것은 기왕에 그렇게 한 일, 즉 과거의 일이고, 조조가 황위를 찬탈하는 것은 장차 그렇게 할 일, 즉 장래의 일이다. 장차 그렇게 하는 것과 기왕에 그렇게 한 것은 그 죄가 같다. 그래서 의대조衣帶詔 사건 이후부터는 군사를 일으켜 조조를 치려는 자들에게는 모두 〈토적(討賊: 역적을 친다)〉이라고 대서특필해 준 것이다.

제21회

조조, 덥힌 술 마시며 영웅을 논하고
관공, 적장 차주를 속여 그 목을 베다

〖 1 〗한편 동승 등이 마등에게 물었다: "공이 함께 하고자 하는 사람은 도대체 누구요?"

마등曰: "현재 예주목豫州牧 유현덕이 허도에 있는데 왜 같이 하자고 청해보지 않는가요?"(*동승으로 인해 마등이 나오고, 마등으로 인해 현덕이 나오는데, 현덕이 주主이고 동승과 마등은 현덕을 이끌어내는 인자引子이다.)

동승曰: "그 사람은 비록 황숙이라곤 하지만 지금은 바로 조조에게 붙어 있는데 그가 어찌 이 일을 하려 하겠소?"(*현덕이 조조에게 붙어 있는 것은 조조가 동탁에게 붙어 있었던 것과 같은 의도에서이다.)

마등曰: "내가 전날 사냥터에서 보니, 조조가 여러 사람들의 축하 인사를 받을 때 운장이 현덕의 등 뒤에 있다가 칼을 들어 조조를 죽이

130 ▪ 삼국연의 2

려고 했는데, 그것을 본 현덕이 눈짓을 해서 그만두게 하였소. 그것은 현덕이 조조를 죽이고 싶어 하지 않아서가 아니라 그때 조조의 심복들이 많으므로 힘이 미치지 못할까봐 두려웠기 때문이오. (*현덕의 마음을 마등이 한 마디 말로 말하고 있다.) 공이 시험 삼아 한 번 청해 보시지요. 그는 틀림없이 응낙할 겁니다."

오석曰: "이 일은 너무 급히 서둘러서는 안 되니 조용히 상의해서 합시다."

그리하여 여러 사람들은 다 흩어져서 돌아갔다.

〖 2 〗 다음날 캄캄한 밤에 동승은 품안에 조서를 넣고 곧바로 현덕이 머물고 있는 공관公館으로 갔다.

문지기가 들어가 보고하자 현덕이 나와서 그를 영접하여 소각小閣으로 들어가자고 청하여 자리를 잡고 앉았다. 관우와 장비는 곁에서 모시고 서 있었다.

현덕曰: "국구國舅께서 야심한 밤에 여기 오신 것을 보면 틀림없이 무슨 일이 있는 것 같습니다."

동승曰: "밝은 낮에 말을 타고 찾아오면 조조가 의심할까봐 겁이 나서 이렇듯 캄캄한 밤에 뵈러 온 것입니다."

현덕은 술을 내어오라고 해서 그를 대접했다.

동승曰: "전날 사냥터에서 운장이 조조를 죽이려고 하자 장군께서 눈짓을 하시고 머리를 흔들어서 못 하도록 말리셨는데, 그 이유가 무엇입니까?"

현덕이 놀라서 말했다: "공께서는 그걸 어떻게 아십니까?"

동승曰: "사람들은 다 보지 못하고 저 혼자서만 보았습니다."(*마등이 보았다고 말하지 않고 뜻밖에도 자기가 보았다고 말한 것이 묘하다.)

현덕은 감출 수 없어서 마침내 말했다: "제 동생이 조조가 주제넘게 천자 대신 만세를 받는 행동(僭越)을 보고 자신도 모르게 화를 냈던 것입니다."

동승이 낯을 가리고 울면서 말했다: "조정의 신하들이 모두 운장 같다면 어찌 나라가 태평하지 못할까봐 근심하겠습니까!"

현덕은 혹시 조조가 그를 보내서 자기 속을 떠보려고 하는 것은 아닌지 두려워서 거짓말을 했다: "조 승상께서 나라를 다스리고 계신데 어찌 나라가 태평하지 못할까봐 근심하십니까?"(*전에는 마등은 바로 말하고 동승이 뒤집어 말함으로써 그를 시험했는데, 이번에는 동승은 바로 말하고 현덕이 뒤집어 말함으로써 그를 시험하고 있다. 심히 교묘하다.)

동승은 낯빛을 바꾸고 일어서며 말했다: "공은 한 황실의 황숙이시기에 내가 간담을 다 드러내 보이면서 말씀드리는데, 공께서는 어찌 거짓말을 하시오?"

현덕曰: "국구께서 혹시 나를 속이시는 게 아닌지 겁이 나서 나도 시험해 본 것이오."

그리하여 동승은 품속에서 비밀조서를 꺼내어 현덕에게 보여주었다. 현덕은 비분悲憤한 감정을 억누를 수가 없었다. 동승이 또 의장義狀을 꺼내서 보여주었는데, 거기에는 겨우 여섯 사람의 이름만 있었다. 그 첫째는 거기장군車騎將軍 동승董承, 둘째는 공부시랑工部侍郎 왕자복王子服, 셋째는 장수교위長水校尉 충집种輯, 넷째는 의랑議郎 오석吳碩, 다섯째는 소신장군昭信將軍 오자란吳子蘭, 여섯째는 서량태수西凉太守 마등馬騰이었다. (*갑자기 여기에서 앞의 여섯 사람에 대해 하나하나 설명하고 있는데, 그것도 현덕의 눈을 통해서 보도록 하는 점이 심히 교묘하다.)

현덕曰: "공께서 이미 조서를 받들어 역적을 치고자 하시는데 이 유비가 감히 견마지로犬馬之勞를 다하지 않을 수 없습니다."

동승은 고맙다고 인사하고 곧바로 서명을 부탁했다. 현덕 역시 '좌장군左將軍 유비劉備'라고 쓴 다음 수결手決을 하여 동승에게 주었다.

동승曰: "앞으로 세 사람을 더 청해서 모두 열 사람의 의인이 모이면 나라의 역적을 도모하려고 합니다."(*유비 한 사람이 백 사람을 당할 수 있는데 굳이 열 사람을 다 모을 필요가 어디 있단 말인가.)

현덕曰: "반드시 천천히 추진하시고, 경솔히 하여 누설되는 일이 있어서는 안 됩니다."

이렇게 함께 의논하다가 오경(五更: 오전 3시~5시 사이)이 되어서야 서로 헤어져 돌아갔다.

〖 3 〗 현덕도 조조의 모해謀害를 방지하려고 자신이 거처하고 있는 공관의 후원에다 채소를 심고 직접 물을 주면서 도회지계(韜晦之計: 자기 재주나 의도를 감춤으로써 자신의 실체가 드러나지 않게 하는 계책)로 삼았다.

관우와 장비가 말했다: "형님께선 천하 대사에는 관심을 두지 않고 농사일을 배우시는데, 그 까닭이 무엇입니까?"

현덕曰: "그것은 두 아우들이 알 바 아니다."

두 사람은 그 일에 대해 다시는 말하지 않았다.

하루는 관우와 장비는 어디 나가고 없고 현덕이 후원에서 채소밭에 물을 주고 있는데, 허저와 장료가 수십 명의 군사들을 이끌고 후원으로 들어와서 말했다: "승상께서 사군使君을 청하시니 곧바로 가시지요."

현덕이 놀라서 물었다: "무슨 긴급한 일이라도 있소?"

허저曰: "모르겠습니다. 다만 우리에게 가서 오시도록 청하라고 하셨습니다."

현덕은 어쩔 수 없이 두 사람을 따라 상부相府로 들어가서 조조를 보았다. 조조가 웃으면서 말했다: "집에서 무슨 큰일을 하고 계시었소?"

깜짝 놀란 현덕의 낯빛이 흙색으로 변했다. 조조는 현덕의 손을 잡고 곧바로 후원으로 가면서 말했다: "현덕공은 농사일 배우기가 쉽지 않을 거요."

현덕은 그 말을 듣고서야 비로소 마음이 놓여서 대답했다: "할 일이 없어서 그냥 소일삼아 해보는 것입니다."

조조曰: "마침 매화나무 가지에 열매가 파란 것을 보고 문득 지난해에 장수張繡를 치러 갔을 때의 일이 생각나서요. 도중에 물이 떨어져서 장병들이 전부 목말라 하는데, 내가 문득 한 가지 꾀를 생각해 내서 채찍을 들어 그냥 한 곳을 가리키며 '저 앞에 매화나무 숲이 있다'고 말했지요. 군사들은 그 말을 듣고 모두들 입안에 침이 고여서 갈증을 면했지요. (*장수를 치러 갔던 일은 이미 여러 회 앞에 나왔었는데 갑자기 여기서 한 단락의 한가한 문장을 보충하고 있다. 절묘하다.) 지금 이 매실을 보니 그때 일이 생각나지 않을 수 없을 뿐만 아니라 또한 마침 빚어둔 술도 한창 잘 익었기에 사군을 불러와서 작은 정자에서 같이 한 잔 하고 싶었소."

현덕은 그제야 마음이 놓였다. 조조를 따라서 작은 정자로 가보니 이미 술상이 차려져 있었다. 소반 위에는 푸른 매실이 놓여 있고, 술항아리에는 따뜻하게 덥힌 술도 준비되어 있었다. 두 사람은 탁자를 사이에 두고 마주 앉아서 흉금을 털어놓고 실컷 마셨다.

〖 4 〗 술이 거나하게 취했을 때 갑자기 시커먼 구름이 온 하늘을 뒤덮으며 소나기가 쏟아지려고 했다. 따라다니는 사람(從人)이 손으로 멀리 하늘 밖의 용괘(龍挂: 옛 사람들은 하늘에 있는 용이 지상의 물을 마실 때 큰 칼때기 모양의 물기둥이 하늘 높이 솟는다고 생각하여 이를 용괘라 불렀는데, 지금의 대선풍大旋風 또는 토네이도 현상)를 가리켰다. 조조와 현덕은 난간에 기대어 그것을 구경했다.

조조日: "사군使君께선 용이 어떻게 변하는지 알고 있소?"

현덕日: "자세히는 모릅니다."

조조日: "용은 커질 수도 있고 작아질 수도 있으며, 하늘에 올라갈 수도 있고 물속으로 숨을 수도 있소. 큰 것은 구름을 일으키고 안개를 토할 수도 있고, 작은 것은 지푸라기 속에 형체를 감출 수도 있으며, 하늘에 올라갈 때에는 우주 사이로 높이 날아오르고, 숨을 때에는 파도 속으로 잠복하기도 한다오. 바야흐로 지금은 봄이 한창이므로, 용은 때를 만나서 스스로를 변화시키는데, 이는 마치 사람이 뜻을 얻으면 사해四海를 종횡으로 누비게 되는 것과 같소. 용이란 것은 인간 세상의 영웅에 견줄 수 있소. 현덕 공께서는 오랫동안 사방을 두루 돌아다녔으니 틀림없이 당세의 영웅들을 많이 알고 있을 것이오. 시험 삼아 한번 말해 보시오."(*용으로부터 이야기를 시작하여 점점 영웅으로 나아가고, 또 이야기가 점점 당세의 인물로 나아가는 것이 마치 비가 오려고 하면 먼저 우레가 울리고, 우레가 울리려면 먼저 용괘龍挂 현상이 생겨나는 것과 같다.)

현덕日: "이 유비의 육안으로 어찌 영웅을 알아보겠습니까?"

조조日: "지나치게 겸양하지 마시오."

현덕日: "제가 외람되게도 승상의 은혜를 입어 조정에서 벼슬을 하고 있지만, 천하의 영웅들은 사실 알지 못합니다."(*계속해서 바보멍청이 행세를 하는데, 이는 농사일을 한 것과 같은 뜻에서이다.)

조조日: "직접 만나본 적은 없다고 하더라도 그 이름이야 들어보았겠지요."

현덕日: "회남淮南의 원술袁術은 군사도 많고 군량도 충분히 비축해 놓고 있으니 영웅이라 말할 수 있겠지요?"

조조는 웃으며 말했다: "그는 무덤 속의 해골과 같소. 내 조만간 반드시 그를 사로잡고 말 거요!"(*원술은 본회 안에 죽고 마는데, 뒤의 글과

바로 상응한다.)

현덕曰: "하북河北의 원소袁紹는 4대에 걸쳐 세 분의 공경들을 배출한 가문 출신으로 그 문하에서 일했던 관리들도 많습니다. 지금은 기주冀州 땅에 범처럼 웅크리고 있는데다 그 부하들 중에는 유능한 인물들도 매우 많으니 영웅이라고 말할 수 있겠지요?"

조조는 웃으며 말했다: "원소는 겉모습은 매섭지만 담력이 약한, 말하자면 빛 좋은 개살구일 뿐이고, 지모智謀를 좋아하기는 하지만 결단력이 없고, 대사를 도모하면서 몸을 아끼고, 작은 이익을 보면 죽을 줄도 모르고 덤벼드는 자이니, 그는 영웅이 아니오."

현덕曰: "여덟 명의 준걸(八俊) 가운데 한 사람이라고 불리면서 그 위엄을 구주九州에 떨치고 있는 사람이 하나 있는데, 유경승劉景升이야말로 영웅이라 말할 수 있겠지요?"(*후문에서 유표에게 의탁하게 되는 것의 복필伏筆이다.)

조조曰: "유표(劉表: 유경승의 이름)는 허명虛名뿐이고 내실이 없는(無實) 사람으로, 그는 영웅이 아니오."

현덕曰: "또 한 사람이 있는데, 혈기가 한창 왕성한 강동江東의 영수領袖로, 손백부(孫伯符: 손책)야말로 영웅이지요?"

조조曰: "손책孫策은 자기 부친의 위명威名 덕에 유명해졌을 뿐, 영웅이 아니오."

현덕曰: "익주益州의 유계옥(劉季玉: 유장)은 영웅이라고 말할 수 있겠지요?"(*후문에서 서천西川에 들어가게 되는 것의 복필이다.)

조조曰: "유장劉璋은 비록 한실의 종친이기는 하나 이를테면 집을 지키는 개에 불과하니 어찌 영웅이라고 할 수 있겠소!"

현덕曰: "장수張繡나 장노張魯, 한수韓遂와 같은 사람들은 모두 어떻습니까?"(*연달아 세 사람이나 묻는 것은 동일한 문장 기법을 변화시킨 것이다. 한수를 말하면서 마등을 언급하지 않은 것은 바로 그가 유비와 함께 의

장義狀에 서명한 사람이므로 일부러 감춘 것이다.)

조조는 손뼉을 치고 큰소리로 웃으며 말했다: "그런 보잘것없는 소인들이야 입에 담을 거리도 못 돼요."

현덕曰: "이들을 제외하면 저는 사실 아는 사람이 없습니다."(*계속해서 바보인 척한다.)

조조曰: "영웅이란 가슴으로는 큰 뜻을 품고(胸懷大志), 속에는 훌륭한 모책을 갖고(腹有良謀) 우주를 싸서 감출만한 기지(包藏宇宙之機)와 천지를 삼키고 토하려는 큰 뜻을 지닌 자(呑吐天地之志者)를 말하는 것이오."(*자부심으로 가득 차 있다.)

현덕曰: "누가 과연 그런 사람에 해당될 수 있을까요?"(*거꾸로 묻는 한 마디가 심히 절묘하다. 자신을 영웅으로 생각하지 않을 뿐만 아니라 또 조조를 영웅으로 생각할 줄도 전혀 모르는 것 같다.)

조조는 손으로 현덕을 가리킨 다음에 자신을 가리키고 말했다: "지금 천하에 영웅이라고는 오직 사군과 이 조조가 있을 뿐이오."(*조조는 자신을 영웅으로 생각하고 있으면서 또 마음속으로는 현덕이 영웅일지도 모른다고 겁을 내고 있다. 이전에는 다만 마음속으로만 그렇게 여기고 서로 대면하여 말한 적이 없었는데, 이번에는 술을 마신 후인지라 자신도 몰래 한 마디 설파하고 말았다.)

현덕은 그 말을 듣고 깜짝 놀라서 손에 들고 있던 수저를 자신도 모르게 땅에 떨어뜨렸다. (*한참 동안이나 바보인 척했는데도 한 마디 설파당했으니 어찌 놀라지 않을 수 있겠는가!) 바로 그때 비가 오려고 천둥소리가 크게 울렸다. 현덕은 천천히 머리를 숙이고 수저를 집어 들며 말했다: "천둥소리에 놀라서 그만 이렇게 되었습니다."(*왜 영웅임을 설파하자 곧바로 이처럼 어쩔 줄 몰라 하는가? 조조는 의심이 많은 사람인데 어찌 의심하지 않을 수 있겠는가? 그런데 이 임기응변의 말 한 마디 덕에 태연히 감출 수 있었던 것이다.)

조조가 웃으며 말했다: "장부丈夫도 천둥소리를 무서워하시오?"

현덕曰: "성인께서도 천둥(迅雷)과 폭풍(風烈)에는 반드시 안색이 변한다고 했는데, 어찌 무서워하지 않을 수 있습니까?"

현덕은 조조의 말에 놀라서 수저를 떨어뜨린 일을 이렇게 슬쩍 둘러대어 넘어갔다. (*참으로 영리하고 기민하다.) 조조는 끝내 현덕을 의심하지 않았다. (*결국 속아 넘어가고 말았다.) 후세 사람이 이 일을 칭찬하는 시를 지었으니:

마지못해 범의 굴에 잠시 몸 부쳐 있었는데	勉從虎穴暫趨身
영웅이라 설파 당하자 깜짝 놀라 죽을 뻔했다.	說破英雄驚殺人
교묘하게 천둥 이야기로 속마음 감췄는데	巧借聞雷來掩飾
임기응변 하는 솜씨 참으로 귀신같구나.	隨機應變信如神

〖 5 〗 비가 막 그쳤을 때 두 사람이 후원으로 뛰어 들어오는 것이 보였는데, 손에 보검을 들고 정자 앞으로 돌진해 왔으나 좌우에 모시는 자들이 막아내지 못했다.

조조가 보니 관우와 장비였다. 원래 그들은 활을 쏘러 성 밖으로 나갔다가 막 돌아온 참이었는데 허저와 장료가 와서 현덕을 모시고 갔다는 말을 듣고는 정신없이 상부相府로 달려가서 물어보니, 후원에 계시다는 말을 듣고, 혹시 무슨 변고나 있을까봐 겁이 나서 그렇듯 황망히 뛰어 들어온 것이다. 그러나 현덕과 조조가 마주 앉아 술을 마시고 있는 것을 보고는 두 사람은 칼을 잡고 그 옆으로 가서 섰다.

조조가 두 사람에게 무슨 일로 왔는지 물었다.

운장曰: "승상께서 저의 형님과 함께 술을 잡수시고 계신다는 말을 듣고 칼춤을 춰서 주흥을 도와 드리려고 일부러 왔습니다."

조조가 웃으면서 말했다: "여기는 한 고조와 항우가 함께 술을 마셨던 '홍문연鴻門宴'도 아닌데 항장項莊과 항백項伯을 쓸 일이 어디 있느냐?"

현덕 역시 웃었다.

조조가 명했다: "술을 가져다 저 두 번쾌樊噲에게 줘서 놀란 가슴을 진정시키도록 해 줘라."

관우와 장비는 그에게 사례하고 잔을 받았다.

조금 있다가 술자리가 파하자 현덕은 조조와 작별하고 돌아왔다.

운장曰: "저희 둘은 하마터면 놀라서 죽을 뻔했습니다!"

현덕은 관우와 장비에게 수저를 떨어뜨린 일을 이야기해 주었다. 관우와 장비가 그게 무슨 뜻인지 물었다.

현덕曰: "내가 농사일을 하는 것은 바로 조조로 하여금 내게 큰 뜻이 없음을 알도록 하기 위함인데, (*전날에는 설명해 주지 않았으나 이번에는 보충설명을 해주고 있다.) 뜻밖에도 조조는 끝내 나를 가리켜 영웅이라고 하는 바람에 내가 일부러 깜짝 놀라는 척하고 수저를 떨어뜨려 놓고 또 혹시 조조가 의심할까봐 짐짓 천둥소리를 무서워하는 것처럼 행동해서 그것을 덮어버리고 넘어갔던 것이다."

관우와 장비가 말했다: "형님께선 참으로 식견이 높으십니다!"

〖 6 〗 조조가 다음날 또 현덕을 청해서 같이 술을 마시고 있을 때 사람이 들어와서, 만총滿寵이 원소 쪽 사정을 탐지해 가지고 돌아왔다고 보고했다.

조조가 불러들여서 묻자, 만총이 말했다: "공손찬은 이미 원소에게 깨졌습니다."

현덕이 급히 물었다: "그 자세한 이야기를 들어보고 싶네."(*전에 반하磐河에서의 싸움에서 현덕은 공손찬을 구해 주었다. 그러므로 이때 급히 물어보지 않을 수 없었다.)

만총曰: "공손찬은 원소와 싸우다가 전세가 불리해지자 성을 쌓고 지켰는데, 성 위에다 높이 10장(丈: 一丈은 10자)이나 되는 누각을 세우고 그 이름을 역경루易京樓라 하고, 성 안에다 군량미 30만 섬을 쌓아놓고서 자신이 직접 지켰습니다. 군사들은 쉬지 않고 들락날락거리며 싸웠는데, 어떤 군사가 원소에게 포위되자 많은 사람들은 그를 구해주자고 청했습니다. 그런데 공손찬이 말하기를: '만약 한 사람을 구해주었다가는 뒤에 싸우는 자들은 남들이 구해 주기만 바라고 죽기 살기로 싸우려고 하지 않을 것이다.' 고 하면서 끝내 그를 구해주려고 하지 않았습니다. (*공손찬이 일을 그르친 것은 이 때문이다.) 그 일로 인해 원소의 군사가 쳐들어오자 많은 군사들이 항복해 버렸습니다.

공손찬은 형세가 고단해지자 구원병을 청하러 사자를 허도許都로 보냈는데, 뜻밖에도 그 사자가 중도에 원소의 군사에게 사로잡히고 말았습니다. (*후에 진림陳琳의 격문에서는 이 일을 조조 탓으로 돌리고 있다.)

공손찬은 또 장연張燕에게 서신을 보내서 횃불을 신호로 성 안과 성 밖에서 서로 호응하여 적을 치기로 은밀히 약속하려고 했습니다. 그런데 그 서신을 가져가던 사람이 또 원소에게 사로잡혀 버렸습니다. 그래서 원소가 밤에 성 밖에 와서 방화를 하여 적을 유인했습니다. 그것을 본 공손찬은 장연의 군사가 온 줄 알고 직접 싸우러 나갔는데, 바로 그때 원소군의 복병들이 사방에서 일어나는 바람에 그만 군사들을 태반이나 잃어버렸습니다. 그래서 성 안으로 물러가서 지키고 있었는데, 원소의 군사들이 몰래 땅굴을 파서 공손찬이 머물고 있는 누각 아래까지 곧바로 들어가서 불을 질렀습니다.

공손찬은 도망갈 길이 없어지자 먼저 처자식을 죽인 후 자기도 목을 매고 죽어서 마침내 온 집안사람들이 모두 불에 타 죽고 말았습니다. (*전문에서는 조조가 여포를 깨뜨린 일을 실사實寫 기법으로 묘사했는데, 여기에서는 원소가 공손찬을 깨뜨린 일을 전부 허사虛寫 기법으로 묘사하고 있다. 하나는 상세하게, 하나는 소략하게 하였는바, 모두 훌륭한 서사敘事이다.)

지금 원소는 공손찬의 군사들을 얻어서 그 성세聲勢가 아주 대단합니다.

한편, 원소의 아우 원술은 회남에서 지나치게 교만하고 사치스럽게 지내면서도 자기 군사들과 백성들은 사랑하거나 아껴주지 않아서 모두 그를 배반했습니다. 그러자 원술은 사람을 보내서 황제의 칭호(帝號)를 원소에게 돌려주겠다고 제안했습니다. 원소가 옥새를 받고 싶어 하자 원술은 자기가 직접 옥새를 가지고 가겠다고 약속했습니다. 그는 지금 회남을 버리고 하북으로 돌아가려고 합니다. 만약 이 두 사람이 서로 힘을 합친다면 급히 쳐서 수복하기 어려울 것이니, 승상께서는 이들을 급히 도모하시기를 빕니다."(*본래는 원소의 동정을 탐지하도록 보냈는데 도리어 원술의 동정까지 보고하고 있다.)

현덕은 공손찬이 죽었다는 말을 듣자, 전에 그가 자기를 천거해 준 은혜를 생각하고 비감함을 이기지 못했다. 또한 조자룡趙子龍의 행방을 알 수 없어서 마음이 놓이지 않았다. (*현덕만이 그의 행방을 알고 싶어 한 것이 아니라 독자들 역시 그의 행방을 속히 알고 싶어 한다. 그런데 뜻밖에 이곳에서도 자세히 설명하지 않고 후에 고성古城에서 여러 의사義士들이 모일 때 비로소 등장한다.)

그래서 현덕은 속으로 생각했다: "내가 이때 몸을 빼나갈 계책을 세우지 않고 다시 어느 때를 기다리겠는가?"

그는 곧바로 몸을 일으키며 조조를 보고 말했다: "원술이 만약 원소에게 간다면 틀림없이 서주를 지나갈 것입니다. 제가 한 부대의 군사를 빌려서 중도에 가로막고 친다면 원술을 사로잡을 수 있습니다."

조조가 웃으면서 말했다: "내일 황제께 아뢴 다음 즉시 군사를 일으키도록 하시오."

〖 7 〗 다음 날 현덕은 황제를 뵙고 아뢰었다. 조조는 현덕으로 하여

금 5만 명의 군사들을 통솔하도록 하고, 또 주영朱靈과 노소路昭 두 사람을 뽑아서 같이 가도록 했다. (*간사하고 교활함의 극치이다.)

현덕이 황제에게 작별인사를 하자 황제는 눈물을 흘리면서 그를 보내주었다. (*이때는 동승이 이미 황제에게 소식을 전해 주었으므로 황제와 유비는 서로의 속마음을 훤히 알고 있었을 것이다.)

현덕은 처소로 돌아와서 밤을 새워 병기와 말안장들을 수습하고 장군의 인수(印綬)를 차고 군사들을 재촉하여 곧바로 출발했다. (*서두르기의 극치이다.)

동승은 10리나 따라 나와서 역참의 여관(長亭)에서 그를 전송했다.

현덕曰: "국구께서는 참고 계십시오. 제가 이번 길에 반드시 천자의 하명(君命)에 대하여 성과를 보고하게 될 것입니다."

동승曰: "공께서는 부디 유념하시어 천자의 마음을 저버리지 마시오."

두 사람은 헤어졌다. (*윗글의 의장義狀에 관한 일단의 일들이 마무리되었다.)

관우와 장비가 말 위에서 물었다: "형님, 이번 출정出征은 왜 이리 서두르십니까?"

현덕曰: "나는 그간 새장(鳥籠) 속에 갇혀 있는 새와 같았고, 어망魚網 속에 들어 있는 물고기와 같았다. 이번 출병은 바로 물고기가 큰 바다로 들어가고 새가 푸른 하늘로 날아올라 새장과 어망의 구속에서 벗어나는 것과 같다(如魚入大海, 鳥上靑霄, 不受籠網之羈絆也)."

그리고는 관우와 장비로 하여금 주영과 노소의 군사들을 재촉하여 빨리 행군하도록 했다. (*이 구절 역시 없어서는 안 된다.)

이때 곽가와 정욱이 군량과 군사물자(錢糧)를 조사하고 막 돌아왔는데, (*두 사람이 밖으로 나가고 없었기 때문에 현덕은 몸을 빼내어 떠나갈 수 있었다.) 조조가 이미 현덕을 보내서 서주로 진격시킨 것을 알고는 황망히 들어가서 간했다: "승상께서는 무슨 이유로 유비에게 군사를 지휘하도록 하셨습니까?"

조조曰: "원술이 돌아가는 길을 끊으려고 그랬소."

정욱曰: "전에 유비를 예주목豫州牧에 제수하실 때에도 저희들은 죽여야 한다고 청했으나 승상께서는 듣지 않으셨습니다. 그런데 오늘 또 그에게 군사들까지 내어주셨는데, 이는 용을 놓아주어 바다로 들어가게 하고 범을 풀어놓아 산으로 돌아가게 한 것과 같습니다(放龍入海, 縱虎歸山). 후에 다시 잡고자 한들 되겠습니까?"(*정욱은 줄곧 유비를 죽이고 싶어 했다.)

곽가曰: "승상께서는 설령 유비를 죽이지 않으시더라도 그가 떠나가도록 해서는 안 됩니다. 옛사람도 말했습니다: '적을 놓아 주는 것이야 하루에도 되는 일이지만, 그것은 만세萬世에 걸쳐 화근이 된다(一日縱敵, 萬世之患).' 승상께서는 이를 잘 살피시기 바랍니다."(*곽가는 단지 유비를 붙들어 두고 싶어 했다.)

조조는 그들의 말을 옳게 여겨 곧바로 허저에게 5백 명의 군사들을 이끌고 쫓아가서 현덕을 반드시 도로 데려오도록 했다. 허저는 응낙하고 즉시 떠나갔다.

〖 8 〗 한편, 현덕이 한창 길을 가다가 보니 뒤에서 먼지가 자욱하게 일어나고 있어서 관우와 장비에게 말했다: "저것은 틀림없이 조조의 군사가 쫓아오고 있는 것일 게다."

그리고는 바로 그 자리에 영채를 세운 다음 관우와 장비에게 각기 무기를 잡고 양편에 서 있도록 했다. 허저가 이르러 보니 현덕의 군사들의 군기가 엄했고 병기들도 정연했다. 그는 말에서 내려 영채 안으로 들어가서 현덕을 보았다.

현덕曰: "공이 여기 온 것은 무슨 일 때문이오?"

허저日: "승상의 분부를 받고 왔습니다. 승상께서 따로 상의하실 일이 있으니 꼭 장군을 도로 모셔 오라고 하셨습니다."

현덕日: " '장수가 밖에 있으면 군주의 명령이라도 받지 않는 경우가 있다(將在外, 君命有所不受)'고 하였소. 나는 직접 천자를 만나 뵈었고 또한 승상의 허락(釣諾)까지 받았소. 이제 새삼스레 달리 의논할게 없으니 공은 속히 돌아가서 나 대신에 승상께 이러한 뜻을 잘 아뢰어 주시오."(*몇 마디 말 역시 격하지 않고, 그대로 따르지도 않는다.)

허저는 속으로 생각했다: "승상께서는 요즘 저분과 사이가 좋으신데, 이번에는 나에게 가서 여차하면 죽이라고 하시지는 않으셨다. 그러니 돌아가서 저분이 말한 그대로 복명하고 다시 어떻게 하라는 분부를 기다리는 수밖에 없다."

그는 드디어 현덕에게 하직인사를 하고 군사를 거느리고 돌아가서 조조를 보고 현덕의 말을 자세히 전했다. 조조는 망설이며 어떻게 해야 할지 결단을 내리지 못했다.

정욱과 곽가가 말했다: "유비가 군사를 돌리려 하지 않는 걸 보면 그의 마음이 변했음을 알 수 있습니다."

조조日: "내가 딸려 보낸 주영과 노소 두 사람이 그곳에 있으니 현덕도 감히 변심하지 못 할 것이다. (*두 사람을 보낸 이유를 이곳에서 비로소 말하고 있다.) 더구나 내가 이미 그를 보내놓고 어찌 이제 와서 다시 후회하겠는가?"

마침내 현덕의 뒤를 다시 쫓지 않았다. 후세 사람이 현덕의 이 일을 감탄하여 지은 시가 있으니:

병마를 수습하여 총총히 떠나가며	束兵秣馬去匆匆
속으로는 천자의 비밀조서 생각했네.	心念天言衣帶中
쇠창살 깨부수고 호랑이 도망가고	撞破鐵籠逃虎豹
쇠자물통 열어 제치고 교룡이 달아났네.	頓開金鎖走蛟龍

〖 9 〗 한편 마등은 현덕이 이미 떠나가는 것을 보았고 또 변경으로부터 급보도 와서, 그 역시 서량주로 돌아갔다.

현덕의 군사들이 서주에 이르자 서주자사 차주車冑가 성에서 나가 그를 영접했다. 공식 연회가 끝나고 손건과 미축 등도 모두 와서 현덕에게 문안인사를 올렸다. 현덕은 집으로 돌아가서 식구들을 만나보고, (*그간 줄곧 혼자 서울에 있었고 가족들은 따로 서주에 있었는데, 이때 와서 보충해서 비춰주고 있다.) 한편으로는 사람을 보내서 원술 쪽 사정을 알아보도록 했다.

정탐꾼이 돌아와서 보고했다: "원술의 사치가 너무 지나쳐서 뇌박雷薄과 진란陳蘭 등은 모두 숭산(嵩山: 하남성 등봉현登封縣 북쪽에 있는 산. 중악中岳이라고도 불림)으로 가버렸습니다. (*후에 양식을 탈취하게 되는 일의 복선이다.) 원술은 그 형세가 심히 약해지자 황제의 칭호를 원소에게 양보하겠다는 뜻을 글로 써서 전했습니다. 원소는 사람을 시켜서 원술을 불러오도록 했는데, 원술은 이에 군사들과 궁중에서 사용하던 일체의 물건들을 수습해 가지고 먼저 서주로 오고 있습니다."

현덕은 원술이 오고 있다는 보고를 받고 곧 관우·장비·주영·노소와 함께 5만 명의 군사들을 이끌고 나갔는데 바로 그때 적의 선봉 기령紀靈과 맞닥뜨렸다. 장비가 일체 말을 섞지 않고 곧바로 기령에게 달려들었다. 둘이 서로 10합도 채 못 싸웠을 때 장비가 큰소리로 호통을 치면서 기령을 찔러서 말 아래로 떨어뜨리자, (*기령이 이처럼 무능한 자인 것을 보면, 원문에서 화극을 쏠 때 현덕이 정말로 어쩔 수 없는 처지여서 여포가 구해주기를 바랐던 것이 아님을 알 수 있다.) 패한 군사들은 도망쳐 달아났다.

그때 원술이 직접 군사를 이끌고 싸우러 왔다. 현덕은 군사들을 세 방면으로 나누어 주영과 노소는 왼편에 있도록 하고, 관우와 장비는 오른편에 있도록 하고, 현덕 자신은 가운데서 군사를 이끌고 원술을

마주보면서 문기門旗 아래에서 그를 꾸짖었다:

"너는 무도한 역적 놈이다. 나는 지금 천자의 조서를 받들고 너를 치러 왔으니 당장 두 손을 묶고 항복하라. 그러면 네 죄를 면하여 살려주겠다."

원술도 꾸짖었다: "돗자리나 짜고 신발이나 팔던 천한 놈(織席販履小輩)이 어찌 감히 나를 우습게 본단 말이냐!"

그리고는 군사를 휘몰아 쫓아왔다. 현덕은 잠시 뒤로 물러나면서 좌우 양쪽의 군사들로 하여금 짓쳐나가 싸우도록 했다. 원술의 군사들은 대패하여 죽은 시체가 들판에 두루 널브러졌고, 피가 흘러 도랑을 이루었으며, 군사들은 모두 도망을 갔는데 그 수를 이루 다 셀 수도 없었다. 그런데다 또 숭산의 뇌박과 진란이 전량錢糧과 마초를 겁탈해 갔으므로 원술은 수춘壽春으로 돌아가려고 했다. 그때 또 도적떼의 습격을 받아서 부득이 강정(江亭: 안휘성 수현壽縣 부근)에 머물러 있었다. 남은 군사라고는 1천여 명밖에 안 됐는데, 그마저도 모두 노약자들뿐이었다.

때는 마침 한여름인데다 양식마저 떨어져서 남아 있는 보리 30섬을 군사들에게 나누어주고 나니 집안 하인들은 먹을 게 없어서 굶어죽는 자가 많았다. 원술은 거친 밥을 싫어하여 목으로 넘길 수가 없었다. 그래서 주방장을 불러서 목이 마르니 꿀물을 가져오라고 했다.

그가 대답했다: "핏물밖에 없습니다. 어찌 꿀물이 있겠습니까(止有血水, 安有蜜水)!"

원술은 평상 위에 앉아 있다가 외마디 소리를 지르며 땅에 거꾸로 떨어져서 피를 한 말 넘게 토하고 죽었다. 때는 건안 4년(서기 199년) 6월이었다. 원술의 죽음에 대해 후세 사람이 지은 시가 있으니:

한 나라 말기 사방에서 병란 일어날 때	漢末刀兵起四方
원술은 공연히 미친 듯이 날뛰었지.	無端袁術太猖狂
대대로 공경 벼슬한 나라 은혜 생각 않고	不思累世爲公相

세력도 약한 처지에 제왕 되려고 꿈꾸었지. 便欲孤身作帝王
부질없이 전국새 자랑하며 강포하게 굴고 强暴枉誇傳國璽
교만하고 사치하며 함부로 천명 들먹였지. 驕奢妄說應天祥
목말라 꿀물 생각 간절해도 얻을 수가 없어 渴思密水無由得
텅 빈 평상에 홀로 누워 피 토하며 죽어갔지. 獨臥空牀嘔血亡

원술이 죽고 나자 그 조카 원윤袁胤이 원술의 영구와 그 처자식들을 데리고 여강廬江으로 달아났으나, 가는 도중에 서구徐璆의 손에 모조리 죽고 말았다. 서구는 전국옥새를 빼앗아 가지고 허도로 달려가서 조조에게 바쳤다. 조조는 크게 기뻐하며 서구徐璆를 고릉(高陵: 섬서성 고릉) 태수에 봉했다. 이때 전국옥새가 조조의 수중으로 돌아간 것이다. (*후문에서 조비曹丕가 옥새를 받고 한 왕조를 찬탈하게 되는 일의 장본張本이다.)

〖 10 〗 한편 현덕은 원술이 이미 죽은 것을 알고 표문을 써서 조정에 올리고, 편지를 써서 조조에게 보낸 다음, 주영과 노소로 하여금 허도로 돌아가도록 하고 군사들은 그대로 남겨두어 서주를 지키도록 했다. 그리고 한편으로는 자신이 직접 성 밖으로 나가서 흩어진 인민들을 불러 모아 다시 생업에 복귀하도록 타일렀다. (*애민愛民은 현덕이 제일 신경 쓰는 부분이다.)

한편 주영과 노소는 허도로 돌아가서 조조를 보고 현덕이 군사를 서주에 남겨두도록 했다고 보고했다. 조조는 화를 내며 두 사람을 죽이려고 했다.

순욱日: "군권軍權이 유비에게 돌아갔으므로 저 두 사람 역시 어떻게 해볼 수 없었을 것입니다."

조조는 이에 그들을 용서해 주었다.

순욱이 또 말했다: "차주車冑에게 편지를 써 보내서 그곳에서 유비

를 죽이도록 하는 게 좋겠습니다."(*주영과 노소도 이미 어찌할 수 없었다면 차주 또한 다시 무슨 일을 할 수 있겠는가?)

조조는 그 계책을 좇아서 몰래 사람을 차주에게 보내어 자기의 의도를 전하도록 했다. 차주가 즉시 진등을 불러와서 이 일을 상의했다.

진등曰: "이 일은 아주 쉽습니다. 지금 유비는 성 밖으로 나가서 백성들을 안심시키고 있는데, 수일 내로 돌아올 것입니다. 장군께서는 군사들을 옹성(甕城: 성문 밖에다 성문을 보호하도록 쌓은 작은 성) 옆에 매복시켜 두어 그를 맞이하는 것처럼 하시다가, 그가 탄 말이 도착하거든 단칼에 베어 버리십시오. 저는 성 위에서 활을 쏘아 후군을 막겠습니다. 그렇게 하면 대사는 끝납니다."

차주는 그렇게 하기로 했다. 진등이 돌아가서 부친 진규를 보고 이 일을 자세히 이야기했다. 진규는 아들 진등에게 먼저 현덕에게 가서 이 일을 알려주라고 했다. 진등이 부친의 명을 받고 나는 듯이 말을 달려서 알려주러 가다가, (*조조가 차주에게 편지를 써 보내면서 진등 부자에게는 써 보내지 않았던 것은 그들이 평소 현덕과 친하게 지내기 때문이었다. 그런데 차주는 꾀가 없어서 도리어 진등과 이 일을 상의하였으니, 그가 죽임을 당한 것은 당연하다.) 도중에 마침 관우와 장비를 만나서 사정이 여차여차하다고 알려주었다. 원래 관우와 장비는 먼저 돌아오고 현덕은 뒤에 처져 있었다. 장비는 진등의 말을 듣고 곧바로 성을 들이치려고 했다.

운장曰: "저들이 옹성 옆에다 군사를 매복시켜 놓고 우리를 기다리고 있다면, 이대로 갔다가는 반드시 일을 그르치고 말 것이다. 나에게 한 가지 계책이 있는데, 이대로 하면 차주를 죽일 수 있다. 밤이 되기를 기다렸다가 조조의 군사로 변장하고 서주로 가서 차주로 하여금 마중하러 성 밖으로 나오도록 유인한 다음 불시에 들이쳐서 그를 죽이는 것이다."

장비도 그 말에 찬성했다. 그들 수하의 군사들은 본래 조조 군대의 깃발을 가지고 있었고, 갑옷도 조조 군과 똑같았다. (*본래 주영과 노소의 군사들이었으므로 변장할 필요도 없었다.)

〖 11 〗그날 밤 삼경(三更: 밤 11시에서 새벽 1시 사이)에 성 가에 가서 성문을 열라고 외쳤다. 성 위에서 누구냐고 물었다. 모두들 대답하기를 조 승상이 보낸 장문원(張文遠: 장료)의 군사들이라고 했다.

그대로 차주에게 보고하자, 차주는 급히 진등을 오도록 해서 상의했다: "만약 나가서 맞이하지 않았다가는 의심을 받게 될까봐 두렵고, 그렇다고 나가서 맞이하다가 혹시 속임수에 걸려 들까봐 두렵소."

차주는 곧 성 위로 올라가서 대답했다: "캄캄한 밤이어서 분간하기 어려우니 내일 아침에 봅시다." (*차주는 이때에는 어느 정도 주견이 있는 자였기에 조조가 심복으로 여기고 맡겼던 것이다.)

성 아래에서 대답했다: "유비가 알게 될까봐 두려우니 빨리 문을 여시오!"

차주는 주저하면서 결단을 못 내렸다. 성 밖에서는 한 목소리로 문을 열라고 외쳤다. 차주는 어쩔 수 없이 갑옷을 입고 투구를 쓰고 말에 올라 1천 명의 군사들을 이끌고 성을 나갔다. 그가 말을 달려 조교를 건너가서 큰소리로 외쳤다: "문원은 어디 있소?"

그때 불빛 속에서 운장이 보였는데, 그는 칼을 들고 말을 달려와서 곧바로 차주를 맞이하며 큰소리로 외쳤다: "네깐 놈이 어디 감히 속임수를 써서 우리 형님을 죽이려 하느냐!"

차주는 깜짝 놀라서 몇 합 싸우지도 않고 도저히 당해 낼 수 없어서 말머리를 돌려 돌아갔다. 그러나 조교 가에 이르자 성 위에서 진등이 화살을 마구 쏘아대서, (*전에 이미 말한 적이 있다: 나는 성 위에서 활을 쏘아 적의 후군을 막겠다고.) 차주는 성벽을 끼고 돌면서 달아났다. 운장이 그 뒤를 쫓아가서 손을 들어 칼을 내리쳐서 차주를 찍어 말 아래로 떨어뜨린 다음, 그 수급을 베어 들고 돌아와서 성 위를 향해 소리쳤다: "역적 차주는 이미 내 손에 죽었다. 너희들은 죄가 없으니 투항하면 죽음을 면할 것이다!"

모든 군사들이 창 자루를 거꾸로 잡고 투항했다. 이로써 군사와 백성들은 다 안정되었다.

운장이 차주의 수급을 가지고 가서 현덕을 맞이하면서 차주가 현덕을 해치려고 한 일과 지금은 이미 그의 목을 베었다는 것 등을 자세히 이야기했다.

현덕이 깜짝 놀라며 말했다: "만약 조조가 오면 어떻게 하지?"

운장曰: "저와 장비가 그를 맞이하겠습니다."

그러나 현덕은 계속 후회하면서 곧바로 서주로 들어갔다. 백성과 부로父老들은 길에 엎드려 그를 맞았다. 현덕이 서주 부중府中으로 가서 장비를 찾았는데, 장비는 이미 차주의 집안 식구들을 하나도 남기지 않고 전부 다 죽여버린 뒤였다.

현덕曰: "조조의 심복을 죽였는데 그가 어찌 가만히 있으려고 하겠느냐?"

진등曰: "저에게 조조를 물리칠 계책이 하나 있습니다." 이야말로:

외로운 몸 범의 굴 벗어났으나   既把孤身離虎穴
아직도 묘계 써서 싸움 멈춰야 할 일 남았네.   還將妙計息狼煙

진등이 무슨 계책을 말할지 모르겠거든 다음 회를 읽어보도록 하라.

제 21 회 모종강 서시평序始評

(1). 천자가 피로 조서를 쓰게 된 것은 허전許田의 일에서 기인하였고, 제후들이 맹약을 맺은 것 역시 허전에서의 일에 기인하였다.

마등이 현덕을 알게 된 것은 운장을 통해서였고, 마등이 운장을 알게 된 것은 허전에서의 일로 알게 되었다. 이로부터 알 수 있는 것은, 허전에서 사냥하던 날 조조의 전횡專橫과 기염氣焰이 사람들을 짓누른 결과 운장은 화가 나서 그 수염과 눈썹까지 다 움직였던 것이다.

(2). 두 영웅은 양립할 수 없고, 양립할 수 없으므로 반드시 서로 죽이려고 하는 것이다. 조조는 유비를 영웅으로 생각했으므로 유비를 죽이려고 했던 것이며, 또한 유비 역시 장차 반드시 자기를 죽이려고 할 줄 미리 알고 있었던 것이다.

유비는 방금 전에 동승董承 등과 함께 조조를 죽이기로 모의했었는데 갑자기 이런 말을 듣게 되었으니 어찌 놀라서 젓가락을 떨어뜨리지 않을 수 있겠는가? 유비는 젓가락을 떨어뜨렸기에 그 핑계를 천둥소리를 들었기 때문이라고 둘러댔지만, 천둥소리를 듣고 젓가락을 떨어뜨린 것은 아니다. 만약 천둥소리를 듣고 일부러 젓가락을 떨어뜨린다면, 그런 행동으로 어린아이를 속일 수는 있겠지만 어찌 조조를 속일 수 있겠는가? 속본俗本에는 대부분 이를 잘못 이야기하고 있으므로 원본原本에 의거하여 이를 바로잡는다.

(3). 동승은 의장義狀 위에다 "좌장군 유비(左將軍 劉備)"라고 크게 썼다. 이 때문에 후에 유비가 한漢의 정통을 계승했다고 주장하는 것이 부끄럽지 않게 된 것이다. 다만 "좌장군 유비"라는 다섯 글자가 후에 "한소열황제(漢昭烈皇帝)"라는 다섯 글자로 바뀌었을 뿐이다.

옛날 한고조 유방이 항우를 토벌하라는 조서에서 이르기를: "의제義帝를 죽인 초楚의 항우를 치려는 제후왕(諸侯王: 즉 유방)을 따르려고 하는 자들은(願從諸侯王擊楚之殺義帝者)"이라고 했는데, 이로써 명분이 바로서고 말이 순리에 부합되어(名正言順) 천하의 인심이 그에게 돌아갔던 것이다. 지금 현덕은 의대조衣帶詔의 말을 받들어 역적을 치면서 대의를 내세웠고(仗義), 공명은 여섯 번이나 기산祁山을 나갔으며, 강유姜維는 아홉 번이나 중원을 쳤는데, 이 모두가 이 조서에서 시작된 것이다. 그런데 왜 유비는 차주車冑의 목을 벤 후 곧바로 이 조서를 천하에 널리 공표하지 않았을까?

나는 말한다: 그 조서는 본래 동승에게 내려진 것이었기 때문이다. 동승이 아직 조정 안에 있는데 만약 그것을 갑자기 폭로해 버린다면 동승이 해를 당하게 될까봐 두려웠기 때문이다. 동승이 죽은 후에 가서야 이 조서가 천하에 널리 공표되었다.

제22회

원소와 조조, 각기 전군을 일으키고
관우와 장비, 유대와 왕충을 사로잡다

〖 1 〗한편 진등이 현덕에게 계책을 올려 말했다: "조조가 겁내는 것은 원소입니다. 원소는 기주, 청주, 유주, 병주 등 여러 군郡에 범처럼 웅크리고 있는데 그 군사가 백만 명이나 되고 문관과 무장들도 극히 많습니다. 왜 지금 바로 글을 써서 그에게 사람을 보내서 구원을 청하시지 않습니까?"(*반하磐河에서의 싸움을 돌이켜 생각해 보면, 이번에 원소에게 도움을 구하는 것은 극히 어려운 일이다. 그런데도 진등이 뜻밖에 이런 계책을 내놓고 있으니 참으로 기이하다.)

현덕曰: "원소는 본래 나와 왕래가 없는데다 이번에 또 내가 그의 아우를 쳐부쉈소. 그런데 어찌 나를 도와주려 하겠소?"

진등曰: "이곳에 원소와 집안 간에 3대에 걸쳐 교제가 있는 사람이 한 분 있습니다. 만약 그분의 글월을 얻어서 원소에게 보낸다면 원소가 반드시 와서 도와줄 것입니다."

현덕이 물었다: "그게 누구요?"

진등曰: "그 사람은 공께서도 평소 극진한 예로 공경해 오셨던 분인데 어찌 잊으셨습니까?"

현덕이 문득 깨닫고 말했다: "혹시 정강성鄭康成 선생 아니시오?"

진등이 웃으며 말했다: "그렇습니다."

원래 정강성鄭康成의 이름은 현玄으로 학문을 좋아하고 재주가 많았으며, 일찍이 마융馬融의 문하에서 글을 배운 적이 있다. 마융은 매번 강학講學할 때에는 반드시 붉은 휘장을 쳐놓고 앞에다가는 생도들을 모아놓고, 뒤에다가는 노래하는 기녀(歌妓)들을 벌려 앉히고, 또 좌우에는 시녀들을 늘어세워 놓았다. 정현은 선생의 강의를 3년 동안 가서 들으면서도 단 한 번도 곁눈질을 한 적이 없었으므로, 마융은 그를 대단히 기이하게 여겼다. 그래서 정현이 학업을 마치고 돌아가려고 하자 마융은 감탄하며 말했다: "내 학문의 깊은 뜻까지 다 터득한 것은 오직 정현 한 사람뿐이다."

정현의 집에서는 시비侍婢들까지도 모시(毛詩: 즉 〈시경詩經〉)를 알았다. 일찍이 한 시비가 정현의 뜻을 어겨서 정현이 그를 계단 아래에 오랫동안 꿇어앉혀 놓은 적이 있었다. 그때 다른 한 시비가 장난삼아 그녀에게 (시경의 한 구절을 인용하여) 말했다: "뭣 하러 진흙 속에 앉아 있는가(胡爲乎泥中)?"

그 시비가 (시경의 한 구절을 인용하여) 대답했다: "찾아가서 하소연하려다가 도리어 노여움만 사고 말았네(薄言往愬, 逢彼之怒)."

그 집안의 분위기는 이처럼 고상하고 멋있었다. (*도학道學 주인에게 뜻밖에 이런 풍류를 아는 시비가 있었다. 혹자가 말했다: "선생이 가희歌姬를 두었으니 그 제자 역시 시를 읊을 줄 아는 시비를 두었던 것이며, 그 선생이 풍류風流를 알았으니 그 제자 역시 풍류를 알았던 것이다." 내가 웃으며 말했

다: "그렇지 않다. 그런 시비侍婢를 잔인하게 진흙 속에 꿇어앉힌다는 것은 도학자이기 때문이지 풍류를 아는 사람이어서가 아니다.")

환제桓帝 때 정현은 벼슬이 상서尚書에 이르렀으나, 후에 십상시十常侍의 난 때 벼슬을 버리고 낙향하여 서주에서 살았다. (*앞의 글에 대한 보충이다.) 현덕은 탁군涿郡에 있을 때 이미 그를 스승으로 섬긴 적이 있었고,(*제1회에 나왔다.) 서주목으로 취임한 후에는 때때로 그의 집을 찾아가서 가르침을 청하며 공경의 예를 극진히 해왔다. (*현덕이 처음 서주에 도착했을 때의 일을 여기에서 보충 설명하고 있다.)

〖 2 〗 현덕은 즉시 정현을 떠올리고 크게 기뻐하며 곧바로 진등과 함께 정현의 집으로 찾아가서 원소에게 보낼 서신을 써달라고 청했다. 정현이 기꺼이 승낙하고는 서신 한 통을 써서 현덕에게 주었다. 현덕은 곧 손건에게 그것을 가지고 밤낮으로 달려가서 원소에게 전해 주도록 했다. 원소는 다 읽고 나서 속으로 이리저리 궁리해 보았다: "현덕이 내 아우를 쳐서 죽였으니 본래는 그를 도와줘서는 안 된다. 하지만 정鄭 상서尚書의 부탁을 중시해야만 하니 가서 그를 구해주지 않을 수가 없구나.'

그리고는 문무 관원들을 모아놓고 군사를 일으켜 조조를 칠 일을 상의했다.

모사 전풍田豊이 말했다: "해마다 계속 군사를 일으키는 바람에 백성들의 삶이 피폐해진데다 창고에는 쌓아둔 군량이 없으므로 다시 대군을 일으켜서는 안 됩니다. 우선 사람을 허도로 보내서 천자께 승리의 첩보를 올리시되, (*공손찬을 쳐서 멸망시켰다는 승전보를 올리자는 것이다.) 만약 천자께 직접 보고할 길이 막힌다면 그때 가서 우리가 천자와 통하는 길을 조조가 가로막고 있다고 아뢰는 상소문을 올린 다음 군사를 이끌고 여양(黎陽: 하남성 준현浚縣 동북)으로 가서 주둔하고, 다시

하내河內에다 배들을 더 많이 늘리고, 병장기들을 수리하고 정예병들을 나누어 보내서 변경 지역에 주둔시켜 놓는다면, 3년 안으로 대사를 성사시킬 수 있을 것입니다."(*군사를 일으키지 말자는 것으로, 그 뜻은 천천히 싸우려고 하는 데 있다.)

모사 심배審配가 말했다: "그렇지 않습니다. 명공의 귀신같은 무력으로 하삭(河朔: 황하 중·하류의 북안) 지방에 있던 강성한 무리들을 평정하셨으니, 이제 군사를 일으켜 조조를 치는 것은 손바닥을 뒤집는 것처럼 쉬운 일인데 시일을 끌 필요가 어디 있습니까?"(*군사를 일으키자는 것으로, 형세로써 말한 것이고, 그 뜻은 속전速戰에 있다.)

모사 저수沮授가 말했다: "적을 제압하는 계책은 군사의 강성함에 있지 않습니다. 조조의 군대는 이미 군령이 엄히 시행되고 있고, 사졸들은 정예롭고 훈련도 잘 되어 있으므로 가만히 앉아서 곤경에 처하게 되었던 공손찬의 경우와는 같지 않습니다. 지금 승전의 소식을 보고하자는 좋은 계책을 버리시고 명분도 없이 군사를 일으킨다는 것은 명공께서 취하실 방책이 못 된다고 생각합니다."(*또 군사를 일으키지 말자는 것으로, 그 형세를 말한 것이고, 그 뜻은 싸우지 말자는 데 있다.)

모사 곽도郭圖가 말했다: "아닙니다. 조조를 치는 일을 어찌 명분 없는 일이라 하십니까? 주공께서는 바야흐로 속히 대업을 이루실 때가 되었습니다. 정 상서의 말을 따라서 유비와 함께 대의大義를 위해 일어나시어 역적 조조를 초멸하신다면, 이는 위로는 하늘의 뜻에 부합하고 아래로는 백성들의 마음과 합치되는 일이오니, 이야말로 실로 크게 다행한 일일 것입니다!"(*또 군사를 일으키자는 것으로, 도리道理로써 말한 것이고, 그 뜻은 싸워야 한다는 데 있다.)

네 사람이 계속 논쟁을 벌이자 원소는 주저하며 결단을 내리지 못했다. 그때 갑자기 허유許攸와 순심荀諶이 밖에서 들어왔다.

원소曰: "이 두 사람은 식견이 많으니 우선 이들의 의견부터 들어보도록 하자."

그들이 인사를 마치자, 원소가 말했다: "정 상서께서 글월을 보내왔는데 나에게 군사를 일으켜 유비를 도와서 조조를 치라고 했소. 군사를 일으키는 게 옳겠소, 아니면 일으키지 않는 게 옳겠소?"

두 사람이 한 목소리로 대답했다: "명공께서는 많은 군사로써 적은 수의 군사를 치고, 강한 것으로써 약한 것을 치며,(*이는 형세로써 말한 것이다.) 한조漢朝의 역적을 쳐서 한 왕실을 붙들어 세운다는 명분까지 있으므로,(*이는 도리로써 말한 것이다.) 군사를 일으키시는 것이 옳습니다."(*또 둘은 군사를 일으키자는 것으로, 형세와 도리로써 말하고 있다.)

원소曰: "두 사람의 의견은 내 생각과 똑같다."

그리하여 즉시 기병에 관한 일들을 상의했다. (*세 사람이 점을 치는 경우 두 사람을 따르고, 여섯 사람이 의견을 내는 경우 네 사람의 의논을 따른다.) 먼저 손건으로 하여금 돌아가서 정현에게 보고하도록 하고, 아울러 유비와 약속하여 호응할 준비를 하도록 하는 한편, 심배·봉기를 통군統軍으로 삼고, 전풍·순심·허유를 모사謀士로 삼고, 안량顏良·문추文醜를 장군으로 삼아 마군 15만, 보군 15만, 도합 정예병 30만 명을 일으켜 여양을 향해 진군하기로 했다.

〖 3 〗 이렇게 각각의 배치가 끝났을 때 곽도가 건의했다: "명공께서 내세우시는 대의로써 조조를 치려면 반드시 각 고을에 격문檄文을 띄우시어 조조의 악행을 열거하고 그의 죄상罪狀을 공표해서 토벌 이유를 설명해야만 군사를 일으키는 명분이 바로 서서 설득력을 가질 수 있습니다(名正言順)."(*곽도의 말 몇 마디로 인해 절세의 묘문妙文 한 편이 생겨나게 된다.)

원소는 이에 그의 말을 좇아서 곧바로 문서 일을 맡고 있는 서기 진림陳琳으로 하여금 격문을 작성하도록 했다. 진림은 자字를 공장孔璋이라고 하는데, 평소 재주 많기로 유명했다. 그는 환제桓帝 때 주부主簿가 되었으나, 하진何進에게 간한 일이 받아들여지지 않은데다,(*제2회의 일.) 다시 동탁의 난을 만나서 기주로 피난해 와 있다가 원소가 그를 등용하여 기실(記室: 문서를 관장하는 관직명. 서기)로 삼았던 것이다. 당장 격문을 작성하라는 명을 받자마자 진림은 붓을 잡고 일필휘지一筆揮之 로 써내려갔는데, 그 글은 이러했다:

〖 4 〗 "듣기로는, 사리에 밝은 군주(明主)는 위난危難을 예측하여 변고의 발생을 막고, 충신은 난리를 염려하여 권위를 바로 세운다 (立權)고 하였다. 이리하여 비상한 사람이 있은 다음에 비상한 일이 있고, 비상한 일이 있은 다음에 비상한 공로를 세우는 것이다. 무 릇 비상한 일은 본래 비상한 사람이라야 대처할 수 있는 것이다. (*이 몇 마디 말로 서두序頭를 삼는다.)

옛날 진秦 나라는 강했으나 그 2세 임금이 약하여 조고趙高가 권 력을 잡고 조정의 권세를 제멋대로 행사하여 위세를 부리고 은혜 베풀기를 제 마음대로 했었다. 그 당시 사람들은 그의 위세에 눌려 서 아무도 감히 바른말을 아뢰지 못했다. 그리하여 마침내 2세 황 제는 망이궁望夷宮에서 자살하고 말았으며, 종묘宗廟는 불태워졌고, 나라를 멸망시켰다는 오욕汚辱은 지금까지 남아서 영원히 세상 사 람들이 경계하는바 거울이 되었도다. (*조조의 조부 조등曹騰의 죄악 을 열거하기 위해 먼저 조고趙高로써 그 표본을 제시한다.)

(한조漢朝에 들어 와서는) 여후(呂后: 한고조 유방의 처) 말년에 이르 러 여산呂産과 여록呂祿이 정사를 전제專制하여 안으로는 남군과 북 군 이군二軍으로 구성된 금위군을 합쳐서 거느리고, 밖으로는 각기 양(梁: 여산의 봉국封國)과 조(趙: 여록의 봉국) 두 나라를 다스리면서, 천 자가 처리해야 할 모든 정무들(萬機)을 저들 멋대로 처리하고, 황궁

내의 모든 일들을 자기들이 직접 결단함으로써 천자의 위신은 땅에 떨어지고 신하의 권력이 천자의 권력을 능가하여 천하 사람들의 마음은 두려움에 떨며 꽁꽁 얼어붙었다.

이에 강후絳侯 주발周勃과 주허후朱虛侯 유장劉章이 군사들을 거느리고 떨쳐 일어나서 역적과 포학한 자들을 베어 죽이고 태종(太宗: 한漢 문제文帝)을 높여 세우니, 이로써 왕도가 흥성하고 광명이 밝게 빛날 수 있었는바, 이는 곧 대신이 권위를 바로 세운 분명한 표지이다. (*조조의 죄악을 열거하기 위해 먼저 여산과 여록으로써 그 표본을 제시한다. 원소는 은연중에 자신을 강후에 견주고, 현덕을 주허후에 견주고 있다. 이상은 과거의 일에 대한 일반론이고, 이하에서 비로소 본론으로 들어간다.)

〖 5 〗 사공司空 조조曹操로 말하자면, 그의 조부 중상시中常侍 조등曹騰은 환관의 무리인 좌관左悺·서황徐璜 등과 더불어 온갖 요망한 짓들을 다하고, 자신의 탐욕을 채우기 위해 제멋대로 행동함으로써 풍속과 도덕을 해치고 백성들을 학대하였다. (*조등은 십상시十常侍와 똑같이 나쁜 자임을 말하고 있다. 이상은 조조의 조부를 욕한 것이다.)

조조의 아비 조숭曹嵩은 환관 조등의 양자로 들어가서 (*조숭의 본래 성은 하후씨夏侯氏였는데, 조등이 자기 아들로 양자 들였기 때문에 "사정하여 자기 양자로 들였다(乞丐携養)"라고 말한 것이다. 이 일은 제1회에서 보았다.) 뇌물을 써서 지위를 얻은 자로서, 권력자의 집에 황금과 벽옥을 가마로 날라다 바치고 온갖 재화를 수레로 운반하여 바쳐서 삼공三公의 지위를 훔친 다음, 조정의 대권을 장악하여 제멋대로 휘둘렀다. (*조숭은 뇌물을 바쳐서 그 지위가 태위太尉에 이르렀는데, 이상은 조조의 아비를 욕한 것이다. 원소는 자신이 사세 삼공의 가문

출신임을 자랑하기 위해 먼저 조씨 가문의 추함을 헐뜯고 있다.) 조조는 바로 이 환관(*즉, 조등)의 양자(*즉, 조숭)가 세상에 남겨놓은 추한 물건으로서, 본래 아름다운 덕(懿德. 슝德)이라고는 전혀 없는데다 가 경솔하고, 교활하며, 성질은 창날처럼 날카롭고, 난을 일으키기 좋아하고 재앙(禍)을 즐기는 자이다. (*이제야 비로소 조조의 죄악을 열거하고 있다.)

〖 6 〗 막부(幕府: 원소)께서 군대를 지휘하여 흉악한 역당逆黨들을 소탕하셨으나, 이어서 동탁이 조정과 나라를 제멋대로 어지럽히는 상황을 만나 이에 다시 칼을 뽑아들고 북(鼓)을 치며 중국의 동부 지역(東夏)에 명을 내려서 영웅들을 불러 모았는바, 그들의 허물은 무시하고 쓸 만한 점만 취하셨다(棄瑕取用). 그리하여 마침내 조조 와 더불어 상의하고 지모를 합치면서 그에게 일부 부대의 병력을 내주었는데, 조조에게는 새와 사냥개처럼 앞잡이로 삼을 만한 재 주(鷹犬之才)가 있으므로 그를 호위무사(爪牙)로 쓸 만하다고 여기 셨기 때문이다. (*여기서는 원소와 조조가 함께 거사하게 된 이유를 설 명하고 있는데, 이에 대한 이야기는 제5회에서 나왔다. 본래는 조조가 먼 저 기병을 하면서 원소를 청하여 맹주로 삼았던 것인데, 지금은 반대로 원소가 기병을 하면서 조조를 편장偏將으로 삼았던 것처럼 말하고 있다. 이는 글 쓴 사람의 곡필曲筆이다.)

그러나 그는 본래 어리석고 경박하고 책략이 모자라서 경솔하게 나아가고 쉽사리 물러나서 상처를 입고 좌절을 당해 여러 번 군사 들을 잃었었다. (*형양滎陽에서의 패배를 말한 것이다.)

〖 7 〗 막부께서는 그때마다 다시 군사들을 나누어 주시고 정예병 들을 보내주어 그 대오를 보충하도록 하셨고, 또한 천자에게 표문

을 올려 그를 동군東郡 태수를 겸하도록 하시고, 연주자사를 겸하도록 하시어, (*조조 자신이 연주자사를 겸했던 것인데 원소가 이를 자신의 공로로 치부하고 있는바, 이 역시 곡필이다.) 그에게 호랑이 가죽(虎皮)을 씌워주어 (*그에게 한 부대의 군사들을 주어.) 그의 위세와 권력을 강화시켜 주었는바, 이는 곧 옛날 진秦의 장수 맹명孟明이 진晉과의 싸움에서 패했으나 후에 다시 싸워 이겨 복수를 한 고사故事처럼 해주기를 기대하셨기 때문이다. (*이는 원소가 두 번째로 조조를 버리지 않았음을 얘기하는 것으로, 조조의 바탕은 양과 같이 약한데 그에게 호랑이 가죽을 덮어씌워 줌으로써 원소가 조조의 위복威福을 강화시켜 주었다는 것이다.)

그러나 조조는 마침내 병사의 수가 많고 강함을 믿고 제멋대로 설치고 난폭하게 행동하며 백성들을 마구 죽이고 그들의 재물을 빼앗았으며, 어질고 착한 사람들까지 죽이고 해쳤다.

고故 구강(九江: 안휘성 회남시 동남의 음릉陰陵) 태수 변양邊讓은 뛰어난 재주를 지닌 훌륭한 인물로서 천하에 그 이름이 알려졌다. 그는 매사에 바른 말을 하고, 정색을 하고(直言正色) 아첨할 줄 몰랐던 인물이다. 그러한 그가 조조에 의해 참수를 당하여 그 잘린 머리가 장대 높이 매달렸고, 그의 처자식들도 모조리 도륙되어 재처럼 사라지는 재앙을 당했다. (*이 일은 제10회에 나온다.) 이 일이 있은 후로 사림士林들은 통분해 했고 백성들의 원망은 갈수록 심해졌다. 이때 한 사람이 팔을 휘두르며 조조를 성토하고 나오자 온 주州의 사람들이 같은 소리로 성토했다. 그리하여 조조는 몸은 서주에서 깨지고 땅은 여포呂布에게 빼앗겨서(*이 일은 제11회에 나온다.) 동쪽 변방에서 방황하며 발 디딜 곳이 없어졌다.

이때 막부께서는 원 줄기, 즉 조정의 힘을 강화시키기 위해서는 가지, 즉 지방 세력을 약화시킬 도리(强幹弱枝之義)밖에 없다고 생각하시고, 또한 조조가 반역의 무리에 가담하지 않고 있음을 생각하시어 (*반역의 무리란 여포를 가리킨다.) 다시 깃발을 들고 갑옷을 걸치시고, 멍석을 둘둘 말듯이 반역의 무리를 정벌하기 위해 나섰던 것이다. 정벌의 징소리와 북소리가 크게 울리자 여포의 무리는 여지없이 무너져 달아났다. (*이 일은 제14회에 나온다.) 이렇게 해서 조조를 죽을 뻔한 고비에서 구해 주시고 그의 지방수령(方伯)의 지위까지 회복해 주셨으니, (*이것은 원소가 세 번째로 조조를 버리지 않았음을 말한다.) 이는 막부께서 연주 땅의 백성들에게는 덕을 베푸신 게 없었으나 조조에게만은 실로 큰 은덕을 베풀어 주신 것이다. (*조조는 형편없는 인간이었음에도 불구하고 원소가 그를 포용해 주었다고 말하고 있다.)

〖 8 〗 후에 천자의 행차가 허도로 돌아올 때 도적떼가 어가를 공격했는데, 그때 마침 기주冀州에는 북쪽 변경에 난리가 발생하여 막부께서는 기주 땅을 떠날 겨를이 없었다. (*이각·곽사의 난이 일어났을 때에도 원소는 근왕勤王조차 하지 않았었다. 북쪽 변경의 난리란 공손찬과 반하盤河에서 싸운 것을 가리킨다.) 그래서 종사중랑從事中郎 서훈徐勛으로 하여금 곧바로 조조를 파견하도록 하여 교외의 제단과 종묘를 수리하고 어린 천자를 보좌하고 호위하도록 했던 것이다. (*본래는 양표楊彪가 천자에게 주청하여 조조를 불러올렸던 것인데, 여기서는 원소가 그렇게 한 것처럼 말하고 있다. 이 역시 곡필曲筆이다.)

조조는 이에 마음이 방자해져서 조정의 정사를 전횡하고, 천자를 겁박하여 허도로 옮기고, 궁궐 안을 다스리면서 왕실을 능멸하고, 국법을 무너뜨리고 기강을 어지럽혔다. 그리고 가만히 앉아서 삼대(三臺: 상서尙書, 어사御史, 알자謁者, 즉 조정의 전체 행정기구)의 일을 겸임하고 나라 정사를 전적으로 관장하니, 벼슬과 상을 내리는 일이 그의 마음에 달려 있었고, 사람에게 죄를 주고 죽이는 일이 그의 입에 달려 있었으며, 자기가 사랑하는 자는 오종(五宗: 고조, 증조, 조부, 부친, 본인의 5대)을 빛내주고, 자기가 미워하는 자는 삼족(三族: 부족父族, 모족母族, 처족妻族)을 멸했으며, 무리를 지어 이야기하는 자들은 드러내놓고 죽이고, 속으로 비판하는 자들은 몰래 죽여 버렸다. 이리하여 모든 관료들은 조정에서는 입을 봉했고, 길에서는 서로 마주쳐도 눈짓만 할 뿐이었다. 상서尙書의 역할이라고는 조회朝會에서 토의된 내용을 기록하는 것뿐이었고, 공경公卿들의 역할은 규정된 정원定員과 품계별 숫자를 채우는 것뿐이었다.

〖 9 〗 고故 태위太尉 양표楊彪는 이사二司를 역임하여 (*양표는 이에 앞서 사공司空과 사도司徒를 역임했다.) 신하로서 오를 수 있는 최고 지위(*즉, 삼공三公)를 누렸는데, 조조는 그가 자기를 보면서 눈을 흘겼다는 사소한 이유로 자신을 비난한 죄를 씌워 온갖 형태의 형구를 사용하여 잔혹한 형벌들을 가하였다. 이처럼 조조는 자기 기분 내키는 대로 행동하고 형벌을 가하면서 국법과 기강 따위는 완전히 무시했다. (*이 일은 제20회에 나온다.)

또 의랑議郞 조언趙彦은 충성으로 간하고 바른말을 하여 그 내용이 받아들일 만했으므로 천자께서는 그의 말을 들어주시고 또 그의 말을 들을 때에는 얼굴빛을 근엄히 하시고 몸가짐을 더욱 삼가시었다. 그런데 조조는 천자를 미혹케 하고 그의 밝은 판단력을 빼앗기 위해 언로言路를 끊어버리고는 제 멋대로 그를 붙잡아다 죽이면서도 천자에게는 아뢰지도 않았다. (*이 일도 제20회에 나온다.)

또 양효왕梁孝王은 선제(先帝: 경제景帝)와 동모同母 형제로서 그 능묘陵墓는 존귀하기 때문에 그곳에 심어놓은 뽕나무와 가래나무, 소나무와 잣나무조차 오히려 공손히 대해야 마땅하거늘, 조조는 장수들과 병졸들을 거느리고 직접 능묘 발굴 현장으로 가서 관을 쪼개어 시신을 드러내고 그 안의 금은보화를 약탈함으로써 천자로 하여금 눈물을 흘리도록 하였는데, 천하의 선비와 백성들은 이를 보고 가슴 아파 했었다. (*조조는 서주徐州를 공격하러 가면서 지나가는 도중에 있는 능묘들을 파헤쳤는데, 이때 양효왕의 무덤 역시 파헤쳐졌다. 조조는 이를 알고서도 그 죄를 묻지 않았다.)

〖 10 〗 조조는 또 특별히 무덤 발굴의 책임을 진 "발구중랑장發丘中郎將"이란 직책과 무덤에서 금은을 찾아내는 일을 책임진 "모금교위摸金校尉"란 직책을 두어 (*이런 명칭은 당시 사람들이 그렇게 불렀을 뿐 조조가 두었던 것은 아니다. 지금도 그가 특별히 설치했다고 말하는 것은 역시 지나친 말이다.) 그가 지나가는 곳마다 무덤들이 파헤쳐져 해골이 드러나지 않은 곳이 없었다. 조조는 비록 몸은 삼공의 지위에 있었으나 그 하는 짓은 완전히 도적놈의 행태로, 나라를 더럽히고 백성을 해쳤으며, 그 해독은 귀신에까지 미쳤던 것이다! (*조조는 처음에는 무뢰한 행동을 했으나 후에는 자못 명예를 좋아하여 이전에 한 일들을 매우 꺼리고 감췄는데, 지금 그 일을 질책당하니 어찌 식은땀이 나지 않겠는가?) 게다가 자세한 법령들은 가혹한데다 온갖 금령禁令과 형률刑律들이 빈틈없이 갖추어져서, 마치 그물과 작살들이 길에 가득하고 구덩이와 함정들이 길에 가득 해서 손을 들면 그물에 걸리고 발을 움직이면 덫에 걸리는(罾繳充蹊, 坑阱塞路, 舉手挂網羅, 動足觸機陷) 그런 형국이었다. 그리하여 연주와 예주에는 의지가지 할 데 없는 백성들이 생겨났고, 황제가 있는 수도에는 한숨 소리와 원망의 소리들로 가득했다. 고금의 문헌들을 두루 상고해 봐도, 무도한 신하로서 그 탐욕스럽고 잔인하고 포학하기가 조조보다 더 심한 자는 없었다.

〖 11 〗 막부께서는 마침 외부의 간악한 자(*즉, 공손찬)를 꾸짖으시느라 미처 그를 타일러 바로잡아줄 여가가 없어서 다만 사정을 봐주어 너그러이 용서해 주시면서 스스로 고치기를 바랐었다. (*원소는 이때까지도 여전히 조조를 버리지 않았다고 말하고 있다. 질책의 붓을 절묘하게 멈추고 있다.)

그러나 조조는 이리 같은 야심野心을 품고 속으로 역모를 꿈꾸면서 국가의 동량棟梁들을 꺾어버려, 한 왕실을 고단하고 쇠약하게 만들기 위해 마침내 충성스럽고 정직한 신하들을 제거해 버림으로써 오직 자기 혼자서만 효웅(梟雄: 사납고 야심 있는 호걸)이 되고자 했었다.

전번에 막부께서 북을 치며 북으로 가서 공손찬을 치실 때, 그 흉악한 역적은 포위된 상황에서도 1년 동안 항거하였다. 조조는 그곳 성이 아직 깨트려지지 않았음을 이용하여 몰래 그에게 서신을 보내서, 밖으로는 천자의 군사(王師)를 돕는 체하면서 안으로는 몰래 막부를 습격하려고 하였다. 그러나 마침 서신을 가지고 가던 사자가 붙잡혀서 음모가 드러났고, 공손찬 또한 죽임을 당한 결과, 그의 기세는 꺾이어 움츠러들었고 그 흉계도 실패하고 말았던 것이다. (*이 일에 관한 이야기는 제21회에 나온다. 이상에서는 원소가 여러 차례 조조를 포용해 주었으나 조조가 심히 무례하였으므로, 옳은 것은 이쪽이고 그른 쪽은 조조임을 말하고 있다.)

〖 12 〗 지금 조조는 오창敖倉에 군사를 주둔시켜 놓고는 황하가 가로막고 있어서 든든한 줄로 여기고 있으나, 이는 마치 사마귀가 천둥소리를 싫어하여 도끼를 잡고 뇌신雷神이 탄 수레의 바퀴를 멈추려고 하는 격이다(以螳螂之斧, 御隆車之隧). (*사마귀(螳螂)가 큰 수레를 막는다는 말(螳螂當車)은 〈장자莊子〉란 책에 나오는데, 사마귀가

두 발을 들고 서 있는 모양이 마치 도끼를 들고 있는 것 같다고 해서 〈도끼(斧)〉라고 한 것이다. 융거隆車는 곧 뇌신雷神이 탄 수레이다. 뇌신을 풍륭豊隆이라고 하므로 융거라고 말한 것이다. 〈수隧〉는 곧 바퀴(轍)이다.)

막부께서는 이제 한漢 천자의 위령威靈을 받들어 천하의 도적들을 쳐서 격퇴시키려고 하시는바, 휘하에는 긴 창(長戟)을 든 무사가 백만 명, 날랜 기병이 수천 무리나 있는데다 저 옛날의 이름난 용사 중황中黃·하육夏育·오획烏獲과 같은 용사들이 떨쳐 일어나서 좋은 활(良弓)과 강한 쇠뇌(勁弩)가 날아가는 기세로 달려 나가고 있다.

이제 병주幷州 자사 고간高干은 태항산太行山을 넘어오고, 청주 자사 원담袁譚은 제수濟水와 탑수漯水를 건너와서 (*원소의 생질 고간은 병주자사로 있고, 원소의 아들 원담은 청주자사로 있었다.) 이들의 대군이 황하를 건너서 조조 군사의 앞에서 싸우고, 형주 자사 유표劉表는 완현宛縣과 엽현葉縣으로 진군하여 조조 군사의 뒤편에서 그들의 뒷덜미를 잡는다면, (*이때 형주자사 유표는 원소와 결탁하고 있었다.) 그 힘찬 기세는 마치 천둥이 울리고 호랑이가 걸어가는 듯하고, 마치 활활 타는 불길로 마른 쑥을 태우고 불타는 탄 위에 푸른 바다를 뒤엎는 격이니, 그 어떤 자가 멸망하지 않고 배기겠느냐? (*앞에서는 이쪽이 옳고 저쪽이 틀렸다고 말했는데, 이는 이쪽의 도리가 옳다는 것이다. 여기서는 이쪽은 강하고 저쪽은 약하다고 말하는데, 이는 이쪽의 세력이 더 세다는 것이다.)

〖 13 〗 또 조조의 군사들 가운데 싸울 수 있는 자들은 다 유주, 기주 출신들이거나 혹은 옛날 우리 병영의 부하들인데, 그들은 처자와 오랫동안 헤어져 있게 된 것을 원망하고 돌아가고픈 생각에서 북쪽 하늘을 바라보고 눈물을 흘리고 있으며, 그 밖의 연주, 예주

의 백성들과 예전 여포와 장양張楊의 수하에 있었던 나머지 무리들은 패망한 끝에 핍박을 받아 잠시 어쩔 수 없이 조조를 따르고 있을 뿐인 자들로서, 그들은 모두 몸에 상처를 입어 조조를 원수로 여기고 있다.

그러므로 만약 깃발을 돌려서 돌아갈 때 높은 언덕에 올라가 북 치고 나팔 불며 흰 깃발을 들어 올려 항복할 길을 열어준다면, 저들은 틀림없이 흙더미가 무너지고 기왓장이 깨어지듯(土崩瓦解) 할 테니, 구태여 칼날에 피를 묻힐 필요도 없을 것이다. (*이 말은 조조에게는 싸울 줄 아는 장수가 없어서 형세상 쉽사리 격파할 수 있다는 것이다.)

〖 14 〗 지금은 한漢 황실이 쇠약해지고 나라 기강이 해이해져서 천자에게는 보필하는 자가 한 사람도 없고, 고굉지신(股肱之臣: 사람 몸의 팔다리에 해당하는 중신)들에게는 적을 쳐서 꺾을 세력이 없다. 그리고 나라 안의 유능한 신하들은 모두들 머리를 숙이고 날개를 접고 있어서 믿고 의지할 자가 없다. 비록 충성스럽고 의로운 신하가 있더라도 포학한 신하(즉, 조조)에게 핍박을 받고 있으니 어찌 그 절조節操를 펼칠 수 있겠느냐?

또한 조조는 수하의 정예병 7백 명으로 궁궐을 에워싸서 지키도록 하고 있는데, 그 명목은 궁궐을 지키기 위해서라고 하지만 실상은 천자를 구금하고 있는 것이다. 그가 나라를 찬탈하려는 마음이 이로부터 싹틀까 겁난다. 지금이야말로 충신들은 나라를 위해 기꺼이 목숨을 버릴 각오를 할(肝腦塗地) 때이며, 열사들은 공을 세울 기회이니, 어찌 힘쓰지 않을 수 있겠는가!(*이 말은 조조가 장차 천자의 자리를 찬탈하려고 하는데, 이 일은 도리상 용서하기 어려운 일이라는 것이다. 그 언사가 매우 비장하다.)

조조는 또 천자의 명령을 위조해서 천자의 이름으로 사자를 보내고 군사를 일으키고 있는데, 만약 변방과 멀리 떨어진 주군州郡에서 잘못 그의 지시를 들어준다면, 이는 많은 사람들의 뜻을 어기고 역적을 도와주는 것이 되는바, 그렇게 함으로써 명예를 잃고 천하 사람들의 웃음거리가 되는 일은 명철한 사람이라면 결코 하지 말아야 할 것이다. (*이 단락의 문장은 저쪽 패당의 무리들을 잘라내려는 것이다.)

〖 15 〗 오늘 곧바로 유주幽州, 병주, 청주, 기주 네 개 주州에서는 동시에 진군하도록 하라. (*유주는 원소의 아들 원희袁熙가 다스리고 있었다.) 이 글이 형주에 이르거든 곧바로 현재의 병력을 정돈하여 건충장군建忠將軍 장수張繡와 힘을 합쳐 성세聲勢를 이루도록 하라. (*형주의 유표는 이미 건충장군 장수와 함께 군사를 점검해 와서 돕고 있었다.) 각 주와 군에서는 각각 의병義兵을 정돈하여 경계境界에 늘어세워서 병장기를 들고 무위를 자랑함으로써 함께 사직을 바로잡는다면 비상한 공로가 여기에서 드러날 것이다. (*이 단락의 글은 동조세력을 넓히고 또 격문 맨 앞에서 비상한 사람이 비상한 공을 이루게 된다고 한 말에 대응하고 있다.)

조조의 머리를 베어 바치는 자는 5천호 후(五千戶侯)에 봉하고, 상금으로 5천만 전錢을 내릴 것이며, 조조 수하에 있던 편장偏將과 비장裨將, 장교들과 여러 군리軍吏들로서 항복해 오는 자들은 일체의 죄를 묻지 않고 널리 은혜와 신의를 베풀 것이며, 관등이나 직급을 올려주고 공적에 부합하는 상을 내려줄 것이니, 이를 천하에 널리 공표하여 모든 사람들로 하여금 천자께서 구금되어 핍박당하고 있음을 알도록 하라. 이 글은 법령과 같이 시행될 것이다!"

〖 16 〗 원소는 격문을 읽어보고 크게 기뻐하며 즉시 사자로 하여금 이 격문을 모든 주군州郡에 두루 돌리도록 하는 한편, 각처 관문과 나루터, 요충지에다 방榜을 걸어 붙이도록 했다.

격문이 허도에 전해졌다. 그때 마침 조조는 두통 때문에 병상에 누워 있었는데, 측근에 있는 자들이 이 격문을 가져와서 바쳤다. 조조가 그것을 보고는 모골毛骨이 다 송연悚然해져서 온몸에 식은땀을 좍 흘렸는데, 자신도 모르게 두통이 싹 나아서 병상에서 벌떡 일어났다. (*진림의 문장이 화타華陀의 약보다 낫다.)

그리고는 조홍을 돌아보고 물었다: "이 격문은 누가 지은 것이냐?"

조홍曰: "진림의 글이라고 들었습니다."

조조가 웃으면서 말했다: "글로써 하는 일(文事)에는 반드시 무략武略이 이를 뒷받침해 주어야 하는데, 진림의 문장이 비록 훌륭하다고는 하나 원소에게 무략이 부족하니 어쩌겠나!"(*방금 전에는 놀라서 온몸에 땀까지 흘렸으면서 곧바로 큰소리치며 농담까지 하고 있으니, 참으로 간웅이다.) 그리고는 곧 여러 모사들을 모아놓고 적을 맞아 싸울 계책을 상의했다.

〖 17 〗 공융孔融이 이 소식을 듣고 찾아와서 조조를 보고 말했다: "원소는 세력이 크므로 (*원소의 행동이 도리에 맞는 것이라고는 말하지 않고 다만 세력이 크다고만 말했는데, 완곡한 표현이다.) 그와 싸워서는 안 되고 서로 화친하셔야만 합니다."

순욱曰: "원소는 쓸모없는 인간인데 서로 강화講和할 필요가 어디 있습니까?"

공융曰: "원소는 땅이 넓고 백성들이 강하며 그 부하들 가운데 허유許攸와 곽도, 심배, 봉기와 같은 자들은 모두 지모가 있는 자들이며,

전풍田豊과 저수沮授 등은 모두 충신들이고, 안량과 문추는 용맹함이 전체 군사들 중에 으뜸이며, 그 밖에 고람高覽, 장합張郃, 순우경淳于瓊 등은 모두 당대의 명장들인데 어찌 원소를 쓸모없는 인간이라고 하시오?"(*이때 공용은 원소의 편을 들려는 뜻이 있었다. 후문에서 조조가 공융을 죽이게 되는 복선이다.)

순욱이 웃으면서 말했다: "원소에게는 군사는 많아도 기강이 문란하고, 전풍은 성격이 강하고 고집이 세서 윗사람한테 잘 대들고, 허유는 탐욕스럽기만 하고 지혜는 없고, 심배는 독선적이면서도 지모가 없고, 봉기는 과감하기는 해도 쓸모가 없습니다. 이 몇 사람들은 형편상 서로 용납하지 못하므로 반드시 그 내부에서 변고(內變)가 생길 것입니다. (*여러 모사들의 단점을 일일이 지적하고 있는데 모두 그 단점들을 정확히 알아맞히고 있다. 이로부터 알 수 있는 것은, 자기를 알고 상대를 안다는 것(知彼知己)은 상대방의 주인을 아는 것만으로는 안 되고 역시 상대의 보필자들까지 알아야 한다는 점이다.) 안량과 문추는 비록 용맹하다고 해도 그것은 필부匹夫의 용맹에 불과하므로 단 한 번의 싸움으로 사로잡을 수 있습니다. 그 밖의 녹록한 무리들이야 설령 백만 명이 있다고 해도 말할 거리도 못 됩니다."(*순욱의 이 말은 앞서의 〈십승십패지설(十勝十敗之說)〉과 멀찍이에서 대응하고 있다.)

공융은 입을 다물었다.

조조가 크게 웃으며 말했다: "모두 순욱이 생각하는 그대로요."

마침내 전군前軍 유대劉岱와 후군 왕충王忠을 불러서 군사 5만 명을 이끌고 "승상丞相"이라 쓰인 깃발을 높이 치켜들고 서주로 가서 유비를 치도록 했다. 원래 유대는 이전에 연주 자사를 지냈던 사람인데, 조조가 연주를 취하자 그는 조조에게 항복했고, 조조는 그를 편장偏將으로 삼았는데, 이번에 그를 뽑아서 왕충과 함께 군사를 거느리고 가도록 한 것이다. (*바쁜 중에도 전문에서 언급하지 못한 것을 보충 설명하고 있다.) 그리고 나서 조조는 직접 대군 20만 명을 이끌고 여양黎陽으로 나아가 원소를 막기로 했다.

정욱曰: "유대와 왕충은 그 임무를 감당해내기에 적합한 인물들이 아닌 것 같아서 염려됩니다."

조조曰: "나 역시 그들이 유비의 적수가 못 되는 줄 알고 있소. (*뒤에서 두 사람이 사로잡히는 것의 복선이다.) 잠시 허장성세를 하려는 것이오."

그리고는 두 장수에게 분부했다: "경솔하게 나아가지 말고 내가 원소를 깨뜨릴 때까지 기다리도록 하라. 그 후에 다시 대오를 정돈하여 유비를 칠 것이다."

유대와 왕충은 군사를 거느리고 떠나갔다.

〖 18 〗 조조는 직접 군사들을 이끌고 여양으로 갔다. 조조의 군사들과 원소의 군사들은 서로 80리 떨어져서 각자 해자를 깊이 파고 보루를 높이 쌓아놓고 서로 버티고 있으면서 싸우지는 않고 8월부터 10월까지 지키기만 했다.

원래 허유는 심배가 군사를 거느리는 것에 불만이었고, 저수沮授는 또 원소가 자기가 올린 계책을 써주지 않은 것을 서운해 하고 있었으므로 각자 서로 불화하여 앞으로 나아가 싸우려고 하지 않았다. (*과연 순욱의 말 그대로였다.) 원소 역시 마음속으로 의혹을 품고 진군하려고 하지 않았다. 조조는 이에 여포 수하에 있다가 항복해 온 장수 장패臧覇를 불러서 청주와 서주 방면을 지키도록 하고, 우금과 이전에게는 황하 가에 군사를 주둔시켜 놓도록 하고, 조인으로 하여금 대군을 총독하여 관도(官渡: 하남성 중모현 동북)에 주둔해 있도록 한 다음, 조조 자신은 일군을 이끌고 뜻밖에도 허도로 돌아갔다. (*원소와 조조는 끝까지 서로 싸워보지 못했다.)

〖 19 〗 한편 유대와 왕충은 군사 5만 명을 이끌고 가서 서주 성에서 1백 리 떨어진 곳에다가 영채를 세웠다. 그리고 중군에다 "조승상曹丞相"이라 쓰인 큰 깃발만 세워놓고 감히 진군하지 못하고 다만 하북에서 소식 오기만을 기다렸다.

이때 현덕도 조조의 속사정을 알지 못하여 감히 함부로 움직이지 못하고 역시 사람을 보내서 하북의 소식을 탐지하도록 했다.

그때 갑자기 조조가 사람을 보내서 유대와 왕충에게 나아가 싸우라고 재촉했다. 두 사람은 영채 안에서 상의했다.

유대曰: "승상께서 성을 공격하라고 재촉하시니, 자네가 먼저 가는 게 좋겠네."

왕충曰: "승상께서는 유 장군을 먼저 뽑으시지 않았소?"

유대曰: "나는 주장인데 어떻게 내가 먼저 가겠나?"(*두 사람이 서로 미루는 것이 마치 심배와 허유 등이 서로 의심하고 가로막는 것과 똑같은 국면이다. 매우 우습다.)

왕충曰: "그러면 둘이 함께 군사를 거느리고 나아갑시다."

유대曰: "그럴 게 아니라 우리 둘이 제비뽑기를 해서 뽑힌 사람이 먼저 가기로 하세."

이리하여 둘은 제비를 뽑았는데 왕충이 〈先선〉자를 뽑아서 어쩔 수 없이 군사를 반으로 나누어 서주를 치러 갔다.

현덕은 적의 군사가 이르렀다는 말을 듣고는 진등을 오라고 청해서 상의했다: "원 본초(袁本初: 원소)가 비록 여양에 군사를 주둔시켜 놓고 있다고는 하나 모신謀臣들이 서로 불화하여 여전히 나아가 싸우려 하지 않는데다 조조가 어디 있는지조차 모르는 형편이니 어떻게 하지요. 듣기로는 여양에 주둔하고 있는 조조의 군중에는 조조의 깃발이 없다고 하던데, 어찌하여 이곳에 도리어 그의 깃발이 있단 말이오? 도대체 이게 어찌된 일일까요?"

진등曰: "조조는 속임수가 수없이 많은 자입니다. 틀림없이 하북을 중시하여 자신이 직접 감독하기 때문에 일부러 그곳에는 깃발을 세우지 않고 이곳에다 깃발들을 세워놓아 허장성세虛張聲勢하고 있는 것입니다. 내 생각에 조조는 틀림없이 이곳에 없습니다."(*진등이 조조의 생각을 짐작하는 것은 순욱이 원소를 짐작하는 것과 같다.)

현덕曰: "두 아우 중에 누가 저들의 허실虛實을 알아 오겠는가?"

장비曰: "이 아우가 가겠습니다."

현덕曰: "자네는 성미가 급하고 거칠어서 보낼 수 없어!"

장비曰: "설령 조조가 있더라도 그를 잡아가지고 오겠습니다!"

운장曰: "제가 가서 동정을 살펴보고 오겠습니다."

현덕曰: "운장이 간다면 나는 마음이 놓이네."

이리하여 운장은 3천 명의 군사를 이끌고 서주성을 나갔다.

〖 20 〗 때는 마침 초겨울이어서 음침한 구름이 하늘 전체를 뒤덮고 눈발이 마구 흩날려서 군사들은 모두 눈을 무릅쓰고 진을 쳤다.

운장이 칼을 들고 말을 달려 나가 큰소리로 외쳤다: "왕충아, 우리 얘기 좀 나눠보자."

왕충이 나가서 말했다: "승상께서 여기 오셨는데 어찌 항복하지 않는 것이냐?"

운장曰: "그러면 승상께 이리 좀 나오시라고 그래라. 내 따로 할 말이 있다."

왕충曰: "승상께서 어찌 너 따위를 가벼이 만나주려 하시겠느냐!"

운장이 크게 화를 내며 급히 말을 달려 앞으로 나가자 왕충도 창을 꼬나들고 나와서 그를 맞았다. 두 필 말이 서로 어우러지자 운장이 문득 말머리를 돌려서 달아나는데, 왕충은 그 뒤를 쫓아왔다. 산비탈을 돌아가자 운장이 말머리를 돌리더니 크게 소리치고 칼을 휘두르며 곧바로 공격해 왔다. 왕충은 그를 당해내지 못하여 막 말을 달려서 도망치려고 할 때, 운장은 보도를 왼손으로 바꾸어 잡고 오른손으로 왕충의 갑옷 끈을 움켜잡고 확 잡아당겨서 말안장에서 끌어내려서는 자기 말 안장 위에다 옆으로 턱 매달아서 본진으로 돌아왔다. (*왕충은 단지 이처럼 쉽게 사로잡히는 자였다니, 우습다.) 왕충의 군사는 사방으로 흩어져 달아났다. 운장은 왕충을 묶어 가지고 서주로 돌아가서 현덕에게 보였다.

현덕이 왕충에게 물었다: "너는 누구며, 현재 무슨 직책에 있기에 감히 조 승상을 사칭했느냐?"

왕충曰: "제가 어찌 감히 사칭을 하겠습니까? 저에게 의병(疑兵)을 만들어 허장성세를 하고 있으라는 승상의 분부를 받들었을 뿐입니다. 승상께서는 사실 이곳에 계시지 않습니다."(*정직하고 고분고분한 사람(老實人)은 이처럼 아무짝에도 쓸모가 없다.)

현덕은 그에게 옷과 술과 음식을 주어 일단 가두어 두라고 지시한 다음, 유대를 잡은 후에 다시 상의하기로 했다.

운장曰: "저는 형님께서 화해하실 뜻이 있는 줄 짐작하고 사로잡아 왔습니다."

현덕曰: "나는 익덕은 성질이 급하고 거칠어서 왕충을 죽일까봐 염려되어 내보내지 않았던 것이다. 이런 사람들은 죽여 봐야 아무 유익할 게 없지만 살려두면 화해할 여지가 있지."(*이때 오히려 화해하고자 했던 것은, 원소는 싸우려고 하지 않는 줄 이미 알았고, 자신은 아직 조조에 항거할 힘이 없음을 고려했기 때문이다.)

장비曰: "둘째 형님이 왕충을 잡아왔으니 나는 가서 유대를 사로잡아 오겠소."

현덕曰: "유대는 전에 연주 자사를 지냈던 사람으로, 호뢰관虎牢關에서 동탁을 칠 때에는 그 또한 한 지방(鎭)의 제후였느니라. 그가 지금은 비록 조조의 전군前軍이 되어 있으나 경솔하게 대적해선 안 된다."

장비曰: "그까짓 놈을 가지고 뭘 그러시오. 나도 둘째 형님처럼 사로잡아오면 될 것 아니오."

현덕曰: "내가 두려워하는 것은 다만 네가 혹시 그를 죽여 버려서 나의 대사를 그르치게 되지는 않을까 하는 것이다."

장비曰: "만약에 죽인다면, 내 목숨으로 그의 목숨을 대신 갚겠소."

현덕은 마침내 군사 3천 명을 내어주었고, 장비는 군사를 이끌고 앞으로 나아갔다.

〖 21 〗 한편 유대는 왕충이 사로잡힌 것을 알고는 영채를 굳게 지키고 싸우러 나가지 않았다. 장비는 매일 영채 앞에서 욕설을 퍼부었으나, 유대는 그가 장비인 줄 알고 더욱 감히 나가지 못했다.

장비는 여러 날 지키고 있어도 유대가 싸우러 나오지 않는 것을 보고는 속으로 한 가지 계책을 생각해 냈다.

그는 전군에, 오늘 밤 이경(二更: 밤 9시에서 11시 사이)에 적의 영채를 치러 갈 것이라고 명령을 내렸다

그리고는 낮 동안에는 막사 안에서 술을 마시고 짐짓 취한 척하고 있었다. 그러다가 어느 한 군사의 사소한 잘못을 트집잡아 그를 한 차례 단단히 매질한 다음 영채 안에다 결박해놓고 말했다: "오늘 밤 출병할 때 네놈의 목을 베어 깃발에 제사를 지낼 것이다."

그리고는 은밀히 좌우 사람들을 시켜서 그를 풀어주도록 했다.

풀려난 그 군사는 몰래 영채를 빠져나가 곧장 유대의 영채로 찾아가서, 오늘 밤 이경에 장비의 군사들이 영채를 치러 온다는 사실을 고해바쳤다. 유대는 항복해 온 군사가 매를 맞아 몸에 중상이 있는 것을 보고 마침내 그의 말을 곧이듣고 영채를 비워놓고 밖에다가 군사들을

숨겨놓았다.

이날 밤 장비는 군사를 세 방면으로 나누어 중간에 있는 30여 명으로 하여금 적의 영채를 습격해서 불을 지르도록 하고, 좌우 양 방면의 군사들은 적의 영채 뒤로 질러가서 기다리고 있다가 불이 나는 것을 신호로 일시에 협공하도록 했다.

그날 밤 삼경(三更: 밤 11시에서 새벽 1시) 무렵, 장비는 직접 정예병을 이끌고 나가서 먼저 유대의 퇴로를 차단했다. 가운데 방면으로 간 30여 명이 영채 안으로 돌입하여 불을 지르자, 유대의 복병들이 막 짓쳐 들어가려는 순간, 장비의 양쪽 방면의 군사들이 일제히 뛰쳐나갔다. 유대의 군사들은 스스로 혼란해져서 장비의 군사들이 얼마나 되는지도 모르면서 뿔뿔이 흩어져 달아났다.

유대는 한 부대의 남은 군사들을 이끌고 도망칠 길을 찾아 달아나다가 장비와 정면으로 마주쳤다. 좁은 길에서 만났으므로 급히 피할 수가 없어서 말을 타고 싸웠으나 단 한 합 만에 그만 장비에게 사로잡히고 말았다. 나머지 군사들은 전부 항복했다.

장비는 사람을 서주로 보내서 먼저 첩보를 올리도록 했다.

현덕은 그 소식을 듣고 운장에게 말했다: "익덕은 본래 거칠고 경솔했는데, 이제는 지모까지 쓰는 걸 보니 내가 더 이상 걱정하지 않아도 되겠다."

그리고는 직접 성 밖으로 나가서 그를 맞이했다.

장비曰: "형님께서는 나더러 성미가 급하고 거칠다고 하셨는데, 오늘은 어떻소?"

현덕曰: "내가 만약 말로써 자네를 자극하지 않았더라면, 자네가 어찌 꾀를 쓸 생각을 했겠나?"

장비는 크게 웃었다.

〖 22 〗 현덕은 군사들이 유대를 묶어서 끌고 오는 것을 보자 황급히 말에서 내려 그 결박을 풀어주며 말했다: "내 아우 장비가 잘못해서 장군을 욕보였으니, 그 죄를 용서해 주기 바랍니다."(*여전히 연주자사로서 대접해주어서 왕충에 비해서는 그래도 어느 정도 체면을 세워주었다.)

그리고는 그를 영접하여 서주로 들어간 후 왕충도 풀어주어 함께 대접했다.

현덕曰: "전번에는 차주車冑가 나를 죽이려고 하기에 부득이 죽이지 않을 수 없었습니다. 그런데 승상께서는 내가 배반한 것으로 잘못 의심을 하시고 두 분 장군을 보내시어 나의 죄를 묻도록 하신 것입니다. 그러나 나는 승상의 큰 은혜를 입고 그 은혜 갚을 일만 생각하고 있었는데 어찌 감히 배반을 하겠습니까? 두 분 장군께서 허도로 돌아가시거든 저 대신 잘 해명해 주신다면, 저로서는 큰 다행이겠습니다."

유대·왕충曰: "사군께서 저희들을 죽이지 않으신 크나큰 은혜를 입었으니 마땅히 승상께 잘 말씀드리겠습니다. 그리고 우리 두 집 가솔들의 목숨을 걸고 사군을 위해 보증을 서겠습니다."

현덕은 고맙다고 인사를 했다.

〖 23 〗 다음 날, 두 사람에게 그들이 본래 거느리고 있던 군사들을 전부 돌려주고 성 밖으로 내보내 주었다. 유대와 왕충이 10여 리를 채 못 갔을 때, 별안간 북소리가 한 번 울리더니 장비가 길을 막으며 큰소리로 호통을 쳤다: "우리 형님께서는 세상 물정을 몰라도 너무 모르신다. 역적의 장수를 사로잡았는데 어찌 다시 놓아준단 말이냐!"

깜짝 놀란 유대와 왕충은 그만 말 위에서 벌벌 떨었다. 장비가 눈을 부릅뜨고 창을 꼬나들고 쫓아오는데, 그때 그의 등 뒤에서 한 사람이 나는 듯이 말을 달려오며 큰소리로 외쳤다: "무례하게 굴지 마라!"

바라보니 운장인지라, 유대와 왕충은 그제야 마음이 놓였다.

운장曰: "이미 형님께서 놓아주셨는데 아우는 어찌 명령을 따르지 않는가?"

장비曰: "이번에 놓아주면 다음에 또 쳐들어올 거요."

운장曰: "저들이 다시 쳐들어오면 그때 죽이더라도 늦지 않다."(*관우와 장비 두 사람이 하나는 붙잡으려 하고 하나는 풀어주려고 하는데, 이는 틀림없이 현덕의 의도이다.)

유대와 왕충은 연방 사정을 하면서 말했다: "설사 승상께서 우리의 삼족을 멸하신다고 해도 쳐들어오지 않을 테니, 제발 장군께선 너그러이 용서해 주시오."

장비曰: "설사 조조가 직접 오더라도 나는 그의 군사를 모조리 죽여버리고 한 놈도 돌려보내지 않을 것이다. 이번에는 일단 너희 둘의 머리를 맡겨두는 것이니, 그리 알라!"

유대와 왕충은 머리를 감싸 안고 쥐새끼 달아나듯이 떠나갔다.

운장과 익덕이 돌아가서 현덕에게 말했다: "조조는 틀림없이 다시 올 것입니다."

손건도 현덕에게 말했다: "서주는 적의 공격을 받기 쉬운 곳이므로 오래 머물러 있을 수 없습니다. 차라리 군사를 나누어 소패小沛와 하비성下邳城에 주둔시켜 놓고 의각지세掎角之勢를 이루어 조조를 방어하는 편이 나을 것입니다."

현덕은 그 말에 따라서 운장으로 하여금 하비성을 지키도록 하되 감甘·미麋 두 부인 역시 하비성에 가 있도록 했다. 감 부인은 본래 소패 사람이고, 미 부인은 곧 미축麋竺의 누이이다. 손건·간옹·미축·미방 등은 서주를 지키도록 하고, 현덕과 장비는 소패에 주둔했다.

한편 유대와 왕충은 돌아가서 조조를 보고 유비가 배반한 것이 아니라고 자세히 설명했다. 그러자 조조가 화를 내며 꾸짖었다: "나라를 욕되게 한 자들을 살려두어 어디에 쓰겠느냐!"

그리고는 좌우 사람들에게 두 사람을 끌어내서 목을 베도록 했다.
이야말로:

개와 돼지가 어찌 감히 호랑이와 싸우랴   犬豕何堪共虎鬪
물고기와 새우가 부질없이 용과 다투었네.   魚蝦空自與龍爭

두 사람의 목숨이 어찌될지 모르겠거든 다음 회를 읽어보도록 하라.

제22회 모종강 서시평序始評

(1). 진등陳登은 구원병을 원했는데, 한번 책을 덮어놓고 맞춰보라. 독자들은 틀림없이 마등에게 구원병을 청할 것이라고 생각할 것이다. 그런데 진등은 마등이 아니라 원소에게 구원병을 청했다. 왜 그랬을까?

나는 말한다: 마등은 비록 의대조衣帶詔를 같이 받은 사이이지만 서주에서 서량으로 사신을 보내는 것은 거리가 멀지만 기주에서 허도로 군사를 진군시키는 것은 가깝기 때문이다. 또한 마등의 세력은 작고 원소의 세력은 큰데, 거리가 멀고 세력이 작은 곳을 버려두고 세력이 크고 가까운 곳을 찾았으니 역시 영웅다운 훌륭한 식견이라 할 것이다.

(2). 조조와 원소의 싸움에서 각기 십승십패十勝十敗를 한다는 말은 제18회에서 나왔다. 나는 속으로 그 말에 이어서 바로 뒤에서 원소와 조조가 서로 싸우는 것을 얘기할 것으로 생각했는데, 여러 회를 격隔하여 본 회回에 이르러서도 겨우 양쪽에서 기병하여 서로 대치하기만 하고 여전히 싸우지는 않는다. 각각 용감하게 와서는 각각 해산해 버림으로써 용두사미龍頭蛇尾가 되고 말았으니 웃음이 나오지 않을 수 없다. 이렇게 된 것은 단지 원소의 성격이 모사 순

욱이 예상한 그대로였기 때문에, 마침내 〈삼국연의〉의 얘기가 지금 사람들의 예상을 벗어나게 만든 것이다.

(3). 혹자는 조조가 격문을 보면 틀림없이 화를 내서 병이 악화될 것으로 의심했겠지만, 그러나 그의 병은 반대로 그 격문 때문에 나았다. 그 이유가 무엇인가?

나는 말한다: 이는 조조가 허소許邵의 말을 듣고 크게 기뻐했던 것과 같은 뜻이다. 아무도 자기가 간웅임을 알아보지 못할 때 어떤 사람이 그것을 알아본다면, 그 역시 자기를 알아주는 사람, 즉 지기知己라고 스스로 생각할 것이다. 아무도 자신의 죄악을 책망할 수 없을 때 어떤 사람이 그것을 책망할 수 있다면, 그 역시 스스로 마음에 쾌감을 느낄 것이다.

지금 아첨꾼이 아첨을 하는데 그것이 가려운 곳을 제대로 긁어주지 못한다면 아첨을 받는 사람은 틀림없이 기뻐하지 않을 것이다. 그렇다면 욕을 하는 사람이 정통을 찔러서 욕을 한다면, 욕을 먹는 사람이 어찌 상쾌함을 느끼지 않겠는가?

무조(武曌: 당의 측천무후則天武后의 이름)가 낙빈왕駱賓王의 격문을 읽고서 탄식하여 말했다: "이처럼 뛰어난 재주를 지닌 사람이 쓰이지 못한 것은 재상의 잘못이다." 만약 무조가 낙빈왕의 격문을 보고 화를 내면서 낙빈왕을 욕했다면, 그는 이미 무조일 수가 없다. 이와 마찬가지로 조조가 격문을 보고 진림陳琳을 욕했다면, 그는 이미 조조일 수가 없다.

(4). 유비가 공손찬의 등 뒤에 서 있을 때 (*제후들이 호뢰관에 모였을 때.) 유대劉岱는 본래 엄연히 자리에 앉아 있는 한 사람의 제후였다. 그러나 오늘에는 고개를 숙이고 조조의 신하 장수(爪牙)가 되

어 있을 줄 누가 생각이나 했겠는가? 그리고 관우와 장비에 의해 들려 올랐다가 내동댕이쳐지는 처지가 되었고, 부르면 오고 호통 치면 가는 어린애 같은 신세가 되어 있으니 이 어찌 심히 부끄럽지 않을 수 있겠는가? 지금 높은 자리에 앉아 있는 자들은 모름지기 자세히 살펴서 남의 등 뒤에 서 있는 사람으로부터 비웃음을 사는 일이 없도록 조심해야 할 것이다.

제 23 회

예형, 벌거벗고 조조 꾸짖고
길평, 조조에게 독약 먹이려다 처형되다

〖 1 〗 한편 조조가 유대劉岱와 왕충王忠을 죽이려고 하자 공융이 간했다: "두 사람은 원래 유비의 적수가 못 되는데, 만약 그들을 죽인다면 장사들의 마음을 잃게 될까봐 두렵습니다."

조조는 이에 그들의 죽음을 면해 주는 대신 그들의 관직과 봉록을 박탈한 다음 자신이 직접 군사를 일으켜서 현덕을 치려고 했다.

공융日: "지금은 바야흐로 엄동설한이므로 군사를 움직여서는 안 됩니다. 내년 봄을 기다렸다가 움직이더라도 늦지 않을 것입니다. (*공융의 마음은 현덕을 향하고 있었으므로 '내년 봄(來春)'이라는 것은 사실은 완곡한 거부의 말이다.) 먼저 사람을 장수張繡와 유표에게 보내서 그들을 귀순시키도록 한 다음 다시 서주를 치도록 하시지요."

조조는 그 말을 옳게 여겨 먼저 유엽劉曄을 보내서 장수를 설득시켜

보도록 했다.

유엽은 양성(襄城: 하남성 등현鄧縣)에 이르러 먼저 가후를 찾아가서 조조의 훌륭함을 설명했다. 가후는 이에 유엽을 자기 집에 머물도록 하고, 다음 날 장수를 찾아가서 조조가 유엽을 보내서 귀순하기를 권한다고 말했다.

둘이서 이 문제를 놓고 한창 상의하고 있을 때, 갑자기 원소가 보낸 사자가 왔다는 보고가 올라왔다. 장수는 그를 들여보내도록 했다. 사자가 들어와 올린 서신을 장수가 읽어보니, 원소의 뜻 역시 귀순을 권하는 것이었다.

가후가 찾아온 사자에게 물었다: "근래 조조를 쳐부수려고 군사를 일으켰다고 하던데, 승부는 어찌되었소?"

사자曰: "엄동설한이어서 당분간 싸움을 그만두었습니다. 지금 저희 장군께서는 장군과 형주자사 유표께서는 모두 나라의 훌륭한 인재들이라고 여기시어, 일부러 찾아가서 청해 보도록 하셨습니다."

가후는 크게 웃으며 말했다: "당신은 곧바로 돌아가서 본초에게 내 말을 전하시오: '당신은 자기 아우조차 용납하지 못하면서 어떻게 천하의 인재를 용납할 수 있겠는가!' 라고."(*원술이 처음 호뢰관에서 군량 배급을 잘못했을 때 원소는 그를 군법에 따라 참해야만 했는데도 하지 못했고, 이어서 그가 황제를 참칭하였을 때에는 대의大義로써 그를 주살해야만 했음에도 그를 주살하지 못했다. 원소를 꾸짖으려면 마땅히 그가 원술을 치지 못한 것을 꾸짖어야지 그가 아우 원술을 용납하지 못한 것을 꾸짖어서는 안 된다. 가후는 처음에는 이각李傕을 따라다녔고 후에는 조조를 따라다녔는데, 비록 그가 지모는 있다고 하더라도 올바른 도리를 따르는 것과 거역하는 것, 즉 순역(順逆)을 알지 못했기에 이런 말을 하게 된 것이다.)

그리고는 그가 보는 앞에서 서신을 갈기갈기 찢어버리고 찾아온 사자를 꾸짖어 내쫓았다.

장수曰: "지금은 바야흐로 원소는 강하고 조조는 약한데, 지금 그가 보낸 서신을 찢어버리고 사자를 꾸짖어 보냈으니, 만약 원소가 알게 되면 어떻게 하지요?"

가후曰: "조조한테 가서 그를 따르는 편이 낫습니다."

장수曰: "나는 앞서 조조와 원수가 되었는데, 그가 어찌 나를 용납하려 하겠소?"(*앞서 제16회의 일에 대응하는 것이다.)

가후曰: "조조를 따르면 그 유리함이 세 가지 있습니다: 첫째는 조조는 천자의 조서를 받들고 천하를 정벌하고 있으므로 마땅히 그를 좇아야 한다는 것이고, 둘째는 원소는 강성하므로 우리가 적은 군사로 그를 따르더라도 그는 틀림없이 우리를 중히 여기지 않을 테지만, 조조는 비록 현재는 약하지만 우리를 얻게 되면 틀림없이 기뻐할 것이므로 마땅히 그를 좇아야 한다는 것이며, (*오늘날 다른 사람이 급할 때 도움을 주려고 하는(錦上添花: 雪中送炭) 자들은 부유한 자들과 정(情誼)을 통하기를 좋아하고 가난한 자들과 정을 통하기를 즐겨하지 않는데, 가후의 이 말을 경청하기를 이들에게 권하는 바이다.) 셋째는 조조 공은 패자나 제왕이 되려는 큰 뜻을 가지고 있으므로 틀림없이 사적인 원한을 풀어버리고 밝은 덕德을 사해에 널리 펼치려 할 것이므로 마땅히 그를 좇아야 한다는 것입니다. 부디 장군께서는 이를 의심하지 마시기 바랍니다."

장수는 그의 말을 좇아서 유엽을 들어오라고 청하여 서로 만나보았다. 유엽이 조조의 덕을 연방 칭찬하고 또 말했다: "승상께서 만약 구원舊怨을 기억하고 계신다면, 어찌 이 사람을 보내서 장군과 우호관계를 맺으려고 하시겠습니까?"

장수는 크게 기뻐하면서 즉시 조조에게 투항하기 위해 가후 등과 함께 허도로 찾아갔다.

〚 2 〛 장수가 조조를 보고 계단 아래에서 절을 하자, 조조는 급히

그를 붙잡아 일으킨 다음 그의 손을 잡고 말했다: "작은 허물이 있었지만 마음에 새겨두지 말기 바라오."(*그의 숙모를 더럽혀 놓은 것을 작은 허물이라고 말할 정도로, 다행히도 그는 철면피한 인간이다.)

그리고는 장수를 양무장군揚武將軍으로 봉하고, 가후를 집금오사(執金吾使: 중위中尉)로 임명했다.

조조는 즉시 장수로 하여금 유표에게 항복을 권하는 글을 쓰도록 했다.

가후가 건의했다: "유경승(劉景升: 유표)은 천하의 명사들과 사귀기를 좋아합니다. 지금 학문으로 이름난 사람(文名之士)을 찾아내서 그를 보내어 설득해야만 비로소 항복시킬 수 있습니다."

조조가 순유에게 물었다: "누구를 보내면 되겠는가?"

순유曰: "공문거(文擧: 공융)라면 그 일을 해낼 수 있을 것입니다."

조조는 그 말에 동의했다.

순유가 나가서 공융을 보고 말했다: "승상께서는 학문으로 이름난 사람을 하나 구해서 사자로 보내려고 하십니다. 공께서 이 일을 맡아 주셨으면 합니다."

공융曰: "내 친구로 예형禰衡이란 사람이 있소. 그의 자는 정평正平이라고 하는데 그 재주가 나보다 열 배나 뛰어나오. 이 사람은 천자 곁에 있어야만 할 사람으로, 단지 사자의 소임만 맡기기엔 과분한 사람이오. 내 그를 천자께 천거해야겠소."(*승상께 천거하겠다고 말하지 않고 천자께 천거하겠다고 말한 것은 그는 본래 조조를 위해 일하려 하지 않을 사람인 줄 알고 있었기 때문이다.)

그리하여 표문을 지어 황제께 아뢰었다. 그 글에서 말하기를:

〖 3 〗 신이 듣기로, 태고太古 적에 홍수가 범람하자 요堯 임금께서는 이를 다스리기 위해 현자와 준걸들을 널리 사방에서 불러 모으

려고 하셨으며, 옛날 세종(世宗: 漢 武帝)께서는 대통을 계승하시어 장차 나라의 기업을 넓히기 위해 천하에 어질고 유능한 인재들을 찾아 관직에 임명함으로써 위업을 이루려 하셨는데, 이에 수많은 선비들이 호응하여 모여들었다고 하옵니다.

폐하께서는 뛰어난 지혜와 성덕(叡聖)으로 제위를 이어받으셨으나 불행히도 액운을 만나시게 되어 해가 저물 때까지 수고하고 겸양하면서 정사를 살펴오셨나이다. 그러자 높은 산들이 그 신령함을 내리시어 많은 이인異人들이 동시에 나타났습니다.

〖 4 〗 신이 보건대, 평원平原 사람 처사處士 예형禰衡은 나이는 24세이고, 자字를 정평正平이라고 하는데, 그 맑은 품성은 곧고 바르며, 영특한 재주는 많은 사람들보다 탁월해서, 처음으로 기예(藝)와 학문(文)을 배우면 곧바로 그 심오한 이치를 다 통달했으며, 눈으로 한번 본 것은 곧바로 입으로 다 외웠고, 귀로 잠시 들은 것도 다 잊지 않았습니다.

그의 천성은 도道에 합치되고, 그의 생각은 마치 귀신이 생각하는 것처럼 정확히 들어맞았는데, 저 속셈에 밝기로 유명했던 한 무제武帝 때의 재상 상홍양桑弘羊의 암산 실력과, 기억력 좋기로 유명한 선제宣帝 때의 대사마大司馬 장안세張安世도 예형의 그것에 견주어 보면 참으로 기이할 게 없나이다. (*이 단락의 문장은 그의 재주를 칭찬한 것이다.)

〖 5 〗 예형은 그 성격이 충성스럽고, 과감하고, 정직하며(忠果正直), 그 뜻은 서리(霜)와 눈(雪)을 품은 듯 고결하며, 선한 자를 보고 기뻐하기를 마치 놀란 듯이 하고, 악한 자를 보고 미워하기를 마치 원수를 만난 듯이 하옵니다. 임좌(任座: 전국시대의 위문후魏文侯의 신하

로 임금의 면전에서 그 잘못을 지적하면서도 전혀 두려워하거나 비위를 맞추지 않았다고 함.)의 꿋꿋이 맞서는 행동과, 사어(史魚: 춘추시대 때 위군衛君의 신하로, 임금이 사악한 자를 대신으로 임명하는 것을 죽음으로 간하여 막았다고 함.)의 세찬 절개도 아마 그보다 더하지는 못할 것이옵니다. (*이 한 단락의 문장은 그의 성품을 칭찬하는 것으로, 이 몇 마디 말이 곧 예형이 조조를 꾸짖게 되는 까닭을 설명한다.)

사나운 새(猛禽) 수백 마리가 물수리(鶚) 한 마리만 못하다고 하옵니다(鷙鳥累百, 不如一鶚). (*정욱, 곽가 등은 모두 맹금과 같은 자들이다.) 예형을 조정에 세우시면 틀림없이 볼만할 것이옵니다. 그 놀라운 말솜씨는 마치 새가 날아가는 것 같고, 말이 달리는 듯하며, 그 넘쳐나는 기운은 마치 샘물이 용솟음치듯 하옵니다. 그리하여 의문을 풀고 맺힌 것을 푸는 데 있어서는 비록 적과 마주하더라도 남음이 있사옵니다.

〖 6 〗 옛날 가의(賈誼: 서한 때의 정치가)는 자신을 속국屬國을 다스리는 관리로 임명해 주기를 청하면서, 그렇게 해준다면 속임수를 써서 반드시 흉노왕 선우單于를 결박해 와서 황제 앞에 꿇어앉히겠다고 큰소리를 쳤으며, 종군(終軍: 서한 때 사람)은 사신이 되어 남월로 떠나면서 완강한 월왕越王을 긴 새끼줄로 꽁꽁 묶어 오겠다고 큰소리를 쳤는데, 이들이 젊은 나이에 보여준 그러한 장한 기개를 옛날 사람들은 칭찬했사옵니다. 근일에는 노수路粹와 엄상嚴象 또한 특이한 인재라고 해서 발탁되어 상서랑(臺郞)의 관직을 제수 받았사온데, 예형은 마땅히 이런 사람들과 견줄 수 있는 인물이옵니다. (*이 단락의 글에서는 나이는 젊지만 뜻이 큼을 말하고 있다. 앞에서 말한 "24세"에 대응한다.)

만약 예형과 같은 인물을 등용하여 마치 용이 하늘 높이 날아올라 은하수에서 날개를 떨치고, 자미원(紫微垣: 천제天帝가 거처한다는 하늘의 궁전)에서 그 목소리를 높이고, 아름다운 무지개 색깔을 아래로 드리우는 것처럼 하도록 하신다면, 근래에 임명된 많은 관원들에게도 광영光榮이 될 것이고 황궁의 위엄도 더해질 것이옵니다.

궁중의 음악에는 반드시 희귀하고 기이한 연주자가 있어야 하옵고, 천자의 거실에는 반드시 비상한 보물이 쌓여 있어야 하옵니다. 예형과 같은 인물은 결코 많이 얻을 수 없사옵니다. 고대의 가무곡인 격초激楚·양아陽阿의 절묘한 연주 모습은 궁중에서 가무歌舞를 주관하는 자가 탐내는 바였고, 천리마 비토飛兎와 요뇨騕褭는 왕량(王良: 고대에 말을 잘 몰기로 유명했다.)과 백낙(伯樂: 고대에 말을 잘 알아보기로 유명했다.)이 급히 얻고자 했던 것이옵니다.

저희 같은 보잘것없는 신하(臣)들이 어찌 감히 폐하께 이런 훌륭한 인재를 말씀드리지 않을 수 있겠나이까. 폐하께서는 성의를 다하여 신중하게 인재를 뽑으시므로 반드시 시험해 보셔야 할 것이오니, 바라옵건대 예형으로 하여금 평민의 복장 차림으로 들어오라고 부르시어 한번 만나 보옵소서. 만약 그를 만나보셨으나 볼만한 점이 없다고 하신다면 신 등은 폐하를 면전에서 속인 죄를 달게 받겠나이다.

〖 7 〗 헌제는 표문을 보고 나서 그것을 조조에게 주었다. 조조는 곧 사람을 보내서 예형을 불러오도록 했다. 예형이 인사를 했는데도 조조는 그에게 앉으라고도 하지 않았다. (*이 무례함이 그로 하여금 욕을 하도록 했다.)

예형은 하늘을 우러러 탄식했다: "천지는 넓은데 왜 인물은 하나도 없나!"

조조日: "내 수하에 있는 수십 명이 모두 영웅들인데 어찌 인물이 없다고 하느냐?"

예형曰: "그들의 이름을 들어보고 싶습니다."

조조曰: "순욱, 순유, 곽가, 정욱은 기모와 지략이 심원하니 소하蕭何와 진평(陳平) (이 두 사람은 한漢 고조 때의 유명한 신하들이다.—역자)도 이들에게 미치지 못할 것이고; 장료, 허저, 이전, 악진은 그 용맹을 당할 자가 없으니 잠팽岑彭과 마무(馬武) (이 두 사람은 한 무제武帝 때의 명장들이다.—역자)도 이들에게 미치지 못할 것이며; 또한 여건呂虔과 만총滿寵은 종사從事로 있고, 우금과 서황은 선봉장을 맡고 있고; 하후돈은 천하의 기재奇才이며, 조자효(曹子孝: 조인)는 이 세상에서 복 있는 장수, 즉 복장福將으로 알려져 있는데 어찌하여 인물이 없다고 하느냐?"

예형이 웃으며 말했다: "공의 말씀은 틀렸소이다. 그와 같은 인물들은 제가 다 알고 있습니다. 순욱은 조상弔喪이나 문병이나 다니도록 할 만한 사람이고, 순유는 묘지기나 시킬 만한 사람이며, 정욱은 대문이나 여닫도록 할 만한 사람이고, 곽가는 사부(詞賦)나 읽고 읊도록 할 만한 사람이며, 장료는 북이나 치고 징이나 울리도록 할 만한 사람이고, 허저는 소나 말을 기르도록 할 만한 사람이며, 악진樂進은 죄인을 취조하여 그 자술서나 읽도록 할 만한 사람이고, 이전李典은 문서와 격문이나 전하도록 할 만한 사람이며, 여건呂虔은 칼이나 갈고 검劍이나 만들도록 할 만한 사람이고, 만총은 술을 마시거나 술지게미나 먹도록 할 만한 사람이며, 우금은 널빤지를 등에 지고 나르며 담장이나 쌓도록 할 만한 사람이고, 서황은 개돼지나 잡도록 할 만한 사람이며, 하후돈은 제 몸 보존에 급급하니 '완체장군完體將軍'이라 부를 만한 사람이고, 조자효는 뇌물만 밝히니 '요전태수要錢太守'라 부를 만한 사람입니다. (* '완체完體'는 반대로 비꼬아서 말한 것이고, '요전要錢'은 사실대로 말한 것이다. 그러나 천하에는 조자효 같은 사람이 한 사람만 있는 게 아니라는 것이 문제이다.) 그 밖의 사람들이야 다 옷걸이(衣架), 밥주머니

(飯囊), 술통(酒桶), 고기포대(肉袋)들에 불과합니다."

조조는 화가 나서 말했다: "너는 도대체 무슨 재능이 있느냐?"

예형曰: "천문과 지리 어느 것 하나 통하지 않는 것이 없고, 삼교(三敎: 유교, 불교, 도교)와 구류(九流: 유가, 도가, 음양가, 법가, 명가名家, 묵가, 종횡가, 잡가雜家, 농가農家 등 선진 때의 각종 학술 유파類派)를 모르는 것이 없으며, 위로는 임금을 요순堯舜처럼 만들 수 있고, 아래로는 그 덕이 공자와 안자顏子와 짝할 만하니, 어찌 속된 무리들과 함께 논의하겠습니까!"(*예형이 스스로를 자랑한 내용이 공융이 예형을 칭찬한 그것과 같다.)

이때 곁에는 장료만 있었는데, 그는 그 말을 듣고 칼을 빼어들고 예형을 죽이려고 했다.

조조曰: "내게 마침 북을 치는 관리, 즉 고리鼓吏 자리가 하나 비어 있는데, 아침저녁의 조하(朝賀: 조정에 나아가 임금에게 하례하는 것)와 연향(宴享: 연회) 때 북을 칠 고리로 이 예형을 채용하면 되겠다."

예형은 사양하지 않고 곧바로 승낙하고 물러갔다.

장료曰: "이 사람은 말하는 게 매우 불손한데 왜 죽여 버리지 않습니까?"

조조曰: "이 자는 평소에 허명虛名이 원근에 널리 알려져 있다. 만약 오늘 그를 죽인다면 천하 사람들은 틀림없이 내가 사람을 포용할 줄 모른다고 말할 것이다. 그가 스스로 재능이 있다고 여기고 있으므로, 그래서 그를 고리로 삼아서 욕을 보이려는 것이다."(*간웅의 의도는 일부러 예형을 욕보이려는 것이었다. 그러나 누가 알았으랴, 그가 반대로 예형한테서 욕을 먹게 될 줄을.)

〖 8 〗 다음날 조조는 성청省廳 위에서 빈객들에게 큰 연회를 베풀고 고리鼓吏로 하여금 북을 치도록 했다. 이전의 고리가 말해 주었다: "북을 칠 때에는 반드시 새 옷으로 갈아입어야 하오."

그러나 예형은 입고 있던 옷을 그대로 입고 들어가서 마침내 북을
쳐서 '어양삼과漁陽三撾'란 곡을 연주하니 그 음조가 매우 절묘해서
둥둥(淵淵) 소리에 금석金石 소리가 섞여 나왔다. (*가죽과 나무로 이루어
진 악기 북으로 징과 경磬 등 금석으로 이루어진 악기의 소리를 내었으니, 이
야말로 '격초激楚', '양아陽阿' 곡처럼, 궁중에서 가무를 담당하는 자들이 탐
을 내는 것이었다.) 자리에 앉아 있던 빈객들로 이를 듣고 감정이 고조
되어 눈물을 흘리지 않는 사람이 없었다.

좌우에 있던 사람들이 꾸짖었다: "왜 옷을 갈아입지 않느냐!"

예형이 그 자리에서 입고 있던 떨어진 헌옷을 홀랑 벗어버리고 나체
로 서자 온몸이 다 드러났다. (*예형은 옷을 홀랑 벗는 것으로 조조를 욕
보였다. 간웅이 광사狂士를 만난 장면으로, 크게 볼만했다.) 앉아 있던 빈객
들은 모두 얼굴을 가렸다. 예형은 이에 천천히 바지를 입었는데, 얼굴
색 하나 변하지 않았다. (*정말로 눈에 뵈는 것이 없는 사람이다.)

조조가 꾸짖었다: "묘당廟堂 위에서 어찌 이리도 무례하냐!"

예형曰: "기군망상欺君罔上하는 것을 무례無禮라고 합니다. 나는 부
모님께서 주신 몸을 노출시켜 깨끗한 몸을 드러내 보였을 뿐입니다."

조조曰: "네가 깨끗하다니, 그렇다면 누가 더럽단 말이냐?"

예형曰: "당신은 현자와 어리석은 자를 식별할 줄 모르니 이는 눈이
탁한 것이고, 시서詩書를 읽지 않으니 이는 입이 탁한 것이며, 충언忠言
을 받아들이지 않으니 이는 귀가 탁한 것이고, 고금古今에 통하지 못했
으니 이는 몸이 탁한 것이며, 제후들을 용납하지 않으니 이는 배가 탁
한 것이고, 늘 제위帝位를 찬탈할 뜻을 품고 있으니 이는 마음이 탁한
것이오. (*앞에서는 이미 조조의 모신謀臣과 장수들을 헐뜯어 놓고 지금은
다시 조조를 지목하여 그만을 욕하고 있는데, 그것도 북을 친 후에 욕을 하
니, 이야말로 공자가 말한 〈북을 치면서 공격한다(鳴鼓而攻之)〉는 것이다. 공
융이 예형을 천거한 한 편의 문장이 매우 빛났는데, 예형이 조조를 욕한 한

편의 말 또한 매우 날카로운바, 쌍절雙絶이라 부를 만하다.)

나는 천하의 명사인데 그런 나를 이처럼 일개 고리鼓吏로 삼았으니, 이는 곧 양화(陽貨: 춘추시기 노魯나라의 계손씨季孫氏의 신하)가 공자를 업신 여기고, 장창(臧倉: 전국시대 때 노평공魯平公의 대신)이 맹자를 헐뜯은 격이 오. 제왕이나 패자의 위업을 이루고자 하는 사람이 어찌 이렇듯 사람 을 업신여긴단 말이오?"

〖 9 〗 이때 공융은 자리에 앉아 있었는데, 조조가 예형을 죽일까봐 두려워서 이에 조용히 나아가서 말했다: "예형의 죄는 강제노역에 처 해야 할 죄(胥靡)에 해당하지만, 명왕明王의 꿈에 나타나기에는 부족합 니다."(*옛날에는 죄수들에게 강제노역을 시켰는데, 이를 "서미胥靡"라고 한다. "서미胥靡"란 노역으로써 죄를 대신하도록 하는 제도이다. 공융의 말은 상商 고종高宗이 꿈에 부열傅說을 보았던 고사를 인용한 것이다. 부열은 부암 傅岩의 들판에서 담장 쌓는 강제노역을 하고 있다가 고종의 꿈에 나타나서 발 탁되어 후에 상 나라를 일으키는 데 큰 공을 세웠다.)

조조는 예형을 가리키며 말했다: "너를 형주로 보내는 사자로 삼을 것이다. 만일 유표가 항복하러 온다면 그때는 너를 공경公卿으로 임용 할 것이다."

예형은 가려고 하지 않았다. 그러나 조조는 말 세 필을 준비하도록 한 다음 두 사람에게 그를 좌우에서 붙들고 나가도록 했다. (*예형이 가지 않으려고 고집부리는 모습이 눈에 선하다.) 그리고 나서 수하 문무 관 원들로 하여금 동문 밖에 술자리를 준비해 놓고 그를 전송하도록 했 다.

순욱曰: "예형이 오더라도 일어나지 마시오."

예형이 이르러 말에서 내려 들어가 보았으나 모두들 단정하게 그대 로 앉아 있었다. 예형이 목을 놓아 통곡했다.

순욱이 물었다: "왜 우느냐?"

예형曰: "송장들 사이를 지나가면서 어찌 울지 않을 수 있소?"

여럿이 말했다: "우리가 송장이라면 너는 머리 없는 귀신이겠군!"

예형曰: "나는 한조漢朝의 신하로서 조만(曹瞞: 조조)의 무리가 아닌데 어찌 머리가 없을 수 있느냐!"(*예형은 한 황제를 우두머리로 생각하므로 여러 사람들이 조조를 우두머리로 여기는 것과는 달랐다.)

여러 사람들이 그를 죽이려고 하자, 순욱이 급히 말리며 말했다: "저까짓 쥐새끼나 참새 같은 놈 때문에 어찌 칼을 더럽힐 수 있나!"

예형曰: "나는 쥐나 참새일지언정 여전히 인간의 본성(人性)을 가지고 있지만, 너희들은 그저 나나니벌(蜾蟲)이라고나 할 수 있을 것이다."(*그러므로 그가 보기에는 조조는 왕개미나 왕벌에 불과했다.)

여러 사람들은 분통을 터뜨리며 흩어졌다.

〖 10 〗 예형은 형주로 가서 유표를 만나보고 비록 겉으로는 그의 덕을 칭송했지만 실은 그를 비꼬았으므로 유표는 불쾌해 했다. (*유표가 명사들을 좋아한다고 하면서도 예형을 좋아하지 않았던 것은 마치 섭공葉公이 용을 좋아한다고(葉公好龍) 하였으나 그것은 용 비슷한 것을 좋아한 것이지 실제로 용을 좋아한 것이 아닌 것과 같다.)

그리하여 그에게 강하(江夏: 호북성 무창武昌 서남)로 가서 황조黃祖를 만나보라고 했다.

어떤 사람이 유표에게 물었다: "예형이 주공을 조롱했는데 왜 죽이지 않으십니까?"

유표曰: "예형이 여러 차례 조조를 욕했는데도 조조가 죽이지 않은 것은 사람들의 신망을 잃을까봐 두려웠기 때문이다. 그래서 조조는 그를 내게 사자로 보내서 내 손을 빌려 그를 죽이도록 하고서는 나로 하여금 현자를 죽였다는 누명을 덮어쓰도록 하려고 했던 것이다. 나는 이제 그를 황조에게 보내서 (황조의 손으로 그를 죽이도록 함으로써) 조조로 하여금 나도 식견이 있음을 알도록 하려는 것이다."(*유표가 예형을 황조에게 보낸 것은 조조가 그를 유표에게 보낸 것과 같은 의도로, 이는 조조가 유표에게서 칼을 빌리려고 했는데, 유표는 다시 그 이웃으로부터 칼을 빌려서 조조에게 준 것이다.)

여러 사람들은 모두 잘하셨다고 칭송했다.

이때 원소가 보낸 사자 역시 도착했다. 유표는 여러 모사들에게 물었다: "원소가 또 사자를 보내왔고, 조조도 예형을 사자로 보내와서 지금 여기 있는데, 어느 쪽을 좇아야 하겠는가?"

종사중랑장從事中郞將 한숭韓嵩이 건의했다: "지금은 두 영웅들이 서로 대치하고 있으므로, 만약 장군께서 천하를 차지하실 뜻이 있으시다면 이때를 틈타 적들을 깨뜨리면 됩니다. 만약 그러실 뜻이 없으시다면, 둘 중에서 나은 쪽을 택하여 그를 따르셔야 합니다. 지금 조조로 말하면, 그는 용병을 잘 하므로 현자들과 준걸들이 그에게 많이들 귀의하는데, 그는 반드시 먼저 원소를 취한 다음에 군사를 강동으로 옮길 텐데, 그렇게 되면 장군께서 그를 막아내지 못할까봐 두렵습니다. 차라리 형주를 들어 조조에게 바치고 그에게 붙는 것이 나을 것 같습니다. 그렇게 한다면 조조는 틀림없이 장군을 후대할 것입니다."(*가후가 장수에게 권한 것과 똑같다.)

유표日: "자네가 일단 허도로 가서 동정을 살펴보고, 그 다음에 다시 상의하기로 하세."

한숭日: "임금과 신하는 각기 정해진 분수(定分)가 있습니다. 제가 지금은 장군을 섬기고 있으므로 비록 펄펄 끓는 물이나 활활 타는 불을 밟으라고(赴湯蹈火) 하시더라도 저는 그대로 따를 것입니다. 장군께서 만약 위로는 천자에게 순종하고 아래로는 조공을 따르시려는 뜻이 계시다면 저를 허도로 보내셔도 됩니다. 그러나 만약 의심을 품고 마음을 정하시지 못한 상태에서 제가 허도로 간다면, 그리고 천자께서 제게 어떤 벼슬을 내려주신다면, 저는 천자의 신하가 되기 때문에 다시는 장군을 위해서 죽을 수 없습니다."(*사전에 먼저 말을 해놓으면 후에 가서 죄를 줄 수 없다.)

유표曰: "자네는 일단 먼저 가서 동정이나 살펴보게. 내게 따로 생각하는 바가 있으니."

한숭은 유표에게 하직을 고하고 허도로 가서 조조를 만나보았다. 조조는 즉시 한숭을 시중侍中으로 삼아 영릉태수零陵太守를 겸하도록 했다.

순욱曰: "한숭은 동정을 살피러 이곳에 왔을 뿐 아무런 공도 세운 게 없는데 이처럼 높은 관직을 내리시고, 또 예형에게서는 아직 아무런 소식이 없는데도 승상께서는 보내신 후 아무것도 물어보시지 않으시는데, 그 이유가 무엇입니까?"

조조曰: "예형이 나를 너무 심하게 욕하기에 유표의 손을 빌려 그를 죽이려고 한 것이니, 다시 물어볼 필요가 어디 있는가?"

마침내 한숭에게 형주로 돌아가서 유표를 설득시키도록 했다. 한숭은 돌아가서 유표를 보고 조정의 큰 은덕을 칭송하면서 유표에게 아들을 보내서 입시入侍하도록 하라고 권했다.

유표가 크게 화를 내며 말했다: "네가 두 마음을 품고 있느냐?"

그리고는 그의 목을 베려고 했다.

한숭이 큰소리로 외쳤다: "장군께서 저를 저버렸지 저는 장군을 저버리지 않았습니다."

괴량曰: "한숭은 허도로 가기 전에 먼저 이런 뜻으로 말씀드렸었습니다."

유표는 드디어 그를 용서해 주었다.

〖 11 〗 어떤 사람이 황조가 예형을 죽였다고 보고했다. (*이 일은 실제 상황을 서술하지 않고 사자의 입을 통해 허사虛寫하고 있는데, 생필법省筆法이다.) 유표가 그 사정을 물어보자 그가 대답했다: "황조가 예형과 같이 술을 마시면서 둘 다 취했는데, 황조가 예형에게 물었습니다: '그대는 허도에 있었으니 잘 알겠군. 당세의 인물로는 어떤 사람이 있는가?' 그러자 예형이 말했습니다: '큰 인물로는 공문거(文擧: 공융)가 있고, 작은 인물로는 양덕조(德祖: 양수楊修)가 있습니다. 이 둘을 제외하면 따로 인물이라고 할 만한 사람이 없습니다.' 다시 황조가 물었습니다: '나 같은 사람은 어떠한가?' 그러자 예형이 말했습니다: '당신은 사당에서 모시는 신 같아서, 비록 제사는 받아먹지만 아무런 영험이 없지요.' 그 말에 황조가 크게 화를 내며: '너는 나를 흙이나 나무로 만든 인형(偶人)으로 여기고 있구나!' (*예형은 남들 보기를 송장 아니면 나무 인형으로 보았는데, 이 때문에 화를 당한 것이다.)라고 야단을 치고는 그를 목 베어 죽였는데, 예형은 죽을 때까지 계속해서 입으로 욕을 했다고 합니다." (*이는 황조가 그를 죽인 것이 아니라 유표가 그를 죽인 것이며, 또한 유표가 죽인 것이 아니라 조조가 죽인 것이다.)

유표는 예형이 죽었다는 말을 듣고 탄식하기를 마지않으며 그의 시신을 거두어 앵무주(鸚鵡洲: 호북성 무한시 서쪽 장강 안쪽.) 가에다 장사지내 주도록 했다. 후세 사람이 예형을 탄식하여 지은 시가 있으니:

황조의 재주 조조나 유표보다 뒤떨어져서	黃祖才非長者儔
예형의 잘린 머리 이 강기슭에 묻혀 있네.	禰衡喪首此江頭
지금 와서 앵무주 가를 지나가는데	今來鸚鵡洲邊過
무정한 푸른 물만 쉬지 않고 흘러가네.	惟有無情碧水流

한편 조조는 예형이 죽임을 당한 것을 알고 웃으며 말했다: "썩은 선비놈의 칼날 같은 혀가 도리어 자신을 죽이고 말았구나!" (*자신이 그를 죽였다고 말하지 않고, 또 다른 사람이 그를 죽였다고도 말하지 않고 반대

로 그가 스스로 죽었다고 말하는데, 간웅의 극치이다.)

그는 유표가 투항해 오지 않는 것을 보고 곧바로 군사를 일으켜서 그의 죄를 물으려고 했다.

순욱이 말리며 말했다: "원소를 아직 평정하지 못했고 유비도 아직 소멸시키지 못했는데 군사를 장강과 한수漢水 일대로 움직이려고 하는 것은 바로 가슴과 배는 내버려두고 손과 발을 돌보는 것과 같습니다(舍心腹而顧手足). 먼저 원소를 없애버린 후에 유비를 소멸시키고 나면 장강과 한수 일대는 단번에 쓸어서 평정할 수 있습니다."

조조는 그의 말을 따랐다.

〖 12 〗한편 동승董承은 유현덕이 떠나간 후로 밤낮으로 왕자복 등과 상의했으나 도무지 쓸 만한 계책이 떠오르지 않았다.

건안 5년(서기 200년. 신라 나해 이사금 5년) 정월 초하룻날(元旦), 동승은 조정에 나아가 천자에게 하례할(朝賀) 때 조조의 교만 방자함이 더욱 심해진 것을 보고 울분을 이기지 못하여 그만 병이 나고 말았다.

황제는 국구가 병이 난 것을 알고 궁중의 태의太醫를 보내서 치료해 주도록 했다. 이 의원은 낙양洛陽 사람으로 성은 길吉, 이름은 태太, 자字는 칭평稱平이라고 하는데 사람들은 모두 그를 길평吉平이라고 불렀다. 그는 당시의 이름난 의원이었다. 길평은 동승의 부중府中으로 가서 약을 써서 치료하며 아침저녁으로 그의 곁을 떠나지 않았는데, 동승이 늘 한숨만 연달아 쉬는 것을 보면서도 감히 그 까닭을 여쭈어보지 못했다. (*단지 그의 몸의 병(身病)만 알았지 그의 마음의 병(心病)은 알지 못했다.)

때는 마침 정월 대보름날(元宵)이어서 길평이 인사를 하고 돌아가려고 하자 동승은 그를 붙잡아 두어 둘이서 같이 술을 마셨다. 술을 한 경(更: 약 2시간)이 넘도록 마시다가 동승은 피곤하여 옷을 입은 채 그만 잠이 들었다. (*앞의 20회에서는 탁자에 기대어 졸았는데 그때는 낮이었고, 지금은 옷을 입은 채 잠이 들었는데 이때는 밤이었다. 전에는 지난밤에 잠을 자지 못했기 때문이고, 이번에는 병이 든 후 몸이 노곤했기 때문이다.)

그때 갑자기 아뢰기를 왕자복王子服 등 네 사람이 찾아왔다고 해서 동승은 나가서 그들을 맞아들였다.

왕자복曰: "대사가 다 준비되었습니다."

동승曰: "어디 설명이나 들어봅시다."

왕자복曰: "유표는 원소와 손을 잡고 군사 50만 명을 일으켜서 열 개 방면으로 나누어 짓쳐오고 있고, 마등은 한수韓遂와 손을 잡고 서량의 군사 72만 명을 일으켜서 북쪽에서 짓쳐오고 있습니다. 그래서 조조는 허창에 있는 군사들을 전부 일으켜서 각각 나누어서 적을 맞도록 하느라 성 안이 텅 비었습니다. 만일 우리 다섯 집의 노복들을 다 모으면 1천여 명은 될 것입니다. 오늘 밤 부중에서 큰 연회를 베풀고 정월 대보름을 축하하는데, 이때를 틈타 상부相府를 에워싸고 갑자기 짓쳐들어 가서 그를 죽이면 됩니다. 이런 기회를 놓쳐서는 안 됩니다."

동승은 크게 기뻐하며 즉시 집안 노복들을 불러서 각자 병장기들을 수습하도록 하고, 자기도 갑옷 입고 투구 쓰고 창을 들고 말에 올라서 (*병이 이때 와서는 호전되고 있었다.) 모두들 성안 문 앞에 모여서 동시에 쳐들어가자고 약속했다.

이윽고 초경(初更: 일고一鼓. 밤 7시경)이 되어 모든 병사들이 다 도착하자 동승은 손에 보검을 들고 곧장 안으로 걸어 들어갔다. 그는 조조가 후당에서 잔치를 베풀고 있는 것을 보고 큰소리로 외쳤다: "조조 이 역적놈아, 도망가지 말라."

그리고는 검으로 한 번 찌르자 조조는 칼을 맞고 그대로 쓰러졌다.

바로 그때 문득 깨어나 보니 허무하게도 남가일몽南柯一夢이었다. 그런데도 동승의 입안에서는 여전히 "조조 역적놈!"이란 말이 그치지 않았다.

〖 13 〗 그때 길평이 앞으로 다가와서 외쳤다: "당신은 조조 공을 해치려고 하시오?"

동승은 깜짝 놀라서, 겁이 나서 대답을 할 수가 없었다. (*초楚 장왕莊王은 무슨 꾀하는 일이 있을 때에는 반드시 사람들을 물리치고 혼자 잤다. 꿈속에서 한 말이 새어 나갈까봐 두려웠기 때문인데, 바로 이러한 이유 때문이다.)

길평曰: "국구께선 당황하지 마십시오. 제가 비록 일개 의원에 불과하나 여태 어느 한시도 한 나라를 잊어본 적이 없습니다. 저는 그간 연일 국구께서 한숨을 쉬시는 것을 보고서도 감히 여쭈어보지 못했는데, 마침 꿈속에서 하시는 말씀에서 이미 국구 어른의 진정眞情을 보았으니 부디 저한테는 숨기려고 하지 마십시오. 만약 저를 쓰실 곳이 있다면 저는 비록 구족九族이 몰살당하는 화를 입더라도 후회하지 않겠습니다." (*조정에 가득한 문무 관료들 가운데는 이 의생 하나보다 못한 자들이 많다.)

동승은 손으로 얼굴을 가리고 울면서 말했다: "자네의 진심이 아닌 것 같아서 두렵네."

길평은 곧바로 손가락 하나를 깨물어 맹세를 했다.

동승은 이에 의대조衣帶詔를 가져와서 길평에게 보여주었다. 그리고 말했다: "지금까지 우리가 거사를 하지 못한 것은 유현덕과 마등이 각자 떠나가 버렸기 때문에 어찌할 수가 없어서인데, 이 때문에 속이 타서 병이 났던 것이오." (*이때 이르러서 비로소 병이 난 진짜 이유를 말하고 있다.)

길평曰: "여러 대감님들께서는 걱정하실 필요 없습니다. 조조 역적놈의 목숨은 다만 제 손 안에 있습니다."(*오늘날의 의생의 손도 다 이처럼 무섭다.)

동승이 그 이유를 물었다.

길평曰: "조조 역적놈은 늘 두통을 앓고 있습니다. 병이 골수까지 들어가서, 일단 통증이 일어나기만 하면 곧바로 저를 불러서 치료하도록 합니다. 조만간 저를 부를 텐데, 그때 독약 한 번만 먹이면 그는 틀림없이 죽고 말 것입니다. 그런데 구태여 창칼을 쓸 필요가 어디 있습니까?"(*한 첩의 약이 백만 명의 군사보다 낫다.)

동승曰: "만약 그렇게 해서 한 나라 사직을 구할 수만 있다면, 이는 모두 자네 덕분이네!"(*이렇게 될 때 비로소 그는 진정한 양의良醫가 된다. 동승의 몸의 병만 고치는 게 아니라 동승의 마음의 병도 고치고, 동승의 마음의 병만 고칠 뿐 아니라 헌제의 마음의 병까지 고치게 된다.)

시간이 되어 길평은 하직인사를 하고 돌아갔다.

〖 14 〗동승은 속으로 기뻐하면서 후당으로 걸어 들어가는데, 문득 보니 가동家僮 진경동秦慶童이 시첩 운영雲英과 어두운 구석에서 속삭이고 있는 것이었다. 동승은 크게 화가 나서 좌우 사람들을 불러서 그들을 붙잡으라고 해서 죽이려고 했다. 그러나 부인이 말리는 바람에 죽이지는 않고 (*부인들은 대부분 일을 그르친다.) 각각 등에 40대씩 매를 치고, 경동을 냉방에 가두어 놓았다.

경동은 이에 한을 품고 한밤중에 자물쇠를 끊어버리고 담을 뛰어넘어 나가서 곧장 조조의 부중으로 들어가서 기밀사항이 있어서 고발하러 왔다고 했다. (*앞의 제10회에서는 마우馬宇가 가동家僮에 의해 고발당했는데, 여기서는 동승이 가동에 의해 고발당한다. 앞에서는 간략하게 설명하였으나 여기서는 상세하게 설명하고 있다. 사건은 동일하나 이를 설명하는 글은 각각 다르다.)

조조는 그를 밀실로 불러들여 물었다.

경동日: "왕자복, 오자란, 충집, 오석, 마등 등 다섯 사람이 제 주인 댁에 모여서 무슨 기밀機密을 상의했는데, 이는 틀림없이 승상을 해치려는 것입니다. 주인께서는 흰 비단 한 조각을 내어놓고 거기다가 뭔가를 썼는데 뭐라고 썼는지는 모르겠습니다. 그리고 요 근래에는 의원 길평이 손가락을 깨물어 맹세했는데, 그것은 저도 본 적이 있습니다."

조조는 경동을 부중에다 숨겨놓았다. 동승은 다만 그가 어디 다른 데로 도망갔으려니 생각하고는 더 이상 찾으려고 하지 않았다.

〖 15 〗다음날 조조는 거짓으로 두통을 앓는 체하고는 길평을 불러와서 약을 쓰도록 했다.

길평은 속으로 생각했다: "이 역적놈, 이젠 끝장이구나!"

그리고는 독약을 몰래 감추고 상부相府로 들어갔다. 조조는 침상 위에 누워서 길평에게 약을 쓰도록 했다.

길평日: "이 병은 약 한 첩만 드시면 곧바로 낫습니다."(*당연히 두 첩을 들 필요는 없다.)

그리고는 약탕관을 가져오도록 해서 조조가 보는 앞에서 약을 달였다. 약이 반쯤 졸아들었을 때 길평은 몰래 독약을 탄 다음 손수 약그릇을 올려 바쳤다. 조조는 독이 들어 있음을 알고 일부러 시간을 끌면서 마시지 않았다.

길평日: "뜨거울 때 잡수시고 땀을 좀 내시면 곧바로 낫습니다."

조조가 일어나며 말했다: "자네는 이전에 유가儒家의 책들을 읽었을 테니 틀림없이 예의를 알 것이다. 임금이 병이 있어 약을 먹을 때에는 신하가 먼저 맛을 보고, 아비가 병이 있어 약을 먹을 때에는 자식이 먼저 맛을 보는 것이 예이다. 자네는 나의 심복인데 어째서 먼저 맛을 본 다음 내게 올리지 않는가?"(*먼저 맛을 본다면 약을 올릴 수가 없다.)

길평日: "약이란 병을 고치는 것인데 왜 다른 사람이 맛을 보도록 합니까?"

길평은 말은 비록 이렇게 했으나 일이 이미 누설된 것을 알고 성큼 성큼 앞으로 걸어가서 조조의 귀를 잡아당겨 그의 입에 약을 부어넣으려고 했다. 그러나 조조가 손으로 약그릇을 쳐서 땅에 쏟아버리자 바닥의 벽돌들이 다 갈라졌다. 조조가 미처 말하기도 전에 좌우 사람들이 길평을 붙잡았다.

조조日: "내가 어디 아파서 그랬겠느냐. 다만 너를 시험해 보려고 그랬던 것이다. 네게는 과연 나를 해치려는 마음이 있었구나!"

곧바로 건장한 옥졸 20명을 불러서 길평을 붙들고 후원으로 끌고 가서 고문을 하도록 했다. 조조가 정자에 앉자 결박당한 길평을 끌고 와서 땅바닥에 쓰러뜨렸다. 그러나 길평은 얼굴색 하나 변하지 않았고 무서워하는 기색도 전혀 없었다. (*약을 품에 감추고 상부에 들어갈 때 그는 이미 생사生死를 초월했다.)

조조가 웃으며 말했다: "네까짓 일개 의원이 어찌 감히 독을 써서 나를 해치려고 했겠느냐? 틀림없이 누군가가 너를 사주해서 그리 했을 것이다. 네가 그 사람의 이름만 댄다면 내 곧 너를 용서해 주겠다."

길평이 조조를 꾸짖었다: "너야말로 기군망상欺君罔上하는 역적 놈으로, 천하 사람들이 전부 너를 죽이고 싶어 하는데 어찌 나 혼자만 그러하겠느냐?"

조조가 재삼 캐어묻자, 길평이 화를 내며 말했다: "나 스스로 너를 죽이고 싶었을 뿐, 어찌 다른 사람이 나를 사주하겠느냐? 지금 일이 실패하고 말았으니 오직 죽음이 있을 뿐이다!"

조조는 화가 나서 옥졸에게 사정없이 매를 치도록 했다. 두 시진(時辰: 약 4시간) 동안 연달아 치니 온몸의 살가죽이 터지고 살이 갈라져서 피가 계단에 흥건히 흘렀다. 조조는 길평을 때려서 죽여 버리면 나중에 대질對質할 사람이 없어질까봐 염려하여 옥졸로 하여금 그를 조용한 데로 끌고 가서 잠시 몸조리를 시키도록 했다.

〖 16 〗 조조는, 다음날 잔치를 여니 여러 대신들에게 술 마시러 오라고 청했다. 그런데 동승 혼자만 병을 핑계대고 오지 않았을 뿐, 왕자복 등은 조조의 의심을 사게 될까봐 겁이 나서 다들 참석하지 않을 수 없었다. (*한 사람은 겁이 나서 오지 않았고, 여러 사람들은 겁이 나서 다 왔다.) 조조는 후당에 술자리를 마련했다.

술이 몇 순배 돈 다음 조조가 말했다: "술자리에 흥을 돋을 만한 게 없군. 내 사람 하나를 데려와서 여러분들이 술이 확 깨도록 해드리겠소."

그리고는 20명의 옥졸에게 지시했다: "이리 끌고 오너라!"

잠시 후 큰 칼을 쓴 길평이 계단 아래로 끌려왔다.

조조曰: "여러분은 모를 거요. 이 자는 악당들과 짜고서 조정을 배반하고 이 조조를 죽이려는 음모를 꾸몄소. 그런데 오늘 천만다행으로 그 음모가 들통나버렸소. 여러분은 이 자가 제 입으로 실토하는 말을 들어보시오."

조조는 옥졸들로 하여금 먼저 한 차례 매를 치도록 했다. 그가 기절해서 땅에 쓰러지자 그의 얼굴에다 물을 뿜었다. 길평은 깨어나자 눈을 부릅뜨고 이를 갈며 욕을 했다: "조조 이 역적놈아! 나를 죽이지 않고 다시 어느 때를 기다리느냐!"

조조曰: "같이 모의한 자가 먼저 여섯이 있었다면, 너까지 합해서 전부 일곱 명인가?"(*일곱 명이란 숫자는 유현덕까지 포함해서이다. 만약 길평까지 더한다면 전부 여덟 명이다. 이는 흰 비단 위에 이름을 쓴 사람에는 본래 길평의 이름이 없었으나, 경동의 입에서 현덕의 이름이 나오지 않았기 때문이다.)

그러나 길평은 계속 욕을 할 뿐이었다. 왕자복 등 네 사람은 서로 얼굴을 쳐다보며 마치 바늘방석에 앉아 있는 것 같았다. 조조는 옥졸을 시켜서 한편으로는 매질을 하고 한편으로는 그의 얼굴에 물을 뿜도록 했다. 그러나 길평에게는 용서를 구하려는 뜻이 전혀 없었다. 조조는 그가 끝내 자백하지 않는 것을 보고 일단 끌고 나가도록 했다. (*아직 그에게 죽음을 허락하지 않았다.)

〔 17 〕 술자리가 파하여 여러 관원들은 모두 흩어졌다. 조조는 왕자복 등 네 사람만 남아 있도록 하여 밤 연회에 참석하라고 했다. 네 사람은 혼이 나갔으나 남아서 기다릴 수밖에 없었다.

조조日: "본래 여러분을 붙들어 두려고 했던 것이 아닌데 물어볼 일이 있으니 어쩌겠소? 당신들 네 분은 동승과 무슨 일을 상의하였소?"

자복日: "결코 아무 일도 상의하지 않았소이다."

조조日: "흰 비단에다 무엇을 썼었소?"

왕자복 등은 모두 감추고 말하지 않았다. 조조는 진경동을 불러내서 대질을 시켰다.

자복日: "너는 어디에서 무엇을 보았다는 것이냐?"

경동日: "당신들은 여러 사람들의 눈을 피해서 여섯 사람이 한 자리에 모여 앉아 글자를 썼으면서 어찌하여 잡아떼십니까?"(*경동은 다만 여섯 사람만 고발했다.)

자복日: "이 도적놈이 국구의 시첩과 간통하다가 책망을 당하자 제 주인을 무고하는 것이니, 저놈의 말을 들어서는 안 됩니다."

조조日: "길평이 약에 독을 탔는데, 동승이 시키지 않았으면 누가 시켰단 말이오?"

왕자복 등은 모두 모르는 일이라고 말했다.

조조曰: "오늘 밤에 자수한다면 그래도 용서해 줄 수 있지만, 일이 들통나버린 다음에는 사실 용서해 주기 어렵다!"

그래도 왕자복 등은 다들 그런 일은 결코 없었다고 말했다. 조조는 좌우에 호령하여 네 사람을 붙잡아 가둬 놓도록 했다.

〖 18 〗 다음날 조조는 여러 사람들을 거느리고 곧장 동승의 집으로 문병을 하러 갔다. 동승은 나가서 그를 맞이하지 않을 수가 없었다.

조조曰: "무슨 일로 간밤의 잔치에 참석하지 않으셨소?"

동승曰: "감기가 낫지 않아 감히 가벼이 나갈 수가 없었습니다."

조조曰: "그것은 바로 우국憂國의 병이겠지요."

동승은 깜짝 놀랐다.

조조曰: "국구는 길평의 일을 아시오?"

동승曰: "모릅니다."

조조가 냉소하며 말했다: "국구께서 어찌 모른단 말이오?"

그리고는 좌우 사람들을 불러서 말했다: "그놈을 끌고 와서 국구의 병 나으신 것을 축하해 드리도록 하라."

동승은 어찌할 줄 몰랐다. 잠시 후 옥졸 20명이 길평을 계단 아래로 떠밀고 왔다. 길평은 큰소리로 욕을 했다: "조조 이 역적놈아!"

조조는 손으로 길평을 가리키며 동승에게 말했다: "이 사람이 왕자복 등 네 명을 불어서 내 이미 그들을 붙잡아 정위廷尉에게 넘겼소. 아직도 한 명 더 있는데 아직 잡지 못했소."(*조조는 다만 한 명이라고 말하고 있다. 그는 아직도 세 명 더 있는 줄은 몰랐다.)

그리고는 길평에게 물었다: "나에게 독약을 먹이라고 너한테 시킨 게 누구냐? 어서 대거라!"

길평曰: "하늘이 나로 하여금 가서 역적놈을 죽이라고 하셨다!"(*인심人心이 있는 곳, 그것이 바로 천리天理이다.)

조조는 화가 나서 매질을 하도록 했다. 그러나 몸에는 더 이상 매질할 곳이 없었다. 동승은 자리에 앉아서 그것을 바라보는데 심장을 칼로 가르는 것처럼 아팠다.

조조가 또 길평에게 물었다: "네게는 본래 손가락이 열 개 있었는데 지금은 어째서 아홉 개밖에 없느냐?"

길평曰: "반드시 나라의 역적놈을 죽이겠다고 맹세하면서, 내가 씹어 먹었기 때문이다."

조조는 칼을 가져오라고 해서 계단 아래로 가서 그의 아홉 개 손가락을 모조리 잘라버린 다음 말했다: "한꺼번에 다 잘랐으니 어디 또 맹세를 해 보거라!"

길평曰: "내 아직 입이 있으니 역적놈을 삼킬 수 있고, 혀가 있으니 역적놈을 꾸짖을 수 있다!"

이 말을 듣고 조조는 그의 혀를 자르도록 했다.

길평曰: "잠깐 손을 멈추시오. 내 이제는 형벌을 더 이상 견딜 수가 없어 실토를 하지 않을 수 없으니, 나의 결박이나 풀어주시오."

조조曰: "풀어준들 안 될 게 뭐 있겠느냐?"

곧바로 옥졸에게 그의 결박을 풀어주라고 했다.

길평은 몸을 일으켜 대궐을 향해 절을 하며 말했다: "신은 나라를 위해 역적을 없애지 못했사온데, 이는 천수天數이옵니다."

절하기를 마치자 그는 계단에다 머리를 부딪쳐서 죽었다. (*조조를 죽이겠다고 맹세하였으니 이는 그의 충忠이오, 죽을 때까지 동승을 불지 않았으니 이는 그의 의義이다. 가장 참혹한 화를 당했으니 그의 성정과 기골(性骨)이 가장 장렬함이다. 의원 중에 이런 사람이 있을 줄은 생각도 못했다.)

조조는 그의 사지를 찢어서 높이 매달아 사람들이 구경하도록 했다. 이때는 건안 5년(서기 200년. 신라 나해 이사금 5년) 정월이었다. 이에 대해

사관史官이 지은 시가 있으니:

한조 말년 다시 일어설 기색 없을 때	漢朝無起色
나라를 고치려 한 자로 길평이 있었네.	醫國有稱平
간악한 무리 없애겠노라 맹세한 후	立誓除姦黨
자기 몸 내던져 임금께 보답했네.	捐軀報聖明
극형을 당하면서도 그 말은 더욱 매서웠고	極刑詞愈烈
참혹하게 죽어가면서도 의기는 생시 같았네.	慘死氣如生
열 손가락에 붉은 피 뚝뚝 떨어졌으니	十指淋漓處
사람들은 그 아름다운 이름 영원히 기억하리네.	千秋仰異名

〖 19 〗조조는 길평이 이미 죽은 걸 보고 좌우로 하여금 진경동秦慶童을 앞으로 끌어내 오도록 했다.

조조曰: "국구께선 이 사람이 누군지 모르겠소?"

동승이 크게 화를 내며 말했다: "도망간 종놈이 여기 있다! 즉시 이 놈을 죽여 버리도록 하라!"

조조曰: "그가 최초로 모반을 보고했기에 지금 대질시키려고 데려 왔는데 누가 감히 이 자를 죽인단 말인가?"

동승曰: "승상께선 어찌하여 도망친 종놈이 하는 일방적인 말(一面之辭)만 들으십니까?"

조조曰: "왕자복 등은 내 이미 잡아들여서 모두들 자백과 증거가 명백한데 너는 아직도 잡아떼려고 하는가?"

조조는 즉시 좌우 사람들을 불러서 동승을 붙잡도록 하고, 따르는 자들로 하여금 곧바로 동승의 침실로 들어가서 방안을 샅샅이 뒤지도록 했다. 결국 의대조衣帶詔와 일곱 명이 거사를 맹세하고 비단에 이름을 쓴 의장義狀을 찾아냈다.

조조는 그걸 보고 나서 웃으며 말했다: "쥐새끼 같은 무리들이 어찌 감히 이따위 짓을 한단 말이냐!"(*조조는 그 동안 의장義狀이 있다는 것만 알았는데 오늘 비로소 천자가 피로써 쓴 비밀조서가 있음을 알게 되었다. 지금까지는 단지 여섯 명만 있는 줄 알았는데, 오늘 비로소 모두 일곱 명인 줄 알게 되었다.)

그리고는 명을 내렸다: "동승의 온 집안사람들을 양민이건 천민이 건 가리지 말고 모조리 잡아 가두고 단 한 놈도 달아나지 못하게 하라."

조조는 부중으로 돌아가서 천자의 비밀조서와 의장을 여러 모사들에게 보여주고 헌제를 폐하고 다시 새 임금을 세울 일을 상의했다. (*조조는 이때 뜻밖에도 동탁이 한 짓을 하려고 했다.) 이야말로:

피로 쓴 몇 줄의 비밀조서 허망하게 끝나고　　　數行丹詔成虛望
한 장의 맹세의 글 재앙을 불러왔네.　　　　一紙盟書惹禍殃

헌제의 목숨이 어찌될지 모르겠거든 다음 회를 읽어보도록 하라.

제 23 회 모종강 서시평序始評

(1). 예형禰衡과 공융孔融과 양수楊修 세 사람은 그 재능은 같았으나 그 성품은 같지 않은 점이 있었다: 양수는 조조를 섬기는 자였고, 공융은 조조를 섬기지는 않았으나 그와 교제를 한 자였으며, 예형은 조조를 섬기지도 않았고 조조와 사귀려고도 하지 않았던 자이다. 세 사람은 모두 조조에 의해 살해되었으나, 세 사람 중에서 예형이 가장 성품이 강했다. 그래서 세 사람 중 예형이 가장 일찍 죽임을 당했던 것이다.

(2). 혹자가 말했다: 조조는 진림陳琳 같은 자는 죽이지 않으면서 왜 유독 예형만은 미워했을까? 조조가 예형을 제후들에게 사자

로 보낸 것은 그가 자기 재주만 믿고 미친 듯이 날뛰기 때문에 다른 사람을 시켜서 그에게 한 번 좌절을 맛보게 함으로써 그의 예기를 꺾어놓은 다음 그를 쓰려고 했던 것인데, 뜻밖에도 황조가 그를 문득 죽여 버렸던 것이다. 선유先儒들 가운데는 조조를 대신하여 황조를 책망한 글이 있는데, 그 글에서 이런 뜻을 자세히 말하고 있다.

내가 말했다: 그렇지 않다. 그런 말을 한 사람은 예형과 진림 두 사람의 우열優劣을 알지 못한 것이다. 예형은 자기 입으로 조조를 욕했고, 진림은 붓으로써 조조를 욕했다. 비록 욕을 한 것은 같지만 예형이 조조를 욕한 것은 자기 스스로 욕한 것이고, 진림이 조조를 욕한 것은 다른 사람을 대신하여 욕한 것이다. 대개 자신이 욕한 것과 남을 대신하여 욕한 것에는 차이가 있다. 진림이 말하기를: '화살이 시위 위에 놓여 있으니 쏘지 않을 수 없다(箭在弦上, 不得不發)' 라고 했다. 만약 조조가 그를 써서 남을 쏘도록 한다면 그는 조조를 대신하여 적을 욕하기를 역시 이와 같이 할 것이다. 진림은 조조를 욕했으나 결국에는 조조를 섬기게 되지만, 예형은 조조를 욕했은즉 그는 틀림없이 조조를 섬기지 않을 것이다. 남을 대신하여 욕을 하는 자는 항복할 수 있지만, 스스로 욕을 한 자는 결단코 항복하지 않을 것이다. 이것이 조조가 진림은 죽이지 않았으나 예형은 반드시 죽이려고 했던 이유가 아니겠는가?

(3). 본 회의 이야기는 바로 조조가 유비를 치려는 것에서 시작하였는데, 도리어 유표와 장수의 항복을 권하고 유비를 방면했다가 갑자기 동승의 이야기로 이어지고 있다. 동승의 일이 탄로 날 때 고발한 자는 유비가 관계된 줄 몰랐으나, 가택 수색을 통해 의장義狀을 찾아내고 나서야 비로소 조조는 동승과 함께 모의한 자 중

에는 유비가 있음을 알게 되었다. 그리하여 다음 글에서는 유비에 대한 공격을 더 이상 늦출 수 없게 된다. 그러므로 본회의 이야기는, 비록 유비에 관한 일은 나오지 않지만, 실제로는 유비전劉備傳 중에서 매우 중요한 대목(關目)에 해당한다.

〖 1 〗한편 조조는 의대조衣帶詔를 보고 여러 모사들과 상의하여 헌제獻帝를 폐위시키고 다시 유덕한 임금을 골라서 세우려고 했다.

정욱程昱이 간했다: "명공께서 사방에 위명威名을 떨치시며 천하를 호령할 수 있는 것은 한漢 천자의 이름을 받들어 하기 때문입니다. 지금은 제후들이 아직 다 평정되지 못한 상황인데, 이런 때에 갑자기 황제를 폐위시키고 다시 세우신다면 반드시 전단(戰端)을 열게 될 것입니다."

이에 조조는 그만두었다. (* 조조는 거의 동탁이 한 일을 그대로 할 뻔했다. 그런데 끝내 하지 못했던 것은 자신이 전에 같은 일로 동탁을 친 적이 있었기 때문이다.) 다만 동승 등 5명과 그들의 일가 노소들을 전부 각 성문으로 압송해 가서 목을 베어 죽이도록 하니, 죽은 자가 모두 7백여 명이나 되었다. 성 안의 관리나 백성들로서 이를 보고 눈물을 흘리지 않는 자가 없었다. 후세 사람이 동승을 찬탄하는 시를 지었으니:

비밀조서를 의대 속에 감추어 전하니	密詔傳衣帶
천자의 말씀 궁문 밖으로 나갔다.	天言出禁門
지난날 서도西都에서 어가를 구했는데	當年曾救駕
이날 다시 천자의 성은聖恩 받았네.	此日更承恩
나라 걱정에 속병 생겼고	憂國成心疾
간웅 제거하려는 뜻 꿈에까지 나타났네.	除姦入夢魂
그의 충성과 절개 천추에 전해오니	忠貞千古在
그 누가 다시 성패를 논한단 말인가.	成敗復誰論

또 왕자복 등 네 사람을 찬탄하는 시를 지었으니:

흰 비단 조각에 이름 적어 충성 맹세하고	書名尺素矢忠謀
강개한 마음으로 임금의 은혜 갚으려 했네.	慷慨思將君父酬
가련하다, 삼족 다 내다버린 그들의 충성심	赤膽可憐捐百口
그들의 일편단심 천추에 전해지리.	丹心自是足千秋

〖 2 〗 한편 조조는 동승 등 여러 사람들을 죽이고 나서도 화가 풀리지 않아 곧바로 칼을 차고 동董 귀비貴妃를 죽이려고 궁 안으로 들어갔다.

귀비는 바로 동승의 누이로서 헌제의 총애를 받아 이때는 이미 회임한 지 다섯 달이나 되었다. 이날 헌제는 후궁에서 복伏 황후와 함께 은밀히 동승에게 부탁한 일이 지금까지도 아무 소식이 없다는 이야기를 하고 있었다. 그때 문득 조조가 칼을 차고 궁으로 들어오는 것이 보였는데, 얼굴에는 노기를 띠고 있었다. 헌제는 대경실색했다. (*재상의 얼굴에 노한 기색이 있다고 해서 천자가 대경실색을 하니, 이 어찌 기이하기

짝이 없는 일 아닌가?)

조조曰: "동승이 모반을 했는데, 폐하께서는 알고 계시지요?"

헌제曰: "동탁은 이미 주살당했지요."(*조조는 동승에 대해 이야기하는데 헌제는 일부러 동탁이라고 틀리게 말하는데, 이는 아마도 조조를 지금의 동탁이라고 생각했기 때문일 것이다. 그러나 헌제의 본래 뜻은 동탁에 있지 않고 아마도 속으로는 조조를 가리키고 있었을 것이다. 헌제 역시 말솜씨가 뛰어났다.)

조조가 언성을 높여 말했다: "동탁이 아니라, 동승입니다!"

천자는 겁이 나서 덜덜 떨며 말했다: "짐은 사실 모르고 있소."(*이때 재상은 엄연한 심문관이었고, 천자는 뜻밖에도 죄인 같았다.)

조조曰: "손가락을 깨물어 조서를 쓴 일을 잊으셨습니까?"

헌제는 대답을 할 수가 없었다. (*손에 자국이 증거로 남아 있는데 말로써 잡아떼기는 어려웠다.)

조조는 무사를 불러서 동 귀비를 잡아오도록 했다.

헌제는 조조에게 사정했다: "동비董妃는 지금 회임한 지 다섯 달이 되었소. 승상께서는 부디 불쌍히 여겨 주시오."

조조曰: "만약 하늘이 그 음모를 깨부수지 않았더라면 나는 이미 죽고 말았을 텐데 어찌 다시 이 계집을 살려두어 나의 후환이 되게 하라는 것이오?"

복 황후도 사정했다: "냉궁冷宮으로 내려 보내서 거기서 분만分娩하기를 기다렸다가 죽이더라도 늦지 않을 것이오."

조조曰: "이 역적의 씨(逆種)를 남겨두어 후일에 제 어미 원수를 갚도록 하자는 말인가?"(*천자의 후사를 "역적의 씨(逆種)"라고 말하다니, 이 무슨 해괴한 말인가?)

동비가 울면서 사정했다: "부디 온전한 몸으로 죽게 해주시고, 제발 시신이 밖으로 드러나지 않게 해 주시오."

조조는 즉시 흰 비단을 가져와서 그 앞에 놓으라고 지시했다. 헌제가 울면서 귀비에게 말했다: "그대는 황천에 가서도 짐을 원망하지는 말게!"

말을 마치자 눈물을 비 오듯 흘렸다. 복 황후 역시 대성통곡을 했다. 조조가 화를 내며 말했다: "아녀자마냥 이게 무슨 꼴들인가!"

그는 무사들에게 그녀를 끌고 나가 궁문 밖에서 죽여 버리라고 했다. (*높디높은 지존至尊의 몸으로도 여자 하나를 보호해 주지 못하니, 참으로 천지가 뒤집혀지는 때이다.) 후세 사람이 동 귀비를 탄식하는 시를 지었으니:

봄날 궁전에서 받은 성은도 허망하구나.　　　　春殿承恩亦枉然
뱃속의 용종도 동시에 죽게 되니 가슴 아프다.　傷哉龍種並時捐
천하 호령하던 천자조차 구해주기 어려워　　　堂堂帝主難相救
얼굴 가리고 눈물만 펑펑 흘린다.　　　　　　掩面徒看淚湧泉

조조는 궁궐을 감독하는 관원에게 일렀다: "지금 이후로는 외척이든 종친이든 내 허락 없이 궁문에 함부로 들어오는 자는 목을 베어 버리도록 하라! 궁문을 엄하게 지키지 않으면 같은 죄로 다스릴 것이다."

조조는 또 심복 3천 명을 어림군御林軍에 충당시켜 조홍으로 하여금 통솔하여 황궁을 지키고 단속하도록 했다. (*헌제는 이때 감옥 안에 앉아 있는 것과 같았다.)

〖 3 〗조조는 정욱에게 말했다: "이번에 동승의 무리들이 비록 주살되기는 했으나 아직도 마등과 유비가 그 일곱 명 숫자 속에 들어 있으므로 없애버리지 않을 수 없다."

정욱曰: "마등은 군사들을 서량西凉에 주둔시켜 놓고 있어서 쉽사리

잡을 수가 없습니다. 그러니 일단 글월을 보내서 위로해 줌으로써 의심을 품지 않도록 한 다음 서울로 유인해 와서 잡으면 될 것입니다. (*뒤에 가서 마등을 유인해 죽이는 것의 복필伏筆이다.) 유비는 지금 서주에서 군사들을 세 곳으로 나누어 의각지세犄角之勢를 이루고 있으므로 그 또한 가벼이 칠 수가 없습니다. 더군다나 지금은 원소가 관도(官渡: 하남성 중모현 동북)에다 군사를 주둔시켜 놓고 늘 허도를 넘보고 있습니다. 만약 우리가 일단 동으로 서주를 치러 간다면 유비는 형세상 반드시 원소에게 구원을 청할 것이고, 원소는 우리가 없는 틈을 타서 습격해 올 것입니다. 그렇게 되면 어떻게 대처하시겠습니까?"

조조日: "그렇지 않소. 유비는 인걸人傑인지라 이번에 치지 않고 그 날개가 다 생겨날 때까지 기다린다면, 그때 가서는 급히 도모하기가 어려울 것이오. 원소는 그 세력이 비록 강하다고는 하나, 그는 무슨 일이든 의심이 많아서 결단을 내리지 못하니 근심할 게 못 되오."(*조조는 현덕을 영웅으로 생각하고 원소는 영웅으로 생각지 않는데, 이는 푸른 매실이 익었을 때 덥힌 술을 마시면서(靑梅煮酒) 나누었던 이야기와 일치한다.)

한창 상의하고 있을 때 곽가가 밖에서 들어왔다. 조조가 그에게 물었다: "나는 동으로 유비를 치러 가고 싶으나 다만 원소가 걱정되니 어찌하면 좋겠는가?"

곽가日: "원소는 성격이 굼뜬데다가 의심이 많고, 그 수하의 모사들은 서로 시샘하고 미워하고 있으므로 걱정할 필요 없습니다. 그리고 유비는 이번에 군사들을 새로 정돈한 터이므로 군사들의 마음이 아직은 유비에게 복종하지 않고 있습니다. (*이 두 마디 말은 후에 관공과 장비의 수하 군졸들이 조조에게 항복하고, 항복했던 군졸들이 다시 거짓으로 관공에게 투항해서는 하비성을 기습하게 되는 등의 일에 대한 복필이다.)

만약 승상께서 군사들을 이끌고 동으로 정벌을 나가신다면, 단 한 차례의 싸움으로 승패를 확정지을 수 있을 것입니다."

조조는 크게 기뻐하며 말했다: "내 생각과 똑같군."

마침내 20만 명의 대군을 일으켜서 군사를 다섯 방면으로 나누어 서주를 향해 내려갔다.

〖 4 〗 염탐꾼이 이 사실을 탐지하여 서주로 보고했다. 손건은 먼저 하비下邳로 달려가서 관공에게 알린 다음 곧바로 소패小沛로 가서 현덕에게 보고했다.

현덕은 손건과 상의했다: "이번에는 아무래도 원소에게 구원을 청해야만 위기를 면할 수 있을 것 같다."

이리하여 현덕은 서신을 한 통 써서 (*이번에는 현덕이 직접 썼는데, 다시 정현鄭玄을 번거롭게 할 필요가 없었기 때문이다.) 손건에게 주어 하북河北으로 보냈다. 손건은 먼저 전풍田豊을 만나보고 그 일을 자세히 설명한 다음 원소를 만나도록 주선해 달라고 부탁했다. 전풍은 즉시 손건을 데리고 들어가서 원소를 만나보고 서신을 올렸다. 그러나 원소를 보니 얼굴은 초췌하고 옷차림도 단정하지 못했다.

전풍曰: "오늘 주공께서는 어찌하여 이러하십니까?"

원소曰: "나는 죽을 것 같네."

전풍曰: "주공께서는 어째서 그런 말씀을 하십니까?"

원소曰: "내가 아들을 다섯 두었는데, 그 중에서 막내만이 내 마음을 즐겁게 해주었다네. (*부인들은 대체로 막내를 사랑한다. 그러나 장부들 역시 그러한가?) 그런데 그 애가 지금 옴에 걸려서 다 죽어가고 있네. (*원소가 걱정하는 것은 겨우 어린아이의 병에 불과하다. 어린아이의 병이란 것도 겨우 옴에 불과하다. 우습다.) 그러니 내가 무슨 기분으로 다른 일을 이야기하겠는가?"(*가소롭다.)

전풍曰: "지금 조조가 동으로 유현덕을 치러 나가서 허창이 텅 비었습니다. 만약 우리가 의병義兵을 거느리고 이 빈 틈을 타서 쳐들어간다면 위로는 천자를 보호해 드릴 수 있고 아래로는 만백성을 구할 수 있습니다. 이는 좀처럼 얻기 어려운 좋은 기회이니 명공께서는 결단을 내려 주십시오."(*전풍은 전에는 천천히 싸우자고 했으나 지금은 빨리 싸우자고 한다. 이는 때와 형세를 헤아려보고 하는 말로서 외골수로 싸우려고만 하는 저수沮受와는 다르다.)

원소曰: "나 역시 그렇게 하는 것이 가장 좋은 줄 알고 있다. 그러나 내 마음이 어지러우니 어쩌겠는가. 군사를 일으키는 건 아무래도 이롭지 못할 것 같다."

전풍曰: "마음이 어지러우시다니, 그게 무슨 말씀입니까?"

원소曰: "다섯 아들 가운데(정사 〈삼국지三國志〉에서는 아들이 셋이라고 했고, 뒤에 가서는 셋째 아들 원상袁尚을 막내라고 말하고 있다.—역자.) 유독 이 아이가 태어날 때부터 가장 영특했었는데, 만약 이 아이에게 무슨 잘못된 일이라도 생기게 되면 내 목숨은 죽은 거나 마찬가지다."

마침내 원소는 군사를 보내지 않기로 마음을 정했다. (*조조는 자기 첫째아들 조앙曹昻이 죽었는데도 다만 전위典韋의 죽음만을 애도했다. 그런데 자기 막내아들 원희袁熙가 병이 났다고 해서 원소는 유비를 구하려고 하지 않았다. 원소와 조조의 우열優劣이 이와 같음을 보게 된다.)

그리고는 손건에게 말했다: "그대는 돌아가서 현덕을 보고 이런 사정을 잘 말해 주시오. 만약 사정이 여의치 않거든 나한테 와서 몸을 의탁해도 좋다고 하시오. 그러면 내가 달리 도와줄 방도가 있소."(*후에 유비가 원소에게 몸을 의탁하게 되는 것의 복필이다.)

전풍은 지팡이로 땅을 치며 말했다: "다시 만나기 어려운 이런 좋은 때를 만나고도 어린애 병 때문에 이런 기회를 놓쳐버리다니! 대사가 글러버렸구나. 아, 가슴 아프구나!"

그는 발로 땅을 쾅쾅 차며 장탄식을 하고는 밖으로 나갔다. (*참으로 애석한 일이다. 현덕이 원소에게 구원을 청한 것은 정욱의 예상대로이고, 원소가 군사를 파견하지 않은 것은 곽가의 예상대로이다.)

손건은 원소가 군사를 파견하려고 하지 않는 것을 보고는 어쩔 수 없이 다시 밤낮을 가리지 않고 소패로 돌아와서 현덕을 보고 원소를 만나고 온 사정을 자세히 설명했다.

현덕이 크게 놀라서 말했다: "일이 이렇게 되었으니 어찌하면 좋겠는가?"

장비曰: "형님께선 걱정하지 마십시오. 조조의 군사들은 멀리서 오느라 틀림없이 지쳐있을 테니, 그들이 도착하자마자 곧바로 우리가 먼저 가서 영채를 기습공격 한다면 조조를 깨뜨릴 수 있습니다."(*이 계책 역시 괜찮은 것이지만 다만 조조를 속여 넘길 수는 없다.)

현덕曰: "나는 평소 너를 용감한 사내로만 생각했었다. 그런데 앞서 유대를 사로잡을 때 보니 자못 계책을 쓸 줄도 알고, 이번에도 이런 계책을 내놓았는데, 이 역시 병법에 맞는 것이다."

그리고는 장비의 말에 따라서 군사를 나누어 조조의 영채를 기습공격 하기로 했다.

〖 5 〗 한편 조조는 군사를 이끌고 소패로 갔다. 한창 가고 있을 때 갑자기 광풍이 일었다. 갑자기 크고 우렁찬 소리가 들리더니 대장기(牙旗) 하나가 바람에 부러졌다. 조조는 즉시 군사들로 하여금 일단 그 자리에 멈추도록 한 다음, 여러 모사들을 모아놓고 이것이 길한 징조인지 흉한 징조인지 물었다.

순욱曰: "바람은 어느 방향에서 불어왔습니까? 또 부러진 깃발은 무슨 색입니까?"

조조曰: "바람은 동남방에서 불어왔고, 부러진 깃발은 단기單旗로 된 대장기(牙旗)이고, 깃발의 색깔은 청홍 두 가지 색이오."(*동승이 죽

은 것은 붉은 색의 비밀조서와 흰색의 비단 한 폭 때문이었는데, 유비의 패배
는 도리어 청홍색의 조조의 대장기 하나 때문이다.)

순욱曰: "이것은 다른 조짐을 나타내는 것은 아니고, 오늘 밤에 유
비가 반드시 우리의 영채를 습격하러 올 징조입니다."(*장비의 계책을
진즉에 순욱이 점을 쳐서 알아냈다.)

조조는 머리를 끄덕였다.

그때 갑자기 모개毛玠가 들어와서 조조를 보고 말했다: "방금 동남
풍이 일어나면서 청홍색의 대장기 하나를 부러뜨렸는데, 주공께서는
무슨 조짐이라고 생각하십니까?"

조조曰: "공의 생각은 어떤가?"

모개曰: "제 생각에는 오늘 밤에 틀림없이 우리 영채를 습격하러 올
사람이 있다는 것을 미리 알려주는 것 같습니다."(*모사들의 소견이 다
같았다.)

후세 사람이 이를 탄식하는 시를 지었으니:

아아, 황제의 후손 세력 약하고 궁지에 몰려	吁嗟帝胄勢孤窮
적의 영채 습격해서 공을 세워야만 했으나	全仗分兵劫寨功
대장기 부러져서 조짐을 알려주니 어쩌겠는가	爭奈牙旗折有兆
하늘은 어찌하여 간웅을 내버려 두시는가.	老天何故縱奸雄

조조가 말했다: "하늘이 나에게 일러주시니 당장 대비를 해야겠
다."

그리고는 곧바로 전체 군사를 아홉 부대로 나누어서 한 부대만 앞으
로 나아가서 영채를 세우도록 하고, 나머지 부대는 팔면에 매복하고
있도록 했다. 이날 밤 달빛은 희미하였다. 현덕은 군사를 두 부대로
나누어 자신은 왼편에서, 그리고 장비는 오른편에서 진군하고, 손건만
남아서 소패를 지키도록 했다.

〖 6 〗한편 장비는 스스로 좋은 계책을 냈다고 생각하고 가볍게 무장한 기병(輕騎)들을 거느리고 앞장서서 조조의 영채로 돌입했다. 그러나 막상 들어가 보니 영채가 듬성듬성 있을 뿐 군사들도 많지 않았는데, 그때 갑자기 사방에서 불빛이 크게 오르고 함성이 일제히 울렸다.

장비는 자신이 적의 계략에 걸려든 줄 알고 급히 영채 밖으로 뛰어나갔다. 그때 정동正東에서는 장료가, 정서正西에서는 허저가, 정남에서는 우금于禁이, 정북에서는 이전李典이, 동남에서는 서황이, 서남에서는 악진樂進이, 동북에서는 하후돈이, 서북에서는 하후연, 이렇게 여덟 방면으로부터 군사들이 쳐들어왔다.

장비는 좌충우돌하면서 앞과 뒤를 막고 끊어가면서 싸웠다. 그러나 그가 거느리고 있던 군사들은 원래 조조 수하에 있었던 군사들이기 때문에 사세가 위급하게 된 것을 보고는 모조리 투항하고 말았다. (*이들은 바로 제21회의 주령朱靈·노소路昭 및 차주車胄가 거느렸던 군사들이다.)

장비가 한창 싸우고 있다가 서황을 만나서 한판 크게 싸우는데, 뒤에서 악진이 쫓아왔다. 장비는 싸우면서 혈로를 뚫고 포위를 돌파하여 달아났다. 그의 수하 군사들로 뒤를 바짝 따라오는 자들은 겨우 수십 기마에 불과했다. 그는 소패로 돌아가고 싶었으나 그곳으로 가는 길은 이미 차단되어 있었다. 서주나 하비로 가고 싶었으나 그곳으로 가는 길 역시 조조의 군사들이 막고 있을까봐 겁이 났다. 아무리 생각해도 갈 곳이 없어서 할 수 없이 망탕산(碭碭山: 강소성 탕현碭縣 동남)을 향해 갔다. (*이제 장비에 대한 얘기는 그만하고, 다음 글에서는 현덕에 대해서만 얘기한다.)

〖 7 〗한편 현덕도 조조의 영채를 습격하려고 군사를 이끌고 갔는데, 영채 문 가까이 이르자 갑자기 고함소리가 진동하면서 뒤에서 한 떼의 군사들이 뛰쳐나와서 먼저 군사들이 절반이나 잘려나가 버렸다. 하후

돈이 또 쳐들어왔다. 현덕은 포위를 뚫고 달아났는데 하후연이 또 뒤에서 쫓아왔다. 현덕이 돌아보니 수하 군사들 중 겨우 30여 기만 자기를 따라오고 있었다. 그래서 급히 소패로 돌아가려고 했으나 소패성 안에서 불길이 일어나는 걸 보고 하는 수 없이 소패를 포기하고 서주, 하비로 가려고 했다. 그러나 조조의 군사들이 산과 들을 새까맣게 덮고서 그리로 가는 길을 막고 있는 게 보였다.

현덕은 스스로 돌아갈 곳이 없다고 생각하다가 문득 생각했다: "원소가 '만약 사정이 여의치 않거든 나한테 찾아와서 몸을 의탁하도록 하라'고 했었지. 잠시 가서 몸을 의탁하고 있다가 달리 좋은 방도를 찾아보는 게 낫겠다."

그래서 곧바로 청주로 가는 길을 향해 달아났다. 바로 그때 길을 가로막고 있던 이전李典과 마주쳤다. 현덕은 필마단기로 큰길을 벗어나서 들판으로 뛰어들어 정신없이 북쪽을 향해 도망쳤다. 이전은 현덕을 따르던 기마 군사들을 사로잡아서 돌아갔다.

〖 8 〗 한편 현덕은 필마단기로 청주를 향해 하루에 3백 리나 달려서 청주성(靑州城: 산동성 치박시淄博市 임치臨淄) 밑에 이르러 문을 열라고 외쳤다. 문지기가 그의 성명을 물어보고는 청주 자사에게 보고했다. 청주자사는 원소의 맏아들 원담袁譚이었다.

원담은 평소 현덕을 존경해 왔는데, 그가 필마단기로 찾아왔다는 말을 듣고는 즉시 성문을 열고 영접하러 나가서 (*원담은 그 아비에 비하면 더 나았다. 그런데도 그 아비는 반대로 그 막내아들을 사랑했는데, 그 이유가 무엇일까?) 현덕을 맞이하여 공관公館으로 들어가서 찾아오게 된 연유를 자세히 물었다. 현덕이 싸움에 패하여 몸을 의탁하러 오게 된 뜻을 자세히 말해주었다. 원담은 현덕을 관사에 머물러 있도록 하고, 글을 띄워 부친 원소에게 보고하는 한편, 청주의 군사들을 차출하여 현덕을 호송해 주도록 했다.

현덕이 평원平原 지경에 당도하니 원소가 직접 군사들을 이끌고 업성(鄴城: 하북성 임장현臨漳縣 서남) 30리 밖까지 나와서 현덕을 영접했다.

현덕이 고맙다고 인사를 하자, 원소는 급히 답례를 하며 말했다: "전날에는 아이가 병이 나서 구원해 드리지 못했는데, 그 일로 마음이 도통 불안했었소. 이제 다행히 만나 뵙게 되어 평소 간절히 그리워하던 마음에 큰 위안이 되었소."

현덕曰: "외롭고 궁박한 처지에 있던 저는 오래 전부터 명공의 문하에 몸을 의탁하고자 했었으나 그럴 기회나 인연이 없어서 어쩔 수 없었습니다. 이번에 조조의 공격을 받아 처자들이 전부 저들에게 함락되었는데, 장군께서는 사방의 인사들을 받아주고 계시다는 것을 생각하고 창피함을 무릅쓰고 곧장 찾아왔습니다. 부디 거두어 주신다면 맹세코 그 은혜에 보답하도록 하겠습니다."

원소는 크게 기뻐하며 그를 후하게 대접하고 같이 기주에서 지내도록 했다. (*이제 현덕에 대한 얘기는 그만하고, 다음 글에서는 관운장에 대해서만 얘기한다.)

〖 9 〗 한편 조조는 그날 밤 소패小沛를 취하고는 곧바로 군사들을 진격시켜 서주를 공격했다. 미축糜竺과 간옹簡雍은 성을 지켜낼 수가 없어서 성을 버리고 달아날 수밖에 없었다. 진등이 조조에게 서주를 들어 바쳤다.

조조는 대군을 이끌고 성 안으로 들어가서 백성들을 안심시키고 나서 곧바로 여러 모사들을 모아 놓고 하비성 칠 일을 상의했다.

순욱曰: "운장은 현덕의 처자를 보호하고 있으므로, 그는 그 성을 죽음으로 지키려 할 것입니다. 만약 속히 취하지 않는다면 원소에게 빼앗길 우려가 있습니다."(*순욱은 이미 유비가 틀림없이 원소에게 몸을 의탁하러 갈 것임을 알고 있었다.)

조조曰: "나는 전부터 운장의 무예와 그의 인재人材를 사랑해 왔소. 이제 그를 얻어 내 사람으로 쓰고 싶으니, 사람을 보내서 항복하도록 설득해 보는 게 나을 것 같소."(*관공에게 항복을 설득하려고 하지만 역시 크게 어려운 일이다.)

곽가曰: "운장은 의리를 매우 중히 여기므로 틀림없이 항복하려고 하지 않을 것입니다. 사람을 보내서 설득하려고 하다가는 도리어 해를 당할까 두렵습니다."

그때 휘하의 한 사람이 나서며 말했다: "제가 관공과는 서로 조금 아는 사이이니 한 번 가서 설득해 보겠습니다."

여러 사람이 보니 장료였다. (*백문루白門樓에서 서로 구해 준 일을 상기하라. 이미 몇 회 앞의 일인데 여기서 갑자기 비춰 보이고 있다.)

정욱曰: "문원(文遠: 장료)이 비록 운장과 전부터 아는 사이라고는 하나, 내가 그를 살펴본 바에 의하면, 그는 말로 설득당할 사람이 아닙니다. 제게 한 가지 계책이 있는데, 그를 진퇴양난의 상황으로 몰아넣은 다음 문원을 시켜서 설득하도록 한다면, 그는 틀림없이 승상께 귀의해 올 것입니다." 이야말로:

맹호 쏘려고 큰 활(窩弓)을 정비하고　　　　整備窩弓射猛虎
대어 낚으려고 향기 나는 미끼 준비하네.　　安排香餌釣鰲魚

그 계책이 어떤 것인지 모르겠거든 다음 회를 읽어보도록 하라.

제 24 회 모종강 서시평序始評

(1). 존귀한 천자가 권신權臣의 속박을 받고 있는 것은 부득이해서이다. 그러나 막중한 제후의 신분으로 어린아이에 의해 제약을

받고 있는 것 역시 부득이해서인가? 의대조衣帶詔의 일이 이미 들통 나고 동董 귀비貴妃의 일 또한 매우 처참하니 이때는 바로 충신들이 몸을 던질 때이고 의사義士들이 발분하여 공을 세울 때이다. 그런데도 이들이 미적대면서 세월만 보내고 가만히 앉아서 기회를 잃음으로써 천자도 그 비빈들을 보호할 수가 없었다. 제후들 또한 자기 처자식들한테만 연연하여, 자기 어린자식이 아픈 것에는 마음이 쓰였으나 천자의 후사를 잉태한 황비가 재앙을 만났는데도 마음이 움직이지 않았다. 4세 동안 3공을 배출하고 대대로 한漢의 록을 먹은 자가 도리어 일개 의원이 절조를 다 바친 것만도 못하니, 참으로 탄식할 일이로다!

(2). 전풍田豊이 전에는 천천히 싸우자고 했으나 이번에는 급히 싸우자고 하는데, 전에는 엿볼 틈새가 없었으나 지금은 노릴 수 있는 허점이 있기 때문이다. 그는 때를 잘 살펴서 계책을 내놓았으나 애석하게도 원소는 그것을 쓸 줄 몰랐다. 그러나 내가 괴이하게 생각한 것은, 곽도와 심배는 왜 한 마디 말도 하지 않았을까, 하는 것이다. 아마도 두 사람은 전풍과 사이가 나빴기 때문에 전번에 전풍이 싸우지 말자고 할 때에는 두 사람은 싸워야 한다고 우겼고, 이번에 전풍이 싸우자고 하자 두 사람은 다시 싸워서는 안 된다는 말로 원소를 편들었을 것이다. 오로지 자기 당파의 견지에서만 보고 국가의 대사란 견지에서 보지는 않는 것, 옛날부터 붕당朋黨의 폐해는 왕왕 이와 같았다.

(3). 조조는 원소를 대적하면서 적은 수의 군사로 대군을 이길 수 있었으나, 유비는 조조를 대적하면서 적은 수의 군사로 대군을 이길 수 없었는데, 이는 유비의 용병술用兵術이 조조만 못했기 때문

이다. 그러나 장수로서의 도道는 용병 능력에 있지만, 군왕으로서의 도道는 용병 능력에 있지 않고 용병하는 사람을 쓸 수 있는 능력(能用用兵之人)에 있다. 유비가 패배한 이유는 당시에는 아직 제갈량을 만나지 못했기 때문이다. 제갈량을 만나기 전에는 비록 관우나 장비의 용맹이 있어도 그것을 쓸 데가 없었다. 제갈량을 만나고 난 후에는 비록 조조의 지모로도 그를 당해낼 수 없었다. 그리고 제갈량은 조조로서는 얻을 수가 없었고 유비만이 얻을 수 있었다. 당 태종이 조조를 참으로 잘 논평했는데, 그는 말했다: "한 장수의 지모로는 남음이 있으나 만승(萬乘: 즉 군왕)의 자질로는 부족하다(一將之智有餘, 萬乘之才不足)." 한신韓信은 군사들을 잘 거느렸지만 그것은 한 장수로서의 지모였으며, 고조(高祖: 유방)는 병사들을 잘 거느리지 못했으나 장수들을 잘 거느렸으니, 이는 만승, 즉 군왕으로서의 자질이다. 이 어찌 조조의 용병用兵은 유비보다 뛰어났으나 용인用人은 유비보다 못했던 것이 아니겠는가!

제25회

관공, 토산에서 세 가지 다짐받고
백마에서 조조 군의 곤경을 구해주다

〖 1 〗 한편 정욱이 계책을 올렸다: "운장은 혼자서 일만 명을 대적할 수 있는 용맹이 있으므로 지모智謀를 쓰지 않고서는 그를 잡을 수가 없습니다. 지금 즉시 유비 수하에 있다가 항복해 온 병졸들을 하비성으로 들어가게 해서 관공을 보고 자신들은 도망쳐서 돌아온 사람들이라고 말하고 성 안에 숨어 있으면서 내응하도록 하십시오. 그리고 나서 관공을 싸우러 나오도록 이끌어내서, 싸우다가 패한 척하고 달아나서 그를 다른 곳으로 유인한 다음 정예병들로 그의 돌아갈 길을 끊어놓도록 하십시오. 그런 다음에야 그를 설득할 수 있습니다."

조조는 그 계책을 받아들여 즉시 서주에서 항복한 군사 수십 명에게 곧장 하비로 가서 관공에게 거짓 투항하도록 했다. 관공은 원래의 자기 병사들이 돌아온 줄로 생각하고 그들을 전혀 의심하지 않고 성내에 남아 있도록 했다.

다음날, 하후돈은 선봉이 되어 군사 5천 명을 거느리고 가서 싸움을 걸었다. 관공이 싸우러 나오지 않자 하후돈은 군사들을 시켜서 성 아래에서 욕설을 퍼붓도록 했다. (*욕을 하지 않고 다른 방법으로 관공을 자극할 수는 없다.) 관공은 크게 화가 나서 군사 3천 명을 이끌고 성 밖으로 나가서 하후돈과 붙어 싸웠다. 둘이 서로 붙어 싸우기를 약 10여 합, 하후돈은 말머리를 돌려서 달아났고, 관공은 그 뒤를 쫓아갔다. 하후돈은 잠시 싸우다가는 곧바로 달아나고 하기를 되풀이했다. 관공은 약 20리를 쫓아가다가 문득 하비성에 무슨 변고라도 생길까봐 염려가 되어 곧바로 군사들을 되돌렸다. (*관공 역시 이에 생각이 미쳤으나, 다만 조금 늦었던 것이 유감이다.)

바로 그때 포 소리가 크게 울리더니 왼쪽에서는 서황의 부대가, 오른쪽에서는 허저의 부대가 돌아갈 길을 끊어 놓았다. 관공은 길을 뚫고 달아났다. 그때 양편에 숨어 있던 복병들이 강한 쇠뇌 1백 개를 벌여놓고 쏘아댔는데, 날아오는 화살들이 마치 메뚜기 떼가 날아오는 것 같았다. 관공은 결국 지나갈 수가 없어서 다시 군사들을 되돌렸는데, 그때 서황과 허저가 달려들어 싸웠다. 관공은 힘껏 싸워서 그 둘을 물리치고는 군사들을 이끌고 하비성으로 돌아가려고 했다. 그런데 이번에는 하후돈이 또 길을 막아서 한바탕 큰 싸움이 벌어졌다.

관공은 날이 저물 때까지 싸웠으나 그때까지 돌아갈 길을 찾지 못하여 부득이 토산土山으로 올라가서 산꼭대기에다 군사를 주둔시켜 놓고 일단 휴식을 취했다. 조조의 군사는 그 토산을 빈틈없이 포위했다. (*이때 유비의 감·미 두 부인들은 함락된 성 안에 있었다.)

관공이 산 위에서 멀리 하비성 안을 바라보니 불길이 하늘 높이 솟아오르고 있었다. 그러나 그것은 앞서 거짓 항복했던 병졸들이 성문을 몰래 열어주어, 조조가 직접 대군을 이끌고 성 안으로 쳐들어가서는 관공의 마음을 헷갈리게 만들려고 불을 피워 놓은 것이었다. 관공은 하비성이 불타는 것을 보고 놀라고 당황하여 (*하비성이 함락된 것에 당황한 것이 아니라 두 형수가 함락된 성 안에 있는 것에 당황한 것이다.) 그날 밤 몇 번이나 산 아래로 쳐내려갔으나 그때마다 화살을 마구 쏘아대는 바람에 도로 올라오곤 했다.

〖 2 〗 관공은 날이 밝아올 때까지 기다렸다가 다시 군사들을 정돈하여 산 아래로 짓쳐 내려가려고 했다. 그때 문득 보니, 한 사람이 말을 달려 산 위로 올라오고 있었는데, 자세히 보니 장료張遼였다.

관공은 그를 맞이하여 말했다: "문원文遠은 나와 싸우러 오는 것이오?"

장료曰: "아닙니다. 옛 정을 생각해서 특별히 뵈러 왔습니다."

그는 곧바로 칼을 버리고 말에서 내려 관공과 인사를 나누고 나서 같이 산꼭대기에 앉았다.

관공曰: "문원은 나를 설득해 보려고 온 것 아니오?"

장료曰: "아닙니다. 전에는 형께서 이 아우를 구해 주셨는데, 오늘 이 아우가 어찌 형을 구해드리지 않을 수 있습니까?"(*또 백문루에서 있었던 일을 꺼낸 것이다.)

관공曰: "그렇다면 문원은 나를 도와주려는 것이오?"

장료曰: "그 역시 아닙니다."

관공曰: "나를 도와주려는 게 아니라면, 여기 와서 무얼 하겠다는 거요?"

장료曰: "현덕 공은 살아 있는지 죽었는지 모르고, 익덕의 생사도 모릅니다. 어제 밤에 조공께서는 이미 하비성을 깨뜨렸는데, 성 안의 군사와 백성들은 하나도 다치지 않았습니다. 그리고 사람들을 보내서 현덕 공의 가솔들을 호위하여 그들을 놀라게 하거나 폐를 끼치는 일이 없게끔 했습니다. (*먼저 두 형수가 무사함을 말하여 그를 안심시키고 있다.) 이와 같이 대우해 주고 있다는 것을 이 아우가 일부러 와서 형에게 알려드리는 것입니다."

관공이 화를 내며 말했다: "이 말은 특별히 나를 설득해 보겠다는 것이다. (*구해 주려는 것도 아니고, 도와주려는 것도 아니라면, 결국은 설득하려는 것이다.) 내가 지금은 비록 궁지에 몰려 있으나, 나는 죽는 것을 마치 고향으로 돌아가는 것처럼 여기는 사람이다. 자네는 당장 돌아가라. 내 곧 산에서 내려가 맞아 싸울 것이다."

장료는 큰소리로 웃으며 말했다: "형의 그 말씀, 어찌 천하의 웃음거리가 아니겠습니까?"

관공曰: "나는 충의忠義를 위해 죽으려는 것인데 어째서 천하의 웃음거리가 된단 말인가?"

장료曰: "형께서 지금 만약 죽으신다면 그 죄가 세 가지나 됩니다."(*무릇 영웅을 설득할 때에는, 그들은 칭찬해서는 움직이지 않지만 책망하면 움직인다. 감언甘言과 비사卑詞는 엄한 기색(嚴氣)이나 정색正色보다 못하다. 이야말로 관공을 설득할 수 있는 최선의 방법이다.)

관공曰: "자네는 우선 나에게 세 가지 죄부터 설명해 보게."

장료曰: "당초에 유 사군使君과 형은 형제의 의를 맺으실 때 생사를 같이 하기로 맹세했습니다. 그런데 지금 사군께서는 싸움에 갓 패했을 뿐인데도 형이 전사하고 만다면, 만약 사군께서 다시 나오셔서 형을 찾아 서로 돕고자 하더라도 그렇게 할 수 없을 것이니, 이 어찌 당년의 맹세를 저버리는 것이 아니겠습니까? 이것이 그 첫 번째 죄입니다. (*맞는 말이다. 현덕이 만약 죽었다면 관공은 혼자 살아갈 수 없고, 현덕이 만약 살아 있다면 관공이 어찌 혼자 죽을 수 있는가?)

유 사군께서는 가솔들을 형에게 부탁하셨는데 형이 지금 전사하신다면 두 부인께서는 의지할 데가 없으니, 이는 도리어 형이 사군께서 부탁하신 중임을 저버리는 것이 되니, 이것이 그 두 번째 죄입니다. (*맞는 말이다. 관공이 죽어서 두 부인도 역시 죽도록 한다면, 공의 죽음에 유감이 있게 되고, 만약 공은 죽었는데 두 부인이 혹시 죽을 수 없는 상황이 된다면, 공의 죽음에 더욱 유감이 있을 것이다.)

마지막으로, 형께서는 무예가 출중하고 겸하여 경사經史에도 통달하신데, 사군과 같이 한 황실을 바로잡아 세울 생각은 하시지 않고 부질없이 물불을 가리지 않고 뛰어듦으로써 한갓 필부의 용맹을 과시하려고 하시는데, 이것이 어찌 의로운 행동(義)일 수 있습니까? 이것이 그 세 번째 죄입니다. (*관공의 마음에는 한 황실이 있는데 장료는 "한실漢室"이라는 두 글자로 그의 마음을 움직였다. 관공은 자신이 죽는 것을 의로운 행동(義)이라고 생각했는데, 장료는 뜻밖에도 그것은 의로운 행동이 아니라고 말했다.)

형께서는 지금 이 세 가지 죄를 지으려고 하시기에 이 아우가 충고의 말씀을 드리지 않을 수가 없습니다."

〖 3 〗 관공은 한참 생각해본 후 말했다: "자네 말은 내가 세 가지 죄를 짓게 된다고 했는데, 그렇다면 나더러 어떻게 하라는 것인가?"

장료曰: "지금 사면에는 전부 조공의 병사들뿐이므로 형께서 만약 항복하지 않는다면 반드시 죽게 됩니다. 부질없는 죽음은 이로울 게 없습니다. 그보다는 차라리 일단 조공에게 항복한 다음 은밀히 유 사군의 소식을 알아보고, 계신 곳을 알게 되거든 즉시 찾아가도록 하시는 게 좋습니다. (*이 두 마디 말이 비로소 관공의 귀에 박혔다.)

이렇게 하시면, 첫째로는 두 부인을 보호할 수 있고, 둘째로는 도원桃園에서 맺은 약속을 저버리지 않을 수 있고, 셋째로는 유용한 목숨을 보전할 수 있습니다. 이처럼 세 가지 좋은 점이 있으니 형께서는 깊이 생각해 보십시오."

관공曰: "형이 세 가지 좋은 점을 말했으니, 나도 세 가지 약조를 받아놓고 싶소. 만약 승상께서 이를 다 들어준다면 나는 즉시 갑옷을 벗겠지만, 만약 들어주지 않는다면 나는 차라리 그 세 가지 죄를 지을 망정 싸우다가 죽을 것이오."

장료曰: "승상께서는 도량이 넓으신데 어찌 용납하시지 않겠습니까? 그 세 가지를 나한테 말해 주십시오."

관공曰: "첫째, 나는 황숙에게 힘을 합쳐서 한漢 황실을 돕기로 맹세했었소. 그러므로 내가 지금 항복하는 것은 한 황제께 하는 것이지 조조에게 항복하는 것이 아니오. (*군신君臣 관계를 분명히 했다.)

둘째, 두 분 형수님 앞으로 황숙의 녹봉을 내려주어 부양하되, 상하 어떤 사람도 일체 문 안에 들어가지 못하도록 해야 하오. (*남녀지간의 구별을 엄격히 했다.)

셋째, 유황숙이 가 계신 곳을 알게 되면 천리든 만리든 불문하고 나는 곧바로 하직인사를 하고 떠나갈 것이오. (*형제간의 의리를 분명히 했다.) 이 세 가지 가운데 단 한 가지라도 빠진다면 나는 결단코 항복하지 않을 것이오. 문원은 급히 돌아가서 이를 조조에게 말하시오."

장료는 그렇게 하겠다고 대답하고 곧바로 말에 올라 돌아가서 조조를 보고, 먼저 관공은 한 황실에 항복하는 것이지 조조에게 항복하는 것이 아니라고 한 것을 말했다.

조조는 웃으면서 말했다: "나는 한漢의 승상丞相이다. 그러므로 한은 곧 나이다. (*조조가 천하를 속이고 그리고 천하가 조조에게 속았던 것은 바로 이 말 때문이다.) 그 요구는 들어줄 수 있다."(*첫 번째 요구조건은 어려운 것 같아 보이나 반대로 쉬운 것이다.)

장료가 또 말했다: "그리고 두 부인 앞으로 황숙의 봉급을 내려주시고, 상하 어떤 사람들도 일체 문 안에 들어가지 못하도록 해야 한다고 했습니다."

조조曰: "황숙의 봉록에다 다시 더하여 두 배를 주겠다. 내외를 엄히 금하는 것이 가문의 법도인데 또 무엇을 의심하겠는가?"(*두 번째 요구조건은 정말로 어렵지 않은 것이다.)

장료가 또 말했다: "현덕의 소식을 알게 되면 비록 멀리 떨어져 있더라도 반드시 찾아가겠다고 했습니다."

조조가 머리를 흔들며 말했다: "그렇다면 내가 운장을 길러본들 무슨 소용이란 말인가? 이것은 도저히 들어주기 어렵다."(*조조가 들어주기 어려운 것은 바로 이 세 번째 요구조건이다.)

장료曰: "전국시대 때 진晉나라 사람인 예양豫讓이 이렇게 한 말을 들어보지 못하셨습니까?: '주군主君이 나를 보통사람(衆人)들을 대하는 태도로 대해주면 나 역시 보통사람들이 그를 대하는 태도로 대할 것이고, 주군이 나를 국사國士를 대하는 태도로 대해주면 나 역시 국사國士가 주군을 대하는 태도로 그를 대할 것이다(衆人國士之論).' 유현덕이 운장을 대한 방법은 두터운 은혜를 베푼 것에 불과하니, 승상께서는 그보다 더 두터운 은혜를 베푸시어 그의 마음을 사로잡는다면 운장이 복종하지 않을까봐 걱정하실 필요가 어디 있습니까?"(*뒤에 가서 조조가 관공에게 전포戰袍와 황금과 천리마 등을 선물해 주게 되는 이유이다.)

조조曰: "문원의 말이 매우 옳다. 내 그 세 가지 조건을 다 들어주겠다."

〖 4 〗 장료는 다시 산 위로 올라가서 관공에게 조조가 승낙했음을 알려주었다.

관공曰: "비록 일이 이렇게 되었으나, 먼저 내가 성 안으로 들어가서 두 형수님을 뵙고 이 일을 말씀드린 후에 투항하고자 하니, 승상께 잠시 군사를 뒤로 물려 달라고 청해 주시오."

장료는 다시 돌아가서 이 말을 조조에게 보고했다. 조조는 즉시 명령을 내려 군사들을 10리 뒤로 물러나 있도록 했다. (*간웅도 이럴 때는 귀엽다.)

　　순욱曰: "안 됩니다. 속임수가 있을지 모릅니다."

　　조조曰: "운장은 의사義士이므로 신의를 저버리지 않을 것이다."
(*조조는 평생 동안 사람들을 거짓으로 대했으면서도 유독 관공에 대해서만은 그를 신뢰했다.)

　　그리고는 곧 군사를 이끌고 뒤로 물러갔다. 관공은 군사를 이끌고 하비성으로 들어가서 백성들이 다 안정되어 동요하지 않는 것을 보고, 마침내 부중으로 들어가서 두 형수들을 만나보았다.

　　감甘 부인과 미糜 부인은 관공이 돌아왔다는 말을 듣고 급히 나가서 맞이했다.

　　관공은 계단 아래에서 절을 하고 말했다: "두 분 형수님을 놀라도록 한 것은 저의 죄입니다."

　　두 부인曰: "황숙께서는 지금 어디에 계십니까?"

　　관공曰: "어디로 가셨는지 모릅니다."

　　두 부인曰: "둘째 아주버님께선 이제 어떻게 하실 작정이세요?"

　　관공曰: "제가 성에서 나가 죽기로 싸우다가 토산土山에서 포위되었는데, 장료가 제게 투항하라고 권하기에 제가 세 가지 일을 약속해 주면 투항하겠다고 했습니다. 그랬더니 조조가 다 들어주겠다고 하면서 일부러 군사들을 뒤로 물려서 제가 성 안으로 들어오도록 한 것입니다. 먼저 두 분 형수님의 의견을 들어보지 않고서는 감히 제 맘대로 결정할 수가 없었습니다."(*형수 섬기기를 마치 형 섬기듯이 하고, 형수에게 보고하기를 마치 형에게 보고하듯이 한다.)

　　두 부인이 물었다: "그 세 가지 일이란 어떤 것입니까?"

　　관공은 앞에서 말한 세 가지 약속을 자세히 다 설명했다.

감부인曰: "어제 조조의 군사가 성 안으로 들어오기에 우리는 모두 틀림없이 죽을 줄로 알았는데, 뜻밖에도 저들은 털끝 하나 건드리지 않았고, 군사 하나도 감히 문 안으로 들어오지 않았습니다. 숙부叔父님께서 이미 그렇게 하겠다고 대답하셨으면 그만이지 우리 두 사람한테 물어보실 필요가 어디 있습니까? 다만 조조가 훗날 숙부님께서 황숙을 찾아가는 것을 용납하지 않을까봐 걱정됩니다."(*조조가 들어주기 어려워했던 것도 세 번째 일인데, 두 부인 역시 조조가 세 번째 일을 들어주기 어려울 것으로 의심하고 있다.)

관공曰: "형수님들께선 염려하지 마십시오. 제게 따로 생각이 있습니다."(*후문에서 다섯 관문의 수문장들을 참하게 되는 것의 복필伏筆이다.)

두 부인曰: "숙부님께서 알아서 처리하십시오. 무슨 일이든 우리 여자들에게 물어보실 필요는 없습니다."

〖 5 〗관공은 인사를 하고 물러나와 곧바로 수십 기병들을 이끌고 조조를 보러 갔다. 조조는 직접 원문轅門까지 나와서 맞이해 주었다. 관공이 말에서 내려 들어가 절을 하자, 조조도 황망히 답례를 했다.

관공曰: "패장敗將을 죽이지 않고 살려주신 은혜 깊이 명심하겠습니다."

조조曰: "나는 평소 운장의 충의忠義를 흠모해 왔는데, 오늘 다행히도 이처럼 만나보게 되어 평생의 소원을 풀게 되었소이다."

관공曰: "문원이 제 대신 세 가지 일을 아뢰어 승상께서 허락해 주셨는데, 부디 약속의 말씀 어기지 마시기 바랍니다."

조조曰: "내 이미 약속을 했는데 어찌 감히 신용을 잃을 수 있겠소?"

관공曰: "제가 만약 황숙이 계신 곳을 알게 되면 물불 가리지 않고 반드시 찾아갈 것입니다. (*유독 세 번째 일만 다시 한 번 말하여 다짐을 받으려고 한다.) 그때 미처 하직인사를 올리지 못하고 떠나더라도 너그러이 용서해 주시기 바랍니다."(*후문에서 하직인사를 올리지 못하고 떠나가게 되는 것의 복필이다.)

조조曰: "현덕이 만약 살아 있다면 내 반드시 공이 찾아가도록 놔둘 것이오. 다만 어지러이 싸우는 중에 돌아가셨을까봐 염려되오. 공은 당분간 마음을 느긋이 먹고 사방으로 소식을 알아보도록 하시오."

관공은 고맙다고 절을 했다. 조조는 연석을 베풀어 그를 대접했다.

〖 6 〗 다음 날 조조는 군사를 철수하여 허창으로 돌아갔다. 관공은 수레를 수습하여 두 형수들을 타도록 해서 직접 수레를 호위하고 갔다. 가는 도중 역참에서 하룻밤 묵어가게 되었을 때, 조조는 현덕과 관공 간의 군신君臣의 예를 어지럽히려고 관공으로 하여금 두 형수와 함께 한 방을 사용하도록 했다. 그러나 관공은 촛대를 손에 들고 밤새도록 방문 밖에 서 있었는데, 그럼에도 전혀 피곤한 기색을 보이지 않았다. 조조는 관공의 그런 태도를 보고 더욱 존경하고 탄복했다.

허창에 당도한 후 조조는 관공에게 저택 한 채를 내주어 거처하도록 했다. 관공은 그 집을 안팎으로 둘로 나누어 늙은 군사 10명을 뽑아서 안의 중문을 지키도록 하고 자기는 바깥채에서 지냈다.

조조가 관공을 이끌고 가서 헌제獻帝를 알현하자 헌제는 그를 편장군偏將軍으로 임명했다. 관공은 은혜에 대하여 감사의 인사를 한 후 집으로 돌아갔다.

조조는 다음날 연석을 크게 베풀어 여러 모신謀臣들과 장수들을 한자리에 모았는데, 관공을 귀한 손님 모시는 예로 대하면서 그를 상석에 앉도록 했다. (*예의바른 태도도 그의 마음을 잡기에는 부족하다.) 또 비단과 금은, 온갖 그릇들을 보내주었는데, 관공은 그런 것들을 전부 두 형수에게 보내주어 간수하도록 했다. (*금과 비단도 그의 마음을 움직이기에는 부족하다. 후문에서 금과 은, 그릇 등을 봉해 놓고 떠나가는 것의 복필이다.)

관공이 허창에 온 이후로 조조는 그를 매우 후하게 대접했는데, 작은 연석은 사흘에 한 번씩 베풀어 주었고, 닷새에 한 번씩은 큰 연석을 베풀어 주었다. 또한 관공 곁에서 시중을 들도록 미녀 10명을 보내주었다. 그러나 관공은 그들을 전부 안으로 들여보내서 두 형수를 모시도록 했다. 그러고도 관공은 사흘에 한 번씩 안채 문 밖에 가서 몸을 굽혀 두 형수에게 문안 인사를 드렸다. 두 형수는 그에게 황숙의 소식을 물어보고 나서는 말했다: "숙부님, 편하게 하십시오."

그 말을 듣고서야 비로소 관공은 물러나왔다. 조조는 이런 이야기를 듣고 탄복해 마지않았다.

하루는 조조가 관공이 입고 있는 녹색 전포가 낡은 것을 보고 그의 몸 치수를 짐작해서 귀한 비단으로 만든 전포 한 벌을 선물했다. 관공은 그것을 받아 속에다 입고 그 위에는 여전히 낡은 전포를 걸쳤다.

조조가 웃으며 말했다: "운장은 어찌 이다지도 검소하시오?"

관공曰: "제가 검소해서 이러는 게 아닙니다. 이 낡은 전포는 유황숙께서 주신 것인데, 저는 이걸 입고 있으면 마치 형님의 얼굴을 보는 것 같습니다. 승상께서 주신 새것 때문에 감히 형님께서 주신 옛것을 잊어버릴 수는 없습니다. 그래서 위에다 입은 것입니다."

조조는 감탄했다: "참으로 의로운 인사(義士)로다!"

그러나 입으로는 비록 칭찬하고 부러워했으나 속으로는 사실 즐겁지 않았다.

〖 7 〗 하루는 관공이 부중府中에 있는데 갑자기 알려왔다: "내원內院에 계신 두 부인께서 땅에 엎드려 통곡을 하시는데 그 이유를 모르겠습니다. 장군께서 속히 들어가 보십시오."

관공은 이에 옷을 단정히 하고 안문 밖에 꿇어앉아 물었다: "두 분 형수께서는 무슨 일로 슬피 우십니까?"

감부인曰: "제가 간밤에 꿈을 꿨는데, 황숙께서 흙구덩이 속에 빠지셨습니다. 깨어나서 미麋 부인한테 꿈 이야기를 했는데, 생각해 보니 아무래도 황숙께서는 구천九泉 아래에 계시는 것 같습니다. 그래서 둘이 울었던 것입니다."

관공曰: "꿈에서 일어난 일은 믿을 게 못 됩니다. 이는 형수님께서 형님 생각을 너무 많이 하셨기 때문이니, 부디 걱정하지 마십시오."

한창 말하고 있는데, 마침 그때 조조가 사람을 보내서 관공더러 연회에 참석해 달라고 했다. 관공은 두 형수에게 인사를 하고 물러나와 조조에게 갔다. 조조는 관공의 얼굴에 눈물 흔적이 있는 것을 보고 그 까닭을 물었다.

관공曰: "두 분 형수님께서 형님을 생각하며 통곡을 하시는데, 저 역시 슬프지 않을 수 없었습니다."

조조는 웃으면서 그의 마음을 위로하면서 연거푸 술을 권했다.

관공은 술이 거나하게 취하자 손으로 수염을 쓰다듬으며 말했다: "살아 있으나 나라에 보답할 수도 없고 자기 형까지 배반했으니, 참으로 한심한 사람이구나."

조조가 그 말을 듣고 말했다: "운장의 수염은 몇 올이나 되오?"

(*관공의 말 속에 담긴 뜻을 헤아려 위로하지 않고 그가 손으로 잡고 있는 수염에 대해서만 물음으로써 극히 한가로운 말로 말을 이어가니, 이야말로 남의 우울한 심사를 풀어주는 가장 좋은 방법이다.)

관공曰: "약 수백 올쯤 됩니다. 해마다 가을이 되면 서너 댓 올 정도 빠집니다. 그리고 겨울이 되면 끊어지지 않도록 검은 비단 주머니로 싸 둡니다."

그 말을 듣고 조조는 비단으로 짠 주머니를 관공에게 주어 수염을 보호하도록 했다. (*그 사람에게 아부하고 그 수염에도 아부한다. 그 사람에게 아부하려면 마땅히 이처럼 해야 한다.)

다음날 아침 조정에서 헌제를 보았는데, 헌제가 관공의 가슴 부위에 비단 주머니가 드리워져 있는 것을 보고 그것이 뭐냐고 물었다.

관공이 아뢰었다: "신의 수염이 자못 긴데 승상이 수염을 담아놓도록 준 주머니입니다."

헌제가 그 자리에서 주머니를 벗어 보라고 했다. 드러난 수염은 배 아래까지 처져 있었다.

헌제曰: "공의 수염은 참으로 아름답소(眞美髥公也)!"

헌제가 한 이 말 때문에 그 후 모든 사람들은 그를 "미염공美髥公"이라고 부르게 되었다.

〖 8 〗 하루는 갑자기 조조가 관공을 청하여 잔치를 베풀었다. 잔치가 파하여 관공을 부중 밖까지 배웅해 주었는데, 관공의 말이 비쩍 마른 것을 보고 조조가 말했다: "공의 말은 왜 이리 야위었소?"

관공曰: "제 몸이 상당히 무거워서 말이 저를 태우고 다니기 힘들어서 늘 이렇게 야위어 있습니다."

조조는 좌우 사람에게 말 한 필을 준비해 오도록 했다. 잠시 후 그가 말을 끌고 왔다. 그 말은 전신의 털이 불타는 숯(火炭)처럼 붉었고, 그 자태 또한 매우 웅장했다.

조조가 손으로 가리키며 말했다: "공은 이 말을 알아보겠소?"

관공曰: "여포가 타던 적토마가 아닙니까?"(*백문루白門樓에서의 일 이후 이 말의 행방을 알지 못했는데 지금 갑자기 나타났다.)

조조曰: "그렇소."

그리고는 안장과 고삐를 관공에게 넘겨주었다. 관공은 거듭 고맙다고 인사를 했다.

조조는 시무룩해져서 말했다: "내가 누차 공에게 미녀와 황금과 비단을 보내주었으나 공은 나에게 절을 한 적이 없었소. (*관공은 평소 좀처럼 절을 하지 않는다는 것을 지금 조조의 입을 통해 보충 서술하고 있다.) 그런데 지금 내가 말을 선물하자 기뻐서 재배를 하니, 공은 어찌 사람은 천하게 여기고 짐승은 귀하게 여기는 것이오?"

관공曰: "저는 이 말이 하루에 천리를 달리는 줄 알고 있는데 오늘 다행히 이 말을 얻었습니다. 만약 형님의 행방을 알게 되면 하루 만에 달려가서 그 얼굴을 볼 수 있게 되었습니다."(*말 때문에 절을 한 것이 아니라 형 때문에 절을 한 것이다.)

이 말에 조조는 깜짝 놀라서 말을 준 것을 후회했다. 관공은 하직인사를 하고 물러갔다. 후세 사람이 이를 찬탄하는 시를 지었으니:

그 위엄 삼국에서 으뜸인 영웅호걸이	威傾三國著英豪
한 집을 형수들과 나눠 거처하니 의기도 높다.	一宅分居義氣高
간웅은 공연히 그를 허례로 대우하나	奸相枉將虛禮待
관우가 조조한테 항복 않을 줄 어찌 알겠나.	豈知關羽不降曹

〖 9 〗 조조가 장료에게 물었다: "내가 운장을 박하게 대하지 않는데도 그는 늘 떠나갈 생각만 하고 있으니 이 어찌된 일인가?"

장료曰: "제가 그 속마음을 한번 알아보겠습니다."

다음날, 관공을 찾아가서 인사를 하고 나자 장료가 말했다: "제가 형을 승상께 천거한 이후 대접을 소홀히 한 적은 없었을 텐데요."

관공曰: "승상의 두터운 호의에 깊이 감격하고 있소. 다만 내 몸은 비록 여기에 있으나 속으로 황숙을 그리워하는 마음이 한 번도 떠나지를 않는구려."(*마음과 말이 하나같고 전혀 감추는 것이 없다.)

장료曰: "형의 말은 틀렸소. 사람이 처세를 함에 있어서 가볍고 무거움(輕重)을 구분하지 못한다면 장부가 못 되오. 현덕이 형을 대함에 있어서 틀림없이 승상보다 더 잘해 준 게 없었을 텐데, 형은 왜 여기를 떠날 생각만 하고 계십니까?

관공曰: "나 역시 조공께서 나를 매우 후하게 대해 주는 줄 알고 있소. 그러나 나는 유황숙의 두터운 은혜를 받았고 또 그와 생사를 함께 하기로 맹세했기 때문에 그를 배신할 수가 없소. 나는 끝까지 여기 남아 있을 수가 없소. 그러나 반드시 공을 세워 조공께 보답한 후에야 떠나갈 작정이오."

장료曰: "만약 현덕이 이미 세상을 떠났다면 공은 어디로 돌아가시려고 하오?"

관공曰: "지하로 가서 그를 따르려고 하오."(*도원桃園에서 같이 죽기로 한 맹세를 저버리지 않겠다는 것이다.)

장료는 관공을 끝내 붙들어 둘 수 없음을 알고 물러가겠다고 인사한 후 돌아가서 조조에게 사실대로 보고했다.

조조는 탄식하며 말했다: "주인을 섬기면서 그 근본을 잊어버리지 않으니, 이야말로 천하의 의사로다(事主不忘其本, 乃天下之義士也)." (*관공의 의로움은 간웅의 마음까지 꺾을 수 있다.)

순욱曰: "그가 공을 세운 다음에야 떠나겠다고 말했다니, 만약 그가 공을 세우지 못하도록 한다면 틀림없이 곧바로 떠나지 못할 것입니다."

조조는 그 말에 동의했다. (*이제 운장 이야기는 그만하고 이하에서는 현덕에 대해서만 이야기한다.)

〖 10 〗 한편 현덕은 원소에게 몸을 의탁해 있으면서 밤낮 근심걱정으로 지냈다.

원소曰: "현덕은 왜 항상 근심만 하고 계시오?"

현덕曰: "두 아우들은 소식도 모르고, 처자식들은 역적 조조의 손에 떨어져 있습니다. (*현덕은 곳곳에서 먼저 형제를 말하고 그 후에 처자식을 말한다.) 위로는 나라에 보답하지 못하고 아래로는 제 집 하나 보전하지 못하니 어찌 근심하지 않을 수 있겠습니까?"

원소曰: "내가 허도로 출병(進兵)하려고 한 지 오래 되었는데, 지금은 마침 봄이어서 날씨도 따뜻하니 군사를 일으키기 참 좋은 때요."

그리고는 곧바로 조조를 칠 계책을 상의했다.

그런데 전풍田豐이 간하며 말했다: "전에는 조조가 서주를 치느라 허도가 텅 비어 있었는데도 그때에는 출병을 하지 않았습니다. 지금은 서주는 이미 깨지고 조조의 군사들의 사기도 높기 때문에 경솔히 대적할 수가 없습니다. 오랫동안 서로 대치하고 있으면서 저들에게 무슨 틈새가 생기기를 기다렸다가 그때 군사를 움직이는 게 좋습니다."

원소曰: "내 생각해 볼 테니 좀 기다려라."

그리고는 현덕에게 물었다: "전풍은 나더러 굳게 지키고 있으라고 권하는데, 공의 의견은 어떠하시오?"

현덕曰: "조조는 임금을 속이는 역적입니다. 그런데도 명공께서 만약 그를 치지 않으신다면, 천하에 대의大義를 잃으시게 될까 두렵습니다."

원소曰: "현덕의 말씀이 참으로 옳소."

원소가 마침내 군사를 일으키려고 했다.

그런데 전풍이 또 간하자 원소가 화를 내며 꾸짖었다: "너희는 글장난이나 하면서 무武를 경시하여 나로 하여금 대의를 잃게 하는구나."

전풍이 머리를 조아리며 말했다: "만약 신의 옳은 말을 듣지 않으시면 출병을 하시더라도 이롭지 못합니다."

원소는 크게 화를 내면서 그의 목을 치려고 했다. 현덕이 극력 말리자 원소는 그를 옥에 가두어버렸다. (*그의 말을 듣지 않을 뿐만 아니라 그의 신체까지 욕을 보이니, 유능한 인사를 이렇게 대우하고도 어찌 조조를 이길 수 있겠는가?)

저수沮授는 전풍이 옥에 갇힌 것을 보고 곧 일가친척들을 모아놓고 재산을 전부 다 나누어주었다. 그리고 그들과 작별을 하며 말했다: "나는 군대를 따라갈 것이다. 만약 승리한다면 위세가 더할 나위 없을 테지만, 패한다면 내 한 몸도 보존하지 못할 것이다."

일가친척들이 모두 눈물을 흘리면서 그를 배웅했다. (*이는 마치 춘추시대 때 진秦의 대부 건숙蹇叔이 진秦 목공穆公에게 출병하지 말라고 간했으나 출병을 강행하자, 성문 밖에서 출병하는 군사들을 향해 곡을 한 것과 비슷하다.)

〖 11 〗 원소는 대장 안량顔良을 선봉으로 삼아 백마(白馬: 하남성 활현滑縣 동쪽. 황하의 남안에 있는데 북안의 여양현黎陽縣과 황하를 사이에 두고 서로 마주보고 있다.)를 공격하려고 했다.

이때 저수가 간했다: "안량은 성격이 편협하므로, 비록 사납고 용맹하기는 하나 그 혼자서 임무를 감당할 수 없습니다."

원소曰: "나의 상장군上將軍을 너희들이 평가해서는 안 된다."

원소의 대군이 출발하여 여양(黎陽: 하남성 준현浚縣 동북. 황하를 사이에 두고 남쪽의 백마와 마주보고 있음.)에 이르렀을 때, 동군東郡 태수 유연劉延이 허창에 위급함을 알렸다. 조조는 급히 군사를 일으켜서 적을 막을 일을 의논했다.

관공은 이 소식을 듣고 곧바로 상부相府로 들어가서 조조를 보고 말했다: "승상께서 군사를 일으키려 하신다는 말을 들었습니다. 제가 선봉에 서고 싶습니다."(*오로지 떠나가려는 마음에서 급히 공을 세우려고 하는 것이다.)

조조曰: "이번 일로 감히 장군을 번거롭게 할 수는 없소. 조만간 무슨 일이 있으면 당연히 찾아가서 부탁드리도록 하겠소."

관공은 이에 물러나왔다.

조조는 군사 15만 명을 이끌고 세 부대로 나누어 갔다. 도중에 유연이 연달아 위급함을 알리는 문서를 보내왔다. 조조는 먼저 5만 명의 군사들을 이끌고 직접 백마로 가서 토산을 의지하여 진을 쳤다. 멀리 산 앞에 펼쳐진 평탄한 들판을 바라보니 안량의 선봉부대 정예병 10만 명이 와서 진을 쳐놓고 있었다.

조조는 크게 놀라서 옛날 여포의 수하 장수로 있다가 투항해 온 송헌宋憲을 돌아보고 말했다: "내가 듣기로 자네는 여포의 부하 맹장이었다고 하던데, 지금 나가서 안량과 한 번 싸워보게."

송헌은 그러겠다고 대답하고는 창을 움켜잡고 말에 올라 곧바로 진 앞으로 나갔다. 안량은 칼을 비껴들고 문기門旗 아래에 말을 세워놓고 있었는데, 송헌이 말을 타고 달려오는 것을 보자 그는 크게 한 번 소리를 지르고는 말을 달려 나가 그를 맞아 싸웠다. 미처 세 합도 싸우지 않아 안량이 손을 올려 칼을 내려치자 송헌의 몸은 진 앞에서 두 동강 나 버렸다.

조조가 크게 놀라 말했다: "참으로 용맹한 장수구나!"

위속曰: "저놈이 제 동료를 죽였으니 제가 나가서 원수를 갚고자 합니다."

조조는 허락했다.

위속은 말에 올라 창을 잡고 곧장 진 앞으로 뛰어 나가서 안량에게 마구 욕설을 퍼부었다. 안량은 더 이상 아무 대꾸도 하지 않고 서로 어울려 싸우기를 단 한 합 만에 위속의 머리를 향해 칼을 내리치자 위속의 머리가 갈라지며 말 아래로 떨어졌다. (*여포의 말은 이미 관공이 타는 바 되었고, 여포의 장수는 안량에게 죽고 말았다.)

조조曰: "이번에는 누가 감히 저놈을 대적해 보겠는가?"

조조의 말이 떨어지자마자 서황이 곧바로 뛰쳐나가 안량과 더불어 20여 합을 싸웠으나 패하여 본진으로 돌아왔다. (*안량의 위풍과 기세를 묘사함으로써 운장의 위풍과 기세를 더욱 안받침(內衬)하고 있다. 이는 바로 호뢰관虎牢關에서 화웅華雄을 묘사했던 것과 같은 필법이다.) 여러 장수들은 소름이 쫙 끼쳤다. 조조가 군사를 거두자 안량 역시 군사를 이끌고 물러갔다.

〖 12 〗 조조는 두 장수를 연달아 잃어버리고 마음이 우울해졌다.

정욱曰: "제가 안량을 대적할 수 있는 사람 하나를 천거하겠습니다."

조조는 그게 누구냐고 물었다.

정욱曰: "관공이 아니면 안 되겠습니다."

조조曰: "나는 그가 공을 세우고 나면 곧바로 떠나가 버릴까봐 두렵다."

정욱曰: "유비가 만약 살아 있다면 틀림없이 원소한테 가 있을 것입니다. 지금 만약 운장으로 하여금 원소의 군사를 깨트리게 한다면 원소는 틀림없이 유비를 의심하여 그를 죽일 것입니다. 유비가 죽고 나면 운장이 또 어디로 가겠습니까?"(*이는 바로 운장의 손을 빌려 현덕을 죽이려는 것이니, 정욱의 계책 역시 아주 간교하다.)

조조는 크게 기뻐하면서 곧바로 사람을 보내서 관공을 청해 오도록 했다. 관공은 즉시 들어가서 두 형수한테 하직인사를 했다.

두 형수가 말했다: "숙부님께서 이번에 가시거든 황숙의 소식을 알아봐 주세요."

관공은 그리 하겠다고 대답하고 나와서 청룡도를 손에 잡고 적토마에 올라서 (*이번이 관공이 적토마를 처음 타보는 것이다. 청룡靑龍과 적토赤兔가 서로 정본과 부본(正復)처럼 대비되고 있다.) 따르는 자 몇 명만 데리고 곧바로 백마로 달려가서 조조를 보았다.

조조가 설명했다: "안량이 연달아 두 장수를 베었는데 저자의 용맹

을 당할 자가 없소. 그래서 특별히 운장과 상의해 보려고 오도록 청했던 것이오."

관공曰: "제가 형세를 살펴보도록 해주십시오."

조조는 술을 내어와서 관공을 대접했다.

그때 갑자기 안량이 싸움을 걸어왔다고 보고해 왔다. 조조는 관공을 이끌고 토산으로 올라가서 형세를 살펴보았다. 조조와 관공은 의자에 앉고 여러 장수들은 빙 둘러 섰다. (*관공을 소위 객례客禮로 대우한 것이다.) 조조가 손으로 산 아래에 안량이 벌려 세운 진세陣勢를 가리켰는데, 기치가 선명하고 창칼들이 숲처럼 늘어서 있는 모습이 엄정하고 위엄이 있었다.

이에 조조가 관공에게 말했다: "하북의 군사들이 저렇게나 웅장하다오!"

관공曰: "제가 보기에는 흙으로 만든 닭과 질흙으로 빚어 구운 개(土鷄瓦犬)와 같습니다!"(*말이 매우 재미있다. 닭과 개 같다니, 그것도 흙이나 질흙으로 빚어 구운 것 같다니, 적의 군사들을 몹시 깔보고 있다.)

조조는 또 손을 들어 가리키며 말했다: "저 대장기와 일산日傘 아래에 수놓은 전포와 쇠 갑옷을 입고 손에 칼을 들고 말 위에 앉아있는 자가 바로 안량이오."

관공이 눈을 들어 한 번 바라보고는 조조에게 말했다: "제가 보기에는, 안량은 마치 매물賣物 표시로 그 위에 풀을 꽂아놓은 머리(揷標賣首) 꼴입니다."(*관공의 말 역시 몹시 풍류가 있다. 이처럼 세상에 허명虛名을 날리는 자들은 그 태반이 매수지표(賣首之標)들일 따름이다.)

조조曰: "저 자를 얕보아서는 안 되오."

관공은 일어나며 말했다: "제가 비록 재주는 없으나 만 명 군사들 속으로 들어가서 저 자의 목을 가져와서 승상께 바치겠습니다."

장료曰: "군중에서는 농담은 없소. 운장께서는 소홀히 생각해서는 안 되오."

관공은 분연히 말에 올라 청룡도를 거꾸로 들고 산 아래로 달려 내려갔다. 봉황의 눈(鳳眼)을 부릅뜨고 누에 모양의 눈썹(蠶眉)을 곤두세우고 곧장 적진으로 짓쳐 들어가자 하북의 군사들은 물결 갈라지듯 좌우로 쫙, 갈라졌다. 관공은 곧장 안량에게 달려갔다.

그때 안량은 마침 대장기와 세운 일산 아래에 있었는데 관공이 짓쳐 오는 것을 보고 막 누구냐고 물어보려고 하는데, 관공의 적토마가 워낙 빨라서, 어느덧 벌써 바로 눈앞에 와 있었다. 안량이 미처 손을 쓸 새도 없이 운장이 손을 들어 내리치는 칼을 맞고 말 아래로 떨어졌다. 훌쩍 말에서 뛰어내린 운장은 안량의 수급을 잘라서 말 목 아래에 매달고는, (*매물로 내어놓았던 머리(揷標賣首)는 지금은 이미 청룡도에게 팔려 나갔다.) 다시 몸을 날려 말에 올라 칼을 들고 적진에서 나왔는데, 마치 사람 하나 없는 곳(無人之境)을 드나드는 듯했다. (*운장의 신비한 무위 (神威) 묘사가 마치 살아있는 용과 살아 있는 호랑이를 묘사하는 것과 같다.)

하북의 병사들과 장수들은 크게 놀라서 싸우지도 않았는데 저절로 혼란에 빠져버렸다. 조조의 군사들은 그 기세를 타고 공격했다. 그리하여 원소의 군사들 중 죽은 자의 수는 헤아릴 수도 없었고, 빼앗은 말과 병장기도 극히 많았다.

관공이 말을 달려 산 위로 올라가자 여러 장수들은 모두 축하해 주었다. 관공은 안량의 수급을 조조 앞에 바쳤다.

조조曰: "장군은 참으로 신인神人이시오!"

관공曰: "저는 말할 거리도 못 됩니다. 제 아우 장익덕張翼德은 백만 명의 적군들 속에서 적의 상장上將의 머리 취하기를 마치 제 주머니 속에 든 물건 꺼내듯이 합니다."

조조는 크게 놀라서 좌우를 돌아보며 말했다: "이후에 만일 장익덕을 만나거든 절대로 가벼이 대적해서는 안 된다."

그리고는 각자의 옷깃에다 그 이름을 적어두고 기억하라고 했다.

(*장판교長坂橋에서 있을 일의 복필이다.)

〖 13 〗 한편 패배한 안량의 군사들은 달아나서 돌아갔는데, 중도에 원소를 만나서 보고하기를, 얼굴이 검붉고 수염이 길며 큰 칼을 쓰는 한 용맹한 장수가 필마단기로 진중으로 들어와서는 안량을 죽이고 그 목을 베어갔는데, 그 때문에 대패했다고 말했다.

원소가 놀라서 물었다: "그 사람이 누구인가?"

저수曰: "그는 틀림없이 유현덕의 아우 관운장일 것입니다."

원소는 크게 화가 나서 손으로 현덕을 가리키며 말했다: "네 아우가 나의 사랑하는 장수를 베어 죽였단다. 이는 틀림없이 네가 그와 내통해서 꾸민 일일 것이니, 네놈을 살려두어 무엇에 쓰겠는가!"

그는 도부수를 불러서 현덕을 끌어내어 목을 베라고 했다. (*만약 원소가 이때 과연 현덕을 죽였더라면, 운장은 이 사실을 알고 나서 반드시 복수하려고 맹세했을 것이고, 기어이 원소를 죽이고 나서야 스스로 목숨을 끊었을 것이다. 이는 이미 운장의 손을 빌려 현덕을 죽이고 또 운장의 손을 빌려 원소까지 죽이는 것으로, 정욱의 계책은 참으로 무서운 것이었다.) 이야말로:

| 처음 만났을 때는 좌상객으로 대접받았으나 | 初見方爲座上客 |
| 이 날엔 계단 아래 꿇어앉은 죄수 꼴이구나. | 此日幾同階下囚 |

현덕의 목숨이 어찌될지 모르겠거든 다음 회를 읽어보도록 하라.

제 25 회 모종강 서시평序始評

(1). 운장은 본래 한漢을 섬겼는데 왜 한에 항복한다고 말하는가? 한에 항복한다는 것은 특별히 "조조에게 항복하지 않는다(不

降曹)"는 것을 분명히 밝힌 각주脚註에 해당하는 말이다. 조조는 〈한漢〉이라는 한 글자를 빌려서 천하를 농락했는데, 운장은 곧 〈한漢〉이라는 한 글자로써 조조를 압도한 것이다. 장수張繡와 장로張魯, 한수韓遂 등의 무리들은 형식상으로는 한에 항복한다고 했으나 실제로는 조조에게 항복한 자들이다. 여포와 원술 등은 조조에게 도 항복하지 않았고 또한 한漢에도 항복하지 않았던 자들이다. 화흠華歆과 왕랑, 곽가, 정욱, 장료, 허저 등은 한漢은 있는 줄도 모르고 다만 조조만 있는 줄로 알았던 자들이다. 순욱荀彧과 순유荀攸는 한漢이 곧 조조이고 조조가 곧 한漢인 줄로 오해하고, 한漢은 조조일 수가 없고 조조는 반드시 한漢이 아닌 줄을 몰랐던 자들이다. 한漢은 한漢이고 조조는 조조여서 양자는 확연히 구분되어 그 차이가 분명했다. 운장은 충분히 학문을 닦은 사람이어서 식견이 높았는 바, 〈춘추春秋〉를 숙독하지 않은 자들은 이런 경지에 도달할 수가 없다.

(2). 관공의 세 가지 약조는 그에 앞서 장료의 세 가지 죄에 대한 설명(三罪之說)이 도출해낸 것이다. 장료가 말한 세 가지 죄란: (관공이 먼저 죽게 되면) 첫째는 황숙을 배반하는 것이 되고, 둘째는 두 형수를 적의 수중에 빠뜨리는 것이 되고, 셋째는 한 황실을 바로잡아 부축할 수 없게 되는 것이었다. 관공의 세 가지 약조란: 첫째는 조조가 아니라 한漢에 귀의한다는 것이었고, 둘째로는 형수를 보호한다는 것이었으며, 셋째로는 형 현덕을 찾는다는 것이었다. 첫째는 군신 간의 구분(君臣之分)을 밝힌 것이고, 둘째는 남녀 간의 구별(男女之別)을 엄격히 한 것이고, 셋째는 형제간의 의리(兄弟之義)를 밝힌 것이다. 장료가 말한 셋째가 관공이 말한 첫째에 해당하고, 장료가 말한 첫째가 관공이 말한 셋째에 해당하는데, 조조는

그 말을 듣고, 첫째 일은 어렵지 않다고 생각하고 다만 셋째 일만 어렵다고 여겼는데, 이는 셋째 일은 곧 첫째 일 안에 들어있는 것인 줄 몰랐기 때문이다. 그래서 조조는 말했다: "한漢이 곧 나이다(漢卽吾也)"라고. 이는 특히 간웅이 사람들을 속인 말이다. 그러나 관공은 황숙을 한漢이라고 생각했지 조조를 한漢이라고 생각하지 않았다. 그래서 한漢에 귀의하는 것이지 조조에게 귀의하는 것은 아니라고 말했는데, 이는 결국 한漢에 귀의하는 것은 조조에게 귀의하는 것이 아니라는 것이다.

(3). 원소가 유비에게 한 약속에는 비록 "만약 여의치 못하면 나에게 와서 몸을 의탁하라."는 말이 있었지만, 첫 번째 서신을 받았을 때에는 군사를 출병시켰으나 싸우지 않았고; 두 번째 서신을 받았을 때에는 군사를 출병시키지도 않았다. 관공으로서는 이때 유비가 어찌 원소에게 몸을 의탁하고 있을 것이며, 원소가 그를 받아들여 줄 줄 알았겠는가? 조조 군중의 첩자는 이미 그것을 탐지하여 알고 있었겠지만, 조조 같은 간웅이 관공의 이목을 가려서 모르게 하는 일이 뭐 어려웠겠는가? 관공이 말했다: "나는 마땅히 공을 세워 조조에게 보답한 후에 떠나가겠다."라고. 그러므로 그가 원소의 장수를 죽인 것은 곧 유비가 있는 곳으로 돌아가기 위해서라고 할 수 있다. 조조는 이를 알고 이를 빌려서 그가 유비에게 돌아가는 길을 끊으려고 했던 것이며, 관공은 이를 모르고 이를 빌려서 그가 유비에게 돌아가려는 마음을 이루려고 했던 것이다. 그래서 이는 관공의 허물이 될 수 없는 것이라고 말하는 것이다.

(4). 조조는 운장을 후하게 대우했고, 원소 역시 현덕을 후하게 대우했다. 그러나 조조는 처음부터 끝까지 그런 태도에 변화가 없

었으나 원소는 현덕을 갑자기 깍듯이 대해 주다가 또 갑자기 죽이려고 하여 그 주견이 일정하지 않았다. 원소와 조조의 우열優劣은 여기에서도 드러난다.

제26회

원소, 싸움에서 패하여 병사와 장수를 잃고
관운장, 조조가 준 것들을 전부 두고 떠나가다

〖 1 〗 한편 원소가 현덕을 죽이려고 하자 현덕이 조용히 나서며 말했다: "명공은 한 쪽 말만 들으시고 지난날의 정의를 끊으려 하십니까? 저는 서주에서 헤어진 후로 둘째 아우 운장의 생사조차 모르고 있습니다. 천하에는 생김새가 같은 사람들이 적지 않은데 어찌 얼굴이 붉고 수염이 긴 사람은 곧 관모關某라고 단정하십니까? 명공께서는 어찌하여 이를 자세히 살피시지 않으십니까?"(*이때까지는 아직 운장인지 아닌지에 대해 반신반의하는 상태였다. 그래서 현덕은 운장이 아니라고 잡아떼어 원소의 의심을 풀어 주었다.)

원소는 주견이 없는 사람인지라 현덕의 말을 듣고는 곧바로 저수를 꾸짖었다: "자칫 자네 말을 들었다가 하마터면 좋은 사람을 죽일 뻔했다."(*첫 번째로 현덕을 죽이려고 했으나, 현덕이 잘 피했다.)

곧바로 현덕에게 막사로 들어가자고 해서 같이 자리에 앉아 안량의 원수 갚을 일을 의논했다.

이때 휘하에 있던 한 사람이 곧바로 건의했다: "안량과 저는 형제와 같은 사이인데, 그가 지금 역적 조조에게 죽었으니 제가 어찌 원수를 갚지 않을 수 있겠습니까?"

현덕이 그 사람을 보니 8척이나 되는 키에 얼굴은 해태 같이 생겼는데, 하북河北의 명장 문추文醜였다.

원소가 크게 기뻐하며 말했다: "자네가 아니고는 누구도 안량의 원수를 갚을 수 없을 것이다. 내 자네에게 군사 10만 명을 내어줄 테니 곧바로 황하를 건너가서 조조를 죽이도록 하라."

저수曰: "안 됩니다. 지금은 마땅히 연진(延津: 하남성 신향시新鄕市 동남. 삼국시대에는 백마白馬와 여양黎陽 두 성 사이에 있었으나 황하의 물길이 바뀌면서 사라졌다.)에 주둔해 있으면서 관도(官渡: 하남성 중모현中牟縣 동북)로 군사를 나누어 보내는 것이 상책입니다. 만약 경솔하게 황하를 건넜다가 혹시 무슨 변이라도 생긴다면 모두 다 돌아올 수 없습니다."(*저수가 군사를 나누어 보내서 요충지를 지키도록 하자고 한 말은 전풍의 의견과 일치된다.)

원소는 화를 내며 말했다: "군심軍心을 해이하게 만들고 시일을 질질 끌어 대사를 방해하는 것은 전부 너희들이다. 너희들은 어찌 '용병은 신속히 함을 귀히 여긴다(兵貴神速)'란 말도 들어보지 못했느냐?"

저수는 밖으로 나가서 탄식했다: "윗사람은 자만심이 가득하고 아랫사람은 공만 탐하니(上盈其志, 下務其功), 유유히 흐르는 황하여, 나는 결국 건너가야만 하나?"(*전풍이 지팡이로 땅을 치면서 한 말과 똑같다.)

그는 마침내 병을 핑계대고 다시는 일을 의논하러 나가지 않았다.

현덕曰: "제가 그동안 큰 은혜를 입었으나 이를 갚을 기회가 없었습니다. 그래서 이번에 문文 장군과 함께 가고 싶습니다. 그 이유는, 첫째는 명공의 은덕을 갚으려는 것이고, 둘째는 운장의 확실한 소식을 알아보겠다는 것입니다."

원소는 기뻐서 문추를 불러 현덕과 함께 선두 부대를 거느리도록 했다.

문추曰: "유현덕은 여러 번 패한 장수이므로 군사들의 사기에 이롭지 못합니다. 주공께서 그를 꼭 보내고자 하신다면 제가 군사 3만 명을 그에게 나누어 주어 후군이 되도록 하겠습니다."

이리하여 문추는 자신은 7만 명의 군사들을 거느리고 앞서 가고, 현덕에게는 3만 명의 군사들을 이끌고 자기 뒤를 따라오도록 했다.

〖 2 〗 한편 조조는 운장이 안량을 베어죽인 것을 보고 한층 더 그를 흠모하면서 조정에 표문을 올려 운장을 한수정후漢壽亭侯로 봉하고 (*한수漢壽는 지명, 정후亭侯는 벼슬 이름이다. 속본에서는 이를 잘못 말하고 있으므로 고본古本에 의해 바로잡았다.) 직인職印을 주조하여 관공에게 주었다. (*후에 가서 직인을 걸어두고 떠나가게 되는 계기가 된다.) 그때 갑자기 보고가 올라오기를, 원소가 또 대장 문추로 하여금 황하를 건너도록 했는데, 이미 연진延津 위쪽에 진을 쳐놓고 있다고 했다.

조조는 이에 먼저 사람을 시켜서 주민들을 황하 서쪽 지역(西河)으로 옮기도록 한 후, 직접 군사를 거느리고 그들을 맞이하러 가면서 명을 내렸다: "후군은 전군이 되고 전군은 후군이 될 것이며, 양초(糧草: 군량과 말먹이 풀, 즉 마초馬草)를 실은 수레들은 앞에서 가고 군사들은 그 뒤를 따라가도록 하라."

여건呂虔이 말했다: "군량과 마초를 앞서 가도록 하고 군사들은 뒤에서 따라가도록 하신 것은 무슨 이유입니까?"

조조曰: "군량과 마초가 뒤에 있으면 적에게 약탈당하는 경우가 많다. 그래서 앞에서 가라고 한 것이다."(*이것은 거짓말이다.)

여건曰: "만약 적군을 만나서 빼앗겨 버리면 어떻게 하지요?"

조조曰: "일단 적군이 당도할 때까지 기다려 보세. 그때 가면 자연히 알게 될 것이다."

여건은 속으로 여전히 의아하게 생각했다. 조조는 군량과 무거운 짐을 실은 수레(輜重)들을 강둑을 따라 연진으로 옮기도록 지시했다.

조조는 후군에서 가고 있었는데, 앞서 가던 군사들이 지르는 함성을 듣고 급히 사람을 시켜서 무슨 일인지 알아보게 했다.

그가 돌아와서 보고했다: "하북의 대장 문추의 군사들이 당도하자 우리 군사들은 모두 군량과 마초(糧草)들을 버리고 사방으로 흩어져 달아났습니다. 후군은 또 멀리 떨어져 있으니 이를 어찌해야 합니까?"

조조는 채찍으로 남쪽 언덕을 가리키며 말했다: "저리 가서 잠시 피하도록 하라."

군사들은 급히 언덕 위로 달려갔다. 조조는 군사들로 하여금 모두 옷과 갑옷을 벗고 잠시 쉬면서 말들도 모조리 풀어놓도록 했다. (*이미 군량을 버렸는데 또 말까지 버리라니, 참으로 사람들로 하여금 헤아릴 수 없게 한다.)

조금 지나서 문추의 군사들이 쳐들어오자 여러 장수들이 말했다: "적이 당도했습니다. 얼른 말들을 거두어 백마白馬로 물러갑시다."

순유가 급히 그들을 제지하며 말했다: "이야말로 적들을 유인하는 미끼인데, 왜 반대로 물러가자고 하시오?"(*순유 혼자서만 조조의 의도를 알고 있다.)

조조는 급히 순유에게 눈짓을 하면서 웃어보이자, 순유는 그 뜻을 알아차리고 더 이상 말을 하지 않았다.

문추의 군사들은 군량과 마초(糧草)와 수레들을 빼앗고 나서 이번에는 말을 빼앗으려고 달려들었다. 그 바람에 그들의 대오가 흐트러지면서 저절로 뒤죽박죽이 되었다. 이때 조조는 군사들에게 일제히 산을 내려가서 그들을 치라고 명했다. 문추의 군사는 큰 혼란에 빠졌다. 조조의 군사들이 둘러싸서 밀고 들어가자, 문추는 용감하게 혼자 싸웠으나 군사들은 달아나느라 서로 밀치고 짓밟고 했는데, 문추는 그들을 멈추게 할 수 없어서 어쩔 수 없이 말머리를 돌려서 달아났다.

조조가 언덕 위에서 손으로 가리키며 말했다: "문추는 하북의 명장이다. 누가 그를 사로잡겠느냐?"

장료와 서황이 나는 듯이 말을 달려 나란히 나가며 큰소리로 외쳤다: "문추는 달아나지 말라!"

문추가 머리를 돌려보니 두 장수가 뒤를 쫓아오고 있었다. 그는 곧바로 철창鐵槍을 말안장 고리에 걸어놓고 활에 살을 메겨 장료를 겨누고 쏘았다. 서황이 큰소리로 외쳤다: "적장은 활을 쏘지 말라!"

장료가 머리를 숙여 급히 피하자 화살이 정통으로 투구에 들어맞으면서 투구의 끈이 떨어져 나갔다.

장료가 힘껏 다시 쫓아갔는데, 그가 타고 있던 전마가 또 문추가 쏜 화살에 뺨을 맞아 앞 말굽을 꿇는 바람에 그도 땅에 떨어졌다. 이를 본 문추가 말머리를 돌려서 다시 달려오는 것을 서황이 급히 큰 도끼를 휘두르며 가로막아 싸웠다. 그러나 문추의 뒤쪽에서 군사들이 일제히 달려오는 것을 보고 서황은 대적해 낼 수 없다고 생각하여 급히 말머리를 돌려서 달아났다. 이번에는 문추가 강변을 따라서 쫓아왔다. (*이 역시 먼저 문추의 위세를 묘사함으로써 운장의 위세를 돋보이도록 하려는 것이다.)

바로 그때 문득 10여 기의 기마들이 기치를 펄럭이며 달려오는 것이 보였다. 앞장선 장수는 칼을 들고 나는 듯이 말을 달려왔는데, 그는 바로 관운장이었다.

그가 큰소리로 외쳤다: "적장은 게 섰거라!"

그가 문추와 말을 엇갈려 가며 채 3합도 싸우지 않아 문추는 겁을 집어먹고 곧바로 말머리를 돌려서 강변을 끼고 달아났다. 그러나 관공이 탄 적토마가 워낙 빨라서 문추를 따라잡았다. 관공이 문추의 뒤통수를 향해 칼을 한 번 내리치자, 문추의 몸은 두 동강이 나면서 말 아래로 떨어졌다.

조조가 언덕 위에서 관공이 문추를 베어버린 것을 보고는 군사들을 대거 휘몰아 덮쳤다. 하북의 군사들은 태반이나 물에 빠져 죽었고,(*저수가 황하를 건너가서는 안 된다고 한 말이 이곳에서 증험되었다.) 조조는 군량과 마초와 말들을 그대로 다시 빼앗아 돌아왔다. (*이는 〈수극垂棘의 벽璧〉과 〈굴산屈産의 말馬〉과 마찬가지다: *〈맹자·만장上〉(9-9) 참조.)

〖 3 〗 운장은 기병 몇 명만 이끌고 이쪽저쪽으로 마구 부딪혀가며 싸웠다. 한창 싸우고 있을 때 현덕이 3만 명의 군사들을 거느리고 뒤따라 당도했다. 앞서 가던 정탐꾼이 소식을 알아내 가지고 돌아와서 현덕에게 보고했다: "이번에도 얼굴이 검붉고 수염이 긴 장수가 문추를 베어 죽였습니다."(*아직 그 모양새에 대해 듣기만 하고 그 사람을 보지는 못했다.)

현덕이 정신없이 말을 달려가서 보니, 강 저편에서 한 떼의 군사들이 마치 나는 듯이 왔다 갔다 하고 있는데, 그 기치 위에는 〈漢壽亭侯 關雲長(한수정후 관운장)〉이라고 일곱 글자가 씌어 있었다. (*아직 그 깃발만 보고 그 얼굴은 보지 못했다.)

현덕은 속으로 천지신명께 감사하며 말했다: "알고 보니 내 아우가 정말로 조조한테 가 있었구나!"(*그가 조조한테 가 있음을 알고서도 기뻐한 것은 그가 틀림없이 조조에게 항복하지 않았음을 믿었기 때문이다.)

현덕이 그를 소리쳐 불러서 서로 보려고 할 때, 조조의 대군이 몰려오는 바람에 어쩔 수 없이 군사를 거두어 돌아갔다. 원소는 출전한 군사들을 지원하기 위해 관도까지 와서 영채를 세웠다.

곽도와 심배가 안으로 들어와서 원소를 보고 말했다: "이번에도 관모關某란 자가 문추를 죽였는데, 유비는 짐짓 모르는 체하고 있습니다."

원소는 크게 화를 내며 욕설을 퍼부었다: "귀때기 큰 도적놈이 어찌 감히 이럴 수 있단 말이냐!"

조금 후 현덕이 오자, 원소는 그를 끌어내서 목을 베도록 했다.

현덕曰: "내게 무슨 죄가 있습니까?"

원소曰: "네가 일부러 네 동생을 시켜서 또 나의 대장 하나를 죽였는데도 어찌 죄가 없느냐?"

현덕曰: "한 마디 말씀 올리고 나서 죽게 해주십시오. 조조는 평소이 유비를 매우 미워했는데, 이번에 제가 명공한테 와 있는 것을 알고는 제가 혹시 명공을 도울까봐 두려워서 일부러 특별히 운장을 시켜서 두 장수를 죽이도록 한 것입니다. 공께서 아시게 되면 반드시 노여워하실 것인즉, 이는 곧 공의 손을 빌려서 이 유비를 죽이려는 것입니다. 명공께서는 깊이 생각해 주십시오."(*정욱이 말한 것은 현덕이 짐작한 것과 다르지 않다.)

원소曰: "현덕의 말이 옳다. 너희들은 하마터면 나로 하여금 현자賢者를 죽였다는 누명을 쓰도록 할 뻔했다."(*두 번째 현덕을 죽이려고 했으나 이번에도 현덕이 빠져나갔다.)

그리고는 좌우 사람들을 꾸짖어 물러가도록 하고 다시 현덕을 막사로 들어가자고 하여 자리에 앉았다.

현덕이 고맙다고 인사를 하며 말했다: "명공明公의 관대하신 은혜를 입었으나 보답할 길이 없습니다. 제가 심복 하나를 시켜서 밀서를 가지고 가서 운장을 만나보고 이 유비의 소식을 알려준다면, 그는 틀림없이 밤낮을 가리지 않고 이리로 달려올 것입니다. 이리로 온 다음 명공을 보좌하여 함께 조조를 죽임으로써 안량과 문추의 원수를 갚게 하는 게 어떻겠습니까?"(*전번에는 운장인지 아닌지 아직 반신반의하는 상황이었기에 현덕은 운장이 아니라고 잡아뗌으로써 원소의 의심을 풀어주었으나, 지금은 운장이란 것이 다시는 의문의 여지가 없이 분명해졌으므로 운장을 불러오자는 말로써 그의 의심을 해결한다.)

원소는 크게 기뻐하며 말했다: "내가 만약 운장만 얻을 수 있다면 안량과 문추를 얻는 것보다 열 배는 낫지요."

현덕은 곧 편지를 썼으나 그것을 가지고 갈 사람이 없었다. (*이때 바로 보내지 못하고 또 한 차례 시간을 지체한다.)

원소는 군사를 양무(陽武: 하남성 원양현原陽縣 동남)로 진군시켜서 수십 리에 걸쳐 영채를 연달아 세워 군사를 주둔시켜 놓도록 하고 움직이지 않았다. (*원소의 이번 출병 또한 호두사미虎頭蛇尾처럼 되고 말았다.)

〖 4 〗 조조는 이에 하후돈夏侯惇으로 하여금 군사를 거느리고 관도의 요충지를 지키도록 한 다음, 자기는 군사를 거두어 허도로 돌아가서 모든 관원들을 모아놓고 성대한 연석을 베풀어 운장의 공로를 치하했다.

그 자리에서 여건呂虔을 보고 말했다: "전날 내가 군량과 마초를 앞서 보낸 것은 미끼를 이용하여 적을 유인하려는 계책, 즉 '이적지계(餌敵之計)'였는데, 순유荀攸만이 내 생각을 꿰뚫어보더군."

그 말에 모두들 탄복했다.

한창 술을 마시고 있는 중에 갑자기 보고가 들어왔다: "여남(汝南: 하남성 평여현平輿縣 북쪽)의 황건적 유벽劉辟과 공도龔都가 몹시 창궐하고 있는데 조홍이 여러 차례 싸웠으나 전세가 불리하여 구원병의 파견을 요청하고 있습니다."

운장이 그 말을 듣고 건의했다: "제가 견마지로犬馬之勞를 다해 여남의 도적떼를 깨부수고 싶습니다."(*속히 유비에게 돌아가고 싶은 마음 때문에 조조에게 속히 보답하려고 하는 것이다.)

조조日: "운장은 큰 공을 세웠음에도 아직 제대로 사례도 못했는데, 어떻게 또다시 출정의 수고를 시키겠소?"

관공日: "저는 오랫동안 한가히 지내면 반드시 병이 납니다. 다시 한 번 가고 싶습니다."(*영웅다운 말이다. 현덕이 '허벅지에 살이 다시 붙었다'고 탄식한 것(髀肉復生之嘆) 역시 이런 뜻이다.)

조조는 그의 뜻을 장하게 여겨 군사 5만 명을 내어주고, 우금과 악진을 부장副將으로 삼아 다음날 바로 떠나도록 했다.

순욱이 은밀히 조조에게 말했다: "운장은 늘 유비한테 돌아가려는 마음을 갖고 있는데, 만약 그의 소식을 알게 되면 틀림없이 가고 말 것입니다. 자주 출정하게 해서는 안 됩니다."

조조日: "그가 이번에 공을 세우면 내 다시는 그를 적과 싸우도록 하지 않을 것이다."

〖 5 〗 한편 운장은 군사를 거느리고 여남汝南 근처로 가서 영채를 세웠다. 그날 밤 영채 밖에서 적의 첩자 둘을 붙잡아 왔다. 운장이 보니 그 가운데 한 사람은 바로 손건孫乾이었다. 관공은 좌우를 물리친 후 손건에게 물었다: "서주에서 산산이 흩어진 이후로 여태 공의 종적을 듣지 못했는데, 오늘 어찌하여 여기 와 있는 거요?"

손건日: "나는 그때 도망친 이후로 여남 땅에서 이리저리 떠돌아다녔는데 다행히 유벽劉辟을 만나서 지금 그에게 의탁해 있습니다. 그런데 지금 장군께서는 어찌하여 조조한테 가 계십니까? 감 부인과 미 부인 두 분께서는 별고 없으십니까?"

관공은 앞에서 말한 일들을 자세히 이야기해 주었다.

손건日: "근자에 들으니 현덕 공께서는 원소한테 가 계신답니다. 저도 찾아가서 의탁하고 싶으나 형편이 안 되어 못 갔습니다. 지금 유벽과 공도龔都 두 사람은 원소한테 귀순하여 서로 도와서 조조를 치기로 했습니다. 그런데 또 다행히 장군께서 이곳에 오신 것을 알고 병졸들에게 길 안내를 하도록 하고, 저는 첩자가 되어 장군께 소식을 알려드리러 온 것입니다. 내일 두 사람이 싸우다가 거짓으로 패한 척할 테니, 공께서는 속히 공을 세우시어 두 부인을 모시고 원소께로 가서서 현덕공을 만나 뵙도록 하시지요.”

관공曰: “이미 형님께서 원소에게 가 계신다고 하니 내 반드시 밤을 새우며 찾아갈 것이오. 다만 후회되는 것은, 내가 원소의 두 장수를 죽였으니 혹시 지금 무슨 변고나 생기지 않았는지 두렵소.”(*변고가 생겼을까봐 두렵다는 것은 원소가 자기를 죽일까봐 두렵다는 것이 아니라 이번 일로 현덕이 원소한테 죽임을 당해서 이미 그곳에 없을까봐 두렵다는 것이다.)

손건曰: “그러면 제가 먼저 가서 저쪽 사정을 알아보고 다시 와서 장군께 알려드리겠습니다.”

관공曰: “나는 형님의 얼굴만 한 번 뵐 수 있다면 비록 만 번 죽을지라도 마다하지 않을 것이오. 지금 바로 허창으로 돌아가서 조조한테 하직인사를 해야겠소.”

이날 밤 그는 몰래 손건을 내보냈다.

〖 6 〗 다음날, 관공이 군사를 이끌고 나가자 공도가 투구를 쓰고 갑옷을 걸치고 싸우러 나왔다.

관공曰: “너희는 어찌하여 조정을 배반하느냐?”

공도曰: “너야말로 주인을 배반한 사람이면서 어찌 반대로 나를 꾸짖느냐?”

관공曰: “내가 어쨌다고 주인을 배반했다는 것이냐?”

공도曰: “유현덕은 원본초(袁本初: 원소)한테 가 있는데 너는 반대로 조조를 따르고 있으니, 어찌된 일이냐?"(*손건은 영채 안에서 비밀리에 말했는데, 공도는 싸움터에서 공개적으로 말한다. 이 때문에 후문에서 군사들이 두 부인에게 보고하게 된다.)

관공은 더 이상 말을 나누지 않고 말에 박차를 가하여 칼을 휘두르고 앞으로 달려 나가자 공도는 곧바로 달아났다.

관공이 쫓아가자 공도가 몸을 돌려서 관공에게 말했다: "옛 주인의 은혜를 잊어서는 안 되오. 공은 속히 진군하시오, 내 여남을 양보해 드리겠소."(*여남을 양보하겠다는 것은 관공이 빨리 공을 세워서 조조의 은혜에 보답함으로써 속히 떠나갈 수 있도록 해주려는 것이다.)

관공은 그의 뜻을 알아차리고 전군을 휘몰아 짓쳐갔다. 유벽과 공도는 거짓 패한 척하며 사방으로 흩어져 달아났다. 운장은 주州와 현縣들을 빼앗고 백성들을 안정시킨 후 군사를 되돌려 허창으로 돌아갔다. 조조는 성 밖까지 나와서 그를 영접하고 군사들에게 상을 내려 수고를 위로했다.

승리 축하 연석宴席이 파하자 운장은 집으로 돌아가서 안문 밖에서 두 형수에게 인사를 드렸다.

감부인曰: "숙부님께서는 두 번 출전하시어 혹시 황숙의 소식을 들으셨는지요?"

관공曰: "아직 못 들었습니다."

관공이 물러나오자 두 부인은 문 안에서 통곡을 하며 말했다: "황숙께서는 돌아가신 것 같아. 둘째 숙부님께서는 우리 자매가 마음 아파할까봐 일부러 숨기고 말씀 안 하시는 게야."

한참 통곡을 하고 있는데, 싸움터에 따라갔던 한 늙은 군사가 문안에서 곡성이 그치지 않자 문밖에서 말했다: "부인들께서는 울지 마십시오. 주인께서는 현재 하북의 원소에게 가 계십니다."

부인曰: "자네가 그걸 어떻게 아는가?"

군사曰: "관 장군을 따라 출정을 나갔는데, 싸우는 중에 어떤 사람이 그렇게 말했습니다."(*공도孔都가 말한 것이다.)

부인은 급히 운장을 불러서 나무랐다: "황숙께서는 일찍이 숙부님을 저버리신 적이 없었는데, 숙부님께선 지금 조조의 은혜를 입자 문득 전날의 의리를 잊어버리시고 우리에게 사실대로 말해주지 않으시는데, 이 어찌된 일입니까?"

운장은 머리를 조아리며 말했다: "형님께서는 지금 확실히 하북에 계십니다. 감히 형수님께 알려드리지 못한 것은 혹시 말이 새어나갈까봐 두려웠기 때문입니다. 이 일은 모름지기 천천히 추진해야지 성급하게 서둘러서는 안 됩니다."

감부인曰: "숙부님께선 서둘러 주셔야만 해요."

관공은 물러나와 떠날 계책을 궁리해 보았는데, 앉으나 서 있으나 불안하기만 했다.

〖 7 〗 일찌감치 우금于禁이 유비가 하북에 있다는 사실을 알아내서 조조에게 보고했다. 조조는 장료로 하여금 관공한테 가서 그의 의중을 살펴보도록 했다.

관공이 한참 근심에 싸여 앉아 있는데 장료가 들어오더니 축하한다며 말했다: "듣자니, 형께선 싸움터에서 현덕의 소식을 알게 되었다고 하기에 특별히 경하의 말씀을 드리려고 왔습니다."(*관공은 이를 비밀로 하려고 했는데 장료가 벌써 공언하고 나왔다. 교묘하다.)

관공曰: "옛 주인이 비록 살아 계시다고는 하나 아직 한 번도 보지를 못했으니, 기쁠 게 뭐 있소?"(*장료가 이미 공언했으므로 관공 역시 감추지 않는다.)

장료曰: "공과 현덕의 사귐을 저와 형과의 사귐에 비하면, 어떠하오?"

관공曰: "나와 형의 사귐은 벗 간의 사귐이지만, 나와 현덕은 벗이면서 형제이고, 형제이면서 군신君臣 관계요. 그러니 어찌 같은 차원에서 논할 수 있겠소?"

장료曰: "지금 현덕이 하북에 계시다는데, 형은 찾아가 따르실 생각입니까?"

관공曰: "전 날에 한 언약言約을 어찌 어길 수 있단 말이오! 문원은 반드시 나의 뜻을 승상께 여쭤 주어야 하오."

장료는 관공의 말을 조조에게 그대로 전해 주었다.

조조曰: "내게 별도로 그를 붙잡아둘 계책이 있네."

〖 8 〗 한편 관공이 한참 심사숙고하고 있을 때 문득 옛 친구가 찾아왔다는 보고가 들어왔다. 들어오라고 해서 보니 도통 모르는 사람이었다.

관공이 물었다: "공은 누구시오?"

그가 대답했다: "저는 원소 부하로 있는 남양(南陽: 하남성 남양) 사람 진진陳震이라고 합니다."

관공이 크게 놀라서 급히 좌우 사람들을 물리치고 물었다: "선생께서 이곳에 오신 데는 반드시 무슨 목적이 있을 것입니다."

진진이 편지 한 통을 꺼내서 관공에게 건네주었다. 관공이 보니 현덕의 편지였다. 그 내용은 대략 이러했다:

"나와 자네는 도원桃園에서 형제의 의義를 맺으면서(結義兄弟) 동시에 죽기로 맹세했었는데, 지금은 어찌하여 중도에 서로의 맹세를 저버리고 은의恩義를 끊어버리려 하는가? 자네가 기필코 공명을 얻고 부귀를 도모하고자 한다면, 내 머리를 갖다 바쳐서 자네의 공이 온전히 이루어지도록 하고 싶네. 글로는 말을 다 하지 못하므로 죽을 때까지 자네 명령 오기만을 기다리고 있겠네."

관공은 편지를 다 읽고 나서 대성통곡을 하며 말했다: (*곡을 하지 않을 수가 없다.) "내가 형님을 찾으려고 하지 않았던 게 아니라 어디에 계시는 줄 모르는데 어찌합니까? 내 어찌 부귀를 위해 옛 맹세를 저버리려 하겠습니까?"(*이미 이 편지를 받고 현덕이 아직 원소한테 있다는 것을 알았으니 손건의 회보가 오기를 기다릴 필요도 없어지고, 공이 떠나갈 일은 더 이상 늦출 수가 없게 되었다.)

진진曰: "현덕께서는 공이 오시기를 간절히 바라고 계시니, 만약 공이 옛 맹세를 저버리지 않으셨다면 속히 가서 만나보도록 하시지요."

관공曰: "사람으로서 이 세상을 살아가면서 시작과 끝을 분명하게 하지 않는다면 그런 자를 어찌 군자라 할 수 있겠소. 내가 여기 올 때 모든 것을 분명하게 하고 왔으니 떠나갈 때도 분명하게 하고 떠나지 않을 수 없소. (*명명백백하게 한다는 것, 이것이 관공이 일생 동안 남들보다 뛰어났던 점이다.) 지금 내가 글을 써줄 테니 수고스럽지만 먼저 형님께 가서 알려주시오. 내가 조조에게 하직인사를 한 다음 두 형수를 모시고 가서 만나 뵙도록 하겠다고."

진진曰: "만일 조조가 허락하지 않는다면 어떻게 하지요?"(*진진의 뜻은 관공에게 조조에게 말하지 말고 즉시 떠나자는 것이었으나; 관공의 사람됨은 명명백백하므로 반드시 말한 후에 떠나간다는 것이었다.)

관공曰: "내가 차라리 죽을지언정 어찌 여기 오래 남아 있으려 하겠소!"(*죽지 않은 한 반드시 갈 것이고, 가지 않으면 반드시 죽은 줄 알라는 말이다.)

진진曰: "공은 속히 답장을 쓰시어 유 사군께서 염려하면서 기다리시지 않도록 해주시오."

관공은 곧 답서를 썼다:

"저는 듣기로, 의(義)는 마음을 저버리지 아니하고 충(忠)은 죽음을 돌아보지 않는다고 했습니다. 저는 어려서부터 글을 읽어서 예의禮

義를 대강 알고 있습니다. 일찍이 양각애羊角哀와 좌백도左伯桃의 고사故事*를 읽고서는 세 번이나 탄식을 하고 눈물을 흘린 적도 있었습니다.

전에 하비성을 지킬 때, 성 안에는 쌓아둔 양식이 없고 밖으로는 구원병이 없어서 즉시 목숨을 버리려고 했었으나, 두 분 형수님이 계시는데 제가 어찌 감히 제 몸을 죽임으로써 형님께서 부탁하신 바를 저버릴 수 있겠습니까? 그래서 잠시 여기에 와서 얽매인 몸이 되어 있으면서 훗날 다시 만나기만을 기다렸던 것입니다.

근자에 여남에 갔다가 비로소 형님 소식을 알게 되었으니, 이제 곧 조조를 만나보고 떠나간다는 인사를 하고 두 분 형수님을 모시고 돌아가도록 하겠습니다.

제가 만약 두 마음을 품고 있다면 신神과 사람(人)들이 함께 저를 죽이더라도 원망하지 않겠습니다. 제 속을 다 드러내 보여드리고 싶어도 붓으로는 도저히 다 표현하기 어렵기에 만나 뵙고 절을 올릴 날만 기다리겠습니다. 통촉해 주시기를 엎드려 빕니다.”

진진은 답서를 받아 가지고 돌아갔다.

(*羊角哀 · 左伯桃之事(양각애 · 좌백도지사): 두 사람 모두 전국시대 사람으로 서로 좋은 친구였다. 그들은 같이 관직을 구하려고 楚나라로 가던 도중에 눈비를 맞게 되었다. 옷도 단벌이고 먹을 양식도 적어서 두 사람 다 살아남기는 어렵다고 판단한 左伯桃는 자기 옷과 양식을 모두 羊角哀에게 주고는 자신은 나무 구멍 속에 들어가 죽었다. 후에 羊角哀가 楚나라의 大官이 되어 左伯桃의 시체를 찾아서 장례를 치러 주었다. 그리고 후에 左伯桃가 꿈에서 부탁한 일을 迷信하여 친구에게 보답하려고 자살을 했다. 후에 와서 〈羊左〉는 친구간의 友誼 깊음을 나타내는 단어가 되었다. (*出處: 〈文選. 劉孝標 〈廣絶交論〉, 李善注引 〈烈士傳〉.))

〖 9 〗관공은 안으로 들어가서 두 형수에게 알린 다음, 조조를 만나 하직인사를 하려고 곧바로 상부相府로 갔다. 조조는 그가 찾아오는 의도를 알고는 문에다 면회 사절을 알리는 '회피패回避牌'를 걸어 놓았다. (*조조가 그를 붙잡아 둘 계책이 있다고 말한 것은 다른 게 아니라 겨우 그를 만나주지 않겠다는 것이었다.)

관공은 우울한 마음으로 돌아와서 전부터 따라다니던 종자從者들에게 말과 수레들을 잘 준비해 두어 떠날 때를 기다리도록 지시하고, 집 안에 있는 사람들에게 조조한테서 받은 물건들은 전부 그대로 남겨두고 하나도 가지고 가서는 안 된다고 분부했다.

다음날, 다시 하직인사를 하려고 상부로 갔으나 문 앞에는 여전히 회피패回避牌가 걸려 있었다. 관공은 연달아 수 차례나 찾아갔으나 한 번도 만날 수가 없었다. 그래서 장료의 집으로 찾아가서 그 일을 부탁해 보려고 했다. 그런데 장료 역시 병을 핑계대고 나와 주지도 않았다. (*이 역시 조조가 시킨 것으로 생각된다.)

관공은 속으로 생각했다: '이는 조 승상이 내가 떠나가는 것을 용납하지 않겠다는 뜻이다. 나는 이미 떠나기로 마음먹었는데 어찌 다시 여기에 머물러 있겠는가!' 그리고는 즉시 편지 한 통을 써서 조조에게 하직인사를 했는데, 편지의 사연은 대략 이러했다:

"저는 일찍부터 황숙을 섬기면서 생사를 같이 하기로 맹세했는데, 하늘과 땅이 우리 맹세의 말을 들었습니다. 전에 하비성이 함락될 때 제가 제시한 세 가지 일들을 승상께서는 이미 승인해 주셨습니다. 이번에 저의 옛 주인이 원소의 군중에 계신다는 것을 알게 되었습니다. (*분명하게 말하고 더 이상 감추지 않고 있다.) 옛날의 맹세를 돌이켜 생각하면, 그 맹세를 도저히 어길 수가 없습니다. 승상의 새 은혜가 비록 두터우나 황숙과의 옛 의리를 잊어버리기가 어렵습니다. 이에 특별히 글월을 올려 하직인사를 올리오니 너그러이 살펴주시기를 엎드려 바랍니다. 미처 갚지 못한 나머지 은혜가 있다면 후일을 기다리고자 합니다.”(*후문에 나오는 화용도華容道의 일에 대한 복선이다.)

〖 10 〗 편지를 다 쓰고 나서 단단히 봉하여 사람을 시켜 상부에 전하도록 하는 한편, 그간 여러 차례에 걸쳐 받은 금은들을 일일이 봉하여 창고에 넣어 두도록 했다. 그리고는 한수정후漢壽亭侯의 인수印綬를 대청에 걸어두고, (*황금을 봉해놓고 인수를 걸어둔 일은 지금에 이르기까지 천고千古의 미담美談으로 전해지고 있다.) 두 부인을 수레에 오르도록 청했다. 관공은 적토마에 올라 청룡도를 손에 들고 전부터 데리고 다니던 종자들을 거느리고 수레를 호송하여 곧장 북문으로 나갔다.
문지기들이 앞을 막았으나 관공이 부릅뜬 눈으로 칼을 비껴든 채 큰 소리로 호통을 치자 문지기들은 모두 뒤로 물러나 그를 피했다.
관공은 성문을 나간 후 종자들에게 말했다: “너희들은 수레를 호송하여 먼저 가거라. 쫓아오는 자가 있으면 내가 직접 막을 것이다. 두 부인을 놀라게 해서는 결코 안 된다.”
종자들은 수레를 밀고 큰길을 향해 나아갔다.

〖 11 〗 한편 조조가 한창 관공의 일에 대해 논의하고 있었으나 아직 결정을 못 내리고 있을 바로 그때, 가까이서 모시는 자가 관공이 편지를 올렸다고 보고했다. 조조는 즉시 편지를 읽어보고 나더니 크게 놀라며 말했다: “운장이 떠나가 버렸다(雲長去矣)!”(* “운장이 떠나가 버렸다”라는 이 말에는 무한히 애석해 하는 마음과 무한한 탄식이 들어 있다.)
그때 갑자기 북문 수장으로부터 급보가 날아들었다: “관공이 성문지기 군사들의 제지를 물리치고 떠나갔는데, 수레 타고 말 탄 자 20여 명이 모두 북쪽을 향해 갔습니다.”

또 관공의 저택에 있던 사람이 와서 보고했다: "관공이 하사받은 황금 등의 물건들을 전부 봉해 놓았고, 미녀 열 명은 따로 내실에 있으며, 한수정후의 인수는 대청에 걸어두었습니다. 승상께서 보내주신 인부들은 하나도 데려가지 않고 원래부터 따르던 종자들만 데리고, 그리고 몸에 지니는 짐들만 가지고 북문으로 떠나갔습니다."

모두들 깜짝 놀랐다. 그때 한 장수가 선뜻 앞으로 나서며 말했다: "제가 철기병 3천 명을 거느리고 가서 관모를 사로잡아다가 승상께 바치고자 합니다."

모두들 보니 장군 채양蔡陽이었다. 이야말로:

| 만 길 깊은 교룡의 굴 벗어나나 했더니 | 欲離萬丈蛟龍穴 |
| 또 3천 명의 범과 이리 같은 군사들 만나네. | 又遇三千狼虎兵 |

채양은 관공의 뒤를 쫓아가려고 하는데, 결국 어찌될까? 다음 회를 읽어보도록 하라.

제 26 회 모종강 서시평序始評

(1). 지금 사람들은 관공이 한수정후漢壽亭侯가 된 것을 보고는 "한漢"을 국호로 생각하고 그를 곧바로 "수정후壽亭侯"라고 부른다. 박식하고 고상한 것을 많이 아는 사람들까지 역시 때로는 이와 같이 한다. 이는 통속본 〈삼국지연의〉에서 비롯된 잘못이다. 속본에서 말하기를: "조조가 수정후壽亭侯의 인印을 주조하여 관공에게 주었으나 받지 않자 '한漢' 자를 추가해서 주니 받았다"라고 했다. 독자들은 이를 잘 살피지 않아 마침내 오해하게 된 것이다. '한수漢壽'는 지명이고 '정후亭侯'는 벼슬 이름(爵名)이다. 한 나라 때는 정후亭侯, 향후鄉侯, 통후通侯라는 벼슬 이름이 있었다. 〈촉지蜀志〉에: "대장군 비의費禕가 여러 장수들을 한수漢壽에 불러 모았다(大將軍費禕

會諸將於漢壽)"라는 말이 나온다. 즉 "한수정후漢壽亭侯"는 곧 한수漢壽의 정후亭侯인 것이다. 그런데 어찌 '한漢'자를 빼버리고 "수정후壽亭侯"라고 부를 수 있겠는가? 계룡산鷄籠山에 있는 관우의 사당(關廟) 안의 제주(題主: 상가喪家의 위패에 적힌 죽은 이의 관직명)에서 말하기를: "漢 前將軍 漢壽亭侯之神(한 전장군 한수정후의 신위)"라고 하였으니 본래는 자명自明한 것이었다. 나는 사당 밖에 있는 액자에도 '漢한' 한 글자를 보태서 "漢 漢壽亭侯(한 한수정후)"로 한다면 모든 사람들이 훤히 알 수 있게 될 것이라고 생각한다. 속본에서의 설명을 고본古本에 의거하여 바로잡는다.

(2). 인정人情에 재물과 여색을 사랑하지 않는 자는 없고; 재물과 여색을 사랑하지 않는 자라 하더라도 벼슬과 봉록을 중시하지 않는 자는 없으며; 벼슬과 봉록을 중시하지 않는 자라 하더라도 남을 믿어주고 성의를 가지고 교제하는 사람과 자신을 굽혀 존경의 예를 다하는 사람을 소중히 여기지 않는 사람은 없다. 조조가 인재를 부리고 영준英俊들을 농락한 수단은 이 몇 가지에 불과하다. 그래서 장료는 이전에는 여포를 섬겼고, 서황은 이전에는 양봉楊奉을 섬겼으며, 가후는 이전에는 장수張繡를 섬겼고, 문빙文聘은 이전에는 유표를 섬겼고, 장합張郃은 이전에는 원소의 오랜 신하였고, 방덕龐德은 마초의 옛 장수였으나 모두들 옛 주인을 버리고 새 주인 조조를 따르면서 기꺼이 그를 위해 죽었던 것이다. 그러나 유독 관공만은 마음으로 옛 주인 그리기를 철석鐵石처럼 단단히 했다. 금은金銀과 미녀美女를 하사해 주어도 그의 마음을 바꿀 수 없었고, 편장군偏將軍·한수정후라는 벼슬로도 그를 움직일 수 없었으며, 마주앉아 대등한 예로 서로 술을 마시며 즐거움을 나누는 특별대우(分庭抗禮·杯酒交歡之異數)로도 그의 마음을 빼앗을 수 없었다. 그

렇게 하고 난 다음에는 간웅이 쓸 수단과 방법도 다 바닥나고 말았다.

간웅의 수단과 방법이 이미 바닥나버리자 비로소 천지간에 자기의 부림도 받지 않고 농락도 당하지 않는 이런 사람 하나가 있다는 사실에 놀라게 되었는데, 비록 한탄을 하면서 사모하고 우러러보지(景仰) 않으려고 해도 어찌 그렇게 하지 않을 수 있었겠는가?

(3). 오는 것도 분명하고 가는 것도 분명하다. 이러한 그의 뜻(志)으로 미루어 본다면, 관공은 만약 두 형수들 때문에 묶이는바 되지 않고 혼자 몸이었다면 틀림없이 조조한테 가지 않고 달아나서 숨었을 것이다. 원소가 조조의 원수임을 분명히 알고서도 조조에게 글을 보내면서 분명하게 원소에게 간다고 말하고 일체 숨기는 것이 없었다. 형이 있는 곳을 몰랐을 때에는 원소의 장수를 죽였으나, 형이 있는 곳을 알고 나서는 원소에게로 찾아갔다. 자기 마음속의 일을 다른 사람에게 말하지 못하는 것이 전혀 없었으니, 이와 같은 사람이라면 어찌 해와 달과 더불어 그 빛을 다투지 못하겠는가!

제 27 회

관공, 필마단기로 천리 길 달리고
다섯 관문 지나며 여섯 장수를 죽이다

〖 1 〗 한편, 조조의 부하 장수들 가운데 운장과 교분이 두터웠던 장
수로는 장료張遼와 서황徐晃이 있었다. 그 나머지 사람들도 다들 운장
을 존경하고 복종했다. 그러나 유독 채양蔡陽만은 관공한테 복종하지
않고 있었기 때문에 오늘 운장이 떠나갔다는 말을 듣고는 그를 추격하
겠다고 한 것이다.

조조曰: "옛 주인을 잊어버리지 않고 오고 가는 것이 분명하니 참으
로 장부丈夫로다. 그대들도 모두 그를 본받아야 할 것이다."

그리고는 곧바로 채양을 나무라서 물러가도록 하고 추격하라는 명
령을 내리지 않았다.

정욱曰: "승상께서 관모를 그토록 후하게 대우해 주었는데도 불구
하고 지금 그가 하직인사도 하지 않고 떠나가면서 편지 한 장 달랑 남

기며 허튼소리로 주공의 위엄을 모독하였으니, 그의 죄가 큽니다. 만약 그가 원소한테 돌아가도록 내버려 둔다면 이는 범에게 날개를 붙여 주는 격입니다. 쫓아가서 죽여 버림으로써 후환을 없애는 편이 나을 것 같습니다."

조조曰: "내 전에 이미 허락한 일인데 어찌 신의를 잃을 수 있겠는가? 그가 떠나간 것은 자기 주인을 위해서이니, 뒤쫓지 말라."(*원소는 현덕을 죽이려고 했으나 조조는 관공을 쫓아가지 못하도록 한다. 시작과 끝이 있으니 이는 조조가 원소보다 뛰어난 점이다.)

그리고는 장료에게 말했다: "운장은 금을 봉해 놓고 인수를 걸어두고 갔다니, 재물도 그의 마음을 움직이기에 부족하고, 작록爵祿도 그의 뜻을 바꾸기에 부족하니, 이런 사람을 나는 깊이 존경한다. (*조조가 사람을 낚는 방법은 재물과 작록뿐이다. 지금 이 두 가지로도 관공을 움직이기에 부족하니 조조가 어찌 그를 존경하지 않을 수 있겠는가?) 아마도 그가 멀리 가지는 못했을 것 같으니, 자네가 먼저 가서 잠시 기다리라고 부탁해서 내가 그를 전송할 수 있도록 해주게. 내 그와 좀 더 친해지도록 선물을 하나 하고 싶고 또 노자와 전포를 주어서 훗날을 위한 기념으로 삼고 싶네."(*이왕 추격하지 않기로 했으니 반드시 선물을 주어 전송함으로써 차라리 한층 더 후대해 보내려는 것이다. 사려 깊은 사람의 계산법은 왕왕 이와 같이 한다.)

장료는 명령을 받자 혼자서 말을 타고 먼저 가고, 조조는 수십 기를 이끌고 그 뒤를 따라갔다.

〖 2 〗 한편, 운장이 타고 가는 적토마는 하루에 천리를 달리므로 본래는 장료가 운장의 뒤를 쫓아가더라도 따라잡을 수 없지만, 운장이 수레를 호송하기 위해 감히 말을 한껏 달릴 수 없었기 때문에 고삐를 잡고 천천히 가고 있었다.

그때 문득 뒤에서 어떤 사람이 큰소리로 외치는 소리가 들렸다: "관 장군은 잠시 천천히 가시오!"

머리를 돌리고 보니 장료가 말에 박차를 가해 달려오고 있었다. 관 공은 수레를 호송하는 종자들에게 큰길을 향해 쉬지 말고 서둘러 가라 고 분부한 후, (*이 때문에 후문에서 수레를 겁탈 당하게 된다.) 자신은 적 토마를 멈춰 세우고 손으로 청룡도를 꼭 잡고 물었다: "문원(文遠: 장 료)은 나를 도로 데려가려고 추격해 온 것인가?"

장료曰: "아니오. 승상께서 형이 먼 길 떠나시는 걸 알고는 직접 와서 전송해 드리고자 하시면서 특별히 나에게 먼저 가서 행차를 멈추 도록 청하라고 해서 왔을 뿐 다른 뜻은 없소이다."

관공曰: "비록 승상의 철기병이 온다고 해도 나는 죽음을 각오하고 싸울 것이오."

마침내 다리 위에 말을 세워놓고 멀리 바라보니 조조가 수십 기의 기병들을 이끌고 나는 듯이 달려오는 게 보였는데, 그 뒤에는 허저, 서황, 우금, 이전李典 등이 있었다. 조조는 관공이 칼을 비껴들고 다리 위에 말을 세우고 있는 것을 보고는 여러 장수들에게 말을 세우고 자 기 좌우로 벌려 서도록 했다. 관공은 그들이 모두 손에 병장기를 들고 있지 않은 것을 보고서야 비로소 마음이 놓였다.

조조曰: "운장은 왜 이리 속히 떠나가시오?"

관공은 말 위에서 몸을 굽혀 인사를 하고 대답했다: "저는 전에 이 미 승상께 말씀 올렸습니다만, 지금 옛 주인께서 하북에 계신다니 저 로서는 급히 찾아가지 않을 수 없습니다. 여러 번 상부相府로 찾아갔었 으나 뵐 수가 없어서 할 수 없이 글월을 올려 하직인사를 했던 것입니 다. 내려주신 황금은 봉해 놓았고 인수는 걸어놓아서 승상께 돌려드리 도록 했습니다. 승상께서는 부디 전날 약속하신 바를 잊지 마시기 바 랍니다."

조조曰: "나는 천하 사람들의 신의를 얻고자 하는데 어찌 전날에 한 약속을 저버리려 하겠소? 다만 장군께서 도중에 쓸 것이 모자랄까 염려되어 특히 노자를 갖추어 전송해 드릴까 해서 왔소."

조조의 말이 떨어지자 한 장수가 곧바로 말 위에서 황금 한 접시를 건네주었다.

관공曰: "여러 차례 내려주신 것들이 아직도 남아 있으니, 이 황금은 갖고 계시다가 군사들에게 상으로나 주십시오."

조조曰: "공이 세운 큰 공로에 비하면 그 만분지일밖에 안 되는 작은 것인데 어찌 꼭 사양하려고 하시오?"

관공曰: "너무나 변변치 못한 수고여서 공로란 말은 입에 담기조차 민망합니다."

조조가 웃으면서 말했다: "운장은 천하의 의사義士시오. 내가 박복하여 공을 나의 곁에 남아 있도록 하지 못하는 게 한스럽소. 그렇다면 비단 전포 한 벌로 나의 작은 뜻이나 표할까 하오."

그리고는 한 장수에게 말에서 내려 비단 전포를 두 손으로 받들어 전해드리라고 명했다.

운장은 혹시 무슨 다른 속임수가 있을지 몰라서 감히 말에서 내리지 못하고 청룡도 끝으로 그것을 들어 올려 몸에 걸쳤다. 그리고는 말고삐를 당기며 고개를 돌려서 고맙다고 인사를 하고 말했다: "승상께서 주시는 비단 전포 잘 받겠습니다. 그럼 훗날 다시 만나 뵐 때가 있겠지요."(*조조의 이 전포가 후일 화용도에서 조조의 목숨을 구해준다.)

그리고는 다리를 내려가서 북쪽을 향해 떠나갔다. (*조조는 몹시 정성껏 대하는데 관공은 몹시 무덤덤하다. 조조는 매우 느긋한데 관공은 몹시 서두른다.)

허저曰: "이 사람의 무례함이 너무 심한데, 어째서 그를 사로잡지 않으십니까?"

조조曰: "그는 필마단기(一人一騎)지만 우리는 수십 명도 넘으니 어찌 의심을 하지 않겠느냐? (*그를 대신하여 해명한다.) 내 이미 약속을 했으니 추격해서는 안 된다."(*자기 자신을 위해 해명한다.)

　조조는 스스로 여러 장수들을 이끌고 성으로 돌아왔는데, 오는 길에 그는 운장을 생각하며 탄식하기를 마지않았다.

〖 3 〗 조조가 돌아간 이후의 이야기는 하지 않겠다.

　한편 관공은 수레의 뒤를 30여 리나 쫓아갔지만 수레가 도대체 보이지 않았다. 운장은 당황해서 말을 달려 사방으로 찾아 다녔다. 그때 문득 산 위에서 한 사람이 큰소리로 불렀다: "관 장군, 잠시 멈추시오!"

　관공이 눈을 들어 바라보니, 누런 두건에 비단옷을 입은 한 소년이 창을 들고 말에 올라타고서 백여 명의 보졸들을 거느리고 나는 듯이 달려오는 것이 보였는데, 말의 목 아래에는 수급 하나가 매달려 있었다.

　관공이 물었다: "너는 누구냐?"

　그 소년은 창을 버리고 말에서 뛰어내려 땅에 엎드렸다. 운장은 그가 무슨 간계나 꾸미는 것은 아닌지 염려되어 말을 멈춰 세우고 칼을 잡고 물었다: "장사壯士는 성명을 대라."

　그가 대답했다: "저는 본래 양양襄陽 사람으로 성은 요廖, 이름은 화化이고, 자는 원검元儉이라고 합니다. 세상이 어지러워 강호江湖를 떠돌아다니며 5백여 명의 무리를 모아서 겁박과 약탈을 하며 살아가고 있습니다. 그런데 방금 저의 패거리인 두원杜遠이 산에서 내려가 순찰을 돌다가 실수로 두 부인을 겁박해서 산 위로 올라왔습니다. 제가 종자들에게 물어서 그분들이 바로 대한大漢 유황숙의 부인들임을 알게 되었고, 또 장군께서 호송하여 이곳으로 오고 있다는 말을 들었습니다.

그래서 저는 즉시 산 아래로 보내드리고자 했으나 두원이 불손한 말을 하기에 제가 죽여 버렸습니다. 지금 장군께 그의 수급을 바치고 죄를 청하러 온 것입니다."

관공曰: "두 부인께서는 어디 계시냐?"

요화曰: "현재 산중에 계십니다."

관공이 급히 산 아래로 모셔오라고 했다. 잠시 후 백여 명이 수레를 에워싸고 왔다. 관공은 말에서 내려 칼을 세워놓고 수레 앞에서 두 손을 마주잡고 안부를 물었다: "두 형수님들께서는 놀라시지 않으셨는지요?"

두 부인이 말했다: "만약 요 장군이 보호해 주지 않았더라면 우리는 벌써 두원에게 욕을 봤을 거예요."

관공이 좌우 사람들에게 물었다: "요화가 두 부인을 어떻게 구해 드리더냐?"

좌우 사람들이 말했다: "두원이 두 부인을 산 위로 겁박해 가서는 곧바로 요화에게 각기 한 사람씩 나누어 처로 삼자고 했습니다. 요화는 두 부인의 내력과 자초지종 사정을 물어보고 나서는 절을 하고 아주 정중히 대했습니다. 그런데 두원이 말을 듣지 않자 잠시 후 요화가 그를 죽여 버렸습니다."

그들의 말을 듣고 관공은 요화에게 정중히 고맙다고 인사를 했다. 요화는 자기 부하들을 시켜서 관공을 호송해 드리고 싶다고 했으나, 관공은 속으로 "이 사람은 어쨌든 황건적의 잔당이니 동반자로 삼을 수는 없다"고 생각하고 그의 청을 거절했다. 요화가 다시 황금과 비단을 드리겠다고 했으나 관공은 그것 역시 받지 않았다. (*승상이 준 황금조차 받지 않았는데 하물며 강도들의 황금을 받을 수 있겠는가?) 요화는 관공과 작별 인사를 하고 동반들을 이끌고 산중으로 돌아갔다.

〖4〗운장은 두 형수에게 조조가 전포를 선물로 준 일을 말해주고는 수레를 재촉하여 앞으로 나아갔다. 날이 저물어 어느 한 마을의 농가로 찾아가서 쉬어가기로 했다. 그 집 주인이 맞이하러 나왔는데, 수염과 머리가 전부 하얗게 센 노인이었다.

노인이 물었다: "장군의 존함은 어떻게 되십니까?"

관공은 정중히 인사를 하고 대답했다: "저는 유현덕의 아우 관우입니다."

노인曰: "그렇다면 안량과 문추를 베어 죽인 관공이 아니십니까?"

관공曰: "네, 맞습니다."

노인은 크게 기뻐하며 곧바로 집안으로 들어가자고 청했다.

관공曰: "수레 안에 두 분 부인이 계십니다."

노인은 곧 자기 아내를 부르더니 나가서 두 부인을 모셔 들이라고 했다. 두 부인이 초당에 오르자 관공은 두 손을 마주잡고 두 부인의 곁에 서 있었다. 노인이 관공에게 자리에 앉으라고 권했다.

관공曰: "형수님들께서 계시는데 어찌 감히 앉을 수 있겠습니까?"

노인은 이에 자기 아내에게 두 부인을 모시고 안채로 들어가서 대접해 드리라고 하고는 자신은 초당에서 관공을 대접했다.

관공이 노인의 성명을 묻자, 노인이 말했다: "제 성은 호胡, 이름은 화華입니다. 환제桓帝 때 의랑議郞 벼슬을 했었으나 관직을 버리고 고향으로 돌아와 지냅니다. 저에게 호반胡班이라고 하는 아들이 하나 있는데, 지금 형양(滎陽: 하남성 형양현 동북) 태수 왕식王植 밑에서 종사從事로 근무하고 있습니다. 장군께서 만약 그곳을 지나가시게 되거든 아들 놈에게 제 편지를 좀 전해 주십시오."(＊첫 번째 관문에 당도하기도 전에 먼저 네 번째 관문에서의 위기를 빠져나오는 일의 복선을 깔고 있다. 절묘하다.)

관공은 그리 하겠다고 대답했다.

〖 5 〗 다음날 아침 식사를 끝내고 두 형수를 수레에 오르도록 청하고 호화胡華의 서신을 받은 다음 그와 작별하고 낙양을 향해 길을 떠났다.

첫 번째 관문關門에 당도했는데 관문 이름은 동령관東嶺關이라고 했다. (*첫 번째 관문이다.) 관문을 지키는 장수의 성은 공孔, 이름은 수秀인데, 군사 5백 명을 거느리고 고개 위에서 관문을 지키고 있었다. 이날 관공이 수레를 호송하여 고개 위로 올라가니 관문을 지키던 군사들이 공수에게 보고했다. 공수가 그를 맞이하러 관문에서 나갔다. 관공은 말에서 내려 공수와 인사를 나누었다.

공수曰: "장군은 어디로 가십니까?"

관공曰: "나는 승상과 하직하고 형을 찾아 하북으로 가는 길이오."

공수曰: "하북의 원소는 바로 승상의 적입니다. 장군께서 이곳을 나가시려면 반드시 승상께서 발급한 증명 문서(文憑)가 있어야 합니다." (*전에 조조는 관공이 떠나가는 것을 바래다주면서 황금도 선물하고 전포도 선물했으나 문서는 주지 않았다. 이는 떠나가는 것을 만류하지 않으면서 만류한 것이고, 배웅하면서도 배웅하지 않은 것이다.)

관공曰: "너무 급박하게 떠나오느라 미처 그걸 받아오지 못했소."

공수曰: "증명서가 없으면 제가 사람을 보내서 승상께 품의를 올려 지시를 받은 다음에야 가시도록 할 수 있습니다."

관공曰: "지시를 받아올 때까지 기다리면 내 여정旅程에 차질이 생기게 되오."

공수曰: "우리야 법에 얽매어 있으니 이렇게 할 수밖에 없습니다."

관공曰: "너는 내가 관문을 지나가도록 허용하지 못하겠다는 거냐?"(*그 말이 점차 거칠어진다.)

공수曰: "당신이 꼭 지나가겠다면 식솔들을 볼모로 잡히시오."(*이 말은 참으로 무례하다.)

관공은 크게 화가 나서, (*화를 내지 않을 수 없다.) 칼을 들어 공수를 죽이려고 했다. 공수는 물러나 관문 안으로 들어가서는 북을 쳐서 군사들을 모아 투구와 갑옷을 걸치고 말을 타고 관문 아래로 짓쳐오며 큰소리로 호통쳤다: "네가 감히 여기를 지나가겠다는 거냐?"

관공은 수레를 뒤로 물러나 있도록 조처해 놓은 다음, 칼을 들고 말을 달려 아무 말도 하지 않고 곧바로 공수한테 달려들었다. 공수도 창을 꼬나들고 와서 맞이했다. 두 필 말이 서로 어우러져 싸우기를 단한 합 만에, 청룡도가 번쩍 들리더니 그와 동시에 공수의 죽은 몸뚱이가 말 아래로 떨어졌다. 군사들은 곧바로 도망쳤다.

관공曰: "군사들은 달아나지 말라. 내가 공수를 죽인 것은 부득이해서이고, 너희와는 상관없는 일이다. 너희들의 입으로 조 승상께 말을 전해다오: 공수가 나를 죽이려고 했기 때문에 내가 그를 죽였다고."

군사들은 모두 그의 말 앞에 엎드려 절을 했다.

〖 6 〗 관공은 즉시 두 부인이 탄 수레를 모시고 관문을 나가서 낙양을 향해 출발했다. (*낙양은 두 번째 관문이다.) 어떤 군사가 재빨리 이일을 낙양태수 한복韓福에게 보고했다. 한복은 급히 여러 장수들을 모아놓고 상의했다.

하급 군관(牙將) 맹탄孟坦이 말했다: "승상의 증명서가 없는 이상 이는 곧 사사로운 행차입니다. 이를 막지 않았다가는 틀림없이 처벌을 받게 될 것입니다."

한복曰: "관공은 용맹하여 안량과 문추 같은 장수들도 다 그에게 죽었다. 지금 우리가 힘으로는 대적할 수가 없으니 계책을 써서 사로잡아야만 한다."

맹탄曰: "제게 한 가지 계책이 있습니다. 먼저 녹각(鹿角: 사슴뿔처럼 가지가 나 있는 나무를 땅에 꽂아 적병의 진입을 저지하는 방어시설)으로 관문 입구를 막아놓고 그가 올 때를 기다렸다가, 제가 군사들을 이끌고 나가서 그와 싸우겠습니다. 싸우다가 짐짓 패한 척하여 그가 쫓아오도록 유인할 테니, 공께서 그때 몰래 활을 쏘십시오. 만약 관모가 말에서 떨어지거든 즉시 사로잡아 허도로 올려 보낸다면 틀림없이 큰 상을 받게 될 것입니다."(*죄를 면하려 할 뿐만 아니라 상까지 탐을 낸다.)

이렇게 의논을 하고 났을 때 관공이 호송하는 수레가 도착했다는 보고가 들어왔다. 한복은 활을 들고 화살을 전통에 꽂고는 1천 명의 군사들을 관문 입구에 늘여 세워놓고 물었다: "거기 오고 있는 분은 뉘시오?"

관공은 말 위에서 몸을 굽히고 말했다: "나는 한수정후漢壽亭侯 관우요. 감히 길을 빌려서 지나가려고 하오."

한복曰: "조 승상의 증명서를 가지고 계십니까?"(*이미 그가 누구인지 알고 있으면서 다시 또 모르는 체 거짓으로 묻고 있다.)

관공曰: "일이 바빠서 미처 받아오지 못했소."

한복曰: "저는 승상의 명을 받들어 이곳을 지키면서 전적으로 첩자들이 오가는 것을 조사하고 있습니다. 증명서가 없다면 곧 도망자입니다."

관공은 크게 화를 내며 말했다: "동령관의 공수는 이미 내 손에 죽었는데, 너 또한 죽고 싶은 거냐?"

한복曰: "누가 나가서 저놈을 잡아오겠느냐?"

맹탄이 말을 달려 나가면서 쌍도를 휘두르고 관공에게 덤벼들었다. 관공은 수레를 뒤로 물러나 있도록 조처하고는 말에 박차를 가해 나가서 그를 맞았다. 맹탄은 3합도 안 싸우고 말머리를 돌려서 곧바로 달아났고, 관공은 그 뒤를 쫓아갔다. 맹탄은 단지 관공을 유인만 하려고 했으나 뜻밖에도 관공의 말이 몹시 빨라서 재빨리 그를 따라잡아 단

한 칼에 그를 두 동강 내버렸다. (*이로써 두 장수를 베어버렸다.)

관공이 말머리를 돌려서 오는데 한복이 관문 뒤에 숨어 있다가 힘껏 화살을 쏘아 관공의 왼편 팔에 꽂혔다. 관공이 입으로 화살을 뽑자 피가 계속 흘러나왔으나 그대로 나는 듯이 말을 달려가서 곧장 한복을 덮치자 군사들은 다 흩어졌다. 한복은 급히 숨으려고 했으나 관공이 손을 들어 칼을 내리치자 그는 목 아래 어깨 높이에서 가로로 몸이 두 동강 나면서 말 아래로 떨어졌다. 관공은 군사들을 쫓아버리고는 수레를 보호하러 갔다.

〖 7 〗관공은 비단을 잘라서 화살 상처를 동여매고, 도중에 또 누가 흉계를 꾸며서 해치려 들까봐 두려워서 그곳에 오래 머물러 있지 않고 그날 밤으로 기수관沂水關으로 갔다. (*세 번째 관문이다.)

기수관을 지키는 장수는 병주并州 사람으로 성은 변卞, 이름은 희喜였는데 유성추流星鎚를 잘 썼다. 그는 원래 황건적의 잔당이었으나 후에 조조에게 투항하여 이곳 관문을 지키도록 파견된 것이다.

이때 그는 관공이 곧 도착할 것이란 소식을 듣고 계책 하나를 생각해냈는데, 그것은 곧 관문 앞에 있는 진국사鎭國寺 안에 도부수 2백여 명을 매복시켜 놓은 다음 관공을 절 안으로 유인하여 연석을 베풀고, 연석 도중에 술잔 깨는 것을 신호로 그를 죽이자는 계획이었다. (*부처를 모시는 곳에서 선한 사람을 죽이려는 음모를 꾸미는 것은 강도들이 하는 짓이지만, 그렇다고 반드시 중들이 하는 짓이 아니라고 할 수도 없다.)

변희는 사전 준비를 다 해놓고 관문 밖으로 나가서 관공을 영접해 들였다. 관공은 변희가 나와서 영접하는 것을 보고는 곧바로 말에서 내려 인사를 했다.

변희曰: "장군의 명성은 천하에 자자하니 어느 누군들 존경하여 우러러 보지 않겠습니까. 이번에 황숙께로 돌아가신다니 그 충의忠義로

움을 충분히 알 수 있습니다."(*소인이 군자를 속일 때에는 뜻밖에도 군자의 말을 할 수 있다.)

관공은 공수와 한복을 베어죽인 일을 이야기해 주었다.

변희曰: "장군께서 그들을 죽이신 것은 잘하신 일입니다. 제가 승상을 뵙게 되면 장군의 진심을 대신 말씀드리겠습니다."(*말이 너무 달콤하면 그 속에는 반드시 쓴 것(苦)이 들어 있다.)

관공은 매우 기뻐하며 그와 같이 말에 올라 기수관을 지나 진국사 앞에 이르러 말에서 내렸다. 여러 중들이 종을 치며 맞이하러 나왔다.

〖 8 〗 원래 이 진국사는 한漢 명제明帝의 어전(御前: 황제 전용) 향화원香火院으로, 이 절에는 스님이 30여 명 있었다. 그들 중 한 스님은 뜻밖에 관공과 동향인으로 그의 법명은 보정普淨이었다. 이때 보정은 이미 변희의 의도를 알고 있었으므로 관공 앞으로 가서 물었다: "장군께서는 포동(蒲東: 포주. 산서성 영제永濟. 관우의 출생지)을 떠나신 지 몇 해나 되셨습니까?"

관공曰: "20년이 다 되어 갑니다."

보정曰: "아직도 이 중(貧僧)을 알아보시겠습니까?"

관공曰: "고향 떠난 지 오래 되어 알아보지 못하겠습니다."

보정曰: "이 소승의 집과 장군 댁 사이에는 강 하나가 있었지요."

변희는 보정이 관공을 만나 고향 이야기를 하는 것을 보고는 혹시 비밀이 샐까봐 두려워서 꾸짖었다: "내가 장군을 모시고 연석에 가려고 하는데, 너 따위 중놈이 무슨 말이 그리 많으냐!"

관공曰: "그렇지 않소. 고향 사람들이 서로 만났는데 어찌 옛정을 말하지 않을 수 있겠소!"

보정은 관공을 방장(方丈: 스님의 방)으로 청하여 차를 대접하려고 했다.

관공日: "두 부인께서 수레에 계시니 먼저 부인들께 차를 갖다 드려 주시오."

보정은 먼저 두 부인께 차를 가져다 대접하라고 이르고 나서 관공을 청하여 자기 방으로 들어갔다. 보정은 방에 들어가서 손으로 자기가 차고 있는 계도戒刀를 들어 보이며 관공에게 눈짓을 했다. 관공은 그 뜻을 알아차리고 좌우 사람들에게 칼을 잡고 자기 뒤를 바짝 따르도록 했다. 변희는 관공을 청하여 법당에 차려진 연석으로 갔다.

관공日: "변군卞君이 나를 이런 자리에 초청한 것은 호의에서요, 아니면 나쁜 의도에서요?"

변희가 미처 대답을 하기 전에 관공은 진즉에 사면 벽에 둘러쳐진 커튼 뒤에 도부수들이 숨어 있는 것을 보았는지라, 변희를 향해 큰소리로 호통을 쳤다: "나는 너를 좋은 사람이라고 생각했는데 어찌 감히 이따위 짓을 한단 말이냐!"

변희는 일이 탄로난 것을 알고 큰소리로 외쳤다: "얘들아, 손을 써라!"

그들이 막 손을 놀리려고 하는 순간, 관공이 빼어든 검으로 그들 모두를 죽여 버렸다. 변희는 법당에서 내려가 복도를 에돌아 달아났다. 관공은 갖고 있던 검을 버리고 청룡도를 잡고 그를 쫓아갔다. 변희는 달아나면서 몰래 비추(飛鎚: 던지는 쇠몽둥이)를 잡아 관공에게 던졌다. 관공은 칼로 날아오는 비추를 막아버리고는 쫓아가서 단 칼에 그를 두 동강 내버렸다. (*부처를 모시는 곳에서 좋은 사람을 죽이려고 하는 것은 정말 강도지만, 부처를 모시는 곳에서 나쁜 사람을 죽이는 사람은 진짜 보살이다.) 그리고는 곧바로 몸을 돌려 두 형수에게 가 보니 벌써 군사들이 두 부인을 에워싸고 있었는데, 그들은 관공이 오는 것을 보자 사방으로 흩어져 달아났다.

관공은 그들을 쫓아가서 다 흩어버리고는 보정에게 사례하여 말했

다: "스님이 아니었으면 나는 벌써 이 도적놈들에게 당했을 것이오."(*관공을 구해준 사람은 보정이고, 변희를 죽인 사람 역시 보정이다. 죽여야 할 자는 마땅히 죽이는 것이 곧 살리는 길이다. 이 중은 불법에 깊이 통달했다고 말할 수 있다.)

보정曰: "소승도 이곳에 더 이상 머물러 있기 어렵게 되었으니 의발衣鉢을 수습하여서 다른 곳으로 가서 구름처럼 떠돌아다닐까 합니다. 훗날 다시 만날 때가 있겠지요. 장군께서도 부디 몸조심 하십시오."(*후에 옥천산玉泉山에서 만나게 되는 것의 복필이다. 보정은 옥천산에서 관우의 영혼과 다시 만나게(제77회) 된다.)

관공은 고맙다고 인사를 하고 수레를 호송하여 형양(滎陽: 하남성 형양滎陽 동북)으로 출발했다. (*네 번째 관문이다.)

〖 9 〗 형양태수 왕식王植은 한복韓福과는 부모 양쪽으로 친척 간이었다. 그는 관공이 한복을 죽였다는 소식을 듣고 관공을 몰래 죽이려고 상의하고는 사람을 시켜서 관문을 굳게 지키도록 했다.

관공 일행이 도착하기를 기다려서 왕식은 관에서 나가 반갑게 웃는 낯으로 관공을 맞이했다. 관공은 형을 찾아 가게 된 사정을 그에게 간곡히 말했다.

왕식曰: "장군께서는 먼 길을 달려오시느라, 그리고 부인께서는 수레를 타고 오시느라, 피곤하실 테니 일단 성으로 들어가서 역참(館驛)에서 하룻밤 잠시 쉬시고 내일 길을 떠나시더라도 늦지 않을 것입니다."(*거짓말하는 방법이 변희와 같다.)

관공은 왕식의 뜻이 매우 따뜻하고 정성스러운 것을 보고 곧바로 두 형수들을 모시고 성 안으로 들어갔는데, 역참 안은 잠자리 등 모든 것이 잘 준비되어 있었다.

왕식은 관공을 청하여 연회를 베풀려고 했으나 관공은 사양하고 가지 않았다. 왕식은 사람들을 시켜서 역참으로 연회 음식을 보내왔다. 관공은 길을 오느라 몸이 고달파서 두 형수에게 저녁식사를 한 다음 안채에 들어가서 쉬도록 하고, 종자들에게도 각자 편히 쉬도록 하고, 말도 배불리 먹이도록 한 다음, 자기도 갑옷을 벗고 휴식을 취했다.

〖 10 〗 한편 왕식은 은밀히 종사從事 호반胡班을 불러서 명했다: "관 모는 승상을 배반하고 도망가고 있다. 게다가 도중에 태수와 관문을 지키는 장교들을 죽였으므로 용서받기 어려운 죽을죄를 지었다. 그런 데 이 사람의 무용武勇은 대적하기 어려우니, 너는 오늘 밤에 군사 1천 명을 데리고 가서 역참을 둘러싸되, 1인당 홰 한 자루씩 준비해서 기 다리고 있다가 삼경(三更: 밤 11시에서 새벽 1시 사이) 무렵이 되거든 일제 히 불을 질러라. 그 일행은 누구를 막론하고 전부 불태워 죽이도록 하 라. 나 역시 군사를 이끌고 가서 지원할 것이다."

호반은 명령을 받고는 즉시 군사들을 점검해서 은밀히 마른 섶과 불 잘 댕기는 물건들을 역참 문밖에다 날라다 놓도록 하고 약속한 시간에 거사하기로 했다.

호반은 곰곰이 생각했다: '나는 관운장이란 이름은 들은 지 오래되 었으나 그가 어떻게 생겼는지 모른다. 한 번 가서 몰래 살펴봐야겠 다.'

그리고는 역참 안으로 들어가서 역참 관리인에게 물었다: "관 장군 은 어디에 계시느냐?"

그가 대답했다: "마침 대청에서 책을 보고 계시는 분이 그분입니 다."

호반이 발소리를 죽이고 살며시 대청 앞으로 가서 보니, 관공은 왼 손으로 수염을 쓰다듬으며 등불 아래에서 안석에 기대어 책을 읽고 있 다. (*그림처럼 묘사하고 있다.) 호반은 그를 보고나서 자신도 몰래 그만

소리를 내서 감탄했다: "참으로 천인天人이로다!"

관공이 누구냐고 물었다.

호반은 안으로 들어가서 절을 하고 말했다: "형양 태수의 부하인 종사 호반이옵니다."

관공曰: "그렇다면 자네가 허도許都 성 밖에 사는 호화胡華 어른의 자제분인가?"

호반曰: "네, 그렇습니다."

관공은 종자를 불러서 짐 속에서 편지를 꺼내오도록 하여 호반에게 주었다. 호반은 편지를 다 읽고 나서 탄식하며 말했다: "내 하마터면 잘못해서 충의지사忠義之士를 죽일 뻔했구나!"

그리고는 은밀히 관공에게 일러바쳤다: "왕식이 악독한 마음을 품고 장군을 해치려고 몰래 군사들로 하여금 역참을 사면으로 포위하도록 하여 오늘 밤 삼경三更에 불을 지르도록 약속해 놓았습니다. 지금 제가 먼저 가서 성문을 열어 놓을 테니 장군께서는 급히 행장을 수습해서 성을 나가십시오."

관공은 크게 놀라서 황망히 투구와 갑옷을 걸치고 칼을 들고 말에 올랐다. 그리고 두 형수에게 수레에 오르도록 청하여 모두들 역참을 나갔다. 나가면서 보니 과연 군사들이 저마다 홰를 들고 명령이 떨어지기만 기다리고 있었다.

관공이 급히 성문 가까이 이르러 보니 성문은 이미 열려 있었다. 관공은 수레를 재촉하여 급히 성을 빠져나갔다.

호반은 돌아가서 역참에 불을 질렀다. (*먼저는 왕식이 관공을 속였으나, 이번에는 호반이 왕식을 속이고 있다.) 관공이 몇 마장(里) 못 갔을 때 뒤에서 횃불이 밝게 비치며 군사들이 쫓아왔는데, (*죽으려고 오고 있다.) 앞장을 선 왕식이 큰소리로 외쳤다: "관모는 도망치지 말라!"

관공은 말을 멈추고 서서 큰소리로 꾸짖었다: "이놈아! 내 너와 원수진 일이 없거늘 무슨 이유로 나를 불태워 죽이려고 하느냐?"

왕식은 말에 박차를 가하며 창을 꼬나들고 곧장 관공에게 달려들었다. 그러나 관공이 칼을 한 번 휘두르자 왕식은 허리에서 잘려 그만 두 동강이 나고 말았다. (*이로써 다섯 장수들을 베어 죽였다.) 그를 따라온 군사들은 다 달아나버렸다. 관공은 수레를 재촉하여 빨리 갔는데, 길을 가면서 생각하니 호반의 호의가 고맙기 그지없었다. (*후문에서 호반이 촉蜀에 귀의하게 되는 복필이다.)

〖 11 〗관공의 행차가 활주(滑州: 하남성 활현滑縣. 동한 시에는 연주 동군 東郡 백마현白馬縣 동쪽에 있었음) 지경에 이르렀을 때, 누가 유연劉延에게 이 사실을 보고했다. 유연은 수십 기를 이끌고 성 밖으로 나와서 그들을 맞이했다.

관공은 마상에서 몸을 굽혀 인사하며 말했다: "태수는 그간 별고 없으셨소?"(*백마白馬에서의 싸움 때 서로 알게 된 사이다.)

유연曰: "공은 지금 어디로 가시는 길입니까?"

관공曰: "승상을 하직하고 형을 찾아가는 길이오."

유연曰: "현덕은 원소한테 가 있는데, 원소는 곧 승상의 원수입니다. 그러니 공이 그리로 가는 것을 승상께서 어찌 용납하겠습니까?"

관공曰: "이전에 이미 약속해 놓았던 일이오."

유연曰: "지금 황하 나루터의 요새는 하후돈의 부장部將 진기秦琪가 지키고 있는데, 아마 장군께서 건너가도록 허용하지 않을 것입니다."(*먼저 한 가지 소식을 알려준다.)

관공曰: "그렇다면 태수께서 배 한 척 내주면 어떻겠소?"

유연曰: "배가 있어도 감히 내어드릴 수가 없습니다."

관공曰: "내가 전번에 안량과 문추를 베어서 당신을 위기에서 구해준 적이 있거늘, 오늘 배 한 척 구하는데 주지 못하겠다니, 그 이유가 무엇이오?"

유연曰: "하후돈이 알게 될까봐 두려워서입니다. 그가 알게 되면 틀림없이 나를 처벌할 것입니다."

관공은 유연이 아무런 쓸모없는 사람임을 알고 마침내 몸소 수레를 재촉하여 앞으로 나아갔다. (*죽이는 자도 있고 죽이지 않는 자도 있는 게 매우 교묘하다. 만약 만나는 사람마다 곧바로 죽인다면 관공이 될 수가 없다.) 황하 나루터에 이르니(*다섯 번째 관문이다.) 진기가 군사를 이끌고 나와서 물었다: "거기 오고 계신 분은 뉘시오?"

관공曰: "한수정후 관모입니다."

진기曰: "지금 어디로 가시려는 겁니까?"

관공曰: "하북으로 가서 형 유현덕을 찾으려고 합니다. 부디 강을 건너가도록 해주시오."

진기曰: "승상의 증명서는 어디 있습니까?"

관공曰: "나는 승상의 절제節制를 받아 움직이는 사람이 아닌데 무슨 증명서를 가지고 있단 말이오?"

진기曰: "저는 하후夏侯 장군의 명을 받들어 이 요새를 지키고 있소. 당신의 몸에 비록 날개를 달고 날아가더라도 이곳을 지나갈 수는 없을 것이오!"

관공은 크게 화가 나서 호통을 쳤다: "너는 내가 오는 도중에 막는 자들을 모조리 죽여 버린 것을 알고나 있느냐?"

진기曰: "네가 죽일 수 있었던 자들은 이름 없는 하급 장수들일 뿐, 어찌 감히 나를 죽인단 말이냐?"

관공은 화가 나서 말했다: "네 자신은 안량과 문추에 비해서 어떻다고 생각하느냐?"

진기도 크게 화가 나서 칼을 들고 말을 달려 곧바로 관공에게 덤벼들었다. 두 필 말이 서로 어우러져 싸우기를 단 한 합습에 관공의 칼이

번쩍 들리더니 진기의 머리가 떨어졌다. (*여섯 장수를 베어 죽였다.)

관공曰: "나에게 덤벼들었던 자들은 이미 다 죽었다. 남은 사람들은 놀라 달아날 필요 없다. 속히 배를 준비해서 내가 건너가도록 하라."

군사들이 급히 배를 저어 강기슭에 갖다 대었다. 관공은 두 형수를 배에 오르도록 청하여 강을 건너갔다. 황하를 건너니 곧바로 원소의 땅이었다. 관공은 다섯 곳의 관문을 지나오면서 여섯 명의 장수를 베어 죽였다. (*그간 지나온 과정을 총 결산한다.) 후세 사람이 이를 감탄하는 시를 지었으니:

인수와 황금 그냥 두고 한 승상 하직하고	挂印封金辭漢相
형을 찾으러 먼 길 돌아서 가네.	尋兄遙望遠途還
적토마 타고 천리 길 달리며	馬騎赤兎行千里
청룡도 비껴들고 다섯 관문 지나갔네.	刀偃靑龍出五關
장하여라 그 충의, 하늘을 찌르더니	忠義慨然冲宇宙
영웅의 이름 이때부터 강산을 뒤흔들었다.	英雄從此震江山
홀로 다섯 관문의 장수들을 베니 적수가 없어	獨行斬將應無敵
예나 지금이나 한묵翰墨의 제목 감이로다.	今古留題翰墨間

관공은 말 위에서 스스로 탄식했다: "나는 본래 오는 길에 사람을 죽이고 싶지는 않았다. 그러나 사정상 어쩔 수 없었다. 그렇지만 조공이 이 일을 알게 되면 틀림없이 나를 배은망덕한 사람이라고 생각할 것이다."(*관공의 이 몇 마디 말을 보면 후일에 화용도에서 조조를 만나더라도 틀림없이 죽이지 않을 줄 알 수 있다.)

〖 12 〗한참 가고 있을 때 문득 보니 기마 하나가 북쪽에서 달려오면서 큰소리로 외쳤다: "운장은 잠시 멈추시오!"

관공이 말을 세우고 보니 바로 손건이었다.

관공曰: "여남(汝南: 하남성 평여平輿현 북쪽)에서 헤어진 후의 소식이
궁금하오."

손건曰: "유벽劉辟과 공도龔都가 장군께서 허도로 돌아가신 후 다시
여남을 탈환했습니다. 그리고는 저를 하북으로 보내서 원소와 우호를
맺고 현덕을 청해 와서 함께 조조를 칠 계책을 상의하기로 했습니다.
그런데 뜻밖에도 하북에 가보니, 하북의 장수들은 서로 시기하고 질투
하여 전풍田豊은 그때까지도 옥에 갇혀 있었고, 저수沮授는 쫓겨나서
쓰이지 않고 있었으며, 심배와 곽도는 권력을 잡으려고 서로 다투고
있었습니다. 그런 상황에서 원소는 의심만 많고 줏대가 없어서 아무것
도 결정하지 못했습니다. 그래서 저는 유 황숙과 상의하여 우선 원소
한테서 빠져나갈 계책부터 강구했습니다. 지금 황숙께서는 이미 여남
으로 가셔서 유벽을 만났습니다. 장군께서 이런 줄도 모르고 원소한테
로 갔다가 혹시 해나 입을까봐 염려되어 특별히 저를 보내서 도중에
장군을 맞이하도록 했는데, 천만다행으로 여기서 만나게 되었습니다.
장군께서는 속히 여남으로 가서 황숙을 만나 뵙도록 하십시오."

관공은 손건에게 두 부인을 만나 뵙고 인사를 드리도록 하자, 두 부
인은 황숙의 소식을 물었고, 손건은 자세히 설명해 주었다: "원소는
두 번이나 황숙을 죽이려고 했으나, 지금은 다행히 몸을 빼서 여남에
가 계십니다. 부인께서도 그곳에 가시게 되면 황숙을 만나 뵐 수 있습
니다."

두 부인은 낯을 가리고 눈물을 흘렸다. 관공은 손건의 말을 따라 하
북으로 찾아가지 않고 곧장 여남으로 가는 길에 올랐다. 한창 가고 있
을 때 뒤쪽에서 먼지가 자욱히 일더니 한 떼의 군마가 쫓아왔는데, 선
두에 선 하후돈이 큰소리로 외쳤다: "관우는 도망치지 말라!" 이야말
로:

관문 통과 막던 여섯 장수 헛되이 죽었는데   六將阻關徒受死

한 떼의 군사들 또 길 막고 싸우자고 하네.　　一軍攔路復爭鋒

끝내 관공은 이 고비를 어떻게 벗어날까? 다음 회를 읽어보도록 하라.

제 27 회 모종강 서시평序始評

(1). 나는 본 회回를 읽으면서 조조의 의리(義)에 대해 탄식하였고, 또한 조조의 간사함에 대해 탄식하지 않을 수 없었다. 그는 관공이 떠나갈 때 황금과 비단 전포를 주면서 직접 송별을 해주면서도 유독 한 장의 증명서만은 아끼고 주지 않았는데, 만약 관공이 변희卞喜의 복병에 의해 죽거나, 혹은 왕식王植의 방화에 의해 죽었다면 조조는 틀림없이 이렇게 말할 것이다: "내가 죽인 게 아니라 관문을 지키는 장수나 관리들이 죽인 것이다"라고. 그리하여 자신은 현자를 사랑한다는 이름을 그대로 유지하면서 관문을 지키는 장수나 관리들이 잘못해서 죽였다고 책망할 것인즉, 이야말로 그 간사함이 몹시 심한 것 아니겠는가? 소인小人이 군자의 일을 행할 때는, 비록 군자를 닮았다고 하더라도, 끝내 소인의 마음을 품고 있는 것이다. 오늘날 사람들은 다만 각자 자기 주인을 위한다는 말만 듣고서 곧바로 조조를 칭찬하는 소리가 자자한데, 이는 까마귀의 자웅을 알지 못하고(不知烏之雌雄) 하는 말이라 할 수 있다.

(2). 관공이 채양蔡陽을 베어 죽이는 것은 다음 회에 나오고, 본회에서는 먼저 채양이 관공을 추격하려고 하는 이야기가 나온다. 요화廖化가 관공에게 돌아가는 이야기는 십수 회 다음에 나오고, 본회에서는 먼저 요화가 두 분 부인을 구하는 얘기가 나오는데, 이

들은 모두 (문장 기법상) 소위 몇 년 앞서서 씨앗을 뿌려놓는 것(隔年下種者)에 해당한다. (*〈삼국지 읽는 법(讀三國志法)〉(23) 참조.)

관공의 행색行色이 총총匆匆하여 길을 가는 도중에 갑자기 한 소년을 만나기도 하고, 홀연히 한 노인을 만나기도 하며, 갑자기 한 강도를 만나기도 하고, 홀연히 한 중을 만나기도 하는바 참으로 파란만장하여 심심해 할 틈이 없다. 이런 기묘한 일들이 저절로 일어났으므로 이처럼 절묘한 문장을 쓸 수 있게 된 것이다. 만약 하나의 관문을 지나갈 때마다 한 장수를 죽일 뿐이었다면 다섯 곳의 관문에서는 하나같이 죽이는 일만 있었을 테니 무슨 재미가 있겠는가?

(3). 관공의 이번 행차에는 세 가지 어려움이 있다: 두 형수의 수레와 의장(車仗)을 보호하면서 가야 했으므로 말고삐를 느슨히 하여 뒤따라갈 수밖에 없었는데, 이는 혼자서 말을 달려가는 것과는 비교가 되지 않는 것이었다. 그리하여 비록 천리마가 있었으나 아무 소용이 없었으니, 이것이 첫 번째 어려움이다. 허창許昌을 떠난 후부터는 관문과 요해처가 한두 곳에 그치지 않고 겹겹이 있었으므로 행운이 따라 줘야만 무사히 지나갈 수 있는데, 이것이 두 번째 어려움이다. 그리고 찾아가려는 곳이 조조의 원수(원소)가 있는 곳이었으므로, 관문을 지키는 장수들의 방비가 매우 엄했다. 그러나 융통성 있게 다른 곳으로 찾아갈 수 있는 처지도 아니었으므로, 이것이 세 번째 어려움이었다.

이러한 세 가지 어려움이 있었음에도 불구하고 그는 끝내 느긋이 떠나갈 수 있었으니, 비록 천행도 있었지만, 실은 그의 신위神威에 힘입은 것이다. 이를 종합하자면, 뜻이 단단히 정해지지 않으면 비록 쉬운 일도 어렵고, 뜻이 이미 단단히 정해지고 난 후에

는 비록 어려운 일도 쉬운 법이다(志不決, 雖易者亦難; 志旣決, 雖
難者亦易耳).

제 28 회

관우, 채양 형제를 죽여서 장비의 의심을 풀고
현덕의 사람들, 고성에 다시 모여 재기를 노리다

〖 1 〗한편 관공은 손건과 함께 두 형수를 보호하고 여남汝南을 향해 출발했는데, 뜻밖에도 하후돈夏侯惇이 2백여 기병들을 거느리고 뒤에서 쫓아왔다.

손건은 수레를 보호하여 먼저 가고, 관공은 말머리를 돌려 칼을 잡고 물었다: "자네가 나를 쫓아오는 것은 승상의 크신 도량을 훼손시키는 일이다!"

하후돈曰: "승상께서는 너를 보내도 좋다는 뜻을 문서로 분명하게 전해온 것이 없다. 게다가 너는 도중에 사람을 죽였고 또 내 부장部將까지 죽였으니 무례함이 너무 심하다! 내 특히 너를 사로잡아다가 승상께 바쳐서 직접 처리하시도록 해야겠다."

말을 마치자마자 말에 박차를 가하여 창을 꼬나들고 싸우려 들었다.

바로 그때 뒤에서 한 사람이 나는 듯이 말을 달려오며 큰소리로 외쳤다: "관 장군과 싸워서는 안 됩니다!"

관공은 말고삐를 잡고 가만히 서 있었다.

그 사자는 품에서 공문을 꺼내 보이며 하후돈에게 말했다: "승상께서는 관 장군의 충의忠義를 경애하시어, 도중에 관문에서 가시는 길을 막을까봐 염려하시어 저를 보내시며 특별히 공문을 가지고 여러 곳을 돌아다니도록 하셨습니다."(*황하를 건너간 후에야 비로소 공문이 당도한다. 이것이 조조의 간교한 점이다.)

하후돈曰: "관모가 도중에 관문을 지키는 장사들을 죽였는데, 승상께서도 이를 알고 계시느냐?"

사자曰: "그것은 아직 모르고 계십니다."(*첫 번째 관문에서 공수孔秀를 죽였을 때 이미 관문지기 군사가 틀림없이 허도로 급보를 띄웠을 텐데 어찌 다섯 관문의 장수들을 다 죽일 때까지 조조가 모르고 있을 수 있는가? 사자가 모르고 계신다고 말한 것은 조조가 그렇게 말하라고 시켰기 때문이다. 알고 난 후에 사자를 보냈다고 하면 자신이 인심을 쓴다는 점을 보여줄 수 없기 때문이다.)

하후돈曰: "그렇다면 나는 다만 이 자를 산 채로 붙잡아 승상께 보내서, 이 자를 놓아주든 말든 승상께서 직접 처리하도록 해야겠다."

관공은 화가 나서 말했다: "내가 어찌 너 따위를 겁내겠느냐?"

말에 박차를 가하여 칼을 들고 곧장 하후돈에게 대들었다. 하후돈도 창을 꼬나들고 와서 맞이했다.

두 말이 서로 엇갈리며 채 10합도 안 싸웠을 때, 갑자기 또 한 사람이 말을 달려오며 큰소리로 외쳤다: "두 장군께선 잠깐 멈추시오."

하후돈은 창을 멈추고 사자에게 물었다: "승상께서 관우를 사로잡아 오라고 하시더냐?"

사자曰: "아닙니다. 승상께서는 관문 지키는 장수들이 관 장군을 지나가지 못하도록 막을까봐 염려하시어 제게 공문을 가지고 가서 지나가도록 놓아주라고 하셨습니다."(*황하를 건너기 전에는 한 장의 공문도 나타나지 않더니 황하를 건너고 난 후에는 공문이 연달아 당도한다. 조조는 참으로 교활한 자이다.)

하후돈曰: "승상께서는 그가 도중에 사람을 죽인 걸 알고 계시느냐?"

사자曰: "모르고 계십니다."(*두 번째 사자 역시 아직 모르고 있다고 하는데, 하나같이 거짓말을 하고 있다.)

하후돈曰: "승상께서는 그가 사람 죽인 것을 모르고 계신다면, 결코 놓아 보낼 수 없다."

그리고는 수하 군사들에게 관공을 에워싸도록 지시했다. 관공이 크게 화가 나서 칼을 휘두르며 맞이해 싸우려고 달려들었다. 둘이 창을 겨누어 싸우려는 바로 그 순간, 진 뒤에서 한 사람이 나는 듯이 말을 달려오며 큰소리로 외쳤다: "운장과 원양(元讓: 하후돈)은 싸우지 마시오!"

모두들 보니 바로 장료였다. 두 사람은 각자 말을 멈추어 세웠다. 장료가 앞으로 나오며 말했다: "나는 승상의 명을 받고 왔소. 승상께서는 운장이 관문에서 장군들을 죽였다는 말을 들으시고 도중에 또 다시 막는 일이 있을까봐 염려하시어 일부러 나를 보내면서 각처의 관문에 그가 마음대로 지나가게 내버려 두라는 뜻을 전하라고 하셨소."

(*앞에서는 두 번이나 모르고 있다고 말한 것은 그가 관문의 장수들을 죽인 것을 알고서 사자를 보냈다고 하면 인심 쓰는 것을 보여주지 못할까봐 염려해서였다. 그런데 이번에는 솔직히 이미 알고 있다고 말한 것은 그가 관문 장수들을 죽인 것을 알고서도 전혀 노여워하지 않았음을 보여줌으로써 아예 다시 한 번 인심 쓰는 것을 보여주려는 것으로 이 모두가 조조의 교활한 점이다.)

하후돈曰: "진기秦琪는 채양蔡陽의 생질이오. 채양이 진기를 내게 맡기면서 잘 돌봐 달라고 부탁했는데, 이번에 그가 관우의 손에 죽었으니 내 어찌 그냥 보내줄 수 있겠는가!"

장료曰: "그 일은 내가 채 장군을 만나서 따로 해명해 주겠소. 이미 승상께서 크신 도량으로 운장을 보내주라고 하셨으니, 공들은 승상의 뜻을 저버려서는 안 되오."

하후돈은 어쩔 수 없이 군사들을 뒤로 물러나도록 조처해야만 했다. (*다섯 관문의 장수들이 이미 모두 죽임을 당했는데 하후돈 혼자서 어떻게 그를 막을 수 있겠는가? 이때는 그 역시 인심을 쓰고 보자는 것이었다.)

장료曰: "운장은 이제 어디로 가시고자 하십니까?"

관공曰: "형님께서는 또 원소한테도 안 계신다고 들었으니, 이제부터 천하를 두루 다니며 형을 찾아볼 작정이오."

장료曰: "현덕이 어디 계신지 모른다면, 일단 다시 돌아가서 승상을 만나보는 것이 어떻겠소?"

관공曰: "어찌 그럴 수가 있겠소. 문원은 돌아가서 승상을 뵙고 나를 대신하여 사죄의 말씀을 올려주시면 고맙겠소."

이야기를 마치자 관공과 장료는 두 손을 맞잡아 보이는 인사를 하고 헤어졌다. (*관공이 조조에게 온 것도 장료로부터 시작되었고, 관공이 떠나간 것도 장료로 끝이 났다.)

이리하여 장료와 하후돈은 군사들을 거느리고 돌아갔다.

〖 2 〗 관공은 쫓아가서 수레를 따라잡아 손건에게 방금 있었던 일을 말해 주었다. 두 사람은 말머리를 나란히 하고 갔다.

여러 날 이렇게 가고 있는데, 갑자기 억수로 쏟아지는 소낙비를 맞아서 행장이 온통 흠뻑 젖어버렸다. 멀리 바라보니 산언덕 아래에 한 농가가 있기에 관공은 수레를 이끌고 그곳으로 가서 하룻밤 묵어가기로 했다.

집 안에서 한 노인이 맞이하러 나왔으므로, 관공은 찾아온 뜻을 자세히 말했다.

노인曰: "제 성은 곽郭, 이름은 상常으로 대대로 이곳에서 살고 있습니다. 장군의 존함(大名)은 들은 지 오래 되었는데, 이렇게 만나 뵐 수 있게 되어 반갑습니다."

그리고는 곧 양을 잡고 술을 내어 대접하고, 두 부인은 후당으로 모셔가서 잠시 쉬도록 했다. 곽상은 초당에서 관공과 손건을 모시고 술을 마시고, 한편에서는 일행들이 비에 젖은 짐들을 불에 쬐서 말리고 말들도 배불리 먹였다.

해 질 무렵이 되자 갑자기 한 소년이 여러 사람들을 이끌고 집으로 들어오더니 곧장 초당으로 올라왔다.

곽상이 불러서 말했다: "얘야, 이리 와서 장군께 절을 올려라."

그리고는 관공에게 말했다: "이놈은 제 아들놈입니다."

관공이 그 소년을 보고 어딜 갔다 오느냐고 묻자, 곽상이 대신 대답했다: "사냥하러 갔다가 지금 돌아온 것입니다."

소년은 관공을 보고 나서 곧바로 초당을 내려가서 가버렸다.

곽상이 눈물을 흘리며 말했다: "이 노부의 집안은 대대로 농사를 지으면서 책을 읽어 왔습니다. 그런데 자식이라고는 저놈 하나밖에 없는데도 저놈은 본업에는 힘쓰지 않고 사냥하고 노는 것만 일삼아 하고 있으니 이 가문의 불행입니다."

관공曰: "지금은 바야흐로 난세입니다. 만약 무예를 잘 익힌다면 역시 공명을 얻을 수 있는데 어찌 불행이라고 말씀하십니까?"

곽상曰: "저 애가 만약 무예를 익히려고만 한다면야 그 또한 뜻을 세운 사람이라 할 수 있으니 무슨 걱정이겠습니까? 그러나 지금은 오로지 방탕하게 놀면서 하지 않는 짓이 없으니, (*뒤에서 말을 훔치는 일의 복필이다.) 그래서 이 늙은이가 걱정하고 있는 것입니다."

관공 역시 탄식했다.

밤이 깊어서야 곽상은 인사를 하고 물러갔다. 관공이 손건과 함께 막 잠자리에 들려고 하는데 갑자기 후원에서 말울음 소리와 사람들이 왁자지껄 떠드는 소리가 들려왔다. 관공이 급히 따르는 자들을 불렀으나 전혀 대답이 없어서 손건과 같이 칼을 들고 후원으로 나가보니, 곽상의 아들은 땅에 나자빠져서 소리 지르고 있었고, 그를 따라온 자들은 그 집에 와 있는 사람(莊客)들과 싸우고 있었다.

관공이 그 까닭을 물어보자 따르는 자가 대답했다: "이자가 이 적토마를 훔치러 왔다가 말발굽에 채여 넘어졌습니다. 우리는 이놈이 지르는 소리를 듣고 일어나서 살펴보러 왔는데, 이 집에 있는 사람들이 도리어 우리한테 덤벼들면서 소동이 벌어졌습니다."

관공이 화를 내며 말했다: "이 쥐새끼 같은 도적놈이 어찌 감히 내 말을 훔치려 한단 말이냐!"

관공이 막 혼을 내주려고 할 때, 곽상이 급히 달려오더니 사정했다: "불초자식 놈이 이런 몹쓸 짓을 했으니 그 죄는 만 번 죽어 쌉니다. 허나 늙은 제 아내가 이놈을 가장 애지중지하고 있으니, (*외아들을 사랑하는 것은 대부분 사람들의 인지상정이다. 그리고 부인들은 못난 자식을 제일 감싸고돈다. 그래서 이 집 아들이 못난 자식이 된 것은 그 어미가 감싸주고 사랑해준 결과가 아니라고 할 수 없다.) 부디 장군께서는 자비심을 베풀어 너그러이 용서해 주시기를 빕니다."

관공曰: "이놈은 방금 노인장이 말한 것처럼 과연 못난 자식이군요. 아비만큼 자식을 잘 아는 사람은 없다(知子莫如父)고 하더니, 정말 그렇군요. (*그 자식을 모르기로는 그 어미만한 사람도 없다.) 내 노인의 낯을 보아 일단은 용서해 주겠소."

그리고는 따르는 자들에게 말을 잘 보살피라고 분부하고 그곳에 모여 있는 사람들을 꾸짖어서 쫓아버리고는 손건과 함께 초당으로 돌아와서 쉬었다.

다음날, 곽상 부부가 초당 앞에 와서 절을 하며 말했다: "강아지 새끼가 범의 위엄을 모독했는데도 장군께서 은혜를 베풀어 용서해 주셨으니 감사한 마음 한이 없습니다."

관공이 그 아들을 데리고 나오라고 하면서 말했다: "내 바른 말로 그 애를 타일러 줘야겠소."

곽상曰: "그놈은 사경(四更: 새벽 3시~5시 사이)무렵 또 무뢰배 몇 명을 데리고 어디로 가버렸는지 모르겠습니다."

〚 3 〛 관공은 곽상에게 고맙다고 인사하고 두 형수를 수레에 오르시라고 청한 후 그 집을 나섰다. 그리고는 손건과 말머리를 나란히 하고 수레를 호위하여 산길로 접어들어 갔다. 그러나 30리도 채 못 갔을 때 산 뒤에서 백여 명이나 되는 사람들이 몰려나왔다. 선두의 두 사람은 말을 타고 있었는데, 앞에 있는 자는 머리에 누런 두건(黃巾)을 두르고 몸에는 전포를 입고 있었으며, 뒤에 있는 자는 다름 아닌 곽상의 아들이었다.

머리에 누런 두건을 두른 자가 말했다: "나는 천공장군天公將軍 장각張角의 부장部將이다! 거기 오는 자는 빨리 적토마를 내놓아라. 그러면 네가 여기를 지나가도록 해주겠다."

관공은 큰소리로 웃으며 말했다: "이 무식한 미친 도적놈아! 네놈이 장각 밑에서 도적질을 했다면서 유·관·장 세 형제의 이름도 들어보지 못했느냐?"

머리에 누런 두건을 두른 자가 말했다: "나는 단지 검붉은 얼굴에 긴 수염을 가진 사람이 관운장이란 말은 들어보았으나 그 얼굴은 아직 보지 못했다. 그런데 너는 도대체 누구냐?"

관공은 칼을 옆구리에 끼고 말을 세운 다음 수염 주머니를 끄르고 기다란 수염을 꺼내 보여주었다. 그러자 그 사람은 말안장에서 구르듯이 내려오더니 곽상의 아들 뒷머리채를 움켜잡고 관공의 말 앞으로 끌고 와서 같이 땅에 엎드려 절을 했다.

관공이 그의 성명을 묻자, 그가 아뢰었다: "저의 성은 배裵, 이름은 원소元紹입니다. 장각이 죽은 뒤로는 그간 섬길 주인이 없어서 사람들을 이곳 산속으로 불러 모아 잠시 여기서 숨어 지내고 있습니다. 오늘 새벽에 이 새끼가 와서 보고하기를, '한 손님이 천리마를 타고 와서 우리 집에 묵었다'고 하면서, 저에게 같이 가서 그 말을 빼앗자고 했습니다. 그런데 뜻밖에도 장군을 만나게 되었습니다."

곽상의 아들도 땅에 엎드려 절하면서 제발 살려달라고 애걸했다.

관공日: "네 부친의 낯을 봐서 네놈 목숨을 살려 주는 것이다."

곽상의 아들은 머리를 감싸 쥐고 쥐새끼가 도망치듯이 허둥지둥 도망쳤다.

〖 4 〗 관공이 배원소에게 말했다: "너는 내 얼굴도 모르면서 어떻게 내 이름은 아느냐?"

배원소日: "여기서 20리 떨어진 곳에 와우산臥牛山이라는 산이 있습니다. 산 위에는 성은 주周, 이름은 창倉이라고 하는 관서關西 사람 한 분이 계시는데, 그분은 두 팔로 천 근의 무게를 들 수 있고, 나무판자처럼 생긴 통갈빗대에다 곱슬곱슬한 수염을 가지고 있는데 그 생김새가 보기에도 매우 웅대합니다. 그는 원래 황건적 장보張寶의 부하 장수로 있다가 장보가 죽은 후 사람들을 산속으로 불러 모았습니다. 그는 여러 번 저에게 장군의 명성을 이야기하면서 서로 만나 뵐 길 없음을 한탄했습니다."

관공日: "녹림綠林은 호걸들이 발붙일 곳이 못 된다. 그대들은 앞으로 나쁜 일에서 손을 떼고 바른길로 돌아가도록 하고, 다시는 자기 몸을 더럽히지 말도록 하라."

배원소는 정중히 고맙다고 인사를 했다. 한창 이야기하고 있을 때 저 멀리서 한 떼의 군사들이 달려오는 것이 보였다.

원소가 말했다: "저것은 틀림없이 주창周倉일 것입니다."

관공은 말을 세우고 그 사람을 기다렸다. 과연 얼굴이 검고 기골이 장대한 사내가 창을 들고 말을 달려 무리를 이끌고 왔다. 그는 관공을 보더니 깜짝 놀라고 기뻐하면서 말했다: "이분은 관 장군이시다."

그리고는 급히 말에서 내려 길가에 엎드리고 말했다: "주창이 절을 올립니다."

관공曰: "장사는 어디서 나를 본 적 있는가?"

주창曰: "옛날 황건적 장보張寶를 따라다닐 때 존안尊顔을 뵌 적이 있습니다. 그러나 몸이 도적의 무리에 떨어져 있기에 따를 수 없는 것을 한으로 여겼습니다. 오늘 다행히 이렇게 뵙게 되었는바, 원컨대 장군께서는 저를 버리시지 마시고 보졸步卒로라도 거두어 주십시오. 항상 장군의 곁에서 채찍을 잡고 등자鐙子를 들고 따라다닐 수 있도록 해주신다면 죽어도 원이 없겠습니다."(*악에서 떠나 의義로 옮겨가기에 용감하고, 현자를 사모하는 마음이 참되니, 주창 역시 인걸이다.)

관공은 그의 뜻이 매우 간절함을 보고 물었다: "자네가 만약 나를 따른다면 자네 수하 사람들은 어찌할 텐가?"

주창曰: "따르기를 원하는 자들은 모두 따르도록 하고, 따르기를 원하지 않는 자들은 각자 원하는 대로 가도록 하면 될 것입니다."

그러자 수하의 무리들이 이구동성으로 말했다: "저희들도 따라가고자 합니다."

관공은 이에 말에서 내려 수레 앞으로 가서 두 형수에게 의견을 물었다.

감부인曰: "숙부님께서는 허도를 떠나신 뒤로 홀로 여기까지 오시는 동안 수많은 곤경을 겪으면서도 단 한 번도 군사들이 따르는 것을 허락하지 않으셨잖아요. 전에 요화廖化가 따르고자 하는 것도 아주버니께서는 물리치셨잖아요. 그런데 이번에는 무슨 이유로 유독 주창의 무리들은 받아들이려 하십니까? 그러나 이건 저희 아녀자들의 얕은 소견이니, 숙부님께서 알아서 하시지요."

관공曰: "형수님 말씀이 옳습니다."

그리고는 주창에게 말했다: "내가 매정해서가 아니라 두 부인께서 들어주지 않으시네. 자네들은 일단 산으로 돌아가서 내가 형을 찾을 때까지 기다리도록 하게. 내 반드시 자네들을 부르러 다시 오겠네."

주창은 땅에 머리를 조아리며 사정했다: "제가 비록 거칠고 경솔하여 한 때 잘못하여 도적이 된 적이 있으나, 지금 장군을 만나 뵙게 되니 마치 하늘의 해를 다시 보게 된 것과 같사온데, 어찌 차마 또다시 잘못을 범할 수 있겠습니까? 만일 많은 사람들이 따르는 것이 불편하시다면 이 사람들에게 전부 배원소를 따라 가라고 하고 저 혼자만이라도 걸어서 장군을 따라가되 만 리 길도 사양치 않겠습니다."(*주창이 관공을 따라가려는 마음이 이처럼 진실하였으니, 그가 관공과 함께 천년 동안 제사음식을 받아먹고 있는 것도 당연하다.)

관공이 다시 그의 이런 말을 두 형수에게 아뢰자, 감 부인이 말했다: "한두 사람 따르는 것이야 무슨 지장 있겠어요?"

관공은 이에 주창에게 수하의 사람들을 배원소에게 맡겨 그를 따라가도록 하라고 했다.

배원소曰: "저 또한 관 장군을 따라가고 싶습니다."

주창曰: "자네까지 따라가게 되면 이 무리들이 다 흩어질 것이다. 그러니 자네는 당분간 이들을 거느리고 있도록 하게. 내가 관 장군을 따라가서 자리만 잡게 되면 곧바로 자네를 데리러 오겠네."

원소는 서운한 마음으로 헤어졌다. 주창은 관공을 따라 여남으로 출발했다.

〖 5 〗여러 날 길을 가다가 보니 저 멀리에 산성山城 하나가 있었다. 관공이 그곳 토박이에게 물었다: "이곳은 어디인가?"

그 토박이가 말했다: "이곳 지명은 고성(古城: 하남성 확산礶山 북쪽)입니다. 몇 달 전에 성을 장張, 이름을 비飛라고 하는 한 장군이 수십 기병들을 이끌고 이곳에 와서는 현령을 쫓아내 버리고 (*현령을 쫓아낸 것과 독우督郵를 매질한 일이 멀찍이에서 서로 대비되고 있다.) 이 성을 차지했습니다. 그 후 장군은 군사를 불러 모으고 말을 사들이고 군량과 마초를 쌓아놓고 있습니다. 지금은 수하에 3천 내지 5천 명이나 되는 군사들이 모였으므로 이곳 사방에서는 감히 그와 대적할 자가 없습니다."

관공은 기뻐하며 말했다: "내 아우와 서주에서 헤어진 후로 그간 행방을 몰랐는데, 뜻밖에 여기에 있을 줄이야!"(*본래는 형을 찾아 나섰던 것인데 도리어 아우를 먼저 만나게 되었다.)

그리고는 손건에게, 먼저 성에 들어가서 소식을 알려주어 장비로 하여금 이리 와서 두 형수를 영접하도록 하라고 지시했다.

한편 장비는 망탕산碭碭山 속에서 달포 가량 머물다가 현덕의 소식을 알아보려고 산을 나왔다가 우연히 고성古城을 지나게 되어서 현으로 들어가서 군량이나 좀 빌리려고 했다. 그런데 현령이 빌려주려고 하지 않아서 (*이것은 토박이가 말하지 않은 일이다.) 화가 난 장비는 현령을 쫓아버리고 현령의 인수印綬를 빼앗고 그 성을 차지하여 당분간 몸을 부치고 있었다. (*장비의 일을 보충 서술하고 있는데, 이는 없어서는 안 될 부분이다.)

이날 손건이 관공의 명을 받고 성에 들어가서 장비를 보고 인사를 한 다음 그간의 사정을 자세히 말했다: "현덕께서는 원소한테서 떠나 여남으로 찾아가셨습니다. 그리고 지금 운장께선 허도에서 두 분 형수님을 모시고 곧바로 여기까지 오셨는데, 장군께서 영접하러 나와 주시기를 바라고 계십니다."

장비는 다 듣고 나서 아무 대답도 하지 않고 곧바로 갑옷을 입고 투구를 쓰고 긴 창을 들고 말에 올라 1천여 명을 이끌고 곧장 성문을 나갔다. 손건은 놀랐으나 감히 물어보지도 못하고 다만 그를 따라 성을 나갈 수밖에 없었다.

관공은 멀리서 장비가 오는 것을 보고 기쁨을 이기지 못하여 청룡도를 주창에게 맡기고는 말에 박차를 가하여 맞이하러 갔다. 그러나 뜻밖에도 장비는 고리눈을 부릅뜨고 범의 수염을 곤두세우고 벼락같은 소리를 지르며 장팔사모丈八蛇矛를 휘둘러 곧바로 관공을 겨누고 찔렀다. 관공은 깜짝 놀라서 얼른 피하면서 외쳤다: "아우는 왜 이러는가? 어찌하여 도원의 결의를 잊었단 말인가?"

장비가 호통을 쳤다: "너는 이미 의리 없는 놈인데, 무슨 낯짝으로 나를 만나러 왔느냐!"(*이전까지는 서로 형, 아우라 부르다가 지금은 갑자기 너, 나라고 부르고 있다. 대개 너, 나로 부르던 사이가 형, 아우라고 부르는 사이로 되는 것은 본래 의義로 합쳐지는 경우이다. 그런데 너가 이미 의리를 저버렸다면 이제 너는 너, 나는 나이고, 너는 너라는 사람이 되고 나는 나라는 사람으로 돌아간다. 너는 나를 볼 면목이 없고 나 역시 너를 볼 면목이 없는 것이다.)

관공曰: "내가 어째서 의리가 없다는 거냐?"

장비曰: "너는 형님을 배반하고 조조에게 항복해서 후작(侯爵: 즉, 한수정후漢壽亭侯)까지 받아놓고, 이번엔 또 나를 속이려고 왔느냐? 나는 이번에는 너와 죽든 살든 결판을 내고야 말 테다!"

관공曰: "알고 보니 자네는 모르고 있었군! ― 나 또한 설명하기 곤란하다. 현재 두 형수님께서 여기에 계시니, 자네가 직접 물어 보게."(*관공은 자기가 직접 설명하지 않고 두 형수에게 설명을 미루는데, 그 정경이 눈에 선하다.)

두 부인이 이들의 말을 듣고는 드리워진 발을 걷어 올리고 장비를 불러서 말했다: "작은 숙부님, 왜 이러세요?"

장비曰: "형수님께선 가만히 계십시오. 일단 내가 저 의리를 저버린 놈을 죽여 버린 다음 형수님들을 성 안으로 모시겠습니다."(*조씨에게 항복하는 것은 유씨를 배반하는 것이다. 유씨를 배반하는 것은 곧 의리를 저버리는 것이다. 의리를 지킬 때에는 그를 형으로 섬기지만 의리를 저버리면 곧 그를 남으로 대한다. 장비는 참으로 성인이다.)

감부인曰: "큰 숙부님께선 두 분의 행방을 몰랐기 때문에 잠시 조씨 曹氏한테 가서 몸을 의탁하고 있었던 거예요. 이번에 숙부님의 형님께서 여남에 계신다는 것을 알고는 온갖 위험과 어려움을 무릅쓰고 우리를 여기까지 데려온 것이니, 작은 숙부님은 오해하지 마세요."

미부인曰: "큰 숙부님께서 허도에 계셨던 것은 사실 어쩔 수 없었기 때문이에요."(*전에 장비가 잘못해서 두 형수를 여포의 수중에 빠뜨리자 운장은 그를 책망하고 현덕은 그를 변명해 주었고, 이번에 운장이 잘못해서 두 형수를 조조의 수중에 빠뜨리자 장비는 그를 책망하고 두 형수는 그를 변명해 주고 있다.)

장비曰: "형수님들께선 저놈한테 속지 마십시오. 충신은 죽을지언정 욕을 당하지는 않는 법(忠臣寧死而不辱), 대장부가 어찌 두 주인을 섬길 리가 있습니까!"

관공曰: "아우는 내게 억울한 말 하지 말게."

손건曰: "운장께서는 일부러 장군을 찾아오신 것이오."

장비가 호통을 쳤다: "왜 너까지 허튼 소리를 하느냐! 저놈에게 어디에 그런 착한 마음이 있느냐! 틀림없이 날 잡으러 온 것이다."

관공曰: "만약 내가 자네를 잡으러 왔다면 반드시 군사들을 데리고 왔을 것이다."

장비가 손을 들어 가리키며 말했다: "저것은 데리고 온 군사들이 아니란 말이냐?"

〖 6 〗 관공이 돌아보니 과연 먼지를 자욱하게 일으키며 한 떼의 군사들이 이쪽으로 오고 있었는데, 바람에 나부끼는 깃발로 보아 틀림없는 조조의 군사였다.

장비는 크게 화를 내며 말했다: "이런데도 감히 딴소리로 둘러댈 작정이냐?"

그는 장팔사모를 꼬나들고 곧바로 찌르려고 했다.

관공은 급히 그에게 멈추라고 하면서 말했다: "아우는 잠깐 멈추고 내가 저기 오는 장수를 베는 것을 보게. 그것으로 내 진심을 보여줄 테니."

장비曰: "네게 과연 그런 진심이 있다면, 내가 여기서 북을 세 번 치는 동안 저기 오는 장수를 베어야만 한다."

관공은 그렇게 하겠다고 대답했다.

잠시 후, 조조의 군사가 당도했는데 앞장선 장수는 바로 채양蔡陽이었다. 그는 칼을 꼬나들고 말을 달려오며 큰소리로 외쳤다: "관우 네놈이 내 생질 진기秦琪를 죽여 놓고, 알고 보니 이리로 도망쳐 와 있었구나. 나는 승상의 명을 받들어 특별히 네놈을 잡으러 왔다."

관공은 일체 말을 섞지 않고 칼을 들고 곧바로 찍으려고 했다. 장비는 직접 북채를 잡고 북을 쳤다. 한 번 친 북소리가 미처 다 울리기도 전에 관공의 칼이 번쩍 들렸는데 채양의 목은 벌써 땅 위에 떨어졌다. 그를 따르던 많은 군사들은 전부 달아났다. 관공은 장군기를 잡고 있던 병졸을 사로잡아 와서 이곳으로 오게 된 연유를 물었다.

그 병졸이 말했다: "채양은 장군께서 자기 생질을 죽였다는 말을 듣

고 엄청 화를 내면서 하북으로 가서 장군과 싸우려고 했습니다. 그러나 승상께서는 허락하지 않으시고 그를 여남으로 보내서 유벽을 치도록 했습니다. 그런데 뜻밖에도 여기에서 장군을 만나게 된 것입니다."(*조조 편의 일을 한 병졸의 입을 통해 보충 설명하고 있다. 생필법省筆法이다.)

관공은 그 말을 듣고 나서 그에게 장비 앞에 가서 방금 한 말을 이야기해 주라고 했다. 장비는 관공이 허도許都에 있을 때 한 일들에 대해 세세히 캐어물었고, 그 병졸은 처음부터 끝까지 다 말해 주었다. 장비는 그제야 관공의 말을 믿게 되었다.

〖 7 〗 한창 이야기를 하고 있는데 갑자기 성 안에서 군사가 달려와서 보고했다: "성의 남문 밖에서 10여 명의 기병들이 매우 급하게 달려오고 있는데 어떤 사람들인지 모르겠습니다."

장비는 속으로 의아해 하면서 곧바로 남문으로 돌아가서 보니 과연 기병 10여 기가 가벼운 활과 짧은 화살만 지니고 달려오고 있는 게 보였다. 그들은 장비를 보자 말안장에서 굴러 떨어지듯 말에서 내려왔는데, 보니 미축糜竺과 미방糜芳이었다. 장비 역시 말에서 내려 서로 만나 보았다.

미축曰: "서주에서 흩어진 뒤로 우리 형제 둘은 난을 피해 고향으로 돌아가 있으면서 사람을 시켜서 사방으로 수소문한 결과 관 장군은 조조에게 항복했고, 주공께서는 하북河北에 계신다는 것을 알게 되었습니다. 그리고 또 간옹簡雍 역시 하북으로 찾아가서 몸을 의탁하고 있다고 들었으나, 다만 장군께서 여기 계시는 줄은 몰랐습니다. 그런데 어제 길에서 한 무리의 나그네들을 만났는데, 그들이 말하기를, 성을 장張이라고 하는 한 장군이 있는데 그 생김새는 이러이러하며 지금 고성古城을 차지하고 있다고 했습니다. 우리 형제는 틀림없이 장군일 것이라 생각하고 찾아왔는데, 다행히 이렇게 만나보게 되었습니다."

장비曰: "운장 형은 손건과 함께 두 형수님을 모시고 방금 여기 도착했고, 이제는 형님 계신 곳도 알게 되었소."

미축과 미방은 크게 기뻐하며 장비와 같이 가서 관공을 만나보고 또 두 부인도 만나 뵙고 인사를 했다. 장비는 곧 두 형수를 청하여 성 안으로 들어갔다. 현의 관아에 이르러 자리에 앉은 후, 두 부인은 그간 관공이 지내온 일들을 죽 다 말해 주었다. 장비는 그제야 비로소 통곡을 하며 운장에게 큰 절을 했다. (*모르고 있을 때는 크게 화를 내며 죽이려고 했으나, 알고 나서는 곧바로 대성통곡을 하고 절을 올리는 것, 영웅들의 혈기는 본래 이래야 한다.) 미축과 미방도 다 감격했고, 장비 역시 스스로 헤어진 후의 일들을 말했다. 그리고 한편으로 연석을 베풀어 다시 만나게 된 것을 축하했다.

〖 8 〗 다음날 장비는 관공과 함께 여남으로 가서 현덕을 만나보려고 했다.

관공曰: "자네는 두 형수님을 모시고 잠시 이 성에 머물러 있게. 내가 손건과 같이 먼저 가서 형님 소식을 알아 올 테니."(*형수를 보호하고 형을 찾는 일을 이전에는 관공 혼자서 맡았으나 이제는 장비와 그 일을 나누어 하게 되었다.)

장비는 그렇게 하겠다고 대답했다.

관공은 손건과 같이 기병 몇을 이끌고 여남으로 달려갔다. 유벽과 공도가 그들을 맞이했다.

관공이 곧바로 물었다: "황숙께서는 어디 계시오?"

유벽曰: "황숙께서는 이곳에 오셔서 수일간 계시다가 우리 군사가 적은 것을 보시고는 다시 하북의 원소한테 상의하러 가셨습니다."(*전에 하북으로 달려가자 반대로 여남에 가 있다고 했는데, 이번에 여남으로 와

보니 또 하북에 가 있다고 한다. 이는 마치 고시古詩에서 말하기를: "인생 서로 만나보지 못하고 각기 따로 움직이기를 마치 삼성參星과 상성商星이 서로 엇갈리듯 하네(人生不相見, 動如參與商)."라고 했는데, 헤어졌다가 다시 만나기가 이처럼 어려우니, 한숨이 저절로 난다.)

관공은 몹시 서운해 했다.

손건曰: "걱정하실 것 없습니다. 다시 한 번 말을 달려 하북으로 가서 황숙께 소식을 전해드리고 같이 고성으로 가면 됩니다."

관공은 그렇게 하기로 하고 유벽, 공도와 헤어져서 고성으로 돌아가서 장비에게 이런 사연을 말해 주었다. 장비는 곧 자기도 같이 하북으로 가겠다고 했다.

관공曰: "이 성이 하나 있다는 것은 곧 우리에게 안신처安身處가 있다는 것이니 가볍게 포기해서는 안 된다. 내가 이번에도 손건과 함께 원소한테로 가서 형님을 찾아본 다음 다시 이곳으로 와서 모이도록 하자. 그동안 아우는 이 성을 단단히 지키고 있도록 하게."

장비曰: "형님은 원소의 장수 안량과 문추를 죽였는데 어떻게 갈 수 있습니까?"

관공曰: "상관없네. 내 그곳에 가서 상황을 봐서 잘 대처하겠네."

그리고는 주창을 불러서 물었다: "와우산의 배원소에겐 군사들이 전부 얼마나 있는가?"

주창曰: "약 4~5백 명 됩니다."

관공曰: "내 지금 형님을 찾으러 지름길로 질러갈 테니 자네는 와우산으로 가서 그곳 군사들을 데리고 큰길로 나와 우리를 맞이하도록 하게."

주창은 명을 받고 떠나갔다. 관공은 손건과 함께 20여 기의 인마人馬를 데리고 하북으로 갔다.

하북 지경에 거의 다 이르렀을 때 손건이 말했다: "장군께서는 섣불리 들어가지 마시고 이곳에서 잠시 쉬고 계십시오. 제가 먼저 들어가서 황숙을 뵙고 따로 상의해 보겠습니다."

관공은 그의 말을 좇아서 먼저 손건을 떠나보냈다. 그리고는 멀리 앞의 마을을 바라보니 농가農家 하나가 있으므로 그는 곧 따르는 자들과 그곳으로 가서 하룻밤 투숙하기로 했다. 집 안에서 한 노인이 지팡이를 짚고 나와서 관공에게 인사를 했다.

관공이 찾아온 사연을 사실대로 말해 주자 노인이 말했다: "제 성도 관關입니다. 이름은 정定이라 하고요. 장군의 존함은 오래 전부터 들어서 알고 있었는데, 다행히 이렇게 만나 뵙게 되어 반갑습니다."

그리고는 두 아들을 불러내서 관공에게 인사를 드리도록 하고는 관공을 극진히 대접하며 머물러 있도록 했다. 그리고 관공을 따르는 자들도 함께 전부 집 안에서 머물도록 했다.

〖 9 〗 한편 손건은 단기필마로 기주冀州에 들어가서 현덕을 만나 지금까지의 일들을 모두 말했다.

현덕曰: "간옹 역시 이곳에 있으니 몰래 청해 와서 같이 의논하세."

조금 후 간옹이 와서 손건과 서로 인사를 하고는 탈출할 계책을 같이 의논했다.

간옹曰: "주공께서는 내일 원소를 만나서, 형주荊州로 가서 유표에게 같이 조조를 칠 것을 설득하겠다고만 말씀하십시오. 그 기회를 이용하면 탈출할 수 있을 것입니다."(*전에 허도許都에 있을 때에는 원술을 치러 가겠다는 말로 몸을 빠져나왔는데, 지금 하북에서는 유표를 설득하러 가겠다는 말로 몸을 빠져나가려고 한다.)

현덕曰: "그 계책 아주 절묘하군. 다만, 그대도 나를 따라 함께 떠나갈 수 있겠는가?"

간옹曰: "제게도 따로 탈출할 계책이 있습니다."

그렇게 하기로 상의를 마쳤다.

다음날 현덕은 들어가서 원소를 보고 말했다: "유경승劉景升이 형주荊州와 양양襄陽의 아홉 개 군을 지키고 있는데, 정예병에다 군량까지 충분하므로 서로 약속을 해서 함께 조조를 치도록 합시다."

원소曰: "나도 일찍이 사자를 보내서 그와 약속을 해보려고 했지만 그가 따르려고 하지를 않더군."

현덕曰: "그 사람은 저와 같은 종친이므로 제가 가서 설득하면 틀림없이 거절하지 않을 것입니다."

원소曰: "만약 유표를 얻는다면 유벽을 얻는 것보다 훨씬 낫지."

마침내 원소는 현덕에게 가도록 했다. 그리고 또 말했다: "근자에 듣자니 관운장이 이미 조조한테서 떠나 하북으로 오려고 한다던데, 만약 그가 오면 내 꼭 그를 죽여서 안량과 문추의 원한을 갚을 테다."

현덕曰: "명공께서 전에 그를 쓰고 싶어 하시기에 제가 그를 이리 오라고 불렀는데, 지금은 왜 또 그를 죽이려 하십니까? 게다가 안량과 문추를 두 마리 사슴에 비유한다면 운장은 한 마리 호랑이와 같은데, 사슴 두 마리를 잃고 호랑이 한 마리를 얻는다면 원망할 게 무엇입니까?"(*원소처럼 우유부단한 자는 단지 한 마리의 양일 따름인데 양이 어떻게 호랑이를 쓸 수 있겠는가?)

원소는 웃으며 말했다: "내가 실은 그를 탐내기 때문에 농담을 해봤소. 공은 다시 사람을 보내서 그를 부르되, 속히 오도록 하시오."

현덕曰: "즉시 손건을 보내서 그를 불러오도록 하겠습니다."

원소는 크게 기뻐하며 현덕의 말을 따랐다.

현덕이 밖으로 나가자, 간옹이 건의했다: "현덕은 이번에 가면 틀림없이 안 돌아올 것입니다. 제가 그와 같이 가겠습니다. 그와 같이 가서 유표를 설득하고, 한편으로는 현덕이 떠나가지 못하도록 감시하겠습니다."(*묘한 사람의 묘한 계책이다.)

원소는 그 말을 옳게 여기고는 곧 간옹으로 하여금 현덕과 같이 가도록 했다. (*현덕이 원술을 치러 가겠다고 청하자 조조는 주령朱靈과 로소路昭를 따라 보내서 감시하도록 했는데; 현덕이 유표를 설득하러 가겠다고 청하자 원소는 즉시 간옹을 따라 보내서 감시하도록 한다. 원소와 조조의 어리석고 지혜로움의 차이가 여기서도 드러난다.)

곽도郭圖가 원소에게 간했다: "유비는 전번에는 유벽을 설득하러 가겠다고 했지만 성공하지 못했습니다. 이번에 또 간옹과 같이 형주에 가도록 한다면, 그는 틀림없이 돌아오지 않을 것입니다."

원소曰: "자네는 너무 의심하지 말게. 간옹도 식견이 있는 사람일세."

곽도는 한숨을 지으며 나갔다.

〖 10 〗 한편 현덕은 먼저 손건으로 하여금 성을 나가서 관공에게 알리도록 하고, 한편으로 간옹과 함께 원소에게 하직인사를 하고 나서 말에 올라 성을 나갔다. 지경 밖에 이르자 손건이 맞이해서 같이 관정關定의 집으로 갔다. 관공은 문 밖으로 나와 현덕을 맞이하여 손을 잡고 통곡하기를 마지않았다. (*유비와 관우는 이때에 이르러 비로소 만난다.)

관정이 두 아들을 데리고 와서 초당 앞에서 절을 했다. 현덕이 그의 성명을 묻자, 관공이 말했다: "이분은 저와 같은 성姓으로 아들 둘이 있는데, 큰 아들 관영關寧은 글공부를 하고 있고, 둘째 아들 관평關平은 무예를 배우고 있습니다."

관정曰: "지금 제 어리석은 생각으로는 둘째 아들을 보내어 관 장군을 따라다니도록 하고 싶은데, 받아주실지 모르겠습니다."

현덕曰: "지금 몇 살이지요?"

관정曰: "열여덟 살입니다."

현덕日: "기왕에 어르신의 후의를 입은데다가 내 아우는 아직 아들이 없으니, 지금 바로 댁의 아드님(賢郎)을 내 아우의 아들로 삼는 게 어떻겠소?"(*이는 서로 동성同姓이라는 데서 생각해낸 것이다. 이성異姓 간에도 이미 형제가 되었는데 동성 간이라면 어찌 부자가 되어서 안 되겠는가?)

관정은 크게 기뻐하며 즉시 관평으로 하여금 관공에게 절을 하도록 하여 그를 아버지로 삼고, 현덕을 큰아버지라고 부르게 했다. 현덕은 원소의 추격을 염려하여 급히 채비를 하여 길을 떠났다. 관평은 관공을 따라 같이 출발했다. 관정은 한참이나 같이 가면서 배웅한 다음, 혼자 돌아갔다.

〖 11 〗 관공은 일행에게 와우산臥牛山으로 가는 길로 가도록 했다. 한참 가고 있다가 문득 보니 주창周倉이 몸에 상처를 입은 채 수십 명을 이끌고 오고 있었다. 관공은 그를 데리고 가서 현덕에게 인사를 시킨 후, 어떻게 하다가 상처를 입게 되었는지 그 까닭을 물었다.

주창日: "제가 와우산에 이르기 전에 먼저 한 장수가 혼자 말을 타고 와서 배원소와 싸웠는데, 단 한 합에 배원소를 찔러 죽이고는 수하 무리들 전부의 항복을 받은 다음 산채를 차지했습니다. 제가 그곳에 가서 이전의 부하들을 불렀더니 여기 있는 몇 사람만 내려오고 다른 사람들은 모두 무서워서 감히 산채를 떠나려고 하지 않았습니다. 저는 분을 참을 수 없어서 그 장수와 싸웠으나, 연달아 여러 차례 그에게 지고 몸에도 세 군데나 창을 맞았습니다. 그래서 주공께 보고하려고 오는 길입니다."

현덕日: "그 사람은 생긴 모양이 어떻더냐? 이름은 뭐라고 하더냐?"

주창日: "극히 웅장하게 생겼던데, 그 이름은 모르겠습니다."

이리하여 관공이 선두에 서서 말을 달리고, 현덕은 그 뒤를 따라 곧장 와우산으로 갔다. 주창이 산 아래에서 큰소리로 욕을 퍼부었더니 그 장수가 전신 갑옷을 입고 투구를 쓰고, 창을 잡고 말을 달려 무리들을 이끌고 산에서 내려왔다.

현덕이 일찌감치 채찍을 휘두르며 말을 타고 앞으로 나가서 큰소리로 외쳤다: "거기 오는 사람 혹시 자룡子龍 아니신가?"

그 장수는 현덕을 보더니 구르듯이 말안장에서 내려 길가에 엎드렸다. 알고 보니 과연 조자룡이었다. 현덕과 관공도 다 말에서 내려 서로 만나보고, 그에게 이곳으로 오게 된 연유를 물었다.

조운曰: "제가 사군과 헤어진 후부터 뜻밖에도 공손찬은 남의 말을 전혀 듣지 않았습니다. 그래서 싸움에 패하고 스스로 불에 타 죽었습니다. (*이에 대한 이야기는 제21회에서 나왔다.) 그 후 원소가 여러 차례 저를 불렀지만, 저는 원소 역시 사람을 쓸 줄 모르는 위인이라고 생각하여 가지 않았습니다.

후에 서주徐州로 가서 유 사군에게 몸을 의탁하고 싶었으나, 또 들으니 서주가 함락되어 운장은 이미 조조에게 가 있고, 사군께서는 또 원소한테 가 계신다고 했습니다. 저도 몇 번이나 그리로 가서 몸을 맡기려고 했지만 원소가 이상하게 생각할까봐 두려워서 못 갔습니다. 그래서 사해를 떠돌아다녔으나 제 한 몸 받아들여 줄 곳이 없었습니다.

전에 우연히 이 앞을 지나가는데, 그때 마침 배원소가 산에서 내려와서 제 말을 빼앗으려고 하기에 (*곽상의 아들 때문에 또 잘못하게 된 것은 아닐까?) 제가 그를 죽여 버리고 이곳에 몸을 부치고 있었습니다.

근자에 듣기로는 익덕翼德이 고성古城에 있다고 하기에 그곳으로 가려고 했으나 그 소문이 참말인지 아닌지 몰라서 주저하고 있던 차에 지금 다행히 사군을 만나 뵙게 된 것입니다."(*자룡의 그간의 종적을 그의 입을 빌려서 죽 이야기하고 있는데 내용이 아주 자세하다. 생필법이다.)

현덕은 크게 기뻐하며 그간 지내온 일들을 이야기했다. 관공 역시 지나온 일들을 이야기했다.

현덕曰: "나는 처음 자룡을 보고는 곧바로 헤어지기 서운해서 놓치고 싶지 않았었는데,(*제7회에 나온 얘기다.) 지금 다행히 서로 만나게 됐소!"

조운曰: "저도 사방으로 뛰어다니며 주인을 가려서 섬기려고 했지만, 사군과 같으신 분은 없었습니다. 이제 같이 따라다니며 모시게 되어 제 평생의 소원을 이루었으니, 비록 제 목숨을 바치게 되더라도 이제 여한이 없습니다."

그날로 산채를 불태워 버리고는 무리들을 거느리고 모두 현덕을 따라 고성으로 갔다.

〖 12 〗 장비와 미축과 미방이 일행을 영접해서 성 안으로 들어가서 각기 헤어진 후의 일들을 이야기했다. 두 부인은 운장의 일을 자세히 이야기해서 현덕은 감탄하기를 마지않았다. (*앞에서 유비와 관공이 만났을 때에는 운장은 현덕의 손을 잡고 울기만 하고 한 마디도 스스로 말하지 않았는데, 지금 두 부인이 대신 말해 주고 있다.) 이리하여 소와 말을 잡아 먼저 천지신명께 감사의 절을 올린 다음, (*처음 도원에서 결의할 때와 흡사하다.) 여러 군사들을 두루 위로했다.

현덕은 형제가 다시 한 자리에 모이고, 장수들과 참모들 중에 빠진 사람이 없고, 또 새로 조운趙雲까지 얻었으며, 관공은 또 관평과 주창 두 사람을 얻었으므로 기쁘기가 한이 없어 여러 날 동안 연달아 술을 마셨다. 후세 사람이 이 일을 칭찬해서 지은 시가 있으니:

당시의 수족들 참외 가르듯 갈라져서	當時手足似瓜分
서신과 소식 끊어져 생사조차 몰랐는데	信斷音稀杳不聞
오늘 군신들 다시 의리로 모이니	今日君臣重聚義
마치 용과 범이 구름과 바람을 만난 듯하다.	正如龍虎會風雲

이때 현덕, 관우, 장비, 조운, 손건, 간옹, 미축, 미방, 관평, 주창이 거느리는 마보군은 모두 합쳐서 4~5천 명이었다. 현덕은 고성을 버리고 여남으로 가서 그곳을 지키고 싶어 했는데, 그때 마침 유벽과 공도가 사자를 보내서 여남으로 오라고 청했다. 그리하여 현덕은 군사를 이끌고 여남으로 가서 그곳에 주둔하고 있으면서 군사를 모으고 말을 사들여 서서히 정벌해 나가기로 계획을 세웠다. 이 이야기는 이제 그만하기로 한다.

〖 13 〗 한편 원소는 현덕이 돌아오지 않는 것을 보고 크게 화가 나서 군사를 일으켜 그를 치려고 했다.

곽도曰: "유비는 걱정할 게 못 됩니다. 조조야말로 강적이므로 제거하지 않으면 안 됩니다. 유표는 형주를 차지하고 있으나 강하다고 할 수는 없습니다. 강동의 손백부(孫伯符: 손책)는 그 위엄이 삼강(三江: 장강 하류. 옛날 장강은 팽려彭蠡를 지난 후에는 세 갈래로 갈라져서 바다로 들어갔으므로 〈삼강〉이라 불렀음.)을 누르고, 땅은 여섯 군郡에 이어져 있고, 수하에는 모사謀士와 무사武士들이 극히 많습니다. 그러므로 사자를 보내서 그와 손을 잡고 함께 조조를 치도록 하시지요."

원소는 그의 말을 좇아 즉시 글을 써서 진진陳震을 사자로 삼아 손책에게 보냈다. 이야말로:

하북의 영웅 떠나가자	只因河北英雄去
강동의 호걸 끌어내 오네.	引出江東豪傑來

이 일이 어찌될지 모르겠거든 다음 회를 읽어보도록 하라.

제 28 회 모종강 서시평序始評

(1). 조조가 관공이 떠나갈 때 사람을 시켜서 관문을 지나가도록

인도해 주지 않았던 것은, 겉으로는 그의 대의大義를 칭송하면서도 속으로는 그가 유비에게 돌아가는 것을 싫어했기 때문에 스스로 떠나가도록 내버려 두었던 것이다. 만약 관공이 가는 도중에 막혀서 다시 돌아온다면, 이는 자신이 붙잡아 두지 않았음에도 그가 남아 있게 되는 것이고, 만약 중도에 다른 사람의 손에 죽는다면, 자신이 죽이지 않고도 그를 죽이는 것(不殺之殺)이 된다.

그러나 관공이 여러 관문의 장수들을 죽이고 이미 황하를 건넌 후에는 더 이상 그를 붙잡아 두고 싶어도 그렇게 할 수 없게 되었고, 그를 죽이고 싶어도 죽일 수 없게 되었다. 그래서 자칫하다가는 자기가 선심 쓸 기회까지 놓치게 될까봐 사람을 시켜서 증명서를 가지고 가게 하여 자신의 은혜 두터움을 보여주었던 것이니, 여기에서 그의 마음 씀씀이를 볼 수 있다. 증명서를 필요할 때에는 보내주지 않다가 그것이 필요 없게 된 다음에야 보내주고 있으니, 독자들은 여기에 이르러서 조조에게 속아 넘어가서는 안 된다.

(2). 사람들은 운장이 한漢에 항복하고 조조에게 항복하지 않은 것을 그의 대절大節인 줄로만 알고 익덕의 대절에 대해서는 모르는데, 운장과 비교해 본다면 아마도 익덕의 절조가 더욱 굳셀 것이다. 운장은 한漢과 조조를 매우 명확하게 구분하였는데 익덕 역시 한과 조조를 매우 명확하게 구분하였다. 조조는 한漢의 역적이므로 한의 역적을 따르는 자 역시 한漢의 역적이다. 익덕은 관공이 조조에 항복한 것으로 오해를 했다. 그래서 조조를 욕하면서 동시에 관공도 욕하고 옛날의 도원결의桃園結義조차 돌아볼 여가가 없었던 것이다.

대개 군신君臣 간의 의義가 있은 후에 형제의 의義도 있고, 군신의 의가 어그러지면 형제간의 의도 끊어지는 것이다. 의대조衣帶詔

의 공분公憤은 중한 것이고 도원에서의 개인적인 맹세는 가벼운 것이다. 이러한 뜻을 미루어 보면, 만약 익덕이 토산에 포위되어 있었다면 차라리 칼날을 밟고 죽을지언정 어찌 임시변통으로 잠시라도 조조와 어울리려 했겠는가? 익덕은 평소 여포에 대해 가장 분노했는데, 그가 인간의 윤리를 파괴한다고 생각하여 그를 보자마자 '세 개 성의 아비를 둔 종놈 자식(三姓家奴)'이라 부르고, 그 후 여러 차례 그를 죽이려고 했던 것이다. 그는 조조에 대해서도 이와 같이 분노했다. 그는 여포를 증오함으로써 부자지간의 윤리를 바로잡으려고 했고, 조조를 증오함으로써 군신간의 예를 바로잡으려고 했던 것이다. 익덕과 같은 사람이야말로 참된 효자라 할 수 있고, 참된 충신이라 할 수 있다.

(3). 익덕이 서주를 잃자 운장이 그를 책망하고, 운장이 허도에서 조조 밑에 기생寄生하자 익덕이 그를 책망했는데, 이처럼 의義로써 서로를 책망할 수 있어야 비로소 좋은 형제라 할 수 있다. 지금 사람들은 붕당朋黨 짓기를 좋아하여 한 번 사사로이 맹세를 맺으면 곧바로 서로 막고 보호해 주면서 비록 큰 잘못이 있어도 그의 잘못을 싫어하지 않는데, 이는 마치 물에 빠진 자를 구하려고 물을 들이붓는(以水濟水) 것과 같다. 이 어찌 화이부동(和而不同)하는 군자라고 부를 수 있겠는가?

(4). 현덕은 관공에 대해, 강 건너편의 '한수정후漢壽亭侯'란 기치를 바라보고 이마에 손을 얹었고, 익덕은 관공에 대해, 고성古城에서 얼굴을 서로 마주하면서도 창을 꼬나들고 싸우려고 했는데, 하나는 형, 하나는 동생인데 어찌 이처럼 서로 다를 수가 있는가? 그 이유는: 만약 조조에게 항복하지 않았다면 왜 조조에게 가 있는

가, 하는 것이 익덕이 관공을 책망한 이유이고; 그가 몸은 비록 조조에게 가 있을지라도 틀림없이 조조에게 항복하지는 않았을 것으로 알았던 것이 바로 현덕이 관공을 믿었던 이유이다. 아우가 그 형을 책망한 것을 보면 익덕의 형 되기는 참으로 쉽지 않은 일이고, 그 형이 아우를 믿은 것을 보면 운장이 주공이 될 수 있었던 것은 결코 우연한 일이 아니다.

(5). 유비와 관우와 장비 세 사람은 모였다가 흩어졌다 하기를 두 차례나 했다: 첫 번째 흩어진 것은 여포가 소패小沛를 공격했을 때이고, 두 번째 흩어진 것은 조조가 서주徐州를 공격했을 때이다. 그런데 현덕은 전번에는 조조에게 몸을 의탁했고, 후에는 원소에게 몸을 의탁했으며; 관공은 전번에는 동해東海에 가 있었고, 후에는 허도許都에 가 있었으며; 익덕은 두 번 다 망탕산芒碭山 속에 가 있었다.

그런데 일을 서술하는 사람이 처음 흩어졌을 때에는 관우와 장비에 대해서는 간략하게 하고 현덕에 대해서만 상세히 서술하였으나, 후에 흩어졌을 때에는 익덕에 대해서는 생략하고 현덕에 대해서는 조금 상세하게, 그리고 관공에 대해서만 상세히 서술하였다. 그렇게 한 이유는, 세 방면에서 일어난 일들을 동시에 전부 상세하게 서술할 수가 없었기 때문에, 그 일이 긴 것을 취하여 상세히 기재하고, 그 일이 짧은 것은 간략히 개괄하였기 때문이다. 사마천이 〈사기史記〉를 기술한 필법이 흔히 이러했다.

제29회

손책, 화가 나서 우길을 죽이고
손권, 앉아서 강동을 거느리다

〖 1 〗 한편 손책은 강동(江東: 장강은 안휘성 경내에서는 북으로 비스듬히 흘러 강소성 진강鎭江에서 다시 동으로 흘러가는데, 고대에는 이곳의 강 동안 지구를 강동이라고 불렀다. 지금의 장강 이남의 강소성, 절강성, 안휘성 일대.)의 패자가 된 이후 군사들을 정예병사로 채우고 군량도 충분히 비축했다.

건안 4년(서기 199년. 신라 나해 이사금 4년. 고구려 산상왕 3년)에는 여강(廬江: 안휘성 여강현 서남)을 습격하여 태수 유훈劉勳을 격파했다. 그리고 우번虞翻을 파견하여 예장(豫章: 강서성 남창시南昌市)에 격문을 보내자 예장태수 화흠華歆은 투항해 왔다.

이로부터 손책은 명성과 위세를 크게 떨치게 되었다. 이에 장굉張紘을 허창(許昌: 허도許都. 조조의 아들 조비曹丕 때 허도를 도읍으로 정하면서 허창으로 개명했다. 따라서 이때까지는 허도였다.)으로 보내서 조정에 승전 소식을 알렸다.

조조는 손책이 강성해진 것을 알고 탄식하며 말했다: "사자 새끼와 싸우기가 어렵게 되었구나!"

그리하여 조인曹仁의 딸을 손책의 막내동생 손광孫匡에게 시집보내는 것을 허락하여 양가가 혼인관계를 맺고, 장굉을 허창에 머물러 있도록 했다. 손책은 대사마大司馬 벼슬을 내려달라고 요구했으나 조조는 허락하지 않았다. 손책은 이를 원망하여 항상 허도를 치려는 마음을 품고 있었다. (*여포와 원술은 결혼이 깨어져서 사이가 나빠졌으나, 손책과 조조는 결혼을 하고서도 역시 사이가 나빴는데, 이는 처한 국면이 서로 달랐기 때문이다.) 이에 오군(吳郡: 강소성 소주蘇州) 태수 허공許貢이 몰래 사자를 허도로 보내서 조조에게 서신을 올렸다. 그 내용은 대강 이러하다:

"손책은 날래고 용맹하기가 옛날의 항우項羽와 비슷합니다. 그러므로 조정에서는 겉으로 그에게 영예와 총애를 보여주면서 서울로 불러올리십시오. 그를 외진外鎭에 남아 있도록 해서 후환이 되게 해서는 안 됩니다."

사자가 서신을 가지고 장강을 건너다가 강을 방비하는 장사에게 붙잡혀서 손책에게 압송되었다. 손책은 그 서신을 보고 크게 화가 나서 그 사자의 목을 베어 버리고, 허공에게 사람을 보내서 거짓으로 의논할 일이 있다면서 오라고 청했다.

허공이 당도하자 손책은 그 서신을 내보여 주며 꾸짖었다: "네놈이 나를 사지死地로 보내려고 했다!"

손책은 무사들에게 그를 목을 매서 죽이도록 했다. 허공의 식솔들은 전부 도망쳐서 흩어졌다. 그의 문객門客 세 사람이 허공을 위해 복수하려고 했으나 마땅한 기회가 없는 것이 한이었다. (*이 세 문객의 성명이 전해오지 않는 것이 애석하다.)

〖 2 〗 하루는 손책이 군사를 이끌고 단도(丹徒: 강소성 내의 현 이름. 진강鎭江 남쪽)의 서쪽 산으로 가서 사냥을 했는데, 몰이꾼들이 큰 사슴 한 마리를 몰아내서 손책은 말을 달려 그 사슴을 쫓아 산 위로 올라갔다. (*조조가 허전에서 사슴을 쏠 때에는 그 거동이 얼마나 엄정했는가. 그런데 손책은 단도에서 사슴을 쫓으면서 어찌 이리도 경솔한가.) 한참 올라가다가 보니 숲 속에 세 사람이 있었는데, 그들은 창을 잡고 활을 메고 서 있었다.

손책이 말을 멈춰 세우고 물었다: "너희들은 누구냐?"

그들이 대답했다: "우리는 한당(韓當: 허공)의 군사들인데 여기서 사슴을 쏘려고 합니다."

손책이 말고삐를 잡아당겨 막 가려고 하는데, 그 중 한 사람이 창을 잡고 손책의 왼편 넓적다리를 겨누고 냅다 찔러왔다. 손책은 깜짝 놀라서 급히 차고 있던 검을 뽑아들고 말 위에서 내리찍었는데 갑자기 칼날이 빠져서 땅에 떨어지고 손에는 칼 손잡이만 남았다. 그 틈에 또 한 사람이 활에 화살을 메겨 쏘아 손책의 뺨에 명중시켰다. 손책은 뺨에 꽂힌 화살을 빼서 자기 활에다 메겨 활 쏜 자를 겨누어 도로 쏘았다. 그 자는 시위소리가 남과 동시에 땅에 쓰러졌다. 나머지 두 사람은 창을 들고 손책을 향해 마구 찔러대며 큰소리로 외쳤다: "우리는 허공의 가객家客들이다. 특별히 주인의 원수를 갚기 위해 왔다."(*상황 설명을 가객의 입으로 하고 있는바, 이는 생필법省筆法이다.)

손책은 다른 무기가 없었으므로 활을 들어 막으면서 잠시 달아나다가 다시 막기를 되풀이했다. 두 사람은 죽기로 싸우며 전혀 물러나지 않았다. 손책은 몸 여러 군데를 창에 찔렸고 말 역시 상처를 입었다. 한창 위급한 때에 정보程普가 군사 여러 명을 데리고 당도했다.

손책이 큰소리로 외쳤다: "저 도적놈들을 죽여라!"

정보는 무리를 이끌고 일제히 산으로 올라가서 허공의 문객들을 난

도질했다. 그런 다음 손책을 보니 얼굴은 피투성이가 되어 있었는데, 찔린 상처가 매우 위중했다. 정보는 칼로 전포자락을 잘라 상처를 싸매고 그를 구호하여 오회(吳會: 오군과 회계군의 합칭合稱. 강소성 진강鎭江 동남)로 돌아와서 병 치료를 하도록 했다. 후세 사람이 허씨의 세 가객을 칭찬해서 지은 시가 있으니:

손책의 지혜와 용맹 장강 지역에서 으뜸인데	孫郎智勇冠江湄
산중에서 사냥하다가 곤경에 처했네.	射獵山中受困危
허씨 집의 세 가객 의리 위해 죽었으니	許家三客能死義
목숨 바쳐 주군 섬긴 예양과 다름없다.	殺身豫讓未爲奇

〖 3 〗 한편 손책은 상처를 입고 돌아와서 사람을 시켜서 화타를 불러와서 치료하도록 했으나, 뜻밖에 화타는 이미 중원中原으로 가버렸고 (*화타는 전에 주태周泰를 치료했고, 후에는 관공關公을 치료한다. 그래서 이곳에서 다시 한 번 언급한 것이다.) 그의 제자만 오吳 땅에 남아 있어서 그 제자에게 상처를 치료하도록 했다.

그 제자가 말했다: "화살촉에 독약을 발랐는데, 그 독이 이미 뼈 속까지 들어갔습니다. 반드시 백일 간은 안정하여 병 조리를 하셔야만 마음 놓을 수 있습니다. 만약 화를 내시어 그 노기怒氣가 상처에 충격을 가하게 되면 상처가 낫기 어렵습니다."

손책은 그 사람됨이 성미가 몹시 급하여 그날로 바로 나을 수 없는 것을 안타까워했다. 몸조리 하기를 20여 일이 지난 어느 날, 문득 장굉張紘이 보낸 사자가 허창에서 돌아왔다는 소식을 들었다.

손책은 그를 불러서 그간의 일들을 물었다. 그 사자가 말했다: "조조는 주공을 심히 두려워하고 있고, 그 휘하의 모사들도 모두 주공을 마음으로 존경하고 있습니다. 다만 한 사람, 곽가郭嘉만은 주공에게 불복하고 있습니다."

손책曰: "곽가가 뭐라고 말하더냐?"

사자는 감히 말을 못 했다. 손책이 화를 내며 거듭 물었다.

사자는 곧이곧대로 말하지 않을 수 없었다: "곽가가 조조한테 이렇게 말한 적이 있다고 합니다: '손책은 두려울 게 없다. 경솔한 데다 방비가 없고, 성질은 급한 데다 꾀가 모자라며, 그저 한날 필부의 용맹을 가지고 있을 뿐이므로 훗날 반드시 소인의 손에 죽을 것이다'라고 했답니다."

손책은 그 말을 듣고 크게 화를 내며 말했다: "제까짓 놈이 어찌 감히 나에 대해 이러쿵저러쿵 평을 한단 말인가. 내 맹세코 허창을 손에 넣고야 말 테다."

손책은 마침내 상처가 낫기를 기다리지 않고 곧바로 출병할 일을 상의하려고 했다.

장소張昭가 간했다: "의원이 주공께 백일 동안 움직여서는 안 된다고 주의를 주었습니다. 지금 어찌 일시적으로 화가 난다고 해서 만금萬金 같이 귀하신 몸을 가벼이 움직이려 하십니까?"

〖 4 〗 한창 이야기를 하고 있을 때 원소가 보낸 사자 진진陳震이 도착했다는 보고가 들어왔다. 손책이 그를 불러들여서 찾아온 뜻을 묻자, 진진은 원소의 뜻을 자세히 이야기했다. 그 내용인즉슨, 원소와 동오東吳가 손을 잡고 동오는 바깥에서 호응을 하여 함께 조조를 치자는 것이었다. 손책은 크게 기뻐하면서 그날로 여러 장수들을 성루城樓 위로 모아서 연석을 베풀어 진진을 대접했다.

한창 술을 마시고 있을 때 갑자기 장수들이 끼리끼리 수군거리더니 우르르 성루 아래로 내려갔다. 손책이 괴이하게 여기고 그 까닭을 물었다.

곁에 있던 사람이 말했다: "우于 신선神仙이란 분이 지금 이 성루 아래를 지나가고 있는데 장수들은 내려가서 그에게 인사를 하려고 합니다."

손책은 자리에서 일어나 난간에 기대고 내려다보았더니, 한 도인道人이 몸에는 학창(鶴氅: 원래는 새 깃털(鳥羽)로 만든 겉옷이란 뜻이지만 여기서는 도사道士들이 입는 도포道袍 또는 기타 모든 종류의 외투를 말한다.)을 입고 손에는 명아주 지팡이(藜杖)를 짚고 길 가운데 서 있는 것이 보였다. 백성들은 향을 피우면서 길바닥에 엎드려서 그에게 절을 하고 있었다. (*오나라 사람들의 풍속은 왕왕 이러했다.)

손책은 화를 내며 말했다: "저자는 웬 요망한 놈(妖人)이냐? 빨리 붙잡아 내 앞에 대령하라!"

좌우에서 말했다: "저분의 성은 우于, 이름은 길吉인데 동쪽 지방에 와 살면서 오현吳縣을 오가고 있습니다. 그는 널리 부적과 부적 태운 물(符水)을 나누어주어 모든 병들을 고쳐서 사람들을 구해 주는데, 영험을 보지 않는 경우가 없습니다. 그래서 지금 사람들은 모두 저분을 신선이라 부르고 있으므로 함부로 모독해서는 안 됩니다."(*화타는 의원들 중의 신선이고, 우길은 신선들 중의 의원이다. 그렇다면 손책이 다쳤을 때 왜 여러 장수들은 즉시 우길을 추천해서 그를 치료하도록 하지 않고 꼭 화타의 제자를 찾아서 치료하도록 했는가?)

손책은 더욱 화를 내며 꾸짖었다: "냉큼 잡아 오거라! 내 말을 어기는 자는 목을 벨 것이다!"

좌우 사람들은 어쩔 수 없이 성루를 내려가서 우길을 에워싸서 성루 위로 올라왔다.

손책이 꾸짖어 말했다: "미친놈이 어찌 감히 인심을 선동하고 미혹하느냐?"

우길曰: "소인(貧道)은 낭야궁琅琊宮의 도사道士입니다. 순제(順帝: 동한 7대 황제. 126~144년 재위) 때 산으로 들어가서 약을 캐다가 곡양(曲陽:

안휘성 봉태현)의 샘물가에서 신서神書를 얻은 적이 있습니다. 그 책 이름은 〈태평청령도(太平靑領道)〉라 하는데 전부 1백여 권으로 모두 사람의 병을 고치는 방법과 기술(方術)을 써놓은 것입니다. (*이 책과 장각이 얻었다는 〈태평요술(太平要術)〉은 모두 자신들의 입으로 말한 것이지 그것을 본 사람은 아무도 없다.) 빈도는 그것을 얻은 후로 오로지 하늘을 대신해서 덕을 베풀고 널리 만백성을 구하려고 힘써 왔을 뿐, 사람들로부터 털끝만한 물건 하나 취한 적이 없습니다. (*사람들의 물건을 취하지 않았다는 것은 오늘날의 방사方士들과는 다른 점이다.) 그런데 어찌 인심을 선동하거나 미혹시킬 수 있단 말입니까?"

손책曰: "네가 사람들로부터 털끝 하나 취하지 않았다면 네 의복이나 음식은 어디서 난 것이냐? 너는 곧 황건적 장각張角의 무리이므로 지금 만약 죽이지 않는다면 반드시 후환이 될 것이다."

손책은 좌우 사람들에게 그의 목을 베라고 호통 쳤다.

장소가 말리며 말했다: "우于 도인은 강동에 계신 지가 수십 년이나 되지만 여태 법을 어긴 일이 전혀 없으므로 죽여서는 안 됩니다."

손책曰: "이따위 요망한 인간을 내가 죽이는 것과 개나 돼지를 죽이는 것이 뭐가 다르단 말이오?"

여러 관원들이 모두 극력 말리고 진진陳震 역시 말렸다. 손책은 그래도 화가 풀리지 않아 일단 그를 옥에 가둬 놓도록 했다. 여러 관원들은 다 흩어져 돌아갔고, 진진도 스스로 역참으로 돌아가서 쉬었다.

〖 5 〗 손책이 부중府中으로 돌아가니, 진즉에 내시가 이 일을 손책의 모친 오吳 태부인太夫人에게 알려주었다. 부인은 손책을 후당으로 불러들여서 말했다: "내가 듣기로는, 네가 우于 신선을 감옥에 가두었다고 하던데, 그분은 일찍이 수많은 사람들의 병을 고쳐주었기 때문에 군사들과 백성들이 모두 그를 공경하고 우러러보고 있다. 그러므로 그를

해쳐서는 안 된다."

손책曰: "그 자는 요망한 놈입니다. 요술로 사람들을 미혹시키고 있으므로 없애버리지 않으면 안 됩니다."

부인은 재삼 그러지 말라고 타일렀다.

손책曰: "어머니께선 외부 사람들의 터무니없는 말을 듣지 마십시오. 제가 따로 알아서 처리하겠습니다."

그리고는 밖으로 나와서 옥리를 불러 우길을 데려와서 심문하라고 했다. 원래 옥리들은 모두 우길을 공경하고 믿고 있었으므로 우길이 옥중에 갇혀 있을 때에는 칼과 차꼬를 모조리 벗겨주었다. 그런데 손책이 불러내 오라고 하자, 그제야 칼과 차꼬를 채워서 데리고 나왔다. 손책이 이런 사실을 알고 나서 크게 화를 내며 옥리들을 호되게 꾸짖은 다음, 우길을 다시 형구刑具에 채워서 그대로 감옥에 가둬 놓으라고 지시했다. (*손책이 우길을 죽이게 된 것은 많은 사람들이 그를 자극했기 때문이다.)

장소 등 수십 명이 연명으로 탄원서를 써 가지고 손책 앞에 엎드려 우 신선의 목숨을 살려달라고 빌었다.

손책曰: "공들은 모두 글을 읽은 사람들인데 어찌 그만한 이치도 모르시오? 예전에 교주(交州: 광서성 오주시梧州市) 자사 장진張津이 사교邪敎를 믿고는 항상 붉은 수건으로 머리를 싸매고 앉아서 거문고를 타고 향을 피우면서 스스로 말하기를, 이렇게 하면 출전하는 군사들의 위력을 도울 수 있다고 했으나, 후에 가서 결국 그는 적군에게 죽고 말았소. 이런 일들은 심히 무익한 일임을 여러분은 스스로 깨닫지 못하고 있소. 내가 우길을 죽이려고 하는 것은 바로 이런 사교를 금하고 여러분을 미혹에서 깨어나도록 해야겠다는 생각에서요."

〖 6 〗 여범呂範이 말했다: "저는 전부터 우 도인은 기도를 통해 비와

바람을 불러올 수 있다는 것을 알고 있습니다. 지금은 가뭄이 계속되고 있는데 그에게 비를 빌도록 해서 속죄하게 하는 것은 어떻습니까?"

손책曰: "내 일단 이 요망한 자가 어떻게 하는지 봐야겠다."

손책은 즉시 우길을 감옥에서 데려 나와 칼과 차꼬를 풀어주고 단 위로 올라가서 비를 빌도록 했다. 우길은 명을 받자 즉시 목욕을 하고 옷을 갈아입고는 뙤약볕 아래에서 새끼줄로 자기 몸을 꽁꽁 묶도록 했다. 시내의 모든 길들이 구경하러 나온 백성들로 미어터질 듯했다.

우길은 모인 사람들을 보고 말했다: "내가 석 자(尺) 높이의 비를 때 맞추어 내리도록 빌어서 만민들을 가뭄의 고통에서 구해 드릴 것이오. 그러나 나는 끝내 한 번 죽음을 면치 못할 것이오."(*신선은 죽지 않는다. 죽는다면 신선이 아니다.)

모든 사람들이 말했다: "영험靈驗이 있으면 주공께서도 틀림없이 도사님을 공경하고 승복하실 겁니다."

우길曰: "나의 운수가 여기까지이니 피할 수 없을 것이오."(*곽박郭璞의 말과 아주 흡사하다. 기왕에 기수氣數는 피하기 어렵다는 것을 알고 있다면 손책을 원망해서는 안 될 것이다.)

잠시 후 손책이 직접 단 가운데로 와서 지시했다: "만약 정오까지 비가 내리지 않으면 우길을 불에 태워 죽일 것이다!"

그리고는 먼저 사람들에게 장작을 쌓아놓고 기다리도록 했다. (*이 역시 한 가지 기우법祈雨法이다.)

정오가 다 되어갈 무렵 광풍이 갑자기 불어오더니 바람이 지나간 곳으로 사방에서 검은 구름이 점차 모여들었다.

손책曰: "시간은 이미 정오가 다 되어 가는데, 공중에는 검은 구름만 있을 뿐 비는 내리지 않는다. 이놈이야말로 요망한 인간이다."

그가 좌우 사람들을 꾸짖어 우길을 번쩍 들어 장작 위에다 올려놓고 사면에서 불을 지르도록 하자 바람을 따라 불꽃이 일어났다. 그때 문득 한 줄기 검은 연기가 공중으로 높이 솟구치더니 갑자기 '우르릉 쾅!' 하는 소리와 함께 일제히 천둥과 번개가 치면서 소낙비가 퍼붓듯이 쏟아졌다. 잠깐 사이에 거리는 강으로 변했고, 시내와 개울들은 물로 가득 찼다. 족히 석 자는 되는 감우甘雨였다.

우길이 장작더미 위에 반듯이 누워서 큰소리로 한 번 외치자 구름이 걷히고 비가 멎더니 다시 해가 나타났다. 이리하여 여러 관원과 백성들이 같이 우길을 부축해서 장작더미에서 내려와 몸을 묶었던 새끼줄을 풀어주고 고맙다고 인사를 했다.

손책은 관원과 백성들이 옷이 젖는 것도 아랑곳 하지 않고 물속에서 빙 둘러서서 그에게 절을 하는 것을 보자 발끈 화를 내며 꾸짖었다: (*이때 만약 많은 사람들이 빙 둘러서서 그에게 절을 하지 않았더라면 손책은 혹시 우길을 죽이지 않았을지도 모른다. 손책으로 하여금 결국 우길을 죽이도록 한 것은 모두 여러 사람들의 잘못이다.) "날씨가 개이거나 비가 오는 것은 천지의 정해진 이치다. 요망한 인간이 우연히 그 기회를 이용했을 뿐인데 너희들은 어찌 이처럼 홀려서 야단들이냐!"(*만약에 과연 비를 원하면 비를 오게 할 수 있고 날이 개기를 원하면 날이 개도록 할 수 있다면, 역시 죽고자 하면 죽고 살고자 하면 살 수도 있을 것이다. 지금 죽고 사는 것에는 정해진 운수가 있다고 이미 말했는데, 그렇다면 날이 개거나 비가 오는 것에는 어찌 정해진 운수가 없을 수 있는가?)

그리고는 보검을 빼어들고 좌우 사람들에게 속히 우길을 베라고 명했다. 모든 관원들이 한사코 말렸으나 손책은 화를 내며 말했다: "너희들은 모두 우길을 따라서 반란을 일으키려 하는 것이냐?"

그러자 많은 관원들은 감히 더 이상 아무 말도 하지 못했다. 손책이 무사에게 호통을 쳐서 우길을 베도록 하자 한 칼에 그의 머리는 땅에 떨어지고 말았다. 그때 문득 보니 한 가닥 푸른 기운이 솟아나더니 동북쪽으로 날아가 버렸다. (*우길이 있던 낭야산琅琊山은 이곳에서 동북쪽에 있다.) 손책은 그의 시체를 저잣거리에 매달아 놓고 많은 사람들에게 보임으로써 요망한 자의 죄를 다스렸다.

〖 7 〗 이날 밤, 비와 바람이 교대로 몰아치더니 새벽이 되자 우길의 시신이 보이지 않았다. 시신을 지키던 군사가 이 사실을 손책에게 보고하자, 손책은 화가 나서 그 군사를 죽이려고 했다. 그때 홀연히 한 사람이 대청 앞에서 천천히 걸어오는 게 보였다. 자세히 보니 뜻밖에도 우길이었다. 손책은 크게 화가 나서 칼을 빼서 그를 베려고 했는데, 그만 갑자기 까무러쳐서 땅에 쓰러졌다. 좌우에서 급히 구호해서 내실로 들여다 눕혔는데, 한참 지나서야 겨우 깨어났다.

오吳 태부인太夫人이 병문안을 와서 손책에게 말했다: "내 아들이 신선을 억울하게 죽여서 이런 화를 당하고 있구나!"

손책이 웃으며 말했다: "저는 어려서부터 아버님을 따라 싸우러 나가서 사람 죽이기를 마치 삼 베듯이 하였지만 그 때문에 일찍이 무슨 화를 당한 적이 있습니까? 이번에 그 요망한 인간을 죽인 것은 바로 큰 화근을 잘라버린 것인데 어찌 도리어 제게 화가 된단 말씀입니까?"(*손책은 이치에 밝았다. 결국 그는 영웅이다.)

부인曰: "네가 믿지 않아서 이렇게 된 것이다. 굿을 해서(好事) 재앙을 물리치도록 해야겠구나."

손책曰: "제 목숨은 하늘에 달려 있으므로 요망한 인간은 결코 제게 화를 내릴 수 없습니다. 그런데 재앙을 물리치기 위한 재齋를 올릴 필요가 어디 있습니까?"

오 태부인은 아무리 권해도 손책이 믿지 않을 것으로 생각하여, 자신이 직접 좌우 사람들에게 재앙을 물리치기 위한 재齋를 올릴 차비를 하도록 은밀히 지시했다.

〚 8 〛이날 밤 삼경(三更: 밤 11시에서 새벽 1시 사이), 손책은 내실에 누워 있었다. 그때 갑자기 음산한 바람이 일더니 등불이 꺼졌다가 다시 밝아지면서 등잔불 그림자 아래 우길이 평상 앞에 서 있는 게 보였다.

손책이 큰소리로 꾸짖었다: "나는 지금까지 요망한 무리들을 죽여서 천하를 편안하게 하겠다고 맹세하였다. 네 이미 음귀陰鬼가 되었으면서 어찌 감히 내게 가까이 온단 말이냐?"

그리고는 평상 머리에 놓인 칼을 집어 그에게 던지자 홀연히 사라지고 보이지 않았다. 오 태부인은 이 이야기를 듣고 한층 더 걱정이 되었다. 손책은 병을 무릅쓰고 일부러 찾아가서 모친을 안심시켜 드리려고 했다.

모친이 손책에게 말했다: "옛 성인(즉, 공자)께서 말씀하시기를 '귀신의 공효(德)는 참으로 성대하도다(鬼神之爲德, 其盛矣乎)!' (*〈禮記 · 中庸〉, 제16장)고 하셨느니라. 그리고 또 '너를 위해 천상과 지하의 신들에게 비노라(禱爾于上下神祇)!' (*〈論語 · 述而篇〉)고도 했느니라. 귀신에 관한 일은 믿지 않을 수 없다. (*오늘날 석가나 신선을 믿는 사람들은 뜻밖에도 공자와 맹자의 말을 인용하여 그 증거라고 제시하는데, 오 태부인만 이렇게 한 것이 아니다.) 네가 우于 신선을 억울하게 죽였으니 어찌 그에 대한 응보가 없겠느냐? 내가 이미 사람을 시켜서 군郡의 옥청관玉淸觀 안에 재醮를 올릴 채비를 해놓도록 하였으니, 너는 직접 가서 절을 하고 빌어라. 그러면 자연히 무사해질 것이다."

〚 9 〛손책은 모친의 분부를 감히 어길 수가 없어서 마지못해 가마를 타고 옥청관으로 갔다. (*손책은 부득이해서 모친의 명을 따랐던 것으로, 오늘날 부인의 말을 믿고 신선이나 부처를 숭배하는 자들과는 다르다.) 도사가 맞이해 들어가서 손책에게 분향하기를 청했다. 손책은 분향은 하였지만 사죄하지는 않았다. 그때 갑자기 향로 안의 연기가 흩어지지 않

고 일산日傘 모양을 이루더니 그 위에 우길이 단정히 앉아 있었다. 손책이 화를 내며 침을 뱉고 욕을 하면서 전당殿堂에서 달려 나갔는데, 또 전당 문 앞에 우길이 서 있는 게 보였다. 그는 화가 난 눈으로 손책을 노려보고 있었다.

손책은 좌우를 돌아보고 물었다: "너희들 눈에는 요귀가 보이지 않느냐?"

좌우에 있던 사람들은 모두들 보이지 않는다고 말했다. 손책은 더욱 화가 나서 허리에 차고 있던 검을 빼서 우길을 향해 던졌는데, 한 사람이 검을 맞고 쓰러졌다. 모두들 보니 전날에 우길을 죽인 그 병사였다. 손책이 던진 검은 그의 골에 박혀서 머리에 있는 일곱 구멍 전체로 피를 흘리고 죽었다. (*병사가 우길을 죽인 것은 그 병사의 뜻이 아니었다; 우길이 만약 그를 원망하여 죽였다면, 그 역시 신선이 될 수 없다.) 손책은 그를 떠메고 나가서 장사를 지내주도록 했다.

손책이 도관道觀을 막 나서다가 보니 또 우길이 도관 문 안으로 들어오고 있었다.

손책曰: "이 도관 역시 요귀들을 숨겨놓은 곳이다."

그리고는 도관 앞에 앉아서 5백 명의 무사들로 하여금 그것을 헐어버리도록 했다. 무사들이 막 지붕 위로 올라가서 기왓장을 들어 벗기는데 뜻밖에도 또 우길이 지붕 위에 서서 기왓장을 들어 땅에 내던지는 것이 보였다. 손책은 크게 화를 내며 그 도관의 도사들을 내쫓고 전당을 불살라버리도록 했다. 불길이 일어나자, 또 우길이 불길 한가운데 서 있는 것이 보였다.

손책은 화를 내며 부중府中으로 돌아왔는데, 또 우길이 부중 문 앞에 서 있는 게 보였다. 그래서 손책은 부중으로 들어가지 않고 곧바로 모든 군사들을 데리고 성 밖으로 나가서 영채를 세우고, 여러 장수들을 불러서 군사를 일으켜 원소를 도와 조조를 협공할 일을 상의했다.

모든 장수들이 다 말했다: "주공께서는 옥체 미령(靡寧: 편안하지 못함)하시므로 가벼이 움직여서는 안 됩니다. 당분간 완쾌될 때까지 기다렸다가 출병하시더라도 늦지 않습니다."

〖 10 〗 이날 밤 손책은 영채 안에서 묵었는데, 또 우길이 머리를 풀어헤치고 다가오는 것이 보였다. 손책은 막사 안에서 그를 끊임없이 꾸짖었다.

다음날, 오 태부인은 손책을 부중으로 불러오도록 했다. 이에 손책이 돌아와서 모친을 보자, 부인은 손책의 초췌해진 얼굴을 보고 울면서 말했다: "내 아들의 얼굴이 아주 못쓰게 되었구나!"

손책은 즉시 거울을 들고 자기 얼굴을 비춰보았다. 과연 살이 쭉 빠져 있는 자기 얼굴을 보고 자신도 몰래 깜짝 놀라서 좌우를 돌아보고 말했다: "내가 어쩌다가 이처럼 여위었단 말이냐!"

미처 말이 끝나기도 전에 홀연히 우길이 거울 속에 서 있는 것이 보였다. 손책은 거울을 주먹으로 치면서 크게 소리를 질렀다. 그 바람에 화살과 칼에 맞은 상처가 터지면서 땅바닥에 혼절昏絕하고 말았다. (*화살과 칼에 맞은 상처가 터졌다는 것은 곧 손책이 허공許貢의 가객들에 의해 죽은 것이지 우길于吉 때문에 죽은 것이 아니라는 뜻이다.) 부인은 그를 부축해서 내실로 데려가 눕히도록 했다.

잠시 후에 깨어난 손책은 스스로 탄식하며 말했다: "내 더 살 수 없겠구나!"

그는 곧바로 장소 등 여러 사람들과 아우 손권을 침대 앞으로 불러서 당부했다: "천하가 바야흐로 어지러운 이때 오월吳越의 많은 사람들과 삼강三江의 견고함을 이용해서 큰 뜻을 펼쳐볼 수 있을 것이다. 자포(子布: 장소) 등은 부디 내 아우를 잘 도와주시기 바라오."

그리고는 인수印綬를 가져오라고 해서 손권에게 주며 말했다: "강동의 무리를 일으켜 적진과 마주한 가운데 전략을 세우고 천하 사람들과 승부를 다투는 일이라면 너는 나보다 못하다; 그러나 어진 사람을 천거해 쓰고 유능한 사람에게 일을 맡겨서 그들로 하여금 각자 힘을 다하게 하여 강동을 보전하는 일이라면 나는 너보다 못하다. (*손책은 자신을 깊이 알고 또 자기 아우도 깊이 알았다.) 자네는 부친과 형이 창업을 하면서 겪은 간난신고艱難辛苦를 명심하고 스스로 잘 해나야 할 것이다."

손권은 대성통곡을 하고 절을 하면서 인수를 받았다.

손책은 또 모친에게 당부했다: "저는 천명天命이 이미 다하여 어머님을 더 이상 모실 수 없습니다. 지금 인수를 아우에게 물려주었으니 어머님께선 부디 조석으로 그를 훈계해 주십시오. 그리고 부친과 형의 옛 신하(舊臣)들을 소홀히 대하는 일이 없도록 해주십시오."(*손책은 부모에게 효도하고 형제에게 우애했던 사람이라고 말할 수 있다.)

모친은 울면서 말했다: "네 아우가 어려서 대사를 감당할 수 없을까봐 두려운데, 이를 어떻게 해야겠느냐?"

손책曰: "아우의 재주가 저보다 열 배나 뛰어나기 때문에 대임大任을 충분히 감당해 낼 것입니다. 만약에 나라 안의 일로 결단을 내리지 못할 것이 있거든 장소張昭에게 물어보고, 나라 바깥일로 결단을 내리지 못할 것이 있거든 주유周瑜에게 물어보면 될 것입니다. 유감스러운 것은 주유가 이 자리에 없어서 제가 직접 얼굴을 보고 부탁하지 못하는 것입니다."

손책은 또 여러 아우들을 불러서 당부했다: "내가 죽은 후에 너희들은 다 함께 중모(仲謀: 손권)를 도와 주거라. 만약 종족 가운데 감히 딴마음을 품는 자가 있거든 여럿이서 함께 그를 죽여 버려라. 골육骨肉 가운데 반역을 하는 자는 조상들이 묻혀 있는 선산에 묻어주지 말아라."(*일찌감치 후문의 손준孫峻과 손침孫綝에 대한 복선을 깔아 놓는다.)

여러 아우들은 울면서 그의 유언을 받았다.

손책은 또 자기 처 교부인喬夫人을 불러서 말했다: "나는 불행히도 중도에 당신과 헤어지게 되었는데, 당신은 모름지기 어머님을 효성을 다해 봉양해 줘야 하오. 조만간 처제妻弟가 오거든 주랑(周郎: 주유)에게, 마음을 다해 내 아우를 보좌하여 우리 둘 사이의 평소의 신의를 저버리지 말라고 하더라는 내 뜻을 전해 주시오."(*주랑과 손책의 관계는 번쾌樊噲와 한 고조 유방의 관계와 같다. 둘 다 동서지간이다. 이곳에서 이교二喬에 대해 한 마디 해놓고 지나가는 것은 후문에서 제갈량이 주유를 자극해서 조조를 치도록 하는 일의 복선이다.)

말을 마치자 눈을 감고 세상을 떠났다. 이때 그의 나이 겨우 26세였다. (*이는 손책이 명이 다하여 죽은 것이지, 절대로 우길의 혼령이 죽인 것으로 생각해서는 안 된다.) 후세 사람이 그를 칭찬하여 지은 시가 있으니:

홀로 동남 땅에서 싸우니	獨戰東南地
사람들은 그를 소패왕이라 불렀지.	人稱小覇王
계책을 세울 땐 웅크린 범 같았고	運籌如虎踞
계책을 결정할 땐 높이 나는 매 같았지.	決策似鷹揚
그 위엄 삼강 지역을 눌러 편안하게 하였고	威鎭三江靖
향기로운 이름 사해에 들렸었지.	名聞四海香
죽음을 맞이하여 대사를 당부하면서	臨終遺大事
그 뜻을 오로지 주랑에게만 당부했네.	專意屬周郎

〖 11 〗 손책이 죽고 나자 손권은 그의 침상 앞에 엎드려 통곡을 했다.

장소曰: "지금은 장군께서 울고 계실 때가 아닙니다. 장군께서는 한편으로는 장례 치르는 일을 주관하시고 또 한편으로는 군국軍國 대사를 처리하셔야 합니다."

손권은 이에 눈물을 거두었다. 장소는 손정(孫靜: 손견의 아우이자 손권의 숙부)에게 장례 치르는 일을 주관하도록 하고, 손권에게는 대청으로 나가서 문무 관원들로부터 즉위를 축하하는 알현 하례(謁賀)를 받도록 했다.

손권의 얼굴 생김새는 네모난 얼굴(方頤)에 입이 크고(大口), 푸른 눈동자(碧眼)에 자주색 구레나룻(紫髥)을 가지고 있었다. (*조조는 누런 수염(黃鬚兒)을 가졌고, 손견은 자주색 구레나룻(紫髥兒)을 가졌었다. 자주색 구레나룻이 누런 수염보다 훨씬 좋은 것이다.)

전에 한漢의 사신 유완劉琬이 오吳에 왔다가 손씨 집안의 여러 형제들을 보고는 다른 사람에게 이렇게 말했다고 한다: "내가 손씨 집안의 여러 형제들을 두루 다 살펴보았는데, 비록 각자 재기才氣들이 뛰어났으나 모두들 제 명에 죽지 못하겠더군. 그러나 유독 중모(仲謀: 손권)만은 생김새가 특이하고 골격이 비상해서 크게 귀하게 될 상인데다 장수까지 누릴 상이었다. 나머지 여러 형제들은 다 그만 못했다."

〖 12 〗 한편 당시 손권은 손책의 유언에 따라 강동을 다스리게 되었다. 그러나 아직 정사를 제대로 처리하지 못하고 있었다. 그때 주유가 파구(巴丘: 강서성 협강현峽江縣)로부터 군사들을 데리고 오군吳郡으로 돌아왔다는 보고가 들어왔다.

손권曰: "공근(公瑾: 주유)이 돌아왔으니 이제 나는 걱정할 게 없다."

원래 주유는 파구를 지키고 있었는데, 손책이 화살에 맞아 크게 다쳤다는 말을 듣고 병문안을 하려고 돌아오고 있었다. 오군吳郡 가까이 왔을 때 손책이 이미 죽었다는 소식을 듣고 밤낮으로 달려왔던 것이다. 주유가 손책의 영구 앞에서 곡을 하면서 절을 하고 있을 때, 오

태부인이 나와서 손책의 유언을 그에게 전했다.

주유는 땅에 엎드려 말했다: "제가 어찌 감히 죽을 때까지 견마지로
犬馬之勞를 다하지 않을 수 있겠습니까?"

잠시 후 손권이 들어왔다. 주유가 뵙고 인사를 하자 손권이 말했
다: "공께선 부디 돌아가신 형님의 유명遺命을 잊지 말아주시오."(*손
책은 주유의 얼굴을 직접 보고 부탁할 수 없어서 특별히 자기 부인에게 부탁
하고 자기 처가 다시 처제(즉, 주유의 처)에게 그 부탁을 전하도록 했던 것이
다. 주유는 손책의 얼굴을 보지 못하고 다만 손책의 모친과 그 아우로부터 손
책의 말을 전해들을 수 있었을 뿐이니, 유비가 백제성에서 제갈량에게 어린
아들 유선劉禪을 부탁할 때와 같은 상황이다.)

주유는 머리를 조아리며 대답했다: "원컨대 이 목숨을 바쳐서 나를
알아주신(知己) 은혜에 보답하겠습니다."

손권曰: "이제 부형의 대업을 이어받았는데, 장차 무슨 계책으로 이
를 지켜 나가지요?"

주유曰: "자고로 '사람을 얻는 자는 번창하고 사람을 잃는 자는 망
한다(得人者昌, 失人者亡)'고 했습니다. 지금 당장의 계책으로는 고명
高明하고 멀리 내다볼 수 있는 안목을 지닌 사람을 구해서 보필하도록
해야 합니다. 그래야만 강동을 안정시킬 수 있습니다."

손권曰: "돌아가신 형님께서 유언하시기를, 나라 안의 일은 자포(子
布: 장소)에게 의지하고, 나라 바깥일은 전적으로 공근에게 의뢰하라고
하셨습니다."

주유曰: "자포는 현명하고 사리에 통달한 사람인지라 충분히 그 대
임을 감당할 수 있을 것입니다. 그러나 저는 재주가 없어서 부탁하신
중임을 다하지 못할까 두렵습니다. 제가 한 사람을 천거해서 장군을
보필하도록 하고 싶습니다."(*주랑처럼 재주 있는 사람이 현자를 추천하
고 유능한 사람에게 양보할 줄 아는 것(推賢讓能), 이것이 바로 그가 남들보

다 크게 뛰어난 점이다.)

손권이 어떤 사람인지 물었다.

주유曰: "그의 성은 노魯, 이름은 숙肅, 자는 자경子敬인데, 임회臨淮
동성(東城: 안휘성 정원현定遠縣 동남) 사람입니다. (*주유는 처음에는 손책에
게 장소를 천거했고, 이번에는 또 손권에게 노숙을 천거한다. 그는 처음부터
끝까지 인물을 천거하는 것을 위주로 했다.) 이 사람은 가슴속에 온갖 군
사상 모략과 책략(韜略)을 품고 있고 뱃속에는 온갖 계략(機謀)을 감추
고 있습니다. 어린나이에 부친을 여의고 모친을 지극한 효성으로 섬겨
왔습니다. 그의 집은 극히 부유하여, 일찍이 재물을 흩어서 가난한 사
람들을 구제해 준 적도 있습니다.

제가 거소(居巢: 양주 구강군九江郡. 지금의 안휘성 동성桐城 남쪽)의 수령으
로 있을 때 수백 명의 사람들을 데리고 임회를 지나가다가 양식이 떨
어진 적이 있는데, 당시 노숙의 집에는 각각 삼천 섬(斛)의 양곡이 쌓여
있는 양곡창고가 두 개나 있다는 말을 듣고는 찾아가서 도와달라고 했
습니다. 노숙은 즉시 양곡창고 하나를 가리키며 주겠다고 했습니다.
그의 호탕한 기개가 이와 같습니다. (*부모에게 효도하고, 친구에게 우애
깊고, 재물을 가벼이 여기고, 남에게 베풀기를 좋아하는 이런 사람을 어찌 부
자들 가운데서 찾을 수 있겠는가? 만약 부모에게 효도하고 친구에게 우애가
깊다면, 그는 곧 임금에게 충성을 다할 것이고, 재물을 가벼이 알고 남에게
베풀기를 좋아한다면, 그는 틀림없이 자기 집안의 사사로운 이익을 위해 나라
를 저버리는 일은 하지 않을 것이다.) 그는 평소 격검擊劍, 말 타고 활쏘기
(騎射)를 즐기면서 곡아(曲阿: 강소성 단양현丹陽縣)에서 지내고 있었는데,
조모가 돌아가시어 장사를 지내려고 동성(東城)으로 돌아가 있습니다.
그의 친구 유자양劉子揚이 노숙과 손을 잡고 같이 소호(巢湖: 호수 이름.
일명 초호焦湖. 안휘성 중부 소현巢縣 등에 걸쳐 있음)로 가서 정보鄭寶의 수하
에 몸을 맡기고 싶어 했는데 노숙이 여태 주저하면서 가지 않았습니

다. 지금 주공께서 그를 속히 부르시면 될 것 같습니다."

손권은 크게 기뻐하며 즉시 주유로 하여금 가서 그를 청해 오도록
했다.

주유가 명을 받들고 직접 노숙에게 가서 만나보고 인사를 한 다음,
손권이 그를 사모하고 있다는 뜻을 자세히 말했다.

노숙曰: "근자에 유자양劉子揚이 나한테 소호로 가자고 하기에 나도
그리로 가려고 하고 있습니다."

주유曰: "옛날 마원馬援 장군은 광무제光武帝에게 '지금 세상에서는
임금이 신하를 가려서 쓸 뿐만 아니라 신하 역시 임금을 가려서 섬깁
니다(非但君擇臣, 臣亦擇君)'라고 말했다고 합니다. (*마원은 외효隗囂를
버리고 광무제를 따라가서 큰 공을 이루었다. 노숙 역시 정보를 버리고 손권
을 따라가야 한다는 것이다.) 지금 우리 손 장군께서는 현자를 친하게 대
하시고 유능한 인사를 예우하시며, 기이한 인사를 받아들이시고 특이
한 재주를 지닌 인사들을 등용하시는데, 이런 분은 세상에 드뭅니다.
공께서는 다른 생각일랑 마시고 나와 함께 동오東吳로 가시는 게 옳은
선택입니다."

노숙은 주유의 말을 좇아서 마침내 그와 같이 가서 손권을 만나보았
다. 손권은 그를 매우 존경하여, 그와 하루 종일 같이 이야기하면서도
지치지 않았다.

〔 13 〕 하루는 여러 관원들이 다 돌아간 뒤에 손권은 노숙을 남아
있도록 해서 함께 술을 마셨는데, 밤이 되자 한 침상에 같이 누웠다.

한밤중에 손권이 노숙에게 말했다: "지금은 바야흐로 한 황실은 기
울어져 위태롭고 천하는 매우 소란스럽소. 나는 부형께서 남겨주신 대
업을 이어받아 옛날의 제齊 환공桓公과 진晉 문공文公이 이룩했던 패업
霸業을 이뤄볼까 하는데, 그대는 나에게 어떤 방법을 가르쳐 주시려

오?"

노숙曰: "옛적에 한漢 고조(高祖: 유방)께서 의제(義帝: 항량項梁이 세운 초楚 회왕懷王)를 황제로 받들어 섬기고자 했으나 그렇게 하지 못했던 것은 항우가 의제를 죽였기 때문입니다. 지금의 조조는 항우에 비할 수 있는데, (*허공은 손책을 항우에 비했는데, 이는 그의 효용驍勇을 말한 것이며, 노숙은 조조를 항우에 비하는데, 이는 그의 발호跋扈를 말한 것이다.) 장군께서 무슨 수로 제 환공이나 진 문공이 될 수 있겠습니까? 제 생각에는, 한 황실을 다시 일으켜 세울 수도 없고, 조조도 졸지에 없애버릴 수 없을 것 같습니다.

제가 장군을 위해 계책을 세운다면 오직 강동을 세 솥발 가운데 하나처럼 만든 다음 천하의 형세에 틈새가 벌어지기를 기다리는 것입니다. 지금 북방에서 많은 일들이 벌어지고 있는 틈을 타서 먼저 황조黃祖를 쳐서 없애버리고, 나아가 유표를 쳐서 마침내 장강 전 지역을 차지하여 굳게 지키는 것입니다. 그런 후에 연호年號를 제정하여 제왕이 되시어 천하를 도모하는 것이니, 이는 곧 고조께서 창업하신 것과 같은 방식입니다." (*천하의 대세는 이미 분명해졌다. 가슴속의 그 식견은 제갈공명보다 못하지 않다.)

손권은 이 말을 듣고 크게 기뻐하며 옷을 입고 자리에서 일어나 감사의 인사를 했다.

다음날 손권은 노숙에게 후한 예물을 내려주고 동시에 노숙의 모친에게도 옷과 휘장 등의 물건들을 내려주었다. (*군주가 자신의 효심을 미루어 신하에게까지 미칠 수 있으면 신하는 반드시 그 효심을 미루어서 군주를 섬기게 된다.)

노숙이 또 한 사람을 손권에게 천거했는데, 그는 박학다식하고 다재다능한데다 자기 모친에 대한 효성도 지극했다. 그의 성은 복성複姓으로 제갈諸葛, 이름은 근瑾, 자는 자유子瑜로 낭야瑯琊 양도陽都 사람이다. (모종강 본에는 낭야 〈남양南陽〉으로 되어 있으나 낭야군에는 남양이란 지명이 없다. 진수陳壽가 쓴 정사正史 〈三國志〉에는 낭야 양도(陽都: 산동성 기남현沂南縣 남쪽) 사람으로 되어 있다.──역자)

손권은 그를 귀한 손님, 곧 상빈(上賓)으로 대접했다. 제갈근은 손권에게 원소와는 손을 잡지 말고 당분간 조조를 따르다가 후에 기회를 봐서 조조를 도모하라고 권했다. 손권은 그의 말을 좇아서 진진陳震을 되돌려 보내면서 글로써 원소와의 관계를 끊어버렸다. (*손책은 본래 원소와 손을 잡고 조조를 치려고 했었는데, 지금 손권은 조조와 손을 잡고 원소와의 관계를 끊고 있다. 책략의 변화가 별안간 이루어지는 점이 절묘하다.)

〖 14 〗 한편 조조는 손책이 이미 죽었다는 말을 듣고 군사를 일으켜 강남으로 쳐내려가려고 했다.

그런데 시어사侍御史 장굉張紘이 간했다: "남의 초상을 틈타서 그를 친다는 것은 의로운 일이 못 됩니다. 만약 싸워서 이기지 못한다면 좋던 관계가 원수 사이로 변해 버립니다. 지금은 그의 상사喪事를 계기로 호의를 보여주는 것만 못합니다."

조조는 그의 말을 옳게 여겨 즉시 천자에게 상주上奏하여 손권을 장군으로 봉하여 회계會稽태수를 겸하도록 하고는 즉시 장굉을 회계 도위都尉로 삼아 인수印綬를 가지고 강동으로 가도록 했다. (*후문에서 조조는 이곳에 화흠華歆 혼자만 남겨두고 장굉은 남겨두지 않는데, 그 이유는 장굉 형제는 오랫동안 동오를 섬겨왔기 때문에 끝까지 조조를 위해 일할 사람이 아니라고 생각했기 때문이다.)

손권은 크게 기뻐했다. 그리고 또 장굉까지 오吳로 돌아왔으므로 즉시 그로 하여금 장소와 함께 정사를 맡아 처리하도록 했다.

장굉이 또 한 사람을 손권에게 천거했는데, 그의 성은 고顧, 이름은 옹雍, 자는 원탄元嘆으로 중랑장 채옹蔡邕의 제자였다. 그의 사람됨은 말수가 적었고, 술을 마시지 않았으며, 엄격하고 공명정대했다. (*고옹은 술을 마시지 않았으므로 손권이 일찍이 말한 적이 있다: "고공顧公이 자리에 같이 앉아 있으면 다른 사람들은 즐겁지가 못하다." 이로써 그의 엄격하고 정대함이 어느 정도였는지 알 수 있다.) 손권은 그를 군郡의 승(丞: 부副태수)으로 삼아 태수太守의 직무를 겸하도록 했다. 이로부터 손권의 위엄이 강동에 떨쳐졌고 민심을 크게 얻었다.

한편, 진진은 돌아가서 원소를 보고 그간의 일을 자세히 설명했다: "손책은 이미 죽었고 손권이 그 뒤를 이었는데, 조조가 그를 장군으로 봉하여 외부 호응 세력으로 삼았습니다."

원소는 크게 화를 내고 마침내 기주, 청주, 유주, 병주 등지의 군사 70여만 명을 일으켜 다시 허창 공략에 나섰다. 이야말로:

강남에서 싸움 겨우 멈추자　　　　江南兵革方休息,

하북에서 또 다시 싸움 일어나네.　　冀北干戈又復興

승부가 어찌될지 모르겠거든 일단 다음 회를 읽어 보라.

제 29 회 모종강 서시평序始評

(1). 손책이 우于 신선神仙을 믿지 않은 것이 손책이 영웅인 점이다. 한漢 무제武帝처럼 영명했던 군주도 오히려 신선에 혹해서 방사方士를 좋아했었으나, 그러나 손책은 그렇지 않았는데, 이는 그의 식견이 참으로 남들보다 뛰어났기 때문이다. 그의 죽음은 죽을 운수였는데 마침 그 때를 만났기 때문이지 우길이 그를 죽일 수 있었던 것은 아니다. 세상 사람들은 이를 잘 살피지 않고 손책이 우길한테 죽은 것으로 생각한다. 만약 그렇다면 장각이 말한 남화노선

南華老仙이 태평요술太平要術을 그에게 주었은즉, 장각에게도 이러한 일이 있었다고 말할 텐가? 만약 우길이 손책을 죽일 수 있었다면, 왜 남화노선은 장각을 구해줄 수 없었는가?

(2). 손책이 화를 낸 것은 우길에 대해서가 아니라 사대부士大夫들이 떼를 지어 그에게 절하는 것에 화가 났던 것이다. 지금도 오吳 지방의 풍속은 중과 도사들을 불러들이기를 좋아하고 아울러 무당을 믿고 귀신에게 빌고 푸닥거리를 좋아하는데, 이는 옛날부터 이렇게 해온 것이다. 좌석에서 서로들 귓속말로 소곤거리다가 우르르 성루를 내려가는 광경은 실로 참고 봐주기가 어려운데 손책이 이런 광경을 보고 어찌 화를 내지 않을 수 있었겠는가? 만약 우길이 정말로 신선이라면 죽여도 죽지 않을 텐데 어찌 목숨을 돌려달라고 요구하는 일이 있겠는가? 그에게 목숨을 돌려달라고 요구한 것은, 장차 손책이 죽을 것이므로, 다른 요괴가 부탁한 말일 수는 있어도, 결코 우길은 아닐 것이다.

정사正史 〈삼국지三國志〉에서는 다만 손책이 허공許貢의 가객들이 찌른 창에 중상을 입고 죽었다고만 했지 우길에 대한 이야기는 한마디도 기록하지 않음으로써 세상 사람들의 의혹을 해소하고 있다. 내가 지금 이를 분별하려는 것 역시 세인들의 의혹을 해소하기 위해서이다.

(3). 노숙魯肅이 주유를 구제해 준 것은 돈독한 우정에서이지 은혜를 팔기 위해서가 아니다. 주유가 노숙을 천거한 것은 현자를 천거한 것이지 은혜에 대한 보답이 아니다. 시험 삼아 노숙이 처음 손권을 만났을 때 했던 말들을 자세히 살펴보라. 공명이 융중隆中에 있을 때의 생각과 거의 같다. 그런데 사람들은 다만 그가 부지

런하고 후덕한 사람인 줄로만 알고 그가 강개慷慨한 사람인 줄은 모르며, 단지 그가 성실한 사람인 줄로만 알고 그가 영민한 사람인 줄은 모르는데, 이러고도 어찌 노숙이란 사람을 안다고 할 수 있겠는가?

제30회

원소, 관도 싸움에서 패하고
조조, 오소를 습격하여 군량을 불태우다

〖 1 〗 한편 원소는 군사를 일으켜 관도(官渡: 하남성 정주시鄭州市 중모현 中牟縣 동북)를 향해 출발했다. 하후돈이 글을 띄워 위급함을 알렸다. 조조는 군사 7만 명을 일으켜 적을 맞아 싸우러 나가면서 순욱에게는 남아서 허도를 지키도록 했다.

원소가 군사를 출발시키려고 할 때 전풍田豊이 옥중에서 글을 올려 간했다: "지금은 일단 조용히 지키면서 천시天時를 기다려야지 함부로 대병을 일으켜서는 안 됩니다. 그렇게 하면 불리할까 두렵습니다."

(*전풍은 첫 번째는 천천히 싸우라고(緩戰) 하고, 두 번째는 급히 싸우라고(急戰) 하고, 지금 세 번째와 네 번째는 싸우지 말라고(勿戰) 하는데, 나름대로 헤아림이 있었음이 분명하다.)

봉기逢紀가 그를 참소하여 말했다: "주공께서 인의仁義의 군사를 일으키시는데 전풍이 어찌 이런 불길한 말을 할 수 있단 말입니까?"

원소는 그 말을 듣고 화가 나서 전풍을 죽이려고 했다.

여러 관원들이 용서를 빌자, 원소는 그를 미워하면서 말했다: "내 조조를 깨뜨린 다음에 그의 죄를 분명히 다스리겠다."

그리고는 곧바로 군사들의 출발을 재촉했다. 원소 군대의 정기旌旗가 온 들판을 뒤덮었고 창과 칼들은 마치 숲과 같았다. 원소의 군대는 양무(陽武: 하남성 원양현原陽縣 동남)에 이르러 영채를 세웠다.

저수曰: "아군의 수가 비록 많아도 용맹함에 있어서는 적군에 미치지 못하고; 적군은 비록 정예롭지만 군량과 마초가 아군보다 못합니다. 적군은 군량이 적기 때문에 속전速戰이 유리하고, 아군은 군량이 충분하기 때문에 일단 천천히 방어전을 펼치도록 해야 합니다. 서로 대치하고 있으면서 시일을 끌게 되면 적군은 싸우지 않아도 스스로 패하고 말 것입니다."

원소가 화를 내며 말했다: "전풍은 우리 군사들의 마음을 해이하게 하므로 내 돌아가는 날 반드시 그 자를 참할 것이다. 그런데 네가 어찌 감히 또 이런 말을 할 수 있단 말이냐!"

그리고는 곁에 있는 자들에게 호통을 쳤다: "저수를 군중에 가둬 놓아라. 내 조조를 깨뜨린 후에 전풍과 함께 그 죄를 다스릴 것이다." (*전풍의 뜻은 싸우지 말자는 것이었고, 저수의 뜻은 천천히 싸우자는 것이었다. 싸우지 않으면 단지 패배를 면할 수 있을 뿐이지만, 천천히 싸우면 사실 승리할 수도 있다. 그러나 둘의 의견 모두 채용되지 못하고 도리어 죄를 받으니, 애석하다.)

이리하여 명령을 내려 70만 명의 대군을 데리고 가서 동서남북 주위로 영채를 세우도록 하니, 그 영채들이 90여 리나 연이어졌다.

〖 2 〗 첩자가 이런 사정을 탐지하여 관도로 알렸다. 방금 당도한 조

조의 군사들은 그 보고를 듣고 모두 겁을 먹었다. 조조는 여러 모사들과 상의했다.

순유曰: "원소의 군사들은 숫자는 비록 많아도 겁낼 것 없습니다. 아군은 모두 일당십一當十의 정예 군사들입니다. 다만 속전속결만이 유리합니다. 만약 시일을 끌다가 군량이 부족해지면 일이 잘못될 수도 있습니다."(*그 소견이 저수沮授와 같다. 그러나 이쪽에서는 그 의견이 채용되고 저쪽에서는 채용되지 못한 것은 그들이 만난 주인이 다르기 때문이다.)

조조曰: "자네 말은 내 생각과 일치하는군."

곧 장병들에게 북을 치고 고함을 지르며 진군하라고 명했다. 원소의 군사들이 맞이하러 나와서 양편의 군사들은 진을 벌였다.

심배審配는 쇠뇌수(弩手) 1만 명을 내어 양익兩翼에다 매복시키고, 궁전수弓箭手 5천 명을 문기門旗 안에다 매복시켜 놓고 포砲 소리를 신호로 일제히 활을 쏘도록 조처했다.

북소리가 세 번 울리자 원소가 황금 투구와 갑옷을 입고 비단 전포에 옥대玉帶를 띠고 진 앞에 나와서 말을 세웠다. 그의 좌우에는 장합, 고람高覽, 한맹韓猛, 순우경淳于瓊 등 여러 장수들이 벌려 섰으며, 정기旌旗와 절월節鉞들이 몹시 정연했다.

조조의 진에서도 문기가 열리더니 조조가 말을 타고 나왔는데 허저, 장료, 서황, 이전 등 장수들이 각각 병기를 들고 그를 앞뒤로 에워싸고 있었다.

조조가 채찍을 들어 원소를 가리키며 말했다: "내가 천자께 말씀드려 너를 대장군으로 삼아 주었는데도 지금 무슨 이유로 모반을 한단 말인가!"

원소가 화를 내며 말했다: "너는 한漢 승상丞相을 빙자하고 있지만 실제로는 한의 역적이다. 네놈의 죄악이 하늘에 가득차서 왕망王莽과 동탁보다 더 심하다. 그런데 도리어 내가 모반을 한다고 무고하느냐?"

조조曰: "나는 지금 천자의 조서를 받들고 네놈을 치러 왔다."

원소曰: "나는 의대조衣帶詔를 받들어 역적을 치는 것이다!" (*이 한 마디 말이 진림陳琳의 격문檄文 한 편과 맞먹는다.)

조조는 화가 나서 장료로 하여금 나가 싸우도록 했다. 원소 편에서는 장합이 말을 달려 나가 맞이해 싸웠다.

두 장수가 사오십 합을 싸웠으나 승부가 나지 않았다. 조조는 이를 보고 속으로 은근히 장합의 뛰어난 실력을 칭찬했다. (*뒤에 가서 조조가 장합을 거두어 쓰게 되는 것의 복필이다.) 이때 허저가 칼을 휘두르며 말을 달려 곧바로 나가서 싸움을 돕자, 원소 쪽에서는 고람이 창을 꼬나들고 나와서 그를 맞았다. 네 명의 장수들은 서로 짝을 이루어 싸웠다. 조조는 하후돈과 조홍에게 각기 3천 명의 군사를 이끌고 일제히 적진으로 쳐들어가라고 명했다.

심배가 조조의 군사가 짓쳐오는 것을 보고 신호 포(號砲)를 쏘도록 하자 좌우 양편에 매복해 있던 1만 명의 쇠뇌수가 일시에 쇠뇌를 쏘고, 중군 안으로부터는 궁전수들이 일제히 진 앞으로 몰려나와서 화살을 마구 쏘아댔다. (*원소의 군대는 활로 승리를 거두는 데 익숙했는데, 이는 북방 사람들의 장기이다.) 조조의 군사들이 이를 어찌 대적할 수 있겠는가. 그들은 남쪽을 향해 급히 달아났다. 원소가 군사를 휘몰아 불시에 습격했다. 조조의 군사는 대패하여 전부 관도로 물러갔다.

〖 3 〗 원소는 군사를 이동시켜 관도 앞까지 바짝 다가가서 영채를 세웠다.

심배가 말했다: "지금 군사 십만 명을 내어서 관도를 지키도록 하되, 조조의 영채 앞에다 흙으로 산을 쌓고 군사들로 하여금 그 위에 올라서서 적의 영채 안을 내려다보면서 활을 쏘도록 하십시오. 조조가

만약 이곳을 포기하고 떠난다면 우리는 이곳 요충지를 얻어서 허창을 깨뜨릴 수 있습니다."

원소는 그 말을 좇아 각 영채에서 건장한 군사들을 뽑아서 쇠가래나 삼태기 같은 것들을 가지고 일제히 조조의 영채 앞으로 가서 흙을 쌓아 산을 만들도록 했다. 조조의 영채 내에서 원소의 군사들이 토산 쌓는 것을 보고 달려 나가 맞붙어 싸우려고 했으나, 심배가 지휘하는 궁노수弓弩手들이 길목을 지키고 있는 바람에 앞으로 나아갈 수가 없었다.

10일 안에 토산 50여 개를 쌓아 올리고 그 위에다 높다란 망루를 세운 다음, 궁노수들을 그곳에 나누어 배치시켜 활을 쏘아댔다. 조조의 군사들은 크게 겁을 먹고 모두 화살막이 방패(遮箭牌)를 머리 위에 덮어쓰고 화살을 막았다. 토산 위에서 딱따기 소리가 한 번 울리면 화살이 비 오듯 쏟아졌다. (*앞에서는 화살이 북쪽에서 남쪽으로 날아왔는데, 이번에는 화살이 위에서 아래로 떨어졌다. 그래서 '비 오듯' 하다고 말한 것이다.) 조조의 군사들이 전부 방패를 덮어쓰고 땅에 엎드리면 원소의 군사들은 와! 하고 비웃었다. 조조는 군사들이 당황하여 허둥대는 것을 보고 여러 모사들을 불러놓고 계책을 물었다.

유엽劉曄이 건의했다: "발석거(發石車: 돌을 쏘아서 멀리 날아가게 하는 기구)를 만들면 저들을 깨뜨릴 수 있습니다."

조조는 유엽에게 발석거의 설계도면을 그려 바치도록 해서 밤을 새워가며 발석거 수백 대를 만들어 영채의 담장 안에 나누어 배치하되, 토산 위의 운제(雲梯: 높은 사다리)와 정면으로 마주보도록 설치했다. 그리고는 토산 위에서 궁전수들이 활을 쏠 때를 기다렸다가 영채 안에서 일제히 발석거를 끌어당겨 돌을 공중으로 날려 보내서 토산 위를 마구 때렸다. 사람들은 피할 곳이 없어서 원소의 궁전수들 중에 죽는 자가 무수히 많았다. 원소의 군사들은 그 수레를 "벽력거(霹靂車: 벼락 치듯

하는 수레)"라고 불렀다. (*화살은 위에서 아래로 내려오기 때문에 '비 오듯 한다'고 말하고, 돌은 아래에서 위로 올라가기 때문에 '뇌성벽력'이라고 말한 것이다. 비는 하늘에서 내려오고 우레는 땅에서 일어나기 때문이다.) 이로부터 원소의 군사들은 감히 높은 데 올라가서 활을 쏘지 못했다.

심배가 또 계책 하나를 냈는데, 군사들로 하여금 쇠가래로 지하 갱도坑道를 뚫어서 곧바로 조조의 영채 안까지 들어가도록 하자는 것이었는데, 이들을 "굴자군(掘子軍: 땅굴을 파는 군사라는 뜻)"이라고 불렀다. 조조의 군사들은 멀리서 원소의 군사들이 산 뒤에서 지하 갱도를 파고 있는 것을 보고 조조에게 보고했다. 조조는 또 유엽에게 계책을 물었다.

유엽曰: "이것은 원소의 군사들이 드러내 놓고 우리를 공격할 수 없게 되자 몰래 쳐들어오기 위해 지하도를 파서 땅 밑으로 침투하여 우리 영채로 침투하려는 것입니다."(*위에서 아래로 공격할 수 없게 되자 아래에서 위로 공격하려는 것이다.)

조조曰: "그렇다면 저들을 어떻게 막지?"

유엽曰: "영채를 빙 둘러가며 길게 해자를 판다면 저들의 지하갱도는 무용지물이 됩니다."(*군사들이 산 위에 있을 때에는 돌로써 막고, 군사들이 땅속에 있을 때에는 물로써 막는다는 것으로, 더욱 묘한 계책이다.)

조조는 군사들을 시켜서 그날 밤 해자를 파도록 했다. 원소의 군사들은 갱도를 파 오다가 해자 가에 이르러서는 과연 더 들어가지 못하여 공연히 군사력만 허비하고 말았다.

〖 4 〗 한편 조조 군이 관도를 지키는데 8월부터 시작하여 9월이 끝나가기에 이르자 군사력은 점점 약해지고, 군량 공급도 계속 이어지지 못하여 관도를 버리고 물러나 허창으로 돌아가려는 생각을 하였으나 주저하며 미처 결단을 내리지 못했다. 이에 글을 써서 사람을 허창으

로 보내서 순욱에게 의견을 물었다. 순욱은 곧 글로 보고해 왔다. (*이 것이 원소와 조조의 성패가 갈리는 갈림길이다.) 그 글의 내용은 대략 이러 했다:

"진퇴 여부를 결정하라는 존명尊命을 받았나이다. 제 소견으로는, 원소는 전군을 관도에 모아놓고 명공明公과 승부를 결판지으려 하는 것으로 생각됩니다. 지금 주공께서는 지극히 약한 군사로 지극히 강한 적을 대적하고 있는 엄중한 상황이므로, 만약 적을 제압하지 못하면 반드시 적에게 제압당할 것이니, 이야말로 천하대세가 판가름 나는 중대한 시기입니다.

원소는 비록 군사 수는 많지만 그것을 쓸 줄 모릅니다. 그러므로 공의 신무神武함과 명철明哲함으로 어느 쪽으로 결정하시든 간에 성공하지 못할 리가 있겠습니까? 지금 비록 군수물자가 부족하기는 해도 옛날 초楚와 한漢이 형양滎陽과 성고成皐 사이에서 싸울 때의 한漢처럼 불리한 상황은 아니옵니다.

주공께서 지금 적과의 대치선을 정하여 지키면서 적의 숨통을 눌러 전진하지 못하도록 한다면, 마침내 적의 실상이 드러나고 그 힘도 다 떨어져서(情見勢竭) 반드시 무슨 변화가 생길 것입니다. 이때가 바로 기이한 계책을 쓸 때이오니 결단코 그 기회를 놓쳐서는 안 됩니다. 명공께서는 이를 잘 살피시어 결정하시기 바랍니다."
(*조조는 이때 앞으로 나아가면 승리하고 뒤로 물러나면 패배하게 되어 있었다. 순욱이 보낸 한 장의 보고서가 매우 중대한 역할을 한다.)

〖 5 〗 조조는 순욱의 글을 받아보고 매우 기뻐하며 장수와 군사들로 하여금 있는 힘을 다해 죽을 각오로 지키도록 했다. 원소의 군사들은 약 30여 리를 물러갔으므로, 조조는 장수들을 영채 밖으로 나가서 순찰을 돌도록 했다. 그러자 서황의 부장部將 사환史渙이 원소 군의 첩자

를 잡아서 서황 앞으로 압송해 왔다.

서황이 원소 군의 내부 사정을 물었더니, 그가 대답했다: "조만간 대장 한맹韓猛이 군량을 운반해 와서 군에 건네주게 되어 있어서, 먼저 저희들에게 군량 운송로를 알아보라고 했습니다."

서황은 곧 이 일을 조조에게 보고했다.

순유曰: "한맹은 필부의 용맹밖에 없습니다. 만약 장수 하나를 보내면서 경기병 수 천 명을 이끌고 가서 중도에서 적을 습격하여 군량과 마초의 공급을 끊어버리도록 한다면 원소의 군사들은 저절로 혼란에 빠질 것입니다."(*아군에 군량이 떨어졌을 때 적의 군량을 끊는 것은 병가의 중요한 행동이다.)

조조曰: "누구를 보내는 것이 좋겠는가?"

순유曰: "즉시 서황을 보내는 것이 좋겠습니다."

조조는 곧바로 서황에게 사환과 부하 병사들을 데리고 먼저 출발하도록 한 후, 장료와 허저로 하여금 군사를 이끌고 가서 지원하도록 했다.

그날 밤, 한맹은 군량을 실은 수레 수천 대를 호송하여 원소의 영채로 운반하고 있었다. 한창 가고 있을 때 산골짜기 안에서 서황과 사환이 군사를 이끌고 뛰쳐나와 가는 길을 가로막았다. 한맹은 말을 달려나가 그와 싸웠다. 서황이 그를 맞아 싸웠고, 사환은 곧바로 수레를 모는 인부들을 쫓아버리고 군량을 실은 수레에다 불을 질렀다. 한맹은 당해내지 못하여 말머리를 돌려서 달아났다. 서황은 군사들을 재촉해서 적의 군량 실은 수레들을 모조리 불살라버렸다.

이때 원소의 군 안에서는 멀리 서북쪽에서 불길이 솟구치는 것을 바라보고 무슨 일인가 하고 놀라서 이상하게 여기고 있었는데, 도망쳐 온 군사가 알려왔다: "양초를 빼앗기고 말았습니다."

원소는 급히 장합과 고람으로 하여금 가서 큰길을 막도록 했다. 마침 군량을 불사르고 돌아오던 서황과 마주쳐서 막 싸우려고 할 때, 등 뒤에서 허저와 장료가 군사들을 이끌고 당도하여 양쪽에서 협공하여 원소의 군사들을 쳐서 흩어버렸다. 네 장수들은 군사들을 한 곳에 모은 후 관도의 영채로 돌아갔다.

조조는 크게 기뻐하며 상을 후하게 내리고 군사들을 위로했다. 그리고 또 군사를 나누어서 영채 앞쪽에다 또 영채를 세우도록 해서 적과 대치하는 의각지세犄角之勢를 이루었다.

〖 6 〗 한편 한맹의 패한 군사들이 영채로 돌아가자 원소는 크게 화를 내면서 한맹의 목을 베려고 했다. 여러 관원들이 권해서 겨우 죽음을 면했다.

심배가 말했다: "행군行軍에 있어서는 군량이 매우 중요하므로 군량 방비에 신경을 쓰지 않으면 안 됩니다. 오소烏巢는 군량을 쌓아둔 곳이므로 반드시 많은 군사들로써 지켜야 합니다."(*한맹이 운반했던 것은 행량行糧이고 오소에 쌓아둔 것은 좌량坐糧이다. 하나는 군량 중에 작은 것이고 하나는 군량 중에 큰 것이다. 그래서 작은 것을 잃자 큰 것 지킬 일을 생각한 것이다.)

원소曰: "나의 계책은 이미 정해졌으니 자네는 업도(鄴都: 즉 업현鄴縣. 하북성 자현磁縣 남쪽)로 돌아가서 군량과 마초를 감독해서 떨어지는 일이 없도록 하라."

심배는 명령을 받고 떠나갔다.

원소는 대장 순우경淳于瓊을 보내면서 독장(督將: 중급 장수)으로 목원진睦元進, 한거자韓莒子, 여위황呂威璜, 조예趙叡 등을 거느리고, 2만 명의 군사들을 이끌고 가서 오소를 지키도록 했다. 이 순우경은 성질이 강한 데다 술을 좋아해서 군사들은 전부 그를 두려워했다. 그는 오소에 가서는 하루 종일 여러 장수들과 모여서 술만 마셔댔다.

〖 7 〗 한편 조조는 군량이 다 떨어졌다는 보고를 받자 급히 사자를 허창으로 보내서, 순욱에게 군량과 마초를 시급히 변통해서 밤낮 가리지 말고 군대에 공급하도록 하라고 지시했다. 사자는 서신을 가지고 떠났으나 30리를 못 가서 원소의 군사한테 붙잡혀서 결박을 당한 채 모사 허유許攸한테로 끌려갔다. (*원소의 첩자는 서황에게 붙잡히고, 조조의 사자는 허유에게 붙잡혔다. 두 가지 사정은 서로 비슷하지만 조조는 서황을 쓸 줄 알았으나 원소는 허유를 쓸 줄 몰랐으니, 이것이 한 가지 한탄할 일이다.)

이 허유의 자字는 자원子遠으로 어렸을 때 조조와 벗으로 사귄 적이 있었으나 이때에는 도리어 원소 밑에서 모사로 있었다.

허유는 당장 사자의 몸을 뒤져서 조조가 군량을 재촉하는 서신을 찾아내서 곧장 원소한테로 가서 말했다: "조조가 관도에다 군사를 주둔시켜 놓고 우리와 서로 대치하고 있은 지 오래 됐으므로 허창은 반드시 텅 비어 있을 것입니다. 만약 일부 군사를 내서 밤낮 없이 달려가서 허창을 습격한다면 허창도 함락시킬 수 있고 조조도 사로잡을 수 있습니다. 지금 조조군의 군량과 마초는 이미 바닥이 났으므로, 바로 이 기회를 이용하여 두 방면으로 저들을 치도록 하십시오."(*만약 허유의 이 계책이 채택되었더라면 조조는 죽어서 장사지낼 땅조차 없었을 것이다.)

원소曰: "조조는 간사한 꾀가 극히 많은데, 이 서신은 바로 적을 유인하려는 계책이다."(*여포가 진궁陳宮의 계책을 쓰지 않았던 것과 앞뒤로 똑같다.)

허유曰: "지금 만약 허창을 취하지 않는다면 후에 가서 반대로 적들로부터 해를 당할 것입니다."

한창 이야기를 하고 있을 때 홀연 업군(鄴郡: 하북성 자현磁縣 남쪽)에서 사자가 와서 심배의 서신을 올렸다. 그 서신에서는 먼저 군량 운반에 관한 일을 말하고, 다음으로 허유가 기주(冀州: 치소는 업현鄴縣. 지금의 하북성 임장현臨漳縣 서남)에 있을 때 백성들의 재물을 마구잡이로 받아먹고, 그의 자제와 생질들은 백성들에게 세금을 규정보다 더 많이 부과해서 돈과 양곡(錢糧)을 가로채도록 방치한 적이 있는데, 지금 이미 허유의 자제와 생질들을 붙잡아서 감옥에 처넣어 두었다는 내용을 보고하고 있었다.

원소는 글을 보고 크게 화를 내며 말했다: "이 더러운 자식! 그래 놓고서도 무슨 낯짝으로 내 앞에 와서 계책을 말한단 말이냐! (*사람을 잘 쓰는 사람이라면, 기왕에 허유에게 과오가 있다고 하더라도 그가 올리는 계책이 그 자체로 쓸 만하다면 이렇게 급히 서두를 필요가 어디 있는가? 이런 행동이 허유로 하여금 조조를 찾아가도록 만든 것이다. 원소는 진평陳平이 뇌물을 받아먹었다는 비방을 받게 되자 한漢 고조高祖가 자기 돈을 덜어내서 그에게 준 일도 들어보지 못했던가?) 네놈은 조조와 옛날부터 친한 사이였다. 그래서 지금은 그놈한테서 뇌물을 받아먹고 그놈의 첩자가 되어 우리 군사를 속여 먹으려는 생각을 하고 있는 것이다. (*이것은 의심해서는 안 될 것을 의심한 것으로, 이것이 그로 하여금 조조를 찾아가도록 만들었다.) 내 마땅히 네놈의 목을 베야 할 것이나 지금은 일단 살려두는 것이니 당장 물러가라! 이후 다시는 너를 만나주지 않을 것이다!"

허유는 밖으로 나와서 하늘을 우러러보며 탄식했다: "충심으로 한 말을 귀에 거슬려하니(忠言逆耳), 이런 자식에게 무슨 계책을 말하겠는가! 나의 자식과 생질들이 이미 심배 놈한테 해를 당했다니, 내 무슨 면목으로 다시 기주 사람들을 보겠는가?"

그리고는 칼을 빼서 자기 목을 찌르려고 했다. 좌우에 있던 사람들이 급히 그에게서 칼을 뺏으며 권했다: "공은 어찌하여 목숨을 이렇듯 가벼이 하십니까? 원소는 직언直言을 받아들이지 않으니 나중에 틀림없이 조조에게 사로잡히고 말 것입니다. 공께서는 예전부터 조조와 아는 사이라면서 왜 아둔한 사람을 버리고 명철한 사람을 찾아가지 않으십니까?"(*조조를 찾아가려는 계책은 도리어 좌우 사람들에게서 나왔다.)

이 단 두 마디 말이 허유를 깨우쳐 주었다. 이리하여 허유는 곧장 조조를 찾아갔다. 후세 사람이 이를 탄식해서 지은 시가 있으니:

원소의 호기 중국 땅을 뒤덮었으나	本初豪氣蓋中華
공연히 관도에서 대치한 채 한탄만 하네.	官渡相持枉嘆嗟
만약 허유의 계책을 들어주어 썼더라면	若使許攸謀見用
산하가 어찌 조조에게 돌아갔으랴.	山河豈得屬曹家

〖 8 〗 한편 허유는 몰래 걸어서 영채를 빠져나가 곧장 조조의 영채로 찾아갔다. 매복하고 있던 군인이 그를 붙잡았다.

허유가 말했다: "나는 조 승상의 옛 친구다. 빨리 들어가서 남양 허유가 보러 왔다고 나 대신에 통보해 주게."

군사는 급히 영채 안으로 들어가서 보고했다. 그때 조조는 막 옷을 벗고 쉬려던 참이었는데, 허유가 몰래 도망쳐서 영채로 왔다는 말을 듣고는 크게 기뻐서 신발도 신지 않고 맨발로 그를 맞으러 뛰어나갔다. 멀찍이 허유가 보이자 그는 손뼉을 치면서 큰소리로 웃었다. 조조는 허유의 손을 잡고 같이 안으로 들어갔다. 조조가 먼저 땅에 엎드려 절을 했다. (*간웅이 그를 얼마나 은근하게 대하는지 보라.)

허유는 황급히 그를 붙들어 일으키며 말했다: "그대는 한漢의 승상丞相이시고 나는 아무런 관직도 없는 일개 평민에 불과한데 왜 이렇듯 겸손하고 공손하게 대해 주시는가?"

조조曰: "그대는 이 조조의 옛 친구인데 어찌 감히 벼슬을 가지고 서로 상하를 따질 수 있겠는가?"

허유曰: "나는 주인을 가려 섬길 줄 몰라서 그간 몸을 굽혀 원소를 섬겨왔는데, 말을 해도 들어주지 않고 계책을 올려도 따라 주지 않기에 지금 그를 버리고 옛 친구를 찾아온 것이니, 거두어 주기 바라네."

조조曰: "자원(子遠: 허유)이 이렇게 기꺼이 찾아와 주었으니 내 일은 성공한 것과 마찬가지네! 나에게 원소를 깨뜨릴 계책을 즉시 가르쳐주기 바라네."

허유曰: "나는 원소에게 경기병으로 빈틈을 이용하여 허도를 습격하여 머리와 꼬리를 동시에 치라고 일러준 적이 있네."

조조는 크게 놀라서 말했다: "만약 원소가 자네 말대로 했다면 내 일은 실패하고 말았을 것이네."

허유曰: "지금 공에게는 군량이 아직 얼마나 남아 있는가?"

조조曰: "1년은 버틸 수 있을 것이네."

허유가 웃으며 말했다: "그렇지 않을 텐데?"

조조曰: "반년은 버틸 수 있네."

허유는 소매를 떨치고 일어나더니 총총 걸음으로 막사 밖으로 나가면서 말했다: "나는 성심을 다해 찾아왔는데 공은 나를 이처럼 속이니 이 어찌 내가 바라던 바이겠는가?"

조조가 그의 소매를 붙잡으며 말했다: "자원은 노여워 말게. 내 사실대로 말하면, 군중의 양식은 사실은 석 달 버틸 것밖에 없네."(*사실대로 말하겠다고 해놓고선 여전히 거짓말을 하고 있다. 매우 교묘하다.)

허유가 웃으며 말했다: "세상 사람들은 모두 맹덕孟德을 간웅이라고 하던데, 이제 보니 과연 그렇군."

조조 역시 웃으며 말했다: "자네는 어찌 '병가에서는 속임수도 꺼리지 않는다(兵不厭詐)'고 한 말을 들어보지 못했는가?"

마침내 그의 귀에다 대고 나직이 말해 주었다: "군중에는 이달 먹을 양식밖에 없네."

그러자 허유가 큰소리로 말했다: "나를 속이려 하지 말게! 군량은 이미 다 떨어졌네!"

조조가 깜짝 놀라며 말했다: "그걸 어떻게 알았는가?"

허유는 조조가 순욱에게 보낸 편지를 꺼내 보여주며 말했다: "이 글은 누가 쓴 것인가?"

조조가 놀라서 물었다: "이걸 어디서 얻었는가?"

허유는 조조의 사자를 붙잡은 일을 말해 주었다. 조조는 그의 손을 잡으며 말했다: "자원이 기왕에 나와의 옛정을 생각하여 찾아왔으니, 즉시 나에게 어떻게 해야 할지 가르쳐 주게."

허유曰: "명공은 적은 수의 군사들로 많은 수의 적과 맞서고 있으면서도 급히 이길 방도를 찾지 않고 있는데, 이는 곧 죽음을 택하는 길이네. (*순욱이 서신에서 말한 것과 대략 같은 뜻이다.) 지금 나에게 사흘 안에 원소의 백만 대군을 싸우지 않고도 스스로 깨지게 할 계책이 하나 있는데, 명공이 들어주려고 할지 모르겠네."

조조는 기뻐하며 말했다: "좋은 계책을 듣고 싶네."

허유曰: "원소의 군량과 기타 군수물자들은 전부 오소烏巢에 쌓여 있는데 지금 순우경淳于瓊을 보내서 지키고 있다네. 순우경은 술을 좋아하여 방비가 전무하니, 공은 정병을 뽑아서 원소의 장수 장기蔣奇를 사칭하면서 군량과 마초를 지키러 간다고 거짓말을 하여 그곳에 간 후 기회를 노렸다가 그곳에 쌓인 군량과 마초와 기타 군수물자들을 불살라 버린다면 원소의 군사들은 사흘이 못 가서 스스로 혼란에 빠지게 될 것이네." (*한맹이 운반하던 군량을 불태운 일은 오소에 쌓아둔 군량을 불살라 버리는 것보다 못하다.)

조조는 크게 기뻐하며 허유를 후히 대접하고 영채 안에 머물러 있도록 했다. (*허유를 영채 안에 머물러 있도록 한 것은 조조의 세심한 점이다.)

〖 9 〗 다음날 조조는 자신이 직접 기병과 보병 5천 명을 뽑아서 군량을 겁탈하러 오소로 갈 준비를 했다.

장료가 말했다: "원소가 군량을 쌓아둔 곳에 어찌 방비가 없을 수

있습니까? 승상께서 가벼이 가셔서는 안 됩니다. 허유가 거짓말을 하고 있을까봐 두렵습니다."

조조曰: "그렇지 않소. 허유가 여기에 온 것은 하늘이 원소를 패배시키려는 것이오. 지금 우리 군에는 군량이 없어서 오래 버티기 어려운데, 만약 허유의 계책을 쓰지 않는다면 이는 가만히 앉아서 곤경에 빠지기를 기다리는 것이 되오. (*자기 자신의 입장을 잘 헤아린다.) 허유가 만약 거짓말을 하는 것이라면, 그가 어찌 우리 영채 안에 머물러 있으려 하겠소?(*남을 헤아리기도 잘 한다. 그러므로 조조가 허유를 영채 안에 머물러 있도록 한 것은 바로 그를 시험해 보려는 것이다.) 그리고 나 역시 적의 영채를 급습하려고 한 지 오래 되었소. 이번에 양식을 겁탈하려는 일은 반드시 해야만 할 일이니 자네는 의심하지 말게."

장료曰: "그래도 원소가 우리의 빈틈을 이용하여 기습해 올지도 모르니 방비가 있어야만 하겠습니다."(*적을 급습하려고 할 때에는 먼저 적이 아군을 급습하러 오는 것에 대한 방비를 해야 하는바, 이 역시 병법의 요체이다.)

조조는 웃으며 말했다: "그것은 내가 이미 잘 생각해 두었네."

그리고는 곧바로 순유, 가후, 조홍에게 허유와 함께 본채를 지키도록 지시하고 하후돈, 하후연에겐 일군—軍을 거느리고 왼쪽에 매복하고, 조인과 이전李典에게는 일군을 거느리고 오른쪽에 매복해 있다가 만일의 사태에 대비하도록 하고, 장료와 허저는 앞에서 가고, 서황과 우금은 뒤에서 가고, 조조 자신은 여러 장수들을 거느리고 가운데서 갔는데,(*머물러 있을 때는 좌우로 나누고, 행군할 때는 앞뒤로 나누는 것이 법도에 맞다.) 모두 5천 명의 군사들이 원소 군대의 깃발을 흔들면서, 군사들은 전부 풀단과 나무 섶을 지고, 사람들은 입에 하무를 물고 말들은 입에 재갈을 물려서, 황혼 무렵에 오소를 향해 출발했다. 이날 밤 반짝이는 별빛이 온 하늘에 가득했다. (서기 200년(건안 5년) 10월 23일

의 일이다.──역자)

〖 10 〗한편 저수沮授는 군중에서 감금당해 있었는데, 이날 밤 하늘에 별이 총총한 것을 보고 감옥을 지키는 감시병에게 뜰로 이끌어내 달라고 부탁하여 하늘을 쳐다보며 천체 현상(天象)을 관찰했다. 그때 갑자기 태백성(太白星: 금성)이 동쪽에서 서쪽으로 거꾸로 움직여서 우수牛宿와 두수斗宿 분야(分野: 즉, 오吳·월越 지구)를 지나가는 것이 보였다.

저수는 크게 놀라서 말했다: "장차 화禍가 닥치겠구나!"

곧바로 그날 밤 원소에게 만나보기를 청했다. 이때 원소는 이미 술에 취해서 자리에 누워 있었는데, 저수가 보고드릴 비밀스런 일이 있다고 한다는 말을 듣고 불러들여 무슨 일인지 물었다.

저수曰: "마침 천체 현상(天象)을 관찰하다가, 태백성이 거꾸로 움직여 유수柳宿와 귀수鬼宿 사이를 지나가는데 그 별빛이 우수牛宿와 두수斗宿 분야로 뻗치는 걸 보았습니다. 이것은 역적의 군사들이 급습해 올 징조가 아닐까 염려됩니다. 오소는 우리의 양초를 쌓아둔 곳이니 방비하지 않으면 안 됩니다. 속히 정예병들과 맹장猛將을 보내서 지름길과 산길을 순시하도록 함으로써 조조의 계략에 당하지 않도록 해야 합니다."(*전에 만약 허유의 말을 들었더라면 원소는 승리할 수 있었을 것이고, 이번에 만약 저수의 말을 들었더라면 원소는 패배하지는 않았을 것이다.)

원소가 화를 내며 꾸짖었다: "네놈은 죄인인 주제에 어디 감히 허망한 말로 군사들의 마음을 어지럽히려 하느냐!"

그리고는 감옥 감시병을 꾸짖었다: "내가 너에게 저자를 잡아 가두어 놓으라고 했거늘, 어찌 감히 네 멋대로 저자를 내놓았단 말이냐?"

그리고는 그 감시병의 목을 베라고 명하고, 다른 사람을 불러서 저수를 끌어내 가도록 했다. (*원소는 한 번 잘못을 범하고 또 다시 잘못을 범했다. 천하의 일들은 몇 번이나 잘못을 범해도 무사할 수 있는 것일까?) 저수는 밖으로 끌려나오며 울며 한탄했다: "아군의 멸망이 바로 코앞에 있으니, 나의 시체가 어디에 묻히게 될지 모르겠구나!"

후세 사람이 이를 탄식하여 지은 시가 있으니:

충언이 귀에 거슬린다고 원수로 여기니	逆耳忠言反見仇
따르는 사람 없는 원소는 지모도 없었다.	獨夫袁紹少機謀
오소의 군량 없어지고 터전까지 뽑혔는데	烏巢糧盡根基拔
그런데도 구차하게 기주를 지키려 하네.	猶欲區區守冀州

〖 11 〗 한편 조조는 군사를 거느리고 밤길을 행군하면서 원소의 별채 앞을 지나갔다. 영채를 지키던 군사가 어디 소속 군사들인지 물었다.

조조는 사람을 시켜서 대답하도록 했다: "장기蔣奇 장군께서 명을 받들고 군량을 지키러 오소로 가는 중이시다."

원소의 군사들은 자기편의 깃발임을 보고 끝내 의심을 하지 않았다. 그 뒤에도 몇 곳을 지나가면서 모두 장기 장군의 군사들이라고 사칭하여 전혀 아무런 제지도 받지 않았다.

오소에 당도하자 시간은 이미 사경(四更: 새벽 1시에서 3시 사이)이 끝나 있었다. (*앞에서 황혼 무렵에 출발했다고 하고, 여기서는 사경四更이 이미 끝났다고 한다. 시간의 기록이 일사불란하고 세심하다.) 조조는 군사들에게 가지고 온 풀단을 가지고 영채 주위에 불을 지르도록 하고, 여러 장교들에게 북을 치고 고함을 지르면서 적진으로 돌입하도록 했다. 이때 순우경은 여러 장수들과 함께 술을 마시고 취해서 막사 안에 누워 있었다. (*원소는 취해서 누워 있고, 대장 순우경 역시 취해서 누워 있다. 그 주인에 그 신하(是主是臣)이다.)

그때 북소리와 고함 소리가 나는 것을 듣고는 황급히 벌떡 일어나며 물었다: "밖이 왜 이리 소란스러우냐?"

말이 채 끝나기도 전에 이미 벌써 갈고리가 그의 몸을 끌어당겨서 뒤로 벌렁 나자빠지고 말았다.

그때 마침 목원진睦元進과 조예趙叡가 군량을 운반하여 막 돌아오다가 군량 쌓아둔 곳에 불이 일어나는 것을 보고는 급히 구원하러 달려왔다. 조조의 군사가 나는 듯이 조조에게 보고했다: "적병이 뒤에서 달려오고 있으니 군사를 나누어 막도록 하시지요."

그러나 조조는 큰소리로 호통쳤다: "장수들은 오로지 힘을 떨쳐 앞으로만 나아가라. 적이 등 뒤에 당도한 다음에 돌아서서 싸워도 된다."

이리하여 장수와 군사들은 모두들 앞을 다투어 쳐들어갔다. 삽시간에 불길이 사방에서 치솟고 연기가 온 하늘을 뒤덮었다. 이때 목원진과 조예 두 장수가 군사를 몰아 구원하러 달려왔다. 조조는 말머리를 돌려서 싸웠다. 두 장수는 당해 내지 못하고 다 조조 군사들에게 죽고 군량과 마초도 전부 불태워졌다.

순우경은 사로잡혀서 조조 앞으로 끌려 왔다. 조조는 그의 귀와 코와 손가락을 잘라버리도록 했다. 그런 다음 말 위에다 묶어서 원소의 영채로 돌려보내서 욕을 보도록 했다.

〖 12 〗 한편 원소는 막사 안에 있다가 정북 쪽 하늘이 온통 불빛(火光)으로 훤하다는 보고를 듣고는 곧바로 오소에 변고가 생겼음을 알았다. 그는 급히 막사 밖으로 나가서 문무 관원들을 불러 모아서 군사를 보내서 구하는 문제를 상의했다.

장합曰: "제가 고람高覽과 같이 가서 구하겠습니다."

곽도曰: "안 됩니다. 조조의 군사가 양식을 겁탈하러 왔다면, 조조가 틀림없이 직접 왔을 것입니다. 조조가 이미 직접 왔다면 그의 영채는 틀림없이 텅 비어 있을 테니, 우리가 군사를 이끌고 가서 먼저 조조의 영채부터 쳐야 합니다. 조조가 그 소식을 들으면 틀림없이 속히 돌아갈 것입니다. 이것이 바로 전국시대의 병법가인 손빈孫臏의 '조趙나라를 구하기 위해 위魏나라를 포위한다(圍魏救趙)'는 계책입니다."

장합曰: "그렇지 않소. 조조는 꾀가 많아서 밖으로 나갈 때에는 반드시 외부 기습을 막기 위해 안으로 대비를 해놓았을 것이오. (*장합의 말은 장료의 계책과 정확히 일치한다.) 지금 만약 조조의 영채를 치러 갔다가 빼앗지 못하게 되면 순우경 등은 사로잡히게 될 것이고 우리도 모두 사로잡히고 말 것입니다."

곽도曰: "조조의 생각은 오로지 식량을 겁탈하는 데 있을 텐데 어찌 군사를 영채에 남겨두겠습니까?"

그는 거듭해서 조조의 영채를 기습하자고 주장했다. 원소는 이에 장합과 고람에게 군사 5천 명을 거느리고 관도로 가서 조조의 영채를 기습하도록 하는 한편, 장기蔣奇에게는 군사 1만 명을 거느리고 가서 오소를 구하도록 했다. (*진짜 장기로 하여금 가짜 장기를 대적하러 가도록 한 것이다. 만약 이때 힘을 합쳐서 전부 오소로 가서 구원하도록 했다면 아마 양식 전부가 불타지는 않았을지도 모른다. 원소가 장합의 말을 듣지 않은 것은 첫 번째 잘못이자 두 번째 잘못, 그리고 또 세 번째 잘못이다.)

〖 13 〗 한편 조조는 순우경의 부하 군사들을 쳐서 흩어버리고 그들이 입었던 갑옷과 기치들을 모조리 빼앗아 자기 군사들에게 입혀서 순우경의 부하 패잔병으로 위장해 가지고 영채로 돌아오다가, 산간 소로小路에서 장기의 군사와 마주쳤다. 장기의 군사들이 누구냐고 묻자, 오소에서 패하여 도망쳐 돌아오는 군사들이라고 대답했다. 그러자 장기는 더 이상 의심하지 않고 말을 달려 곧장 지나갔다.

바로 그때 장료와 허저가 홀연히 나타나서 큰소리로 외쳤다: "장기는 도망가지 말라!"

장기가 미처 손 쓸 새도 없이 장료의 칼을 맞고 말 아래로 떨어졌고, 그의 부하 군사들도 전부 죽었다. 조조는 또 사람을 시켜서 먼저 원소에게 가서 거짓보고를 하도록 했다: "장기가 이미 오소에 와있는 적의 군사들을 다 무찔렀습니다."

그래서 원소는 다시 오소로 후원하러 갈 군사를 보내지 않고 관도 쪽으로만 군사를 더 보냈다.

한편, 장합과 고람이 조조의 영채를 공격하러 가는데 왼쪽에서는 하후돈이, 오른편에서는 조인이, 가운데 길에서는 조홍이 일제히 뛰쳐나와 세 방면에서 공격했으므로 원소 군은 대패했다. 후원군이 당도했을 때는 조조가 배후로부터 쳐들어와서 사방으로 에워싸고 공격했는데, 장합과 고람은 가까스로 길을 뚫고 달아났다.

원소는 영채로 돌아온 오소의 패잔병들을 거두어들였는데, 보니 순우경의 귀와 코가 다 없어졌고 수족도 다 떨어져 나가고 없었다.

원소: "어찌하여 오소를 잃었느냐?"

패잔병이 보고했다: "순우경 대장이 술에 취해 누워 있었기 때문에 적을 막아낼 수가 없었습니다."

원소는 화를 내며 그 자리에서 순우경을 베어 버렸다. 곽도郭圖는 장합과 고람이 돌아와서 (조조의 영채 습격을 주장했던 자기 계책의) 옳고 그름에 대해 증언할 것이 두려워서 그들이 오기 전에 원소에게 참소譖訴했다: "장합과 고람은 주공께서 이번 싸움에 패한 것을 보고 마음속으로 고소해할 것입니다."

원소曰: "어찌 그런 말을 하느냐?"

곽도曰: "두 사람은 평소 조조에게 항복할 뜻을 품고 있었는데, 이번에 조조의 영채를 치러 보내자 일부러 힘을 다하려고 하지 않아서 병졸들을 많이 잃게 된 것입니다."(*심배의 서신은 모사를 쫓아내서 적을 도왔고, 곽도의 참소는 또 맹장을 쫓아내서 적을 돕고 있다.)

원소는 크게 화를 내며 곧바로 사자를 보내서 급히 두 사람을 영채로 돌아오라고 불러서 그 죄를 물으려고 했다. 곽도는 이에 앞서 사람을 두 사람에게 보내서 이렇게 말하도록 시켰다: "주공께서 당신들을 죽이려고 하십니다."(*이제는 극력 쫓아내고 있다.)

원소의 사자가 당도하자, 고람이 물었다: "주공께서는 무엇 때문에 우리를 부르시느냐?"

사자曰: "그 이유는 모르겠습니다."

고람은 곧바로 칼을 빼서 사자를 베어버렸다. 장합이 깜짝 놀라자 고람이 말했다: "원소는 참소讒訴하는 말을 들으면 그대로 믿어버리므로 틀림없이 조조에게 사로잡히고 말 것이요. 우리가 어찌 가만히 앉아서 죽기를 기다려야 하오? 차라리 조조를 찾아가서 몸을 의탁하는 편이 나을 것이오."

장합: "나 역시 오래 전부터 그런 생각을 해왔소."

이리하여 두 사람은 휘하 군사들을 거느리고 조조에게 투항하려고 그의 영채를 찾아갔다. (*조조는 이미 허유를 얻은 데다 또 두 장수를 얻게 되었으나, 이는 조조가 얻은 것이 아니라 원소가 그들을 버린 것이다.)

하후돈曰: "장합과 고람이 항복하겠다고 찾아왔지만 그 진짜 속내는 알 수 없습니다."

조조曰: "내가 저들을 은혜로써 대우해 준다면, 비록 저들이 다른 마음을 품고 왔더라도 역시 바뀔 수 있네."

곧바로 영채 문을 열고 두 사람을 들어오도록 했다.

두 사람이 무기를 거꾸로 들고 갑옷을 벗고 땅에 엎드려 절을 했다.

조조曰: "만약 원소가 두 분 장군의 말을 따랐더라면 이처럼 패하지는 않았을 거요. 지금 두 분 장군이 나를 찾아왔는데, 이는 마치 은殷의 마지막 왕자 미자微子가 은殷나라를 떠나 주周로 가고, 한신韓信 장군이 항우를 떠나 한漢으로 돌아온 것과 같소."

그리고는 곧 장합을 편장군偏將軍·도정후都亭侯에 봉하고, 고람을 편장군·동래후東萊侯에 봉했다. 두 사람은 크게 기뻐했다.

〖 14 〗 한편 원소 군에서는 허유가 떠나가 버리고 고람과 장합까지 가버린 데다 또 오소의 군량까지 잃어버렸으므로 군사들의 마음은 안절부절못했다. 허유는 또 조조에게 속히 진군시키도록 권했고, 장합과 고람은 스스로 선봉이 되겠다고 청했다. (*원래는 원소의 사람들이었으나 지금은 모두 조조를 위해 일하고 있으니, 한탄할 일이다.)

조조는 그 권고를 좇아 즉시 장합과 고람에게 군사를 거느리고 가서 원소의 영채를 급습하도록 했다. (*적으로써 적을 공격하게 한다.)

이날 밤 삼경(三更: 밤 11시에서 새벽 1시 사이) 무렵 세 방면으로 진격하여 영채를 급습했는데, 날이 밝아올 때까지 서로 뒤엉켜 싸운 후에야 각자 군사를 거두었다. 이 싸움에서 원소는 군사들을 태반이나 잃었다.

순유荀攸가 계책을 올렸다: "이제 소문을 퍼뜨리기를, 군사를 두 방면으로 나누어 일군은 산조(酸棗: 하남성 연진현延津縣 서남쪽)를 빼앗은 다음 업군鄴郡을 공격하고, 다른 일군은 여양(黎陽: 하남성 준현浚縣 동북. 황하를 사이에 두고 남쪽의 백마와 마주보고 있음.)을 빼앗은 다음 원소 군이 돌아갈 길을 끊을 것이라고 하십시오. 원소는 이 말을 듣고 틀림없이 놀라고 당황하여 군사를 나누어 우리를 막으려고 할 것입니다. 적병들이 움직일 때를 틈타 우리가 들이친다면 원소를 깨뜨릴 수 있습니다." (*허유가 원소에게 허창을 습격하도록 권했던 것은 실화實話이다. 순유가 조조에게 업군과 여양을 습격하도록 권한 것은 허화虛話이다. 하나는 실화, 하나는 허화지만 각각 묘책이다. 먼저 그 마음을 혼란스럽게 하고(先亂其心) 그 세력을 가른(分其勢) 다음 적이 움직일 때를 틈타 공격하는 것(乘其動而擊

之), 이것이 바로 적은 군사로써 많은 군사들을 이기는(以少勝多) 방법이다.)

조조는 그 계책을 써서 모든 군사들로 하여금 사방으로 소문을 퍼뜨리도록 했다.

원소의 군사들은 그 소문을 듣고 영채로 가서 원소에게 보고했다: "조조가 두 방면으로 군사를 나누어 일군—軍은 업군을 빼앗고, 일군은 여양을 빼앗으러 간다고 합니다."

원소는 크게 놀라서 급히 원담袁譚에게 군사 5만 명을 나누어주어 업군을 구하러 보내고, 신명辛明에게도 군사 5만 명을 나누어주어 여양을 구하러 보내면서, 그날 밤 안으로 출발하도록 했다.

조조는 원소의 군사들이 움직이는 것을 탐지하고는 곧바로 전군을 여덟 방면으로 나누어 일제히 뛰쳐나가 곧바로 원소의 영채를 습격하도록 했다. 원소의 군사들은 모두 전의戰意를 상실하여 사방으로 달아나서 마침내 크게 패하고 말았다.

원소는 미처 갑옷을 입을 새도 없이 홑옷에 두건만 쓰고 말에 올랐으며, 그의 막내아들 원상袁尙이 그 뒤를 따랐다. (*원소의 세 아들들에 관한 이야기는 제31회에 나온다.) 장료, 허저, 서황, 우금 등 네 장수는 군사들을 이끌고 원소의 뒤를 추격했다.

원소는 급히 황하를 건너면서 도서圖書들과 수레와 무기, 황금과 비단 등을 전부 내버리고 수행하는 8백여 기병들만 이끌고 달아났다. (*관도官渡에서의 원소의 패배는 적벽赤壁에서의 조조의 패배와 마찬가지로 낭패狼狽의 극치이다.)

조조의 군사들은 원소의 뒤를 추격했으나 따라잡지 못하자 원소가 버리고 간 물건들을 전부 거둬들였다. 이 싸움에서 원소의 군사들은 8만 여 명이나 죽었는데, 죽은 자들이 흘린 피가 도랑에 가득했고, 물에 빠져 죽은 자도 부지기수였다.

조조는 대승을 거두고 획득한 금은보배와 비단 등을 군사들에게 상으로 주었다. 이때 거둬들인 도서들 가운데서 편지 한 뭉치가 나왔는데, 모두 허도와 조조 군중에 있는 여러 사람들이 원소와 몰래 주고받은 글들이었다.

곁에 있던 자가 말했다: "하나하나 성명을 대조해서 붙잡아 죽여야합니다."

조조曰: "원소가 한창 강할 때에는 나 역시 스스로를 보전할 수 없었는데, 하물며 다른 사람들이야 어떠했겠느냐?"

드디어 그것을 불살라 버리도록 하고 두 번 다시 묻지 않았다. (*광무제光武帝는 일찍이 부하들이 적과 주고받은 서신들을 불태워 버리도록 해서 반대편에 섰던 자들을 안심하도록 해준 적이 있는데, 조조는 이 방법을 자못 배운 것 같다.)

〖 15 〗 한편 원소가 싸움에 패하여 달아날 때, 저수는 군중에 감금되어 있었기 때문에 급히 도망쳐 달아나지 못하여 조조의 군사들에게 붙잡혀서 조조 앞으로 끌려갔다. 조조는 전부터 저수와 서로 아는 사이였다.

저수는 조조를 보자 큰소리로 외쳤다: "나 저수는 항복하지 않을 것이다!"(*저수와 허유는 모두 조조의 옛 친구들이다. 그런데 허유는 항복했고 저수는 항복하지 않았으니, 두 사람의 인품이 크게 달랐다.)

조조曰: "본초本初는 꾀가 없어서 자네의 말을 쓸 줄 몰랐는데, 자네는 왜 아직도 그에 대해 미련을 갖고 있나? 내 만약 일찌감치 자네를 얻었더라면 천하도 걱정할 게 없을 것이다."

그리고는 그를 후대하고 군중에 머물러 있도록 했다. 그러나 저수는 영채 안에서 말을 훔쳐서 그것을 타고 원소에게 돌아가려고 했다. 조조는 화가 나서 그만 그를 죽여 버렸다. (*건안 5년(서기 200년) 10월.)

저수는 죽는 순간까지도 안색이 변하지 않았다. 조조가 탄식하며 말했다: "내가 잘못해서 충의지사를 죽였구나!" 그리고는 후한 예禮로 장례를 치러주고 황하 나루터에다 묻으면서 특별히 봉분까지 세워주도록 했는데, 비명碑銘으로 "忠烈沮君之墓(충렬저군지묘)"라고 쓰도록 했다. 후세 사람이 그를 칭찬하여 지은 시가 있으니:

하북에 명사들 많다고 해도	河北多名士
충성과 절개로는 저수를 꼽는다.	忠貞推沮君
지긋이 응시하면 적의 진법 알아냈고	凝眸知陣法
얼굴 들어 하늘 보면 천문도 읽었지.	仰面識天文
죽음을 앞에 두고도 마음은 철석같았고	至死心如鐵
위험에 직면해도 기상은 구름 같았지.	臨危氣似雲
조조는 그의 의리와 절개 흠모하여	曹公欽義烈
특별히 무덤 하나 만들어 표창해 주었지.	特與建孤墳

그리고 나서 조조는 기주冀州 공략의 명을 내렸다. 이야말로:

세력 약해도 꾀 많으면 이기고	勢弱只因多算勝
군사 강해도 꾀 적으면 망한다네.	兵强却爲寡謀亡

승부가 결국 어찌 될지 모르겠거든 다음 회를 읽어보도록 하라.

제 30 회 모종강 서시평序始評

(1). 조조가 여포를 공격할 때 원소는 전군으로 허도를 습격할 수 있었는데도 습격하지 않았으니, 이것이 첫 번째 실책이다. 조조가 유비를 공격할 때 원소는 또 전군으로 허도를 습격할 수 있었는데도 습격하지 않았으니, 이것이 두 번째 실책이다. 여포가 이미 망하고 유비가 이미 패한 후에야 조조와 싸우려고 하였는데, 그때

는 이미 너무 늦었다. 그러나 만약에 전군을 관도에 주둔시켜 놓고 그 앞을 막으면서 일부 군사들로써 허도를 습격하여 그 뒤를 끊었더라면 승리하지 못할 리가 없었는데도 원소는 또 그렇게 하지 않았으니, 이것이 세 번째 실책이다. 이미 처음부터 실책을 범했으므로 마지막에 가서 승리할 수는 없을 것이라고 생각했기 때문에, 전풍田豊은 원소가 반드시 패배할 줄 알았던 것이다.

(2). 항우와 유방은 홍구鴻溝를 경계로 갈라서 각기 왕이 되자 유방은 고향으로 돌아가려고 했는데, 만약 장량張良이 돌아가지 말라고 권하지 않았더라면 초楚와 한漢의 승부가 어떻게 되었을지 알 수 없는 일이다. 지금 원소와 조조가 관도官渡에서 서로 대적하고 있을 때, 조조는 군량이 떨어지자 허도로 돌아가려고 했다. 만약 그때 순욱이 조조에게 돌아가지 말라고 권하지 않았더라면 원소와 조조의 승부 역시 어떻게 되었을지 알 수 없다. 책을 읽다가 여기에 이르면, 이곳이 바로 중요한 대목으로, 마치 장기를 두는 자가 한 판 가득히 판을 벌여 놓고 있으나 그 다투는 곳은 단 한 수(一着) 놓는 것에 있는 것과 같다.

(3). 원소도 의심이 많았고 조조 역시 의심이 많았다. 그러나 조조의 의심은 순욱이 풀어 주어 더 이상 의심하지 않게 되었으니 이것이 그가 승리한 이유이다. 그러나 원소의 의심은 저수沮授가 풀어 주었으나 여전히 의심했고, 허유가 풀어 주었으나 더욱 의심하였으니, 이것이 그가 패배한 이유이다.

조조는 의심해야 할 것을 의심했고, 또한 믿어야 할 것은 믿을 줄 알았다. 한맹韓猛이 군량을 운반하는 것을 적을 유인하려는 것이라고 의심하지 않았고, 허유가 찾아온 것을 거짓 항복해온 것이라고 의심하지 않았다. 그러나 원소는 의심해서는 안 될 것을 의심했고, 또한 믿지 말아야 할 것을 믿었던 것이다. 조조가 순욱에게 보낸 글을 보고는 그것이 가짜라고 의심하고, 심배審配가 허유의 죄를 말한 편지를 보고는 그것이 사실이라고 믿었으며, 허도를 습격하자는 허유의 말을 듣고는 그 말에 속임수가 있지 않을까 의심하였고, 곽도郭圖가 장합張郃을 참소한 말을 듣고는 그것이 진짜라고 믿었던 것이 그가 패배한 이유이다.

백마白馬 전투에서 한 번 패하자 안량顔良이 죽었고, 연진延津 전투에서 다시 패하자 문추文醜가 죽었지만 이는 오히려 작은 패배이다. 세 번째 패하자 7십만 대군 가운데 겨우 8백여 기병밖에 남지 않게 되었는데, 앞에서 말한 조조와 원소 간의 '십승십패의 설(十勝十敗之說)'은 여기에서 크게 증명되지 않는가!

(4). 원소는 군사가 많았으므로 군사를 나누어 허도를 습격할 수 있었다. 그러나 조조는 군사가 적은데 어찌 그를 나누어 업군鄴郡을 습격하고 여양黎陽을 취할 수 있는가? 그러므로 허유가 원소에게 올린 계책은 조조를 깨뜨릴 실제적인 계책이었으므로 조조로 하여금 이를 모르게 하려고 했던 것이다. 이에 비해 순유가 조조에게 올린 계책은 헛소문(虛聲)으로 원소를 겁주려는 것이었으므로 원소로 하여금 이를 알도록 하고자 했던 것이다. 이것이 병가의 "허허실실虛虛實實" 계책의 서로 크게 다른 점이다. 이래서 〈삼국지〉한 권을 읽는 것은 〈무경칠서(武經七書)〉를 읽는 것과 같다고 할 수 있는 것이다.

(5). 한신韓信과 진평陳平은 처음에는 모두 초楚에 있었으나 항우가 그들을 몰아내서 한漢의 유방 밑으로 들어가도록 했고, 허유와

장합은 처음에는 모두 원소를 섬겼으나 원소가 그들을 몰아내서 조조에게 돌아가도록 했으니, 참으로 통탄스런 일이다. 쫓아내도 가지 않았던 자들로는 초에는 오직 범증范增이 있었고, 원소에게는 오직 저수沮授가 있었을 뿐이다. 아, 범증과 저수 같은 사람이 과연 몇 사람이나 있을 수 있겠는가!